拯救河流

黄金明◎著

南方日报出版社
NANFANG DAILY PRESS
中国·广州

图书在版编目（CIP）数据

拯救河流 / 黄金明著. — 广州 :南方日报出版社, 2016.8
ISBN 978-7-5491-1448-1

Ⅰ. ①拯… Ⅱ. ①黄… Ⅲ. ①长篇小说－中国－当代 Ⅳ. ①I247.5

中国版本图书馆 CIP 数据核字(2016)第 187663 号

出 版 人：周洪威

责任编辑：周山丹　陈盈璐

装帧设计：邓晓童

责任技编：王　兰

责任校对：阮昌汉

ZHENGJIU HELIU

拯救河流

著　　者：黄金明

出版发行：南方日报出版社

地　　址：广州市广州大道中 289 号

经　　销：全国新华书店

印　　刷：广东信源彩色印务有限公司

开　　本：889mm×1194mm　1/32

印　　张：12.25

字　　数：245 千字

版　　次：2016 年 8 月第 1 版

印　　次：2016 年 8 月第 1 次印刷

定　　价：38.00 元

投稿热线：（020）87373998-0503　读者热线：（020）87373998-0502

网址：http://www.nanfangdaily.com.cn/press　http://www.southcn.com/ebook

目录

第一章 默杀

有一天，孙德金忽然发现，凤凰村里的人，没有一个人看见他的身影，没有一个人听到他的声音，甚至没有一个人感觉他的存在。换言之，他在人们的眼皮底下消失了，人间蒸发了，或者变成了一个透明人或什么幽灵。他的第一个反应就是，自己莫非置身于一个可怕的梦境当中？当时，他正在割稻，他将稻茎上的镰刀移向手指，用力一拉，镰刀的锐齿将他左手的食指拉出了几道血槽，鲜血像水泡冒出来。一阵剧痛从手指迅速传遍全身，他痛得“哎哟”一声，扔掉了镰刀。他揉揉眼睛，仰望天空，天很蓝，太阳很白，田野上一片金黄。稻子熟了，人们在稻田上低头收割，偶尔直起腰来。他肯定不是在做梦，即使真是做梦，此刻也惊醒了。那么，村庄所有的人都变成了瞎子和聋子，而他一直生活在一个幽灵麇集的村庄。这种想法本身就毫无道理。

在他的旁边，就是孙继实的稻田，孙继实和老婆一边收割，一边交谈。在田野的尽头，随风飘来孙大麻子淫邪的歌声。

孙德金冲着田埂大声喊：“继实，继实——”没有人理他，没有一个人反应。孙继实将一把稻秆横放着，塞入禾铡刀（岭南乡间用来铡断稻草秆的长形刀具，宽四寸，长一米，有点像北方铡草喂马的大刀），用力一铡，稻桩散落在地。他利索地将稻穗放入畚箕。他的老婆蹲下身子，飞快地割稻，撅着硕大的屁股。他们相距孙德金不过三五米，不可能听不到他的叫喊。孙德金大步跨跳过来，他就站在孙继实的面前，抱着胳膊，眼直直地瞅着孙继实。但孙继实没有感觉到他的瞪视，没有感觉到面前有人。孙继实依然在有条不紊地铡禾，装担。

孙德金看了看稻田，正午的太阳将他的身影打在地上。他由此可以断定自己绝非一个透明人。他被刚才的发现深深困扰。这件匪夷所思的事情早已发生，他不过到如今才有所觉察。印象中，他有十天还是半个月没跟任何人说过话或打交道了？一念及此，他不禁毛发倒竖。他必须将这一切弄清楚。

他双手在孙继实的眼前来回移动，孙继实视而不见。他的脸上浮现出笑容，扬起手来，对准孙继实的脸，“啪啪”就是两记耳光。孙继实抚着脸，“哇”地叫了起来。一种惊诧莫名的奇特表情瞬间涌上他的脸。孙继实老婆扭过头来，问道：“怎么啦？”孙继实嘟哝一下，说没事。孙德金又抬起腿来，一脚将孙继实的禾铡刀踹翻在稻田上。稻穗散如乱麻，谷子溅落。孙继实刚将禾铡刀扶起来，孙德金又一脚踢翻。如是者一连三次，第四次，孙继实倾尽全力捉住禾侧刀，就像按住一条凶猛的鳄鱼，嘴里嚷道：“真是见鬼啦——”孙继实老婆走过来，她也感到了异样。但孙德金这么大的一个人在眼前，他们就像没有任何感知似的。

孙德金挠了挠后脑勺，觉得一颗心往下沉。看来，他奇怪的“发现”倒并非虚妄，而是确凿无疑的。这绝对不是梦幻，而是发生在太阳底下的事实。他感到头部一阵剧痛，比起头痛来，手指上的割伤就算不得什么了。他抚着头部，觉得仿佛有一只啤酒瓶在脑壳里摔碎了，碎片射入了脑浆。

孙德金不甘心，他还试图去证实这一切无非是出于幻觉。他手上的镰刀随着他的念头扬起来，像一条蛇快速地移动，钩住了孙继实老婆上衣的前襟，轻轻一划，她衣襟上的纽扣掉落在地，发出轻微的“噗噗”声。她的衣衫就像两扇被打开的门，肥硕的双乳像两只白鹅凶猛地扑出来。他转过头去，他有点难为情了。但他还是闭着眼睛，伸出了双手。那双手像两个不太老练的小偷，摁住了那两只扑腾不止的白鹅。他有些亢奋，但更多的是紧张。如果他在太阳底下的隐身是虚幻的，那么在刹那间，孙继实手上锋利的镰刀就会闪电般掠过他的脖子。然而，孙继实绕着禾铡刀左看右看，仔细地研究着，还没有从禾铡刀无端端跌倒的困扰中脱身而出。

孙继实老婆没有喊叫，也没有因触摸而激发情欲。她对孙德金视而不见，弯下腰，捡起地上的塑料纽扣，脸色狐疑不定，惊惶不安。她终于发出一声号叫：“有鬼呀——”

孙德金脸色煞白，心里说，他妈的，我才见了鬼呢。他再也无心割稻，挑着畚箕回家去了。一路上，他遇见了不少人，但这些人只能让他更加沮丧。每一个人都证明了他是透明的、消失了的、从来就没有存在过的人。

这一切，是荒诞不经的，但却是一个事实。如果这不是事实，那么到底是为什么？发生了什么事？这纯粹是出于他的幻觉，还是全村人的幻觉？

一连几天，孙德金闭门不出，冥思苦想，但根本就无法得到一个合理的解释。最后，他得出一个结论，要么是他有病，要么就是全村人有病。这种病当然是精神病。到目前为止，他还坚信自己没有问题，因为他的思路还很清晰，他对问题的判断依然准确而犀利。他还再三提醒自己，无论发生任何事情，无论处于何种情况之下，都要保持头脑清醒。尽管他一时无法厘清这些纷乱如麻的情景，还不能穿透这莫名其妙的重重迷雾，但他有一种不祥的预感，这绝不是一件好事，而更可怕的事情还没有出现。他也无法一一去证实全村人是否有病，这不可能，他也没有兴趣。事实上，他怕遇到任何人，因为任何人都只有一个用途，那就是用来证明他的不存在。

孙德金一连苦思多天，不得要领，反而头痛欲裂、神情恍惚。他感到脑壳里的啤酒瓶从单数变成了复数，全变成了玻璃碎渣。他不敢再往深处去想了，否则光是脑壳里有酒瓶子这个怪念头，就能让他发疯。

田野里的稻子熟透了，风一吹，谷粒簌簌而落，终究要收割。他挑起畚箕又出发了。

秋收已接近尾声，田野上一片狼藉，只剩下他的稻子没有收，秋风吹拂，稻浪翻滚，宛若一块巨大的黄金在日光下晃动。他在别人的眼里是不存在的，那么他的庄稼呢？但至少在畜牲的眼里并非虚无吧。一头水牛在田埂上啃草，忽然一伸牛颈，一口将他田里的稻子扯下，有滋有味地咀嚼起来。

这一幕，犹如一记闪电掠过，劈开了孙德金脑海里层层堆积的乌云。这应当是一根重要的线索，他必须抓住它，也许它就是那一堆乱麻中的惟一线头。他叉着腰，饶有兴致地看着牛吃禾。水牛大口咀嚼着稻秆，连叶带谷吞下肚去。它边走边吃，走入了稻田中央。一会儿工夫，水牛穿越了半边稻田，一直吃到孙德金面前。“他妈的滚——”孙德金扬起手中的镰刀，横眉怒目，大声呵斥，做出一副凶神恶煞的样子。那头牛如梦初醒，撒着四蹄，一溜烟跑了。

尽管孙德金无法猎取更多有用的信息，但牛眼中的惊惶却是显而易见的。孙德金心中火花一闪：在那头牛眼里，他是存在的。牛感觉到了他的威慑！

这个重大的发现，使孙德金兴奋不已。他抓紧时间完成了秋收，并进行了一系列试验。这一系列是在他所能接触到的畜牲上进行的。试验的结论是，尽管他在村子所有人的面前是透明的、虚无的，或不存在的，但在动物身上却恰好相反。在禽类中，对他最敏感的是飞鸟，尤其是麻雀，他还没走近，就扑扑飞散。但即使最不敏感的鸡和鸭，也在他试图接近时撒腿逃跑。在畜牲中，狗似乎最能感觉他的危险性，每一只狗都冲着他狂吠不止。尤其是村长孙老凤家里的那只大黑狗，一见到他，宛若仇人相见，分外眼红，恨不得一口咬掉他的卵袋。猪是最不敏感的，抖动着一身肥肉，颤巍巍地从他的面前走过，但当他飞起一脚，踢在猪屁股上，它还是“哼哼”着快步逃离。

介于大人和禽畜之间的是孩子。尤其是一些两三岁大的孩子，他们骨碌碌地转动着接近于透明的大眼睛，孙德金能感觉到“他”被目睹和注视，但那仅是一种婴孩对好奇事物的打量罢了，他们太小了，甚至还不懂得将映入脑海的信息分析、归纳并表述。据说孩子能看到大人看不见的东西，譬如幽灵、鬼及一些神秘的事物。而在一些八九岁的大孩子那里，他看到的是跟大人没什么两样的表情，他仿佛完全是一个空无。但他偶尔还是窥见了一些孩子眼神里的惊恐，像暗夜中擦亮的火柴，一闪即逝。至少，他的身影，他的声音，是无法让人感知的。

现在，他基本上可以确定，不知是出于什么样的原因，或一种什么样的神秘力量，他在人们面前完全隐匿了。他就像一个会隐身的人，一个消失的人，甚至是一个不存在的人。人们看不见他，听不见他的声音，无法感知到任何他存在的证据。而他能看见任何一个人，听见任何人的说话，这是毫无理由的、荒诞不经的。

但这似乎是确凿无疑的。孙德金在二十多年的人世阅历中，也曾经遭遇（或听说）过无数件稀奇古怪的事情，从没有一件像这一次那么诡异，那么不可捉摸。他甚至无法跟别人诉说，也找不到一个人商量。他的心中滋生着尖刺般的孤独，并夹杂着恐惧。他在秋风四起的村巷上走过，注视着秋阳下自己的身影，觉得自己就是一个影子，甚至连影子也不如。影子总可以被人看到，而他似乎完全逸出了人们的视野。

他从摆龙门阵的人群中穿过，犹如一个幽灵，没有一个人注意到他，没有一个人感觉到他。他的身躯以及全部，似乎已完全从村庄剥离或被清除。而他又偏偏活生生地存在着。

凤凰村东头是副村长孙三葵家开的小卖部，门前有一棵大榕树，树阴下有一块空地。那儿每天晚上都聚集着一大群闲人，大摆龙门阵。

这一天，圆月冉冉升起，月光清亮。孙德金深入人群当中，希望能在众人的神侃中发现蛛丝马迹。但他失望了，根本就没有一个人提及他。他看着说得唾沫横飞的村长孙老凤，忽然记起一样重要的东西——那就是他好久没见过这样东西了。至于那样东西是一个人、一只鸡、一头猪，或者是别的有生命或没生命的什么事物，他却一时无法忆起。这个想法让他十分激动，他预感到这样东西将是一把钥匙，也许能将这个发生在他身上的谜团解开。然而，他的脑海一片混沌，漆黑而深不可测，他无法捕捉到这一样东西。就在此刻，孙老凤家里的那只狗冲着他狂吠，但没有一个人理它，大伙儿围着孙老凤，听得如痴如醉。孙德金只好踩着月光下的影子回家去了。

现在，孙德金在大的困扰下，有了一个小的困扰。他每天都在挖空心思去想那一样关键的、特别的东西，他惟一的线索，就是好久没见过他（她或它？）了。他相信只要一见到，就会马上想起来。然而，他怎么也想不起来那是一件什么鬼东西。孙德金自嘲地笑了，说我他妈的也算是一个隐身人了，一个具备特异功能的人了。如果他愿意，该特异功能可以给他带来说不尽的好处。譬如，他可以将孙继实菜地里的蔬果全摘回来，将孙礼猪圈里的肥猪宰掉，腌起来慢慢吃。他可以大摇大摆地进出每户人家，将其细软或谷物之类席卷一空，而不必担心别人发觉。

突然，一个淫邪的念头升上头脑，他甚至可以像狐仙或幽灵一样，自由出没于任何一个少妇或闺女的卧房，给任何一个女人的丈夫或未来夫君戴上绿帽而不为人知。这个想法让他躁动起来。他想，当他进入一具无比美妙的女性胴体，譬如孙术女人彩蝶的体内，她看不到他，这是否也会有高潮？这个骚货！她三番五次在他的面前搔首弄姿，但他不是那种人。彩蝶的奶子像树上的木瓜不由分说地鼓凸出来。他不是没有想入非非，但他承认自己向来胆小如鼠，但他现在还顾忌什么呀。

说到底，入秋以来，这件荒唐的事使他六神无主，但他毕竟没有丧失作为一个人起码的东西，即使他也不算一个高尚的人。

入冬了，南方的冬天，天气阴冷、干涩，偶尔有细雨飘洒。农人在冬天是最空闲的，每年水稻两熟的田地总算有了喘息之机。孙德金也得以全神贯注去思考一些事情，尤其是那一样被他遗忘了而又至关重要的东西。

清晨，他被一阵高亢的唢呐声惊醒，其间还夹杂着铜钹的撞击声和妇人的啜泣声。唢呐在细雨中呜咽，调子苍凉而悲伤，这种乡间乐器平时被束之高阁，只有红白二事才会动用。

孙德金一骨碌爬起来，果然不出所料，宛若一条长蛇的送葬队伍正从他的门前经过，旗幡飘扬，包着白毛巾的人们高矮不一，那些看上去表情悲痛的脸庞在细雨中有点模糊。在巫师孙蒙的指挥下，四条大汉抬着一口红漆棺木，但他没有看到手捧神祇牌的人。这一切，在飘降着细雨的冬日清晨，显得何其诡异。这样，他就无从确知这是谁家的丧事。

孙德金戴上一顶斗笠，跟在队伍的末尾。他没有白毛巾，也没有恸哭。事实上，他并非送葬队伍中的一员。他不过是一个局外人，一个无聊的看客。送葬的队伍走过田垌，涉过小河，来到了一处山冈。冈上早已挖好坟坑，直到目前为止，孙德金依然无法得悉死者是谁。

当棺材入土坟堆耸起，村长孙老凤一声叹息："德金侄儿，安息吧。"孙老凤声音虽小，但在孙德金听起来无异于石破天惊！原来村长送走的人就是他，而他还跟着人们来瞧热闹。这真是滑天下之大稽！他竖起耳朵，想多听一些关于他的事情，然而，众人一片缄默，只有压抑的哭声在表示对死者的尊重。他想发笑，但怎么也笑不出来。他感到脑袋变成了一个马蜂窝，蜂群在嗡嗡地叫。他一屁股摔坐在泥泞的地上，几乎要崩溃了。他恨不得冲过去，将坟墓扒开，劈开棺材，看看里面到底是谁。如果坟墓里埋着的是他，那他到底是谁？莫非真的是孙德金的魂灵从另一个世界游荡到此，所以没有一个人看见他？

送葬的队伍回去了。孙德金就混杂在其中。他的心情沮丧至极。他几乎要认命了。他想，如果队伍中有人发现他还活着，就在他们的中间，非要被吓死不可。但他知道这是不可能的事，因为他

“死”了。而他在真正“死亡”之前，人们已经无法看见他了。

一开始，他是一个无法让别人感知的、不存在的人，现在却成了一个“死人”，被埋葬在荒凉的山冈上。

一个“死人”是不适宜出现在人们面前的，尤其是孩子的面前。孙德金就像一个犯了幽闭症的人，深居简出，尽量避免进入人们的视野。有时，他甚至遗忘了自己是一个不存在的人。一种强烈的恍惚感笼罩着他，这让他分不清自己到底是置身于梦境还是现实中。有时，他甚至倾向于相信自己已不在人世。

他曾多次去看他的坟墓，一堆土馒头，坟顶上长出了一丛野草，甚至还有几簇细小而淡白的雏菊。但正是那座土坟唤醒了他的存在感。他还活着，否则是谁在注视这座坟墓？正是那一刻，他灵光一闪，仿佛找到了解开问题的症结。如果他是一个不存在的人，那么他就不会死，更加不会被别人收殓和埋葬。这里面有着一对尖锐的矛盾。但他明明还活着，还能呼吸，还能目睹和思考，必要时还能说话，尽管他已经有几个月没有说过一句话了。

当他又一次来看那堆土坟的时候，终于忍不住用锄头和铁锹挖开了坟墓。他拿着斧头的手在颤抖，棺材里有什么？是一具他的尸体？还是一只插满了缝衣针的桃木偶？或者别的意想不到的事物？他克服恐惧，挥动斧头劈开棺木，然而里面空无一物。孙德金坐在泥堆上，抱着头，苦苦思索。

孙老凤家里的那只大黑狗，不知从哪儿蹿出来，毛发倒竖，冲着他吠叫不止。孙德金心想，总有一天，不是他砸烂它的狗头，就是被它咬掉卵袋。

一阵淡淡而奇特的香气飘入孙德金的鼻孔，这种香气既非草木所发，又迥异于野花。孙德金闭着眼睛，使劲吸了吸，这让他醺然欲醉。香气愈加浓烈了，香气的源头就在他的面前，结实、具体而不可摧毁。他一张开眼睛，就看到了孙小菊。他心里掠过一阵狂喜，他很久没有见过的、一直无法想起来的东西或事物原来是一个人，就是她——孙老凤的小女儿，未满十九岁的孙小菊，使全村男人神魂颠倒的天生尤物。

孙德金还没有反应过来，他的一双手已冲动地抓住孙小菊的手，她就是解开这个巨大迷津的钥匙，尽管他一时无法将这位美丽的姑娘跟任何一把钥匙联系起来。

孙小菊任由他抓着，并没有把手缩回。她的眼睛仿佛笼罩着一层水雾，她美丽的脸庞，夹杂着震惊、迷惘、焦急之类的丰富表情。但孙德金无暇解读这些丰富的信息，孙小菊已说了一句话，这句话使他如受雷殛："德金哥，你真的疯了吗？我爸说你疯了，这是真的？你还认得我吗？"一个声音在孙德金的心底狂喊："我没有消失，我也不是透明人，我更没有死——小菊现在就能看见我，并且能感觉到我的触摸——也许，我只不过是疯了——"这一股强烈的喜悦像洪水涌入他的头脑，在激荡，在咆哮，使他的思绪纷乱至极，但他还是松开了孙小菊的手。这是一双柔软纤巧的手，非常白，非常美。

刹那间，他有点出神。孙小菊注意到孙德金在凝视她的手，脸颊微微涨红。

孙德金按捺住内心翻江倒海的激动，一字一字地说："小菊，你能看见我？你能听见我说话？"由于多日没有开口，他的声音有点结巴而干涩，犹如晒干的鱼肉。

"我为什么不能看见你？你怎么啦？你的声音很奇怪。"

"没有一个人能看到我。"

“胡说！”

“没有一个人能听见我说话！”

“瞎扯！”

“这段时间你跑到哪儿去了？一直见不到你。”

“端午节一过，我就进城打工去了。我临走前不是跟你讲过吗？你一点记性也没有！”

孙德金在发愣，他搜索枯肠，怎么也想不起孙小菊跟他讲过这件事。但他想起了一个场景，当时太阳高悬，太阳很大。他从来没见过那么大的太阳，明晃晃的，几乎撑满了整个天空。瓦蓝瓦蓝的天空被挤迫得只剩下一些边边角角。但阳光并不猛烈，阳光就像水汽在弥漫，他感到全身凉飕飕的。他持着锄头在黄豆地里锄草，孙小菊忽然跑过来，撅嘴往他的脸上亲了一口，吃吃笑着跑了。她就像树林里跳跃的一匹小鹿，稍纵即逝。他抚摸着脸颊，怅然若失。这个场景就像一个梦幻，难怪他多日无从想起。现在，他望着孙小菊摇了摇头，脸上充满迷惘。

“你想我吗？”孙小菊仰着脸问。

孙德金点了点头，但他马上觉察到孙小菊这句话的含义，赶紧又摇了摇头。

孙小菊叹息，幽幽地说：“在城里打工，我没有一天不想你。要过年了，我才能回来。”

“要过年啦？”这段日子来，孙德金被卷入了迷津之中，时间对于他一片模糊，有时感到时间停滞不前，有时又觉得时光倒流。

“再过三天就过年了，你挖别人的坟墓干什么？”

“我挖的是我的坟墓，我想看看自己是否躺在棺材里。”

“德金你真的疯啦。我爸说你疯了，我还不相信，”孙小菊哭出声来，扑入孙德金的怀里，“原来你真的疯啦，可怜的孙德金——”

孙德金感觉孙小菊的身体暖烘烘，但奇怪的是自己并无非分之想。与其说孙小菊对他的关切和亲昵让他深感意外，毋宁说他为另一个线索所吸引。他牢牢抓住了这一根线索：

“小菊，你说孙老凤说我疯了，他是什么时候说的？”

“昨天，我一回来他就说了，我还不相信。你瞧瞧你的样子——”

孙小菊说着，掏出一个镶嵌着小镜子的化妆盒，孙德金在镜子中看到一个头发蓬松、胡髭拉碴的头像，嘴唇焦干，大眼无神，颧骨高耸，瘦得像猴子的标本。这就曾经是生龙活虎的他吗？黄昏的暮色逐渐笼罩下来，并聚集于细小的镜面，孙德金忽然冲着小镜子咧嘴一笑。他一把将孙小菊推开，疯狂地往山坡下奔去，嘴里叫道：“我是疯子，我是疯子，哈哈哈——”

当天晚上，孙德金兴奋得彻夜未眠，他感到原来那个无懈可击的谜团终于出现了漏洞，至少，他从千头万绪的乱麻中，理出了一条线索。原来他在村庄的消失或隐形，只是一个假象。他一时无法弄清更多情况。但他可以肯定，这是一个针对他的陷阱或阴谋，那太怪异了，他怎么想也想不通，而他如果是一个疯子，这个问题就迎刃而解了。也许，孙老凤跟女儿说他是疯子，是为了向孙小菊解释孙德金的存在。也许，那个设计精密的陷阱，就是为了使他走向疯狂而最终毁灭。但设计这个阴谋的人是谁？他为什么要这样做？这到底是一个什么样的阴谋？尽管孙德金一时无法想清楚，但他总算对如何应对有了一些眉目。

他不禁嘘了一口长气。他知道，只要他变成一个真正的疯子，很多事情就会像煮烂的饺子露出馅来。于是，他疯了。

快过年了，他像一个幽灵在村巷上游荡。别人杀鸡买香烛去祭拜土地神，孙德金却混在一群孩子当中抢夺哑掉的鞭炮。他衣衫褴褛，有时像鬼魂一样爬上土地庙的屋脊，土地庙上落满薄霜似的月光，他的脸在月光下苍白如纸。有时，他在相思树上跳跃攀爬，捷如猿猴，迅疾如飞。

“孙德金疯了——”人们终于开了口，如释重负。一帮孩子跟在孙德金的后头，往他身上扔石头、烂泥和枯枝，嘻嘻地笑。孙德金冲着孩子龇牙咧嘴，举起双手，乱挥乱舞，像被激怒的黑猩猩那样咆哮。孩子们“轰”一声四散而逃，犹如被驱赶的麻雀，但很快又聚拢过来了。在孙德金有如常人的时候，没有一个人可以感知他的存在，但等到他“疯”了，小孩子反而能看见他，并准确地朝他掷出石头。这个信息非常重要。

孙德金感觉自己就像一个盲目的、悲伤的猎物，正在被一步步往林中设置好的陷阱或罗网走去，在劫难逃。而这是一个什么样的陷阱，设置这个陷阱的动机以及设计手段，至今是一个谜。孙德金必须步步为营，小心翼翼，稍有不慎，就会坠入万劫不复之境。他开始在头脑里像放电影一样，一个个过滤他可疑的仇家或他曾经冒犯过的人，但一无所获。他向来是善良之辈，从不好勇斗狠，亦非贪得无厌，相反，他还助人为乐，帮过别人不少忙。

他预感到孙小菊是一个很有用的线索。他暂时未能获取更多有用的东西，孙德金一遍遍地掏捞有关孙小菊的事情，惟恐错过了一处细枝末节。他对孙小菊所知甚少，除了那天在山坡上，在那个大太阳之下，她羞红着脸亲了他一下，他平时跟孙小菊可没怎么打交道。

孙小菊在十五岁之前，跟别的乡村少女也没什么两样。但十五岁一到，却出落得楚楚动人，那耸挺的乳房，细小的腰肢，丰满的臀部，尤其是那花骨朵似的脸蛋，使村里的男人垂涎欲滴，几近疯狂。

只有孙德金没有胡思乱想，也许是孙小菊太美了，反倒让他生出敬畏之感。有时他注视着孙小菊，眼神里一片澄澈，跟他在夏日黄昏观看山冈上灿烂至极的云霞没有两样，或在林间跟一只五彩斑斓羽毛辉煌的大鸟相遇相仿佛。这全无亵渎之意，纯粹是对美的欣赏、惊奇和沉醉。他联想起那天和孙小菊在山坡上的遭遇，悚然一惊：莫非孙小菊爱上了他？如果这是真的，那么他一度以为有了眉目的事情，又变得扑朔迷离起来。

自从上次见到孙小菊，一连多日过去，他没再见过她。这些日子，他无时无刻不守在村口，如果孙小菊离开村庄，他肯定会看到的。

孙德金知道现在任何一个人都能看得见他（而以前的看不见恐怕是一种居心叵测的假象），所以大意不得。他像壁虎一样，贴着孙老凤的围墙翻越，潜入孙老凤的庭院，只见东厢房灯光闪烁，窗格子上摇曳着三个长短不一的黑影。他像狸猫一样灵巧，在地面上一个翻滚，到了窗前，窥见房间里孙小菊坐在床上，一动不动，犹如泥塑木雕。孙老凤老婆金枝捧着一盆饭菜，不断地说："闺女，吃吧，闺女，吃吧——你一天一夜滴水粒米未进了——"

孙小菊毫不理睬。孙老凤双手负背，绕着四墙踱来踱去，显得焦躁不安，而又束手无策。

金枝劝道："元宵一过你就是镇长家的人了，吃吧，吃点吧，饿坏了怎么办？"

"我不吃，放我出去！"孙小菊说。

“现在还不行，到元宵节吧，”孙老凤说，“李镇长家的小轿车就到家门口接你来了。现在还不能放你出去，不然你还不是要往那个疯子家里走？”

“孙德金端午节时还好端端的，怎么我一回来倒疯了？”孙小菊说。

“这就是天有不测风云，人有旦夕祸福啊，”孙老凤说，“他失踪了几个月，一出现就疯了。也不知道他去过哪里，撞了什么邪。”

“你撒谎！我知道他哪儿也没去，一直呆在村子里。”孙小菊嚷道。

“他是不在呀，否则大伙儿怎么没见过他？”金枝嗫嚅着说。

“那好，孙德金为什么要挖自己的坟墓？”

“他挖的不是自己的坟，而是我的坟，长生坟。长生坟你懂不懂？就是生者预先觅好一块风水宝地，先修好坟堆，待百年归老后再入土为安。”

“长生坟怎么会有棺材？你别以为我不知道，”孙小菊冷笑道，“在你的主持下，你为孙德金出了殡。而他根本就没有死，也没有失踪！他就是被你逼疯的，对不对？尽管我不知道你用的是什么方法，居然可以让全村的男女老幼装出看不见他的假象！”

金枝说：“小菊，瞧你说的是什么话呀。”

孙小菊痛哭失声：“都是我害了他。如果不是我喜欢他，你们就不会下这样的毒手。你们聪明过头了，如果他没疯，我肯定会屈服。但他既然疯了，我就要照顾他一辈子！想想看，这大半年来，他受了什么样的折磨呀。”

孙老凤说：“他疯是活该！谁叫他癞蛤蟆想吃天鹅肉，想坏了脑子，跟任何人没有关系！但我要提醒你，还有比疯掉更可怕的事。”

孙小菊凄然一笑：“你们在谋杀！你们尽管去整死他吧，他死了，我也不会再多活一天。”

“吃吧，吃吧！”金枝喃喃自语。

“放我出去！妈，放我出去吧。”孙小菊哭叫。

金枝捧着饭盆靠过来，说：“吃吧，吃一口吧。”

孙小菊站起来，她竭尽全力，想扑过去，将金枝手上的饭菜打掉。但她委实太过虚弱，她的手明明触及饭盆，但没有一丝力气。她闭上眼，泪水滚落腮边。

孙老凤两口子出去了，孙老凤反手关上房门，并挂上一把碗口大的铁锁。

刚才三人的说话，一句不漏全进入了孙德金的耳朵，他果然是落入了别人设计好的圈套。尽管疑窦丛生，他还无法理出一个头绪。但他对自己有了信心。所有人都以为他疯了，而他其实是在装疯，这一点很重要。只要他有足够的耐心，就可以揭开真相并反败为胜。当务之急是必须让孙小菊活下来，并重获自由。他望着灯泡昏黄光线下孙小菊凄婉而憔悴的面容，一股热浪涌上喉头。他几乎要哽咽失声了。这是一种十分陌生而奇特的情感，他从来没有过。

孙德金轻轻地推开窗户，他的脸凑近了窗格子，这在夜晚看来古怪而可怖。孙小菊见了他，欣喜若狂，低声说：“德金哥——”

孙德金用手指按住嘴唇，“嘘”了一声，目光射向那盆饭菜，示意孙小菊吃饱再说。孙小菊的手从窗格子伸出，抓住孙德金，说：“我要出去，你放我出去呀。”孙德金露齿一笑，摆了摆手，走了。他身后传来了孙小菊压抑的哭声。

至此，事情已影影绰绰露出了轮廓。毫无疑问，他孙德金是掉入了一个精心设计的谋杀计划当中，就像一只可怜的耗子掉入了一个隐蔽而恶毒的捕兽夹，这个计划涉及到全村人。村长孙老凤在这个事件中无疑起了关键性的作用，也许他就是策划者，因为事件的起因恐怕肇始于孙小菊爱上他，而孙老凤自然不容旁人破坏他跟镇长联姻的如意算盘。但他还有几个疑点无法澄清。譬如，这个利用全村人合谋将他逼疯的手法固然无比巧妙、天衣无缝，十分有效而又无法追究肇事者的犯罪责任（他承认，如果不是那天傍晚孙小菊及时出现，并一语惊醒梦中人，恐怕他已经彻底疯掉）。但策划者是如何煽动（或要挟）全村人集体参与这个阴谋的？倘若无法解释这一点，那么他就永远无法拆解这个谜团。

刹那间，像陨星横空似的，在脑际亮起了一道光芒，孙德金想起童年时祖父讲的一个故事——

在祖父七岁的时候，村庄里有一个懂武功的恶霸孙非，胡作非为，横行乡里，奸淫妇女，无恶不作。有一天，他突然狂性大作，天天要跟土地庙前的大樟树比武，每天冲着大樟树拳打脚踢，弄得皮开肉绽，鲜血淋漓。但他似乎一点也没有感觉疼痛，而是乐此不疲，大呼酣战！原来他疯了！终于有一日，该恶霸大呼小叫，要跟大樟树决一死战，只见他纵身一跃，施展平生绝技“铁头功”，犹如寺庙敲钟的圆木柱一样，闪电般向大樟树撞去，立马脑浆迸裂而殁。

孙德金还记得自己不解地问祖父：“他好端端的，怎么会发疯？”祖父说：“他成了大坏蛋，神灵自然要惩罚他。”祖父见孙德金还是不明白，瞅见四下无人，眨着眼小声说：“那时，你高祖再三叮嘱我说，那个坏蛋因为坏事做得多了，被恶鬼上了身，谁见到他都不许声张，不许看他，不许吭声，就当是没有见到他的样子，否则那个恶鬼就会从他的身上跑出来，钻入违逆者的身上。当时，我可吓坏了，一见到他，就像躲瘟神一样远远避开了。就是狭路相逢，也得假装没看到。”末了，祖父还说：“德金，长大了千万要学好，不能做坏人呀。”

孙德金反复思索祖父讲的这个故事，这件已经过去了七十年的旧事，跟他曾经的遭遇何其相似！他坚信人们对他视而不见，然后是集体送殡，其间必然是有联系的，这个联系也许就是一个古老的咒语或禁忌之类的东西。孙老凤们就是利用了这一点，欲将他置之于死地。这类古老遗产的保管者不会有太多，但村庄年逾七旬的长老孙榆翁以及主持村中诸庙的巫师孙蒙肯定拥有这个神秘而可怕的遗产，在初冬那个为他举办的古怪葬礼之中，此二人一直在主持大局。

正月十四，雨夜。孙德金怀揣尖刀，腰别利斧，一把将孙榆翁从暖烘烘的被窝里扯起来，拉亮电灯，孙榆翁揉揉眼睛，惊叫道：“啊，疯子——”孙德金将尖刀指着孙榆翁的咽喉，说：“不要乱嚷——”孙榆翁大惊失色：“原来你没有疯？原来你是装疯的！”

孙德金说：“如果我不是装疯，恐怕现在连命都没有了，但你不要忘了，所有人都知道我是一个疯子，而疯子杀人是不用偿命的！”

孙榆翁惊魂稍定。孙德金说：“我问你，去年秋天以来，为什么没有一个人看到我的身影，没有一个人听到我的声音？你要老老实实，否则，我手上的刀子可就要不老实了。”

“那段日子，你不是在村里消失了吗？”孙榆翁低声说。

“好，你还要狡辩，那就怪不得我啦。”孙德金手上的刀往前一递，凉飕飕的刀身紧贴着孙榆翁的喉结。

“别人是怎么回事，我怎么知道？我的确是有好久没见到你。不久就传出了你的死讯，然后又说你疯了，我都给搞糊涂啦。”

“你只要想起七十年前大恶霸孙非撞死在树上的事情，恐怕就会变得清醒些了。”

孙榆翁刹那间面无人色。

孙德金披头散发，脸色狰狞，在雨夜中看来犹如厉鬼。他说：“我什么都知道了，神棍孙蒙早将一切告诉我了。如果你从实招来，我说不定还会留下你的一条老命。”

孙榆翁脸色煞白，一五一十地交待起来。原来，不知从哪年哪月起，村庄的祖宗就传下一个不成文的古老遗嘱，专门用来对付村里穷凶极恶的败类，此等恶霸大家平时敢怒不敢言，但又人人欲诛之而后快。这个古老遗嘱的名称就是“默杀”，通过制造种种诡异的氛围以及假象，直至目标人物分不清现实与幻象的区别，而最终导致其精神错乱乃至死于非命。

孙德金冷笑说：“我是为非作歹的恶霸吗？”

“你不是，但不幸的是孙小菊爱上了你，”孙榆翁说，“而孙小菊却是镇长儿子看中的人。”

“幕后的指使者莫非就是镇长？”

“那倒也不是，但孙老凤岂容你染指孙小菊？”

“我对孙小菊从来就没有非分之想。我只有一个问题，我既然不是一个恶霸，对所有人都没有任何威胁，大伙儿为什么就甘心任由你们摆布？”

“五百年一度轮回的牛魔王上了你的身，如果不除掉你，全村人全部要遭殃，一个也逃不掉。如果有谁不配合，牛魔王就会从你的身上钻入谁的躯体。而等哪吒三太子率领十万天兵天将杀到下界，牛魔王还是死路一条，而它寄居的身体，同样无法幸免！”

“我操你祖宗十八代的牛魔王！”

“不是我的主意，全是孙神棍的奸计，而又被村长采纳的。”

“孙蒙我操你祖宗十八代！”孙德金一刀割下孙榆翁的脑袋，一脚踢开房门，像幽灵消失在沥沥淅淅的雨夜中。

细雨骤止，被雨水清洗的夜空，黑蓝而辽阔，月却明亮，朗照得村庄如同白昼。孙德金来到了孙老凤的门口，他抬头望了望月亮，月像气球一样膨胀，开始像洗脚盆那样大，而后像圆形的井底，最后像晒坪一样大了，像一千盏马灯发出耀眼的强光。孙德金在月光下浑身燥热，仿佛月光点燃了他的血，他瞅了一眼手上的利刃，刃尖发出的寒光更加清冽，很容易跟月光相区分。而他腰间别着的短柄斧头，锋锐而单薄的刃口，像一只蚌的嘴，夹杂着一种忧郁的冷酷。孙榆翁的头闭着嘴，看上去愁眉苦脸。孙德金将它“嗖”地抛向天空。他迟疑一下，然后翻身上墙，从围墙上腾地跳下。孙德金藉着柱廊暗影的掩护，跨过了庭院。西厢房兀自亮着电灯，只见孙老凤和金枝在闲扯。

金枝说：“镇长儿子自然是好，但闺女不乐意，这却如何是好？”

孙老凤说：“别说孙德金这穷鬼疯了，就是没疯，我也不允许小菊跟他去受苦！”

“小菊倔得很哩——”

“再过一晚，元宵节镇长家就开小车来接了去，天天享福，便晓得咱们是疼她。”

“你们那样对待孙德金，可惜他疯了都还蒙在鼓里。”

“谁挡住我的路，谁就得去死，就是天王老子也没得商量！”

孙德金听了，心头的无明火“呼”地飙起来，染红了眼。他一脚踢开房门，孙老凤未及反应，孙德金一刀砍去，正中孙老凤的左小腿骨，孙老凤惨叫一声，跌倒在地。孙德金用手一拔，却发现刀嵌在孙老凤的腿骨上，再奋力一拔，才把刀拔出来，只见月光下刀口通红。他又照着孙老凤的小腿砍去，犹如砍树木一般，一连砍了六七刀，才将这条腿砍下来。金枝只待要走，但两只脚仿佛被钉在地上，她想叫喊，又忽然哑掉了。她吓呆了，眼睁睁地看着孙德金砍下孙老凤的双腿，又砍下了两条手臂。孙老凤浑身是血，嘴里发出呜呜的微弱声音。孙德金按住他的身子，去割他的头，却割不进去。孙德金跑到窗边，就着月光去看那把刀，原来崩了几个缺口，便如锯齿一般。孙德金说："没想到这孝狗的骨头还挺硬的。"他抽出腰带上的斧头，只一斧，便将孙老凤的头部斫落在地。金枝发出"哇——"一声大叫，惊悚至极。孙德金察看了一下斧头，月光在刃口上跳跃，犹如烂银似的，冲掉了鲜血。他只一斧，就使金枝身首异处。

孙德金步出西厢房，只见天上的月亮依然巨大无比，几缕黑云穿过月亮，犹如几根粗大的绳子穿过一块白花花的肥猪肉并捆绑。月亮显得有些破碎，月亮的中央微微发黄，这样，它又像一个刚打下来的蛋黄，显得有些溃烂。月光有些潮湿，黏糊糊的，落在孙德金的身上，犹如幽火在吹拂。

东厢房上的大铁锁挂在门上，像一只黑色的鳖，孙德金只一斧头就将房门劈开。孙小菊穿着睡衣站在房中，月光透过窗棂，照在她的脸上。孙小菊说："你杀了我父亲——你还杀了我母亲——"孙德金手一松，斧头"咣当"一声掉在地上。他忽然蹲下身子，剧烈地呕吐。

夜已深，孙德金突然从梦境中惊醒，冷汗涔涔。原来这一切都不是真的。孙德金做了一个漫长而血腥的梦。窗外月光大盛，如暴雨瓢泼而至。正月十四夜，月亮趋圆，往西坠去。

孙德金觉得思绪混乱至极，梦中的情景历历在目——爷爷讲述的遥远故事，他和孙榆翁的对答，尤其是他在月光下杀戮孙老凤和金枝的情景，更是异常清晰。他甚至分不清这是梦境还是现实，就在这里，梦幻和现实混淆了，再也分不出界线，但祖父的讲述如此真实，无法抹杀。而一开头所有的遭遇，想起就像一场荒唐而逼真的梦境。然而那些细节栩栩如生，却是无法归咎于梦魇的。在那些日子里，他像幽灵在村巷徘徊，内心充满不可知的恐惧及百思不得其解的茫然，然后是假装发疯的一系列表演，都不可能是梦境。他忽然觉得腰部被一块硬物硌痛了，伸手一摸，抽出了一把刀，尖刀在黑夜中闪光，仿佛由月光锻造而成。

孙德金捧着那把刀，他的手在颤抖，感受到利刃嗜血的欲望。他将那把刀放在手臂上轻轻一拖，皮肤被割破了，一缕鲜血缓慢地沁出，继而漫漶着手臂，并凝成血珠掉在地上，发出细微的声响。

这一切都是真的吗？正如在梦中，爷爷的讲述以及孙榆翁的交待，这一切都是村长、长老及神棍所精心设计的圈套，目的乃是将他“默杀”？然后是他持刀大开杀戒。孙德金无法证实这荒唐的“默杀”究竟是实有其事，还是他的推理（难道推理在梦中进行？）得出的结论，这已经不再重要了。

孙德金推开房门，静静地看着向西倾斜的圆月亮，忽然对准月亮“汪汪汪——”地狂吠起来，就像一条疯狗。

正月十五，就是凤凰村一年一度的“年例”。“年例”是粤西（如茂名湛江及阳江一小部分地区）一带的隆重节日，家家户户杀鸡宰鸭，置办酒席，宴请亲朋戚友，有钱人家更会采购鲍参翅肚，大摆排场。十五日到了，全村彩旗飞扬，醒狮起舞，白天摆醮、游神，晚宴后放电影，唱大戏，以供宾客娱乐，另置办一场木偶戏供各路神祇欣赏，端的是热闹非凡。但在如此重要的节日，村庄出了一些怪事。听说孙榆翁一家厨房不见炊烟，孙蒙亦染疴不起，没有出来主持村民摆醮、游神；至于村长孙老凤家里更是一片死寂，间或传来妇人低低的啜泣。十五天一亮，就传来了孙小菊失踪的消息，同时失踪的还有疯子孙德金。在孙老凤家门口，一条强壮如豹的大黑狗死在门槛上，脑浆迸溅，狗头稀烂，看上去可怖至极。

第二章　巫师

进入盛夏，胡家庄爆发了禽流感，鸡鸭死殁无数，堆积如山。凤凰村跟胡家庄仅隔着三五座丘陵，相距不逾十里，这禽流感搞得凤凰村的人也很紧张。凤凰村的鸡鸭还没有什么异常，倒是村里接连发生了几件不同寻常的事情。

午后，孙五龙的老婆杜鹃和一帮妇人在河埠头浣洗衣服。她忽然挺起腰肢，将洗衣刷“嗖”地扔到河心，将衣服一件件脱下来，渐次露出双乳、肥臀和挺拔的大腿，双腿间的毛丛乌黑油亮。众人惊愕地望着她，还没反应过来，杜鹃已一步步向河湾深处走去。河湾水面澄澈，平静，泛着黑蓝的幽光，实则深不可测。杜鹃肌肤如玉，美艳绝伦。她伫立于水中，就如灿然绽放的一朵莲花。她越陷越深，一寸寸地被河水淹没，首先是膝盖和大腿，然后是小腹和胸膛……她像粉笔画出来的图像，河水像一只黑板刷，一截截地将她擦掉，整个河湾就像一只怪兽张开的大嘴，正在悄无声息地将她吞噬。

杨雨喊道：“杜鹃，你要干啥？”杜鹃不理她，转瞬之间，河水已淹到了她的颈部。美玉嘀咕说：“杜鹃不会游水哩——”杨雨一个猛子扎过去，将杜鹃拉上沙滩。杜鹃惘然地望着河岸、远山及身边的苇草和妇人，忽然面红耳赤，用双手掩住私处，哇地大哭起来。

好一会儿，她才平静下来，众人问她到底是怎么回事。她忸怩了半天，才说："我看到他了，他冲着我笑，还向我招手呢——"美玉问："他是谁？他在哪里？"杜鹃惊魂稍定，但只是摇头，却不肯再吐出一个字。

这是发生在五月十三日的事。

孙老雀上中火嶂砍柴，柴没砍到，连柴刀也丢了。孙养看见他从山路上归来，脚步轻快，脚不沾地似的，飘飘荡荡，仿佛魂魄脱离了他的身体，喊他也不应。他一回到家里，倒头便睡，接连睡了一昼夜，不吃不喝，也不拉撒，连呓语也不发半句。他脸色蜡黄，气若游丝，倒似在弥留之际。家人慌了手脚，只道他大限将至，已准备去办后事了。

没想到，他一骨碌翻身起床，一张嘴就说："我终于坐上飞机啦，这辈子不算白活了！"

家人惊问："你坐了什么飞机？你坐飞机去了哪里？"

孙老雀摇头晃脑地说："一个多月前，我去石湾墟趁墟，在路边见到一个人。他身光颈靓，打着牛舌头似的领带，一看就是城里人。他说，你是孙老雀是吧？我说是呀，我不认识你。他说，你认识孙大槐吧，他老惦着你呢，让我来找你。孙大槐，这不是我亲叔吗？他年少时逛县城被国民党抓了壮丁，据说后来也混到了一官半职，解放前夕败退到台湾。近年来，邻村不时传来台胞返乡探亲的消息。咱家里也日盼夜盼着，他会突然出现在凤凰村，手上提着一箱子钱哪。我激动得双腿直哆嗦，头像鸡啄米一样乱点。那人开着小车，将我搭到湛江机场，登上飞机，终于见了我叔。他身体还很硬朗，果然是个有钱人，那套乡间别墅比村里的祠堂还大，里面还有一个水池，像村口的鱼塘，却不养鱼，不种藕，只供人游水。我在俺叔家里，大吃大喝，每日山珍海味，美酒佳肴，自是不必细表。住了一个月，我想家了。正要跟我叔说回老家去，我在花园的长凳上打了个盹儿，一睁眼就见到了你们，莫不是我叔将你们都接到台湾来了——”

孙雷一个耳光掴在父亲脸上，说：“你醒醒吧，你在凤凰村呢。”

孙老雀惘然四顾，好半天才回过神来，忽然大喊：“我饿呀，我饿死啦！”

这是发生在五月十五日的事。

孙兵是一个老实巴交的庄稼汉，没想到十七日发生的一件事情，使他成了村子里继杜鹃、孙老雀之后的新闻人物。半夜里，他忽然提着煤油灯，披衣而起，神情诡异。他的两个儿子孙邦、孙项发现不对劲，拿了手电筒，却不摁亮，只是像影子一样跟在他后头。孙兵跑到屋后的竹林里，伸出手，一株株竹子去抚摸。他像在寻找或辨认，喃喃自语，那双手无限温柔，仿佛在抚摸美妇人似的。瞧这情形，必是梦游无疑。孙邦骇得腿骨发软，却不敢跟父亲搭讪，惟恐将父亲吓死了。他示意孙项去请巫师孙蒙。

这孙蒙是村子里的通灵者，平时负责村人跟鬼神或幽灵沟通的事务，颇有些神通。几十年来，大伙儿对其信服得五体投地。

一会儿，孙蒙就提着一盏亮光灿灿的马灯来了。他一到，就从怀里掏出一只光滑的小瓷瓶，将瓶中的水倒在口里，往孙兵脸上喷去，厉声喝道：“咄——”孙兵眨了眨眼。孙蒙又迅速掏出一张黄纸灵符，戟指在符上飞快画了个“花”字，往孙兵脸上一贴，口中念念有词：“太上老君急急如律令，大胆小鬼还不速速离开！”孙兵的手才从竹子上放开，跟孙蒙回去。

一路上，孙蒙问：“你在干什么呢？”

孙兵说：“我偶然在一个陌生的古老村庄，发现一桩惊人的秘密。村子里的人，年纪虽然不等，容貌却彼此酷似。我仔细一看，不禁骇得心里发毛。这不全都是我吗？一岁的我，三十岁的我，一直到九十岁的我，他们全在这个村子里，尽管互不搭理，却是唇齿相依。我看到那个九十多岁的我，身体好着呢。我心里美滋滋的。这就意味着我可以活到九十多岁啊。而我今年才七十一。忽然锣声大作，有人大叫道：‘不好啦，七十二跑啦！’我看见一个小老头从巷口冲出，夺路狂奔，转眼间就消失在村边的一个竹林里。竹林中烟雾缭绕，幽深暗黑。我赶紧追出来。我知道，我如果不能将他找回来，严加看管，我就不能迈过七十二这个门槛。他好像躲在竹林里呢，兴许他就匿身于空竹里面，或者化身为竹，每一棵竹子都可能是他，我非要将他揪出来不可！”

孙蒙说：“你甭担心啦。那只是一个梦魇罢了，现在梦境消散了，你什么地方也没有去。你瞧，你就在家里呢。”他用力一拍孙兵的额头，用手指在虚空中画了个“花”字。孙兵如梦方醒，坐在院子里。东方已露鱼肚白，晨光熹微。

孙蒙临走时，小声对孙邦说：“你父亲不是撞了邪就是见了鬼。明天准备好鸡牲果品到土地庙里，我帮你们请请神。”

这是五月十七日的事。

这几天，巫师孙蒙忙碌极了，马不停蹄，连续数天帮杜鹃、孙老雀、孙兵三家请神。做了法事，三家正常如初，太平无事。

譬如孙蒙这样的人，在黄花镇并不鲜见，几乎每个村子都有一至两个。平时呢，主要是帮人们拜神、请神及还神之类。村民自有香油钱酬劳，每次三五十元不等。孙蒙是多少不拘，只尽心尽力。村中一年到头，也总少不了有几起红事白事，这都离不开敬拜土地神和祠堂的列祖列宗，而孙蒙自是不可替代的灵魂人物。重大节日社日如春节、鬼节之类，更是孙蒙大显身手的时候，至于捉鬼驱邪，枉孙蒙空有一身本事，却并非常有机会施展。他上一次帮孙天家里驱赶狐妖，已经是二三十年前的事了。没想到，这段日子，一连串灵异事件在凤凰村接踵而至。而孙蒙奔走于土地庙与各家各户之中，毫无倦意，大呼酣战，反倒精神抖擞。他身披葛衣，须发皆白，脸庞却红润粉嫩如婴儿，看上去倒也有几分仙风道骨。

那几件事情，在村庄传得尽人皆知。尽管本村鸡鸭安然无恙，众人仍心内慌张，人们纷纷备好祭品，请孙蒙去土地庙求神保佑。

一个多月时间，村子里的人都拜过神了，只有两户人家没去请孙蒙。一是孙正，他不在村子里。他既不入城打工，又不好好耕田，也不知道他靠什么活命。而大伙儿平时就难得见到他几次，听说他跑到县里省里“上访”去了。这些年来，各种传媒很发达，村民对“上访”这个字眼也不陌生，却一时又很难将其跟身边的生活联系起来。另一户人家是孙大石，孙大石是到过珠三角打工的人，颇见过些世面。他从不去拜神。

孙老雀劝孙大石去拜神，他把嘴一撇，说：“我不去！我去拜个鸟！”

孙老雀大惊失色，说：“你不能胡说八道，冒犯神灵，还不赶紧去庙里求大神宽恕！”

孙大石呵呵大笑：“如果真的有神，就不会是这样的世道了。如果真有神，一些作威作福的人早就该死了。否则，就很难理解神这是何用意。”

孙老雀说：“一切皆有定数。那些人也跑不了。不是不报，时候未到——”

孙大石打断他说：“当你们这样的人，也自称是神的子民，上帝只好被迫宣称是无神论者。”

孙老雀把眼一瞪，说：“你这是什么意思？”

孙大石说：“如果神真的有眼睛，也不会接受恶棍的供品！”

孙蒙听闻，找上门来，对孙大石说：“听说你诽谤神恩，这很不好。你来求我，要补救还来得及。”

孙大石说：“神我是敬畏的。但明明是凡人，却要去模仿神发出声音，那就可笑了。别人都把你看成法师，但你在我眼里，无非是一个妖言惑众的神棍罢了。你不是有灵符吗？我不怕你，你有种就来降我呀。”

孙蒙阴森森地说：“我不跟你一般见识，我的神符是治恶鬼的，可不会滥杀无辜。但如果真有鬼上了你的身，我可不会手软！”

孙大石说：“你凭什么就是‘法师’？老实说，那几句咒语、经文，我也会念。那几下掷卜卦的手势，只要我高兴，我也可以做。请你放心，我不会去抢你饭碗的，但你不要在老子面前啰嗦！”

孙蒙说：“凭什么？就凭神的旨意，就凭我的本事！我在三十一岁时，就出任本村法师，至今已有三十多年了。我仰仗神威，保境安民，使本村风调雨顺、五谷丰登、六畜兴旺、人财两旺、大小平安，这就是我的功绩——”

孙大石怒道：“别瞎吹了！你不是有些手段吗？你不是会呼风唤雨吗？你露一手给我瞧瞧，我马上信服！”

孙蒙摇了摇头，说：“这你就不懂了，风神雨师，雷公电母，各司其职，岂可随意？但有需要，我自去登台作法，启禀大神，一一布行。你愚顽不灵，只恐大祸临头，慎之，慎之。天机不可泄露，我说得够多了。”孙蒙也不生气，扬长而去。

孙大石畅声大笑。但他眼见家徒四壁，妇人廖飞燕在砍猪菜，菜刀在砧板上丁当乱响。她不吭声，只是拼命砍斫，猪菜被剁得稀烂，汁液溢出。孙大石叹口气，两个儿子连一条完整的裤子也没有，学费还欠着学校的呢，放学时孩子老被留下来训话。他见妇人将那块砧板当成了仇人，真是刀刀致命，他眼前一花，觉得自己就躺在地上，就是那块砧板，妇人的每一刀都直奔要害而去。廖飞燕埋怨说："日不说神，夜不讲鬼。大石你还是少说两句的好，别谈论他人是非。大石，你还是去拜拜神吧。"

"谁不想初一、十五都去庙里拜神庇佑？备了鸡牲果品，还不是进了自家口腹？神又不会真的吞下肚去。但哪儿有这个闲钱？"孙大石愤恨地说，"我偏不信邪！若光是保佑恶棍的神，不信也罢，依我看来，孙蒙才不是好人呢，神若真的挑选他做法师，才是瞎了眼睛。"

廖飞燕扔掉菜刀，将猪菜倒入铁锅，说："你少说两句吧。"

过了几天，又有一个消息在村庄传播，说村子里有人对神不敬，不思悔改，如今弄到神憎鬼厌，一帮恶鬼已潜入村庄，伺机作祟云云。村庄危机四伏，是否得保安宁，这就得看人们如何行事了。

有人去请教巫师孙蒙，孙蒙捻着白须说："兵来将挡，水来土掩。万事有我呢，大伙儿不必担心。"

孙兵问："总得寻求解救的办法才好，以免恶鬼肆虐，涂炭生灵。"

孙蒙说："这番群鬼入村，善者不来，来者不善，气势汹汹，非比寻常，若全力剿灭，亦不是不行，就只怕两败俱伤，反为不美。我得思虑一个万全之策才好——"

众人催问："请问法师可有良策？"

孙蒙微笑："山人自有恩威并施之策，大凡对待愚顽不灵之徒，一是恫吓，二是利诱，此计屡试不爽。管教人鬼和平共处，大家相安无事便是。大伙儿有所不知，此番恶鬼出没，其数量之多气焰之盛堪比鬼节情形，鬼影幢幢，鬼哭狼嚎，声势浩大，故不宜轻言剿杀。倒可循鬼节之例，举行一次盛大的水陆道场，超度亡灵，广泽四方，让那游魂野鬼脱离苦海，顺利进入六道轮回，以消除鬼魂怨气，群鬼必自行消失。此乃利诱之法也。另外，本村的土地庙、文武庙诸神及祠堂的列祖列宗，向来有灵，神通广大，只要咱们诚心求助，他们必会拔刀相助。因此可效仿春节、“年例”时，举办摆醮、游神大会，让诸神出巡，各显神通，正如军队举行阅兵仪式，彰显实力，扬我威风，群鬼必知难而退，望风披靡。此乃是双管齐下的万全之策。”

众人脸露喜色，皆点头称是，孙蒙顾盼自雄，洋洋得意。

消息一传出，众人纷纷去孙蒙处交钱，争相踊跃。除了捐钱买香烛、花红及鞭炮诸物，更争着去竞标那抬神像的差事，以博神恩，换得好运气。孙蒙声称，为了公平起见，五百元起拍，高价者得。没几天，各项款额已筹措完毕，只等孙蒙请示神意，再择吉日举行水陆道场。

大伙儿都很积极，全村仍旧是孙正及孙大石二人分文不出。孙正踪影皆无，孙大石无动于衷。

孙蒙拿着账本来找孙大石，说：“我再给你最后一次机会，十块五块也行，多少不要紧，重要的是心诚。我看你也是一个穷鬼。”

孙大石说：“我一根毛也不会拔给你。别人没脑子我管不着，但我算是看透你了，少来装神弄鬼！”孙蒙说：“你当真不交？”孙大石说：“不交！”孙蒙说：“那好。到时你家里有什么事情，莫怪我不提醒你。”孙大石怒道：“我能有什么事？你他妈的少来诅咒我！”孙蒙缓缓地说：“凤凰村上下，若出了什么事，也都要你负责！”

孙蒙扔下这句话，走了。孙大石只听得头脑“嗡”的一声，胸口憋得难受，只觉得一大团闷气蓬起，像棉花糖那样膨胀，心底一阵剧痛，仿佛有一条蛇在噬咬。

“村子里的事情，凭什么要我去负责？我算是什么人？村长你说——”孙大石跑去找村长孙老凤，将事情的来龙去脉说了一通，“村长你要管一管呀，我觉得孙蒙是狐假虎威，装神弄鬼。他是惟恐天下不乱。”

孙老凤说：“你为什么就不肯交呢？你看，连我老婆金枝都交了一百元。大家都交了，你不交就被孤立了。”孙大石说：“这明摆是孙蒙在愚弄咱们呐。别人没脑子是别人的事，我心中雪亮呢。”孙老凤说：“话也不能这样讲，反正花不了几个钱。”孙大石说：“这不是钱的问题。现在都什么年代了，什么游神摆醮的，逢年过节搞搞就罢了，依我看，这水陆道场大会，不就是搞封建迷信活动吗？理应禁止。现在，连土葬都不让了，即使偷偷摸摸土葬了，也没有几个人为死者设道场做斋了。孙蒙是闷得慌了，才想出这个馊主意。你身为一村之长，不能不管！”

孙老凤耐心地说：“这是风俗，是传统呀，几百年从老祖宗那儿继承过来的，也不能就断定是迷信。游神时的连带活动‘飘色’，上头还说是非物质文化遗产要大力弘扬呢。况且，民意难违呀，近来村庄的确发生了一些怪事，让大家心安也好，搞就让他们搞去。你不会有事的，我心里有数。”

孙大石前脚刚走，孙老凤后脚就迈出家门，去找孙蒙说：“老神棍，你好大的胆子！”

孙蒙神色不变，说：“村长此话怎讲？”孙老凤说：“这么大的事情，也不来跟我商量。你真以为有神灵为你撑腰吗？到时倒要看看是你的神厉害，还是人民专政的铁拳厉害！破四旧那阵，神像被砸成碎片，还是我从红卫兵手上将你从晒坪的批斗场上救下来的，你不会忘记吧？”孙蒙一下子威风扫地，讪笑说：“村长，你是我的救命恩人，我没齿不忘。我正要请你来主持大局呢。这不，我将前面的琐碎事先做了，剩下的事情就好办啦。”孙老凤说：“拿账本过来。”

孙蒙递上去，嘴里报着数：“四百二十多户，其中除了孙正、孙大石，一户不落。一共是三万五千元。”孙老凤说：“摆醮及道场所用的供品、纸钱、香烛诸物，都由各家自出。这次活动，无非是游神时，得杀几头猪，买几挂鞭炮，能花几个钱？我心中有数。”孙蒙说：“这笔费用当然会全部花掉，一分不剩，账务公开。但如何调度及分配，自然有赖你主持呀，账面上的事倒好办。”

“你不愧是个聪明人，我也不会亏待你的。我来找你，还有一件事——”孙老凤眉开眼笑地说，“这个活动是很好的，一定要办得有声有色，办出效果来。同时，一定要找个借口搞掂孙正！”

孙蒙说：“不能害人，我从来没害过人。”孙老凤厉声说：“我不是来跟你商量的，你没有本钱跟我讨价还价！要么是你搞掂孙正，要么是你拾掇好老骨头准备将牢底坐穿！”孙蒙说：“我没犯事，你告我不入。”孙老凤说：“杜鹃、孙老雀及孙兵的事情，你干得的确很漂亮。你真以为瞒得过我的眼睛吗？我随便告你一个罪名，例如扰乱社会秩序、诈骗之类，并不是什么困难的事。”

孙蒙原本红润如婴孩的脸，马上变得煞白，说：“为什么要搞孙正？”孙蒙说：“这个你不要问。你问神去，神会给你一个好理由的。”孙蒙为难地说：“就是要搞他，他也不见人影，他离开村庄不知多久了。”孙老凤说：“这个你放心，这几天他就会回来的。”孙蒙讶然问：“你这么肯定？你凭什么这么肯定？”孙老凤说：“套用一句你老神棍的老话——天机不可泄露。但你要清楚，凤凰村飞过多少只蚊子跑过多少只老鼠，我全了如指掌。最重要的是这件事情，我相信你会办好的。我不会亏待你。”

孙老凤走了。孙蒙伫立在庭院午后的暗影里，呆若木鸡。一向神机妙算、拘鬼役神的老法师这次犯难了，他眉头紧皱，脸上的水分仿佛刹那间挤干了，一张脸皱得像风干的核桃。

果然不出孙老凤所料，在盛夏的一天，孙正在村口出现了。孙蒙瞧着他，笑成了一朵花。他像猫瞧见了老鼠，就等着下手了。他已经在隐秘之所布好了捕鼠夹。

这个孙正，可谓村庄的多余人，平时要么远离村子，要么深居简出，根本就没几个人会留意到他。但这次不同了，他一回来就成了全村人关注的焦点。伴随着他的归来，平静了多日的凤凰村突然发生了一件怪事，一只壮硕的大白狗突然发疯，跳起来一口咬掉了孙成七岁儿子的小鸡鸡。尽管那疯狗被孙成抡起锄头当场击毙，但悲剧已然酿成。奇怪的是，从来无人见过这条狗，惟一可以肯定的是，该疯狗不是凤凰村的。有人将疯狗咬人事件跟孙正这不速之客联系起来，这未免有些牵强，但未尝没有这种可能性，时间上委实是太巧合了。

第二天，更骇人听闻的事情发生了。孙兵家里的鸡呀、鸭呀，在院子里踱着步，啄着草根，忽然像接到号令似的，扑着翅膀，接二连三地倒了下去。

孙兵的第一个反应就是：“胡家庄的禽流感终于传过来了！”孙邦嘀咕说：“是胡家庄传过来的还好，就怕是孙正染了禽流感回到村里，人禽交叉感染来着。到时村子里的人，一个也跑不了！”金枝接腔说：“有人看到孙兵家里的母鸡跑到孙正院子咯咯乱叫，被孙正倒提着扔了出来哩——”这番话就像可怕的瘟疫飞快地传遍了全村，当然也传入了孙大石的耳朵。

孙大石本来想找孙正商量联手抗拒孙蒙大设道场这事儿的，毕竟，两人都没交钱，可算是坐在同一条船上的人。此刻，他不敢轻举妄动了，那番说话，想必已传入孙正耳里。孙正也是个警醒的人。

第二天，天刚蒙蒙亮，孙正要悄悄离开村庄。孰料，他一推大门，却发现被别人在外头反锁了，他一连推了几下，那门栓哗啦啦作响，门扇摇撼，却是无法打开。他嘶声喊道：“是谁干的，到底是谁？”门外寂然。

孙正返身取了一把斧头，奋力将木门劈开。他一走出门口，但觉日光刺眼，而眼前的几把禾叉（岭南乡间水稻脱粒时用来扬场或翻秆用的农具，装着长柄，形如双股叉，叉端锋锐）、铡刀之类刃口闪烁，触目惊心。他脚步未动，六七把刀叉已对准了他的胸口。持着武器的人，杀气腾腾，为首者正是孙兵。

孙兵说：“举起双手，退回去——”

他们戴着用麻布做的口罩和手套，口罩上面的眼睛露出凶光。

孙正一步步退回院子，说：“别动手，有话好好说。”孙兵说：“你就好好在家里睡大觉吧，我们不能冒这个险，不能让你把全村人都传染了。村长已跟镇上防疫站的人说了，如果你真的没事，到时任由你行走。但在此之前，你哪儿也不能去。你放心，有人会给你送饭，不会让你饿死的。”等孙正回到屋里，孙由早已扛来几块木板，提起锤子去敲铁钉，丁丁当当，三五下将孙正劈坏的木门补好了。孙兵不放心，扛来一把利耙，耙齿倒置在门前，十三根锋锐的铁齿闪闪发光。孙兵说：“村长吩咐留下两人，其他人轮换着看他，要二十四小时盯紧，千万不能大意！就是苍蝇也不许飞过一只！”

孙大石闻讯跑去瞧热闹，只听得孙正在屋里嚷道："好呀，我就在家里等防疫站的人来。我真要有病，才巴不得有医生来看呢。"

第二天下午，防疫站的人就来了，一共五个，他们的面包车直开到村口。来者戴着头盔、口罩，身穿防护服，手持一些奇形怪状的仪器。孙大石看得心惊胆战，双腿都软了。他思忖，他们就像是来自另一个世界的人，甚至是死神的使者，来自漆黑而幽深的地狱，给人带来了一种古怪而恐怖的感觉。而他们是医护人员，他这样想是毫无道理的。孙正有麻烦了。他心里涌起了同情。

这些人在里面折腾了半个小时，出来了。孙由问："他有没有禽流感？"有个人摇了摇头："没发烧，也没有其他症状。"孙正说："医生都说我没事了，我可以走了吧。"孙由说："法师已去庙里请神了，在神的旨意出来之前，你还是不能随便走。"

孙大石看着孙由手上的利叉，不寒而栗。他预感事情会朝着更严重的方向发展。孙蒙警告他的说话，让他的胸口压了一块巨石，又大又沉，使他很难受。他跑去找孙蒙，心想，他还是交二三十元钱算了，就算破财消灾，以免惹火烧身。

孙蒙正在土地庙里跳神，他穿着法衣，手摇铃铛，全身剧烈地颤抖，他红润细白的脸庞，在幽暗的烛火和纸钱腾起的烟雾中显得诡异而骇人。旁边站着孙老凤和族中几位德高望重的老者，均是脸色肃穆，一声不吭。孙大石不敢开腔。终于，孙蒙坐在蒲团上，微微张开双眼，恢复了正常人的模样，徐徐说道："我领了大神法旨，摆醮及游神当于五月二十三日举行，晚上则开水陆道场。至于那孙正，他的麻烦大了，绝不是禽流感那么简单——"

忽然，孙邦跑过来，他满头大汗，气喘如牛，神色张皇地说：

“我们家的水牛正在田埂上啃草，忽然口吐白沫，滚落在田埂上，无端端地死了！”众人脸色惊悚。耕牛是农民的命根子，损失之大不必说，也意味着倒楣到家了。

孙邦话刚落音，杜鹃跑了过来，带着哭腔说：“村长，大事不好啦，祠堂的顶梁柱突然断裂，砖瓦哗啦啦往下砸，将香炉案板也砸烂了。”族中的几位老人更是面无人色。

孙老凤收摄心神，镇定地说：“老法师，你继续说下去——”

孙蒙说：“那孙正已不是我们所认识的孙正，他早就死了。换句话说，他被恶鬼上了身，鬼吃掉了他的脑髓，借用他的躯壳，在村里兴风作浪呢。这一连串事件，都是猛鬼作祟的结果。大神有了旨意，要保村子平安，就只有将其消灭！”孙老凤说：“老法师之前不是说，不宜跟群鬼动武，而是以安抚为主吗？”孙蒙说：“话虽如此说，但这恶鬼桀骜不驯，不给他点颜色瞧瞧，他下次就要向人下手了。这也不是要跟群鬼大动干戈，而是杀鸡给猴看。若再纵容他胡作非为，别的鬼魂就有了坏榜样啦。”

老人孙天担心地问：“这鬼既如此凶悍，可有方法制他？”孙蒙说：“到摆醮之时，诸神归位，料他无力作恶。两天之后就是二十三，到时将其拘往诸神面前，先用狗血淋头，再以火刑施之，不愁他不就犯！”孙老凤喝道：“孙邦你赶紧回去，让众人严加看管，莫让孙正跑了。”孙邦说：“他既是猛鬼，恐怕咱们也制他不住。”孙蒙说：“这个倒大可放心，鬼怕日光，白天是不敢现身的，关键是在夜晚。但到夜间，我自有张天师传下的灵符制他。我待会就赶过去，定教他插翼难逃。”

孙天仍是狐疑不定，说：“那孙正平时并无恶行，就这样定他是恶鬼烧死，就怕冤枉了好人。”孙蒙眼睛一瞪，说：“孙天，你胆敢在神灵面前诋毁神意？”孙榆翁说：“这也是为了全村上下人畜的安危，宁可杀错，不可放过了。”另一个老人孙扶面有难色：“毕竟人命关天啊。”

众人议论纷纷，一时无法定夺。孙老风说：“这种鬼神灵异之事，大家平时甚为忌讳，却也是信则有不信则无。要拿出真凭实据来，却并不容易。至少，从来就没人见过鬼神的真面目，哪怕仅是神迹，也是闻所未闻。难怪大伙儿狐疑不定。当然，我个人是相信老法师所言非虚的，并无半点怀疑神旨之意。只是，老法师可否拿出确凿证据来？若果如此，大家必无话可说。孙正侄儿若泉下有知，他也会很欣慰的。他的牺牲是有价值的，咱们也为他报了仇呀。”

孙蒙说：“我会拿出证据来的。”

众人再无异议，鱼贯散去。

孙大石见孙蒙走在后头，忙赶上前去，说：“老法师，我愿意交三十块钱。”

孙蒙愠然说：“太迟了。”

孙大石说：“请你收下来。村子里发生了这么多事，我如何承担得起？”

孙蒙说：“这是你的问题。”

孙蒙年纪老迈，但脚步雄健，鹤发童颜，大袖飘飘，走在路上，真如老神仙一般。孙大石觉得阵阵寒意从脚底升起，袭上肺腑，不禁双膝一软，跪倒在土地神面前，叩头如捣蒜。看来，那孙正不管他是人是鬼，已在劫难逃。说不定孙正被囚禁，真的跟他不敬神有关呢，搞不好下一个就轮到他孙大石呢。他越想越害怕，他决意想个办法自保，断不能束手待毙。

孙大石回到家里，冥思苦想，不得要领。但觉山雨欲来风满楼，少不得有一场血战。他可不是省油的灯。真要搞到他的头上，他也不会任人宰割，至少也得拉个孙蒙之类的垫底。

孙大石让廖飞燕带着两个儿子离开村庄，他好见机行事。老实说，孙正乃鬼上身之类的鬼话，他是打死也不信的。恐怕，这还是孙蒙这老匹夫捣鬼罢了。

午后三点多，太阳像一个奇异的圆盘，发出耀眼的强光。阳光下面的村舍和树林，在热气和光影中轻微地晃荡，显得有些飘忽和虚幻。孙大石看到孙正院子前围着一大群人，为首者正是孙老凤、孙蒙及孙榆翁等村中的几个长老。孙蒙说："我已查明，上孙正身的是个发瘟鬼，最能散布瘟疫，所以才接二连三夺去了不少禽畜的性命，连大牛牯也无法幸免。我现在就来证明给大家看——"

他招了招手，孙项牵出一只身躯长大的白狗，那狗昂首阔步，精神抖擞，就如一匹小马驹似的。孙项将狗放入孙正院子内，狗项上拴着一根数丈长的细铁链，链子的另一端就掌控在孙项的手上。

众人屏气凝神，场面肃穆。那狗在院子里很久都没有动静，忽然一阵狂吠，瞬间又销声匿迹了。孙项扯动链条，觉得手上十分沉重，就如渔夫拖动大网一般。孙邦上去帮忙，将那只大狗拖了出来，只见其七孔流血，早已一命呜呼。孙蒙缓缓地说："这就是铁证。狗乃灵异之物，狗血可以驱邪，狗眼能看到幽灵，寻常小鬼，也惧它三分。此狗乃德国猎犬跟本地土狗的杂交之物，最是雄健，没想到仍难逃毒手。可见此鬼猛恶凶悍。大伙儿可得当心了。"

众人脸色惊惧，点头称是。

孙大石凑过去问："老法师，孙正除了被火烧死，就没有别的办法吗？"

孙蒙颔首点头。

“他的死跟我没有关系，我可负不了责，”孙大石愁眉苦脸地说，“如果要我负责，他就不能死。”

“不信神灵的人，你休来啰嗦，给我滚！”孙蒙斥道。

孙大石觉得那只狗死得蹊跷，一时却又看不出什么破绽。但他对孙蒙的话是一个字也不相信。孙正死后，下一个就可能会轮到他，现在，一股难以觉察的力量，就像一根黑暗中悄然伸出的绳索，像毒蛇一样朝他游来。他跟孙正就像两只蚂蚱，被系在这同一根看不见的绳子上了。他越去细想，越是心惊。他必须采取行动了。

夜色渐浓，孙大石跑去孙正家。只见孙正的房屋没有灯光，漆黑一团，而门口挂着两盏大汽灯，两个守卫头上还戴着雪亮的电石灯。看来，就是飞过一只鸟雀，也难以逃脱他们的眼睛。孙大石想潜入孙正庭院瞧一瞧，却不敢贸然行动。他躲在一棵龙眼树的暗影中来回踱步，一时无计可施。

夜幕中传来孙正的喊叫声：“孙老凤你这狗村长，即使害死我，你也逃脱不了法律的严惩，快放我出去！乡亲们，不要受孙老凤和孙蒙这老贼的蒙骗呀，我是无辜的，放我出去——”没有人搭腔，没有人理睬他，孙正直喊得声嘶力竭，声音逐渐减弱、轻微，终于变得一片死寂。也不知他是死是活。

孙大石撕下一幅衣角，裹在脸上。这样，他就跟电影上的蒙面人毫无二致。月黑风高，夏虫唧唧，他从孙正家的后院翻墙而入，只见孙正手脚均被麻绳束缚，就拴在院子里的一只大碌碡上，脸如金纸，已奄奄一息。两人对视，俄顷，孙正嘴巴张了张，其嘴唇爆裂，口干舌燥，竟说不出话来。

孙大石将蒙面巾扯下来，到厨房给他端来一瓢水，孙正一饮而尽。他哑声说：“饿死了，饭也不给我吃，连水也没得喝。”孙大石手忙脚乱地将孙正身上的绳索解开。他跑到厢房去，用畚箕端来几只生番薯，孙正将番薯放在裤腿上擦了擦，连皮带肉塞入嘴里。孙大石问道：“你是否得罪了孙蒙？我觉得这里面有阴谋，他说你鬼上身了。”

孙正说：“我得罪的人不是他，而是孙老凤。搞我的人肯定是他，孙蒙不过是他养的一条狗罢了。我之前写了材料，去省城找报社报料。那孙老凤贪污了去年村集体的山岭承包款，可惜记者见数额不算大，我又无真凭实据，兴趣不是很大。十万八万，当然算不了什么，但在我们村子，也算巨款了——咳——咳——”

“你喝点水，慢慢说，”孙大石说，“他们定下毒计，要在后天将你烧死，全村人一齐参与，我还是先救你出去吧。”

孙正说：“我手酥脚软，根本无力翻墙。况且外面守卫森严，咱们是跑不掉的。另外，我不想走，我就待在这儿，等他们来抓我去烧罢了。”

孙大石低呼：“你疯啦？”孙正说：“我正好将计就计，这正是一个揭发孙老凤的好机会——”孙大石不解：“如何揭发？我去报警好了。”孙正说：“你不能打草惊蛇。你前脚去报警，他们后脚就将我放出去了，顶多是揪出了孙蒙，孙老凤还不是安然过关？我就让他们按计划行事好了。你去镇上打一个电话，记者之前对此事没有兴趣，但事情既然发展到这一步，他们是断不会放过的了——”

他掏出一个卡片，上面写出“南国农村报张小瑜记者”等字样，孙大石疑惑地问：“这个管用吗？”孙正说：“你一定要打通，大哥大打不通就打办公室，一定要跟报社联系上，将事情照直说就是了。时间不要搞错，切记，切记。你快走吧，在我被送上火刑架之前，不会有事的。”

孙大石翻出孙正家后院，一溜烟跑了。他回到家里，惊魂稍定，在半信半疑中过了一夜。

第二天一早，孙大石就赶去黄花镇给那张记者打电话。

五月二十三日到了，当天游神摆醮。在孙蒙主持下，请出诸神。一共是十二乘大轿，十二乘小轿，大轿需八条大汉抬，小轿亦要四人。一组十二个造型复杂的“飘色”簇拥在诸神四周，旗幡招展，锣鼓喧天，唢呐越吹越嘹亮。游神活动由孙蒙开路，孙老凤坐镇中军，孙榆翁殿后。从村头游到村尾，再回到祠堂前的大晒坪集合，端的是有条不紊。各家各户搬出鸡牲果品香烛诸物，摆满了晒坪。暮色渐浓，一挂挂鞭炮噼噼啪啪地烧响。游神完毕，摆醮拉开了序幕。

在众多鸡鸭之类的供品之中，有一份献祭殊为引人注目，正是被五花大绑的孙正。他眼布红丝，神情憔悴，被押跪在诸神面前，就如被供奉在祭台上的羔羊一般，但他看上去倒不太惊慌，也可能是吓傻了。但记者迟迟不来，让孙大石焦急万分。摆醮场外面插满了三角彩旗，这儿将在夜幕降临后举行水陆道场盛会。

在场的法师，除了孙蒙，还有他从邻村请来的几个巫师，他们头戴僧帽，身披道袍，却又非僧非道，看上去有点滑稽。他们将在诵经之后，进行过鬼门关、泗渡冥河、超度亡灵、斩鬼除害、六道轮回等一系列古老而诡异的仪式。往年的道场，所谓斩五鬼，纯粹是一个象征性的仪式而已，无非是巫师舞动桃木剑，并以铁器斫碎香蕉头了事，今年却是真刀真枪，要将孙正架在火堆上活活烧死。晒坪边上的空地，早已搭好了一堆宝塔状的木柴，只待仪式一结束，就会点火，并将孙正扔入火堆之中。

孙大石没有参与摆醮，他在密密麻麻的人群中穿梭，神情惊惶地张望，希望能见到穿警服的人或张记者他们。但他一个陌生人也没看到。摆醮活动业已结束，水陆道场的各项仪式正在按部就班地一一进行。他瞧着明亮电灯光下的人群，他们匍匐在地，虔诚地三拜九叩，偶尔用树枝拨动着火焰中的纸钱，或小声交谈，或保持沉默，场面肃穆。人们的神色相似而又古怪，交织着冷漠和狂热的表情，望上去让人觉得滑稽又可怖。

孙大石溜出村口张望，依然看不到有任何外人进村的迹象。他急得像热锅上的蚂蚁团团转，却一筹莫展。

张记者他们，本来说好了，当天一定会赶到现场，并在适当的时机介入。适当的时机是什么时候？还是他们记错了日期？或者他忘记了起床？坐错了车？甚至乘坐的汽车翻了车？还是张记者在路上被人抢劫乃至杀害了？也许，最大的可能是，他已来到现场，却躲在某棵大树的浓密叶丛里，或者挖了一个地洞，就躲在洞中，要在千钧一发之际，跃出洞口……他越想越不靠谱了。但又不能说这些猜测没有一点可能。他惟一能确定的是，来援全无踪影，而孙正危在旦夕。这是开不得玩笑的。孙大石觉得头痛欲裂，急得差点尿裤子了。他想来想去，也想不出更好的办法。他想过打电话，但他家里没有电话，更没有手机。当时村里有手提电话的人，也就是孙老凤、孙三葵等几个村干部及孙蒙了。如果再跑到黄花镇上去打，骑车来回得三四十分钟，恐怕就算是报警也来不及了。

他咬紧牙根，打定了主意，回家找了一把砍柴刀，塞在裤腰里。他豪迈而无奈地对自己说，要么是他带着孙正杀出重围，要么是两人被一起扔入火堆。

孙正目不转睛地盯着孙大石，他脸色有点涨红，与其说是紧张或恐惧，不如说是兴奋或期待。孙正冲着孙大石眏了眏眼，嘴角露出神秘的笑容，随即坚定地摇了摇头。孙大石觉得孙正在对他使眼色，但不知道他到底在暗示什么。孙正又用手摸了摸腰部，随即将头摇得拨浪鼓一般。孙大石的腰间胀胀鼓鼓的藏着刀。他明白了孙正的意思，也摇了摇头。他决心已定。

现在，夜渐深，月朗星稀，黑暗而沉重的天穹像一只黑锅倒扣下来。道场的仪式在有条不紊地进行着，锣鼓丝竹的乐音之中，间或夹杂着木鱼的敲击和铙钹的巨响。明月逐渐往西沉去，晚风中吹着草木的芬芳和鞭炮的火药味，孙大石怀着渴望奇迹出现的心情，瞅了一眼祠堂以及四周的大樟树，援兵仍不见踪影，除非他们就匿身于祠堂或大樟树上。这种可能性是很小的，但也并非没有。也许，他们正藏身于隐秘之处，到关键时刻才会现身吧。他心乱如麻，长叹了一口气。渐近凌晨，仪式进行了大半，亡灵已超度完毕，接下来便是斩五鬼了。孙大石想，我也有一把刀。这把刀是用来砍木柴的，但要用来砍人，恐怕也不是难事。他悄悄地摸到了孙正身边，右手缓缓伸入腰间，摸到了光滑而温润的刀柄。

第三章　挖洞记

孙广的父亲孙礼在凤凰村的屋背坡挖下第一锹泥土时，没有谁注意他。等大家反应过来，那个洞已初具规模了。洞呈圆筒状，洞口直径逾一米，深五六米。这屋背坡，就是村庄后头的斜坡，泥层瓷实，表面光洁，呈灰白色。中央一大块空地，常有小孩玩乐，大人亦常常将其作为会场，空地屡遭践踏，地面硬实如晒坪，一根草也长不出来。往下挖到三五尺，就露出南瓜瓤般的土层，呈深黄色，质地细密。

凤凰村坐落在一个鲤鱼状的斜坡上，房屋麇集于“鱼身”前半截，孙广家正处于“鱼眼”的位置；屋背坡处于“鱼尾”，地势较高，一条小河如玉带环绕着“鱼腹”流过。坡禾林就处于“鱼腹”和河湾的连接处，长满了竹子、苦楝树和桉树，也有十几株栗子树、芒果树和橄榄树。过去有不少名树古木，如白玉香、香樟树等，在大炼钢铁时被斫伐一空，全塞入土炉化成了焦炭。小河对岸亦有一处密林，土地庙就在枝叶掩映间。该树林遥望更像是一座法度森严、不同凡响的庙宇，庙前的两株古樟树如巨人把守着门户。神灵的树木，等闲之人不敢动它，故有几棵大树得以保存。这是村庄最像样的两个林子了。

孙礼到底在干啥呢？围观者闻风而来，七嘴八舌，纷纷猜想、预测或论断。挖粪池？埋东西？这都可以轻易否定。挖宝藏？过去有人在紫薇坡的自留地上挖出了一些坛坛罐罐，据说有人挖到了银子，也不知是真是假。但他并没有扩大范围，而是努力往深处挖掘，那么挖到宝藏的可能性也不大，除非是他认定底下有东西。

孙兵开玩笑说："孙礼要挖一个陷阱呢，到时洞底安装削尖了的竹片，上面用树枝搭着架子，再覆盖浮土和草皮，要捕捉狼呢。"这当然是无稽之谈。不要说是狼，连黄鼠狼和野猪在当地都绝迹了二三十年。孙礼对众人的喧嚣置之不理，只是埋头苦干。他将洞穴又往地底推进了两三米，人们才恍然大悟，他在挖井呢。挖井不在自家院子，却跑到屋背坡上去，这又于理不合。奇怪的是，他只是埋头挖掘，至于他怎么将掘出的泥土搬出洞外，扔在何处，又是何时进行的，却无人目睹。

孙礼每天都在挖掘，洞穴越来越深。孙广凑近洞口一瞧，只见里头黑乎乎的，他头晕眼花，没看到水，也见不到孙礼，只听到铁器切入泥土的噗噗声。孙大石说："阿广，你父亲在洞底挖个不停呢。"孙广冲着洞中喊："阿爸，阿爸——"声音在洞中嗡鸣，无人应答。他哭着跑回家去。

孙广的母亲刘芷瑛抹着眼泪，央求大儿子孙深去将孙礼劝上来，或者采取措施阻止孙礼去挖掘。刘芷瑛说："再这样挖下去，地底都要挖穿了，他要干啥嘛。"孙深不耐烦地说："他爱干吗干吗去，谁管他呢。谁能管得了他呢？"他丢下刘芷瑛，一张腿踩上了永久牌自行车，一溜烟冲出了村巷。他在黄花镇勾了个女仔，近来渐入佳境。他的魂儿都被对方勾走了。孙广听孙深跟母亲说过，那女的叫秋婉，在镇上开了家缝纫店，人长得很水灵，一捏就出水哩，管保你明年抱上孙子。刘芷瑛听得眉开眼笑。

孙深跟孙广夸耀说：“上次我在黄花河畔的小树林，摸到了秋婉的奶，又大又软，圆滚滚的，像熟透了的木瓜。算啦，跟你说你也不懂！”

夕阳西沉，金色的霞光像彩带在挥舞。刘芷瑛坐在院子中发呆，她本来用一个扁箕在簸着棉豆（*眉豆*），将豆荚渣跟豆子分离，但她一分神，豆粒连同扁箕倾洒在地上。“真是撞鬼了！”她骂着，一抬头，就看到了孙礼。

孙礼浑身沾着黄泥屑，灰头土脸，像个泥俑，把刘芷瑛吓了一跳。他拍了拍身体，黄尘涌起，在空气中弥漫，而尘土在霞光中像金屑一样闪亮。她觉得铺天盖地都是尘土，将庭院及天与地都遮蔽了。黄泥粉源源不断地从他的身上涌出。电磨坊在打米粉时，磨嘴就吹送着浓雾般的粉末，她的感觉大致如此。她惊诧于泥土为何如此之多，仿佛他就是黄泥做的，而他正在松撒、飘散。黄土越来越密，她张不开眼睛，看不到他，但感到被丈夫严严实实地抱住了。就像城里人那样明目张胆地拥抱，刘芷瑛在黑白电视机上就看过。她嫁给孙礼二十多年了，他们还是第一次这样拥抱。事实上，他们从不在床榻之外拥抱，连手都没有牵过。她全身都酥软了。她几乎幸福得晕过去，心头却被一股无端的恐惧攫住了。

孙礼说：“芷瑛，今后不要想我了。”这句话说完，他就走了，漫天的黄尘也因风吹而渐渐消散。她想去追赶，但双腿酥软，一步也迈不出去，只能眼巴巴地望着孙礼在龙卷风般的黄尘中消失了。

她恍如梦中，仿佛孙礼没有回来过，只有她身上沾满的黄尘，仍残留着拥抱的痕迹。她搂着孙广说：“阿广，天要塌了。”

一连好几天，一家人都没见到孙礼。不见他回来吃饭，也不见他回来睡觉。孙礼消失或出走了的消息，传遍了全村。一家人都知道他仍在地底下，可能在不断地挖掘，可能将自己活埋了，也可能就住在他挖好的地洞里。总之是见不到他了。

刘芷瑛跑去看那个洞穴，里头漆黑一团，啥也看不到。她用手电筒往下照射，看到洞壁很光滑，自上而下，凿着两行小凹痕，显然是供上落之用的。但她无法看到洞底，手电筒的光束在逐渐减弱、模糊，尽头处只有一点白影，最终消融于黑暗中，就像食盐溶化于水。虽然他们再也听不到细微的挖掘声，但她断定他仍在挖洞。她痛惜地说："你阿爸有五天不吃不睡啦。"孙深觉得她的话有问题。在她简单的思维里，二十多年来，孙礼吃的都是她煮的饭，睡的都是她铺的床，她难以想象，离开了她，他怎么能活下去？

一天傍晚，孙深从镇上回来，嘴喷着酒气，手上还拎着一个啤酒瓶。他一边喝酒一边骑着自行车。他好几天没有眉飞色舞地提起秋婉姑娘了。刘芷瑛伸手去夺酒瓶，孙深粗鲁地拂开了她的手，"嗖"一声，将酒瓶扔进了村头的池塘。他回到房间，插上门闩，倒头便睡。

翌日，刘芷瑛去了一趟镇上，她最担心的事情发生了。孙深被秋婉一脚飞了。孙深家出了个疯子的事也传到了黄花镇。秋婉说："我妈说了，嫁谁也不能嫁到疯子家里去。"刘芷瑛说："阿深他爸不是疯了，而是失踪了，就藏在地底下。"秋婉说："谁不知道他躲在地洞里呢，真要死了倒干净，怕就怕有朝一日像土行孙一样冒出来，还不知道干出啥事来呢。"刘芷瑛无言以对。

刘芷瑛跑到洞穴前，大喊："孙礼，你出来呀，你给我滚出来，跟我到镇上去一趟，跟秋婉姑娘证明你没疯，你只是爱挖洞呀。"洞里毫无动静。她举起锄头往洞里扒土，说："你这孝狗再不出来，就永远呆在地底好了。”泥土簌簌而落，这个举动吓得孙广哇哇大哭。她闹腾了半天，披头散发，号啕大哭。孙深拉她回家，骂道：“家里出一个疯子就够了。”她说：“阿深呀，你去将你爸找出来吧，他不听话就揪他出来。”孙深说：“我不想见他了。”

人们在洞口及屋背坡附近没发现挖出来的黄土，无法断定孙礼人在何方，是生是死。说不定，他的挖掘暂告一段落了。

数月过去，孙礼渐渐从人们的嘴上消失了，只有屋背坡的那个洞穴仍让人想起他的存在。刘芷瑛默认了他不见了的事实，时间慢慢抚平了丈夫离开的伤痛。她是一个向前看的人。她努力为孙深张罗婚姻大事。一表人才的孙深颇得姑娘青睐，但一到谈婚论嫁总是功亏一篑。孙深咬牙切齿地说：“孙礼，我操你祖宗！”

孙深背着包袱到广西玉林做木工去了。有一天，他带回了一个挺着大肚子的姑娘。姑娘眉眼很清秀，又撅着大屁股，一看就是能生养的货，那个大肚子让刘芷瑛目瞪口呆。孙深得意地说：“那是我搞大的。”他在玉林跟一个刚出来打工的女孩好上了。

孙深相貌堂堂，能说会道，在哄女孩子方面很有一手。如果不是因为族人有规约，凤凰村同姓人不能通婚，说不定村长孙老凤的大女儿美玉都给他娶回家了。有一次，孙广见孙深和美玉从稻草垛里头钻出来，美玉发鬓沾着草屑，满脸通红，屁股一扭就闪入了巷子。那时孙礼还没开始挖洞。

孙广有了个嫂子，两个月后又有了个侄子。刘芷瑛快活极了，她像一只鹅在院子内外扑腾，一刻也歇不下来。她将对丈夫及儿子的爱倾注到孙子身上，将他养得白白胖胖。当孩子会叫爸爸时，孙广的大嫂桂花回了一趟娘家，从此杳如黄鹤。好不容易戒掉酒的孙深又酗酒了。刘芷瑛催促他说：“阿深，你去广西将孩子他妈接回来呀。”孙深说："老子不要老婆了。"他灌下一口烧酒，又骂道："孙礼，我操你祖宗万代！"

孙礼这个名字，孙广很久没听到了，此刻连同他的身影又浮现在孙广眼前。

刘芷瑛百感交集，泫然泪下。这个不知所终的人，仍在影响着这个家庭。孙深对娶老婆死了心，将做木工赚的钱全花在了姑娘身上。他在脂粉堆中大显身手，如鱼得水，很快就成了黄花镇有名的金牌浪子，连那个做裁缝的秋婉都偷偷跟他睡了。刘芷瑛说："阿深，你得存点钱日后盖个房子呀。家里没奶粉了，细侬（粤西方言，指小孩）你不管谁管？"孙深说："我没生路了，我被爸爸全毁了。"他忽然滚下一串泪珠。这是孙广这两三年来，第一次见孙深提及孙礼时没直呼其名，更没有问候他们共同的祖宗。

孙深挥金如土放荡纵欲了一段时间后，镇上最漂亮最骄傲的那拨女人，十之八九被他搞到了床上。他忽然感到了极度的厌倦和无聊，幡然醒悟，浪子回头。

作为技艺出众头脑活络的木匠，他在改革开放的最初几年就意识到了资本的力量，与朋友合伙在镇上开了一间家私厂，专打西式家私，生意蒸蒸日上。他的腰包鼓凸起来，那些跟他睡过或没睡过的女人，争先恐后要嫁给他，至于他有个疯子父亲的传闻虽仍未平息，但已经没有人计较这个了。但孙深爱过的女人太多了，不知道该娶谁好了。他不再去鬼混，回家见母亲及儿子的时候也多了，刘芷瑛悬着的一颗心总算放下了。孙礼给家人及四邻带来的阴影，眼看就要散失殆尽。

刘芷瑛说："你再婚就好了，你总得再去找个老婆呀。"她在絮絮叨叨，孙深笑而不答。他们一家人就要回归到正常的轨道上来。

一天傍晚，村长孙老凤在屋背坡召开了一次全村大会，这是分单干以来首次集合全村的壮丁开会。孙老凤宣称，孙礼仍在地底下挖掘，这两三年来每日不辍，他这样挖掘的目的，是要将整个凤凰村底下的泥土掏挖一空，一直通到最底处的深渊。他装好了巧妙而恶毒的机关，到时，他只要发动机关，就会使整座村庄连人带畜牲在三秒之内陷入洞底，就像一匹狼掉入陷阱而无力自拔。打个比方说，一只鸡蛋被敲了个小口，一点点地掏挖中空，看起来完整无缺，实则只是一个空壳，稍有压力，立马变成碎片。孙礼这样做，如果不是出于对全村人的刻骨仇恨，那就是他真的疯了。但不管如何，都要阻止他继续挖掘下去！

刘芷瑛说："我老公早死了。"

巫师孙蒙说："孙礼的阴谋是得神灵赐告才知晓的。他仍在地底下忙个不停呢，但他是不会得逞的。"

刘芷瑛认为这是恶毒的污蔑及诬陷，说："孙礼为人忠厚良善，连蚂蚁也没踩死过一只，怎么会害人呢。"但没有人帮她。连孙深也没站在她那一边。孙老凤说："生要见人，死要见尸！"

于是，一场搜捕孙礼的大行动在村长及巫师的指挥下开展了。孙深作为其父的头号仇人尽人皆知，此刻挺身而出，愿充当急先锋爬入洞穴一探究竟。他大义凛然，红着眼说："为了全村人的活路，我不会留手的！"

南方雨水充沛，那个洞口历经风雨冲刷，有些塌陷，但仍赫然显露。曾经有一条狗掉入洞中，狗主费了好大劲才营救上来。孙深也不去踩那些耗损严重的小凹痕，而是用双手撑着洞壁，双脚一起一落，手脚并用，交替移动，一会儿就到了洞底。那洞只有十六七米深，浅成这个样子，让他大感意外。

孙深爬上来说："那只是一个秃尾洞（粤方言中，秃尾即断尾，此处喻指洞有尽头，亦无洞相通，乃死胡同洞），洞底有些水渍，仔细察看了，洞壁也没发现横窍或支洞。显而易见，孙礼不可能呆在这样的洞下。"孙老凤说："莫非这只是孙礼故布疑阵，这只是一个假洞口，而真正的洞口另有他处？"孙蒙冷笑："神灵是不会弄错的。"他再派孙邦下去探看一番，孙邦上来的说法跟孙深如出一辙。

孙蒙跟孙老凤嘀咕了一下。孙老凤大声说："凡人会犯错，但神灵绝对不会。今日且作罢，明日准备用水攻，每户出一个人，自备扁担水桶，担水往洞里灌，就像灌蟋蟀一样，直到将孙礼那厮灌出来为止！"

第二天一大早，村中诸人在孙老凤的指挥下，用水桶就近从村尾的一处池塘取水去灌洞穴。数十担水一齐倾泻，刹那间就将洞穴灌满了，水像花朵绽放那样从洞口溢出来。众人伸直脖子观望，但见水位在慢慢下降，并最终消失殆尽。看来是洞中有洞，或另有出窍，孙老凤跟孙蒙面面相觑。待灌到后来，水消失得越来越快，开头还略有阻隔，最后似乎就没有了任何东西阻拦，就算有也被洪流冲垮了，水一倒入去，立马消逝得无影无踪。洞穴就如一头怪兽，张开大口，以水为食，不知餍足。

众人从早上忙到中午，数千担水倒入了洞穴，水漏光了，洞中仍毫无反应。连老鼠、蟋蟀之类的活物也没有一只爬出，倒是洞底有白光跳跃，依稀可见。众人眼一花，以为是银子闪光。有人旋即发觉那是一尾鱼，敢情三四指大的塘鱼也连同水一起倒入洞中了。池塘那边传来抢夺及哄闹声，孙老凤循声而至，只见一口硕大鱼塘被舀得底朝天，鱼虾蟹鳖慌作一团，万头攒动。众人正忙着捉鱼摸虾，早将挑水灌洞的事抛之脑后。况且，塘中也无水可挑了。

孙老凤连鞋子也顾不得脱，纵身跳进塘里，抱起一尾拼命挣扎的大鲩鱼，嚷道:“大伙儿动手啦，谁抓到就是谁的!”

过了好一阵，孙老凤和孙蒙一合计，又让每户人家捐出一捆柴火，柴花（即劈开的木头）及松针不要（焰大烟少，本来是烧灶膛的好料，但此刻就不算好用），须芒草、铁芒箕、小灌木之类可以凑合，最好是晒干的禾秆，焰少而烟稠，在烧灶时不受欢迎，此刻正好排上用场。

数百捆柴火挑到洞口旁边，码在屋背坡上，堆积如山。孙老凤推下一捆柴草，丢下一根擦燃了的火柴，柴堆“腾”地烧着了，火舌吞吐，浓烟冒起。孙老凤指挥众人分成四组:一组负责搬运柴火，并不断地扔进洞中去;二组手持葵扇往洞口猛力挥动，使浓烟如洪水般灌入洞中;三组全由五大三粗的壮汉组成，提着胶丝编织的渔网和绳索，守着四个方位，只待洞中人出来，渔网迎头一兜，必如网捉鹧鸪，手到擒来;外围还有一组，个个手持棍棒禾叉，倘若目标稍一反抗，正好痛下杀手。这组人中就有黑着脸的孙深。

四组人之中，以持扇者人数最多，分成两批，轮流上阵。挥扇者冲锋在前，被烟火熏得涕泪交流，未几即双臂酥软，腰酸背痛，难以为继。孙老凤一挥手，让这批人撤下来休息，另一批人持扇补上，继续挥动葵扇，以使浓烟源源不断，务必使洞中人难有喘息之机。

刘芷瑛抱着孙子远远站在人群之外，盯着人们忙个不停，没有人去管她。她的心情很复杂，既想看到数年不见的孙礼，但又不想孙礼像一只鹧鸪或一尾鱼那样被网捉，并最终被五花大绑。

柴草烧完了一堆，又扔下一堆。挥扇的人累了，又换下一拨。孙老凤在忙着指挥，大呼小叫。但洞中除了火舌乱飙，浓烟翻滚，没有任何活物蹿出的迹象，更不要说一个大活人了。孙老凤嚷道:“洞大着呢，大家想想那塘水！火候没够，大伙儿继续努力！”这么多柴火眼看就要变成火灰。

孙老凤脸色煞白，正在踌躇不决，忽然有人指着斜坡上“鱼头”的位置喊道，看呀，看呀！那正是村庄房屋麇集之所。众人扭头望去，无不触目惊心。只见不少人家厨房的烟囱都在冒着浓烟，或如喷泉急遽上升，或如黑色波浪翻滚而上，烟柱的形状及速度因各家炉膛及烟囱的设计而迥异。当时，村子大多是泥砖红瓦的平房，至于那种屋顶盖着水泥预制板或倒制板的红砖小洋楼，要出现那还得数年之后。以此相配套，烟囱多由瓦筒拼接而成，从瓦面穿透而出，高矮不一，亦在三五米之间；亦有砖头砌成并批荡（扇灰）的，贴着墙角建成，看上去像矗立的小塔。

那些浓烟也不知道喷涌了多久，此刻才被人发觉。有两户人家的住宅孤零零建筑在“鱼背”上，距“鱼头”甚远，其烟囱也同样有黑烟冒出。众人注视着如两三百条黑蟒盘旋的村庄上空，个个脸上浮现了惊恐之色，一时放下了手中的活计。尚未到做晚饭之时，显然并非炊烟，况且断无两三百道烟囱一起冒烟之理。

孙老凤脸上悚然变色。整个村庄上空被乌云般的烟雾笼罩，更远处的灰云也仿佛由浓烟所凝聚。孙老凤只好挥一挥手，示意大家收工，各自回家瞧瞧是怎么回事。洞中柴草烧光了，又隔了一会，各家烟囱中的浓烟逐渐消减，乃至完全散尽，天空恢复了明亮。

又过了数月，再无人针对孙礼或洞穴采取行动。但不时传出流言，说孙礼乃无底洞中的金鼻白毛老鼠精托世，有千年道行，当年连有七十二般变化的孙悟空也拿她没办法，非得请托塔天王李靖及哪吒三太子出马，才将其收伏呢。这段故事村民都不陌生，数年前凤凰村做“年例”节的时候，就在冬日的稻田上扯起了大银幕，放映过露天电影《无底洞》。众人记忆犹新，一时人心惶恐，风声鹤唳。

刘芷瑛小声跟孙深说：“那老鼠精不是母的吗，怎么跟你爸扯上了关系？”孙深瞪了她一眼，说：“休要乱说，以免惹祸上身。”刘芷瑛说：“如果你爸是母的，也不会有你。”孙深说：“孙礼早死了，就算没死，我也不要这样的父亲。”

随着时间的推移，全村人的惊惧及怒火在积聚，就如火山内部的岩浆在奔突，只是一时没找到喷涌的出口。山雨欲来风满楼，孙深比任何人都显得不安。他是围猎孙礼的积极参与者，他跟全村人站在同一阵线上，以洗脱自己的嫌疑或化解一场危机。

由孙老凤挂帅，孙蒙做军师，又集结起了村中人马，准备对孙礼发动第三次围剿。这次计划更周详，手段更毒辣，程序更复杂，誓要将孙礼一网成擒，绳之以法。全村人都得参与，连孙广家也无法置身事外。

孙蒙在屋背坡的洞口之侧，设下道场摆醮。一时锣鼓喧天，彩旗招展，有点像过年时的狂欢。但场中气氛凝重，众人神情肃穆。在孙蒙主持下，将村中两大庙宇（文武庙及土地庙）中的观音菩萨、文曲星、关帝君、十二群仙、土地公公等诸神恭迎出庙。神像端坐于神龛之上，诸人奉上牲酒果烛，三拜九叩。这摆醮事非同小可，因惊动神灵，其郑重程度堪比游神，通常只在正月十五的“年例”节（粤西一带的传统佳节，各村时间不同，多在正月初二至二十之间，其隆重尤胜于春节）才举行。目的是拜祭神灵，恭请其保境安民，天降福祉，消灾禳祸。今天算是破例了，但既有邪祟作怪，人力无功，亦不算离谱。

孙蒙在诸神面前，头挽高髻，身披道袍，长须拂动，大袖飘扬，颇有几分仙风道骨。孙蒙充当着沟通神界和凡间的中介者。数百年来，这都是村中巫师的角色。他持香望神而拜，先将事情的来龙去脉禀告神明，望大神若因此惊动则恕罪云云，并望大神大发慈悲，派遣天兵天将下凡，将妖物降伏。他口中念念有词，众人跟在口头俯身行礼，伏地叩首。

刘芷瑛也在低声祷告："愿神灵保佑，我老公不要变成一只老鼠，即使变成了老鼠，也希望神仙打救逃出生天。"

孙蒙拿起牛角卜卦一抛，落地时一卦阳面朝天，一卦呈"立木"状（卜卦以尖角触地，直立而起，而非俯伏），此寓大吉之象。孙蒙脸露喜色，众人欢声雷动。

孙蒙手捻麻绒似的白须，说："神仙已应允助我缉拿妖物，已派天兵神将扼守四方，布下天罗地网，这次管叫孙礼插翼难逃！"他示意众人烧纸钱，放鞭炮，以谢神恩，并恭送诸神归位，这套仪式方到尾声。孙蒙端正道帽，从徒弟手上接过一柄桃木剑，脚踩九宫，剑指北斗，喝道："咄，太上老君急急如律令！黄巾力士速速就位，大胆孽畜，还不速来受缚——"众人屏住了呼吸，刹那间全场沉寂，鸦雀无声。孙蒙慢慢舞动木剑，脸色凝重，脸涨得紫红。他的目光如箭矢般射向洞穴，不放过阳光中的一粒尘埃。过了五六分钟，仍不见动静，他脸上的汗珠如黄豆般滚落下来。

刘芷瑛目不转睛，紧张得心跳到了嗓子眼上。

忽然，有狗疯狂吠叫，人群外有人发一声喊："在这边呀——"众人持网抡棒飞速扑去，只见一只褐色的小活物从竹林中蹿出，夺路狂奔。孙广犹豫着要不要冲上前去。一道灰色人影早以不可思议的速度掠出，将那活物抱在怀里。那人正是刘芷瑛。孙老凤大喝："放下它，快放下——"刘芷瑛当然知道不是放它走的意思，她抱得更紧了，惊惶之色像水雾涌上她的双眸。她抱着那活物想逃离，但双腿如筛糠般剧烈地发抖。她一步也迈不出去。

人们从四面八方扑来，像波浪一样越涌越近，个个杀气腾腾。孙深往孙老凤耳边说了句话。村长咧嘴一笑，点了点头。他又跟孙蒙嘀咕了一下。孙蒙一挥手，说："让刘芷瑛带他走，毕竟是她家里的人，算是讲个人道，但绝对不能让他活到明天！"

人群中脚步错杂，出现了一条缝隙，刘芷瑛松了口气，坐在地上哇地哭了。

他们回到家里，刘芷瑛将那活物关入了一只装小鸡的铁笼子。那活物有一两斤重，毛发灰褐，肥硕而轻灵，那双蓝晶晶的眼睛像绿豆粒大，滴溜溜地乱转。刘芷瑛狐疑不定，跟孙广说："它就是你爸吗？"

院子外头挤着一圈人看热闹，孙老凤和孙蒙走进门来。孙广看到孙深从厢房走出来，冲他俩手上各塞了一沓钱。孙天忽然说："这不是老鼠或田鼠呀，而是竹鼠。我小时候就见过，这种小兽那时黄花镇的山野随处可见，后来慢慢销声匿迹了。连中火嶂也难觅踪迹了。听说广西那边的十万大山仍有不少哩。竹鼠是上等野味，县城餐馆就有得吃，据说全由广西进货——"孙蒙脸罩寒霜，冲着他瞪了一眼，斥道："休要胡言！"孙天噤声了。刘芷瑛对孙深说："既然不是老鼠，那就不是你爸爸吧？"孙深烦躁地说："我怎么知道。"刘芷瑛说："不管它是不是你爸，我都愿意养着它，一直养到它死。"

孙深说："别傻了。"孙深从笼子中将竹鼠揪出来，那鼠吱吱尖叫。刘芷瑛惊问："你要干什么？它是我逮住的，是属于我的，谁也不能动它！"孙深不吭声，目光中露出杀机。他抄起一把菜刀，一刀就剁掉了竹鼠的头颅，血在天井流了一摊。孙广很惊异，一个小小的活物，居然有那么多血。孙深冲孙广喊道：“捧盆水过来——”刘芷瑛哭道：“阿深，你要遭天谴的！”孙深不理她，三下五除二就将竹鼠剥掉了皮，开膛破肚，冲孙广吼道：“水在哪儿？”孙广从水缸舀了盆水端过来，放在孙深面前。孙广忽然心一横，一脚踹翻了锑盆，水泼了一地。孙深扇了他一记耳光，骂道：“你还反啦？”

孙广痛得龇牙咧嘴，抚着肿了半边的脸庞，眼望那团血肉模糊的东西，心头涌起了一股悲伤，还有恐惧。

孙深当着刘芷瑛及孙老凤诸人的面，将竹鼠去脏洗净，剁成小块，用瓦煲煨了一锅浓汤。锅盖一揭开，热气腾腾，肉香于瞬间充满了院子。孙天咽下一口唾沫，说：“我小时候也喝过竹鼠汤——”孙深冲他说：“你不要尝一尝？”孙天摆了摆手，后退了一步。孙深小声对孙广说：“你不来一碗？这煲野味汤很贵的啊，要好几百元呐。”刘芷瑛拉着孙广走回房间。围观者交头接耳，窃窃私语。孙深旁若无人，面不改色，他当着众人的面，慢条斯理地将那鼠肉啃咬、咀嚼，吞咽下肚，将汤喝得一滴不剩。孙老凤和孙蒙这才满意地走了。众人亦作鸟兽散。

喧闹多时的院子，霎时安静下来。刘芷瑛将孙深吐在地上的骨头，用笤帚小心地收集起来，不漏过一星半点。她用一个小坛子装了，对孙广说：“扛锄头跟我去龙首山。”孙深望着他们迈出了院子，哇地呕吐起来。

刘芷瑛在龙首山上挑了个向阳坡，挖了个坑，将那坛子埋了，堆起了一座小坟。山脚下小河如练，流水淙响。刘芷瑛烧了把纸钱，开始哭起丧来。她做足了一个寡妇哭丧的仪式。她一边哭泣，一边在哭腔中赞颂及讲述孙礼生平的功德及业绩，说孙礼平生是如何忠厚良善，与世无争，修桥补路的事倒做了不少，但愿入土为安，早日往生西天。刘芷瑛或呼天抢地，或一咏三叹，号啕时如繁弦急管，啜泣时如细雨润物。孙广惊诧于刘芷瑛的叙述生动，腔调抑扬顿挫，娴熟流畅，仿佛操练过多少遍了。

刘芷瑛早就想举行这个仪式了，与其糊里糊涂地守活寡，倒不如干脆明确自己的寡妇身份，省得再牵挂孙礼。如今借助这堆鼠骨，算是顺水推舟。孙广望着那堆黄土，不敢相信那就是孙礼的坟墓。刘芷瑛哭累了，仍不肯终止。她时断时续的啜泣跟流水撞击溪石的声音混淆不清，让孙广心烦意乱。孙广不知道该如何去安慰刘芷瑛。最后一缕晚霞退隐了，仿佛有一双看不见的手从黑暗中伸出，抽走了那束闪光的彩色纱线。暮色弥漫，孙广感到一股伤感的气息在林木间吹拂。孙广发现他对孙礼充满了想念。他第一次意识到，再也看不到孙礼了。

第二天清晨，孙深面容憔悴，似乎夜不成眠。他被那个竹鼠或孙礼（还有那些肉汤）深深折磨。刘芷瑛倒是容光焕发，死者已矣，生者仍然得活下去。刘芷瑛接受了孙礼不在人世的事实，心头的大石倒落了地。

孙深在一场沙沙作响的细雨中开始了对一个梦境的讲述：

“我将鼠肉全呕吐出来，腹中空虚得像一口倒光了土豆的麻袋，但我没有任何进食的欲望，也不觉得有何饥饿。我只感到无比虚空，还有疲惫和愁闷。我不愿意孙老凤那伙人染指那个活物。既然它在劫难逃，那也得死在我的手上。也许它真的是孙礼。我倒头便睡，逐渐进入了梦乡。我仿佛来到了一个繁花似锦、异香扑鼻的地方，泉水叮咚，鸟雀啁啾，不知这是人间仙境还是天界净土。我在溪畔一处绿油油的草地上，仰面朝天，摊开四肢，感到了彻底的放松。我看见我变成了一面鱼状的山坡，我看到一个须发皆白的老头在地底下（也就是我的身体内部）持短锄掏挖着，泥土不断地抛出去，洞穴越来越空大，我逐渐变得轻盈、空灵而膨大。我就要像一只气球一朵白云那样飘起来，像一架飞机那样飞上天。让人不安的挖掘声及抛泥的声音始终没有终止，像风声灌入我的耳朵。我时而沉重如陶罐，腹中空洞，坛壁坚实；时而轻盈如羽毛，像大鸟一样翩然欲飞。奇异的是，我的身躯亦即那个山坡被掏挖成了一个庞大得无法形容的地洞，洞中自有乾坤，有山川草木，有村镇田畴，有一条大路通向遥远的天边……那人面目模糊，我看不清他是谁。在那个空间中的某处斜坡上，也有一个挖掘者在挥锄不停，仿佛只是那人的幻影，或者另一个他。他的锄头是透明的，泥土也是虚无的，像梦幻的花朵，不可触摸，但闻花香。泥土不停地被挖掘并抛起，像一棵树木跟河流交换了躯体，液体的叶片和花朵，在涌现又消逝，而不会结出果实。这个新挖出来的洞穴亦不过是空无，却在无限地扩大着边界。他所挖掘的虚空中的洞穴，好像不存在，却似乎比实有之洞更深邃更宽广，最后完全取代了原先的洞穴。无之洞与有之洞在映照，在对峙，在重叠，最后合而为一。那个人挖掘出的是地底下辽阔无边的天空——洞的底部无非是一个反向的天空——我想看清他的模样。那人示意我望着他凿挖出来的天空，明净，湛蓝，像一面巨镜。我惊惧地看到镜中映照出了一张老年人的脸，跟我似是而非，那些皱纹和胡须都是不属于我的。霎时，天空（也就是那个交织着无与有的洞穴，那个梦幻中的斜坡，实则是我的躯体）就轰然倒塌了——我于是惊醒过来，大汗淋漓。这算是啥梦呀。”

刘芷瑛说：“你去拜拜你爸吧。”孙深知道她指的是什么，他摇了摇头。

细雨淅沥，一直持续到午后。孙广的大嫂桂花忽然打着一把洋伞出现在院子里，孙深惊喜交集。桂花说："我不走啦。我昨夜梦见了你，头发胡子都白了，扛着锄头，一个人在山上走来走去，像在寻找宝藏，又像在寻觅墓地——"她哽咽着说不下去了。她望着孙深，目光中柔情如水，又交织着怜惜。她说昨夜在梦中哭肿了眼睛，她以为这是老天让她回来照顾丈夫的征兆。孙深张了张嘴，但什么也没有说。

小雨停后，晴了三四天，忽又下起大雨来，并夹杂着夏季的狂风和雷暴。暴雨一连持续了二十多天，其间丝毫不见颓势。孙广觉得天空上面也许悬挂着一个大水库，给哪个巨人挖穿了一个大洞，以至于雨如倾盆。

雨天里，最让刘芷瑛头痛的是烧火做饭了，她将柴火、喂牛的干稻草、插豆角地的篱桩乃至锄头柄都烧光了。刘芷瑛为柴火匮乏所苦。她每天一边做饭，一边烘烤湿树枝以供下次之用，烟火熏得她涕泪交流。她抹着泪对孙广说："你爸爸当时被人家用烟火驱赶，就是这般难受哩。"

大雨终于停了，人们出来活动，耕牛出去啃草，土路被踩成了烂泥。刘芷瑛冲上龙首山，那个小坟早已不见踪影。孙深注意到，屋背坡上的那个洞穴也没有踪迹了，整个山坡在雨天时几乎变成了沼泽地，在天晴时又凝结成了坚实的坡地，平整光洁，焕然一新，仿佛从来没有人在此挖过什么洞。孙深拿着锄头柄东敲敲西打打，要找到原来那个洞穴，除非将整个山坡翻挖一遍了。

三四个月就这样过去了，孙深觉得人们总算将孙礼以及他挖的那个洞忘了。尽管孙礼挖洞确是事实，但人们终于意识到，什么无底洞或金鼻白毛老鼠精之类纯属无稽之谈。

孙老凤说："这个噻，嘻嘻，孙蒙法师说的噻。倒是那个竹鼠让人印象深刻，大多数人都是第一次有幸目睹。”孙天说：“很后悔没去尝一尝，那汤多鲜啊。”

刘芷瑛对孙广说：“你爸到底是生是死呢。”她近日来精神恍惚，茶饭不思。她晚上一睡觉，就想起了孙礼。桂花安慰她说：“你得好好活着哪，说不定哪天家公就回来了呢。”刘芷瑛眼圈就红了。

孙深瞪了桂花一眼，说：“你还惟恐天下不乱？”

又过了几年，村中又传来让人不安的消息。在距村子数座丘陵之遥的竹箕山和猪娘山之间那个狭长而偏僻的山坳中，发现了一大堆黄土。这也就罢了，让人不安的是，黄土正在以肉眼可辨的速度，每天都在一点点地增多和升高。那个长满了杂树荆簕的山坳，有一个很小的“莲芽”（“莲芽”为粤西俚语，为当地一种罕见野果，疑是野生山竹）林，果实奇酸无比，亦无人采食，平时蛇鼠出没，除了捕蛇者偶尔探访，向来人迹罕至。

孙老凤带人去察看，见四周并无大规模挖掘的痕迹，无人辟果园，亦无人开鱼塘，不知这些黄土来自何方，为何要堆放于此。肇事者青睐此地，恐怕还是此处荒僻，林木掩映，不易被人发觉吧。这似乎就可以解释当初孙礼挖洞不见余泥之事了。但要搬这么远，那得多费劲啊。而土堆又在不断升高，这说明挖掘者没有一天停止工作。

这个消息在村庄炸开了锅。孙深愁眉不展，连刘芷瑛也不知是喜是忧。

过了些日子，孙老凤又抖擞精神。他摩拳擦掌，周密部署，让村中男丁每两人为一组，夜间就潜往“莲芽”林埋伏，带着手电筒及棍棒绳索诸物，一旦发现可疑情况，立马敲锣为号，亦可就地擒捉或捕杀。村中壮汉轮番蹲点，一月有余，一无所获。人影没见到，背上长着小疙瘩的癞蛤蟆倒是见了不少。

那堆黄土越垒越高，已经溢出了杂树林，并从树根堆到树冠。看此情形，持续蔓延的黄土，不仅要将树林全埋掉，还要将山坳填平，而竹箕、猪娘二山连成一体，则是大可预期之事。那堆黄土颜色鲜艳，散发出新挖泥土的清香，在孙老凤看来却无异于一个黄色的、巨大的嘲讽。他发誓要将对手抓住，叫大家打起精神，并公布了一个悬赏，无论是谁捉到对手，不仅可得公款奖励一千元，他本人亦愿再加三百。

这天晚上，轮到孙深跟孙大石轮值。月色黯淡，初秋的晚风很凉爽。到了凌晨两三点，夜露渐重，孙深打了个呵欠，顿觉睡意上涌，不可抵挡，眼睛都要张不开了。孙大石忽然说："阿深，你看哪——"孙深精神一振，举目四望，但闻风声过耳，四野岑寂，却是影儿也不见。他捅了捅孙大石，说："在哪呢？"孙大石用手一指前方，说："别乱嚷，甭打草惊蛇了。你看林子那边，看清楚了没有？咱们悄悄摸上去捉住他。等等，怎么不见了——"孙深东张四望，啥也没看到，忽觉得头上重重挨了一击，就晕了过去，到天亮才悠悠醒转，只见孙大石亦跌倒在地。二人头上带伤，显然是被硬物击打。

回来与众人说起，孙大石对孙深所说的并无异议，他懊丧地说："我都看到那溜影儿了，也不知是人是鬼。太可惜了！"孙老凤跟孙蒙对望一眼，脸上阴晴不定。孙老凤决定将孙深从轮值人员中剔除了。

此后，再也无人发现可疑情况。而黄土堆就如滚雪球似的，不断地膨大，虽然速度缓慢，却也颇具规模，倒是惟恐人不知了。不仅将两座丘陵之间的部分山坳填平了，连两山的底部都覆盖了黄土，并逐渐往山腰蔓延而上，缓慢而执拗。竹箕、猪娘二山草木葱郁，杂树生花，柴草茂盛，而山脚下的黄土就如一道圆环将其束住了，又或镶上了一道黄色的花边，颜色鲜明，对比强烈。

孙老凤忙了一个秋天，一无所获。入冬后，天寒地冻，冷雨细密，就没人愿去山上潜伏了。近年来改革开放逐渐往纵深发展，镇上不少有头脑的人，都先富起来了。村中也办起了蚕桑场及米粉厂，但没几天就倒闭了。

孙老凤在镇上开了家粮油店，生意很红火，他无暇抽身，很少回村子了。外出打工的人越来越多，逢年过节，请神还愿，都请孙蒙主持。孙蒙遂大收红包，忙得不亦乐乎，也将那个消失的洞穴及不断堆积的黄土抛到了九霄云外。与其去跟一个挖洞的疯子做斗争，倒不如多搞副业呢。况且那疯子是生是死，都是未知数。青壮男子远走他乡，孙老凤要组织起一支有力的队伍来，也难乎其难了，他发现人们也不像过去那样听话了。他未免灰心丧气，又一筹莫展，尽管这很没面子，但不得不打起了退堂鼓。群龙无首，追捕孙礼的行动遂半途而废，不了了之。

人们发现依靠耕种越来越难以谋生，青壮年远走他乡，或务工或做小贩，人人忙着捞钱，哪还有闲情去山野抓什么精怪呢。村中只剩下老头及妇孺照管田园。况且，从孙礼开始挖洞失踪至今五六年了，亦不见有何祸祟，他爱挖就挖个够好了，他是生是死，理他作甚？还是发财要紧。连孙深都偕妻儿搬到黄花镇上去了，难得回村中一趟。

时光在流逝，那些黄土在不断地堆积、升高，仿佛有一支挖掘大军在地底下昼夜不停地劳作。竹箕、猪娘二山已被黄土埋到了半山，远远望去，黄光耀眼，而二山像一对并拢的乳房，仅露出半球状的顶部了。有时大雨冲刷，将泥层洗劫，四周都是黄泥，但雨过天晴，黄土堆仍以缓慢而不容忽视的速度在增高，仿佛有一座黄色的、新生的山在拱起。黄土如洪水在不断地蔓延、上升，那两座丘陵就像漏水的大船在逐渐沉没，那二山被完全掩埋，看来是早晚的事。

留守村中的人，对此已经见怪不怪了。这不算什么新鲜事，也不能引起他们的注意了。有时，大人告诫小孩，不要到那个地方玩，免得掉进洞里去了。只有刘芷瑛仍在关心这件事。有时她坐在山脚下（已经不是原来的山脚了，都覆盖着一层厚厚的黄土，而这些新堆的泥土上，开始长出小灌木和杂草了），望着那圈又厚实又庞大的黄土，正在往山顶上堆积，一待就是大半天。在她看来，那些黄土堆就像一只箩筐，或一口瓦缸，像装杂粮那样将竹箕、猪娘二山装起来了。她惘然若失，却感到欢喜，有时就露出了笑容。她觉得像察看南瓜生长似的，每天都会大一点，肉眼看不到，但一天一个样，变化很明显。只要黄土仍在不断地堆积，就证明孙礼仍在人世。这种想法让日渐老迈的刘芷瑛略感安慰。

有时孙广想，孙礼到底是在挖洞，还是要堆垒一座山呢。这有区别吗？这些难题超出了一个少年的能力，让孙广头晕脑涨。但孙广对刘芷瑛的话深信不疑。刘芷瑛说："你阿爸肯定还活着。"刘芷瑛想念孙礼，甚至想过去帮他的忙，但她不知从何入手。即使她做出更疯狂更怪诞的举动，也没有人管她了。

孙广快小学毕业了，老师问他们有什么远大理想。他说："别看你们还小，但你们都是共产主义事业的接班人，到时建设祖国就靠你们了。到时实现四化大业了，一部分人先富了起来，全国人民基本实现温饱问题，人民安居乐业，再也不会挨饥受饿，也不用看苏修帝国主义的脸色了。你们都要从小立大志，长大后为建设中国特色社会主义做贡献，添砖加瓦，有一分热，就发一分光——"

同学们踊跃发言，有人说要当长跑运动员，在奥运会上勇夺金牌，为国争光。有人说要当科学家，努力攀登科学高峰，有空就去造几个原子弹炸死日本鬼子。有人说要当宇航员驾驶宇宙飞船飞往月球。有人说要当工程师，设计出让敌人攻不进打不垮的猫耳洞。有人说要当诗人，写最优美的诗篇歌颂祖国母亲。这些理想很崇高，都得到了老师的表扬。

轮到孙广时，嗫嚅半晌，才吐出一句："我的理想是帮爸爸挖一个洞，那个洞有无穷大。"老师一愣，同学们哄堂大笑，孙广噙着泪水跑出了教室。

多年之后，祖国的不少宏伟目标都实现了。但孙广跟小学同学的理想都落空了。他一想到理想，就哑然失笑。孙广怅然之余，心中一动。在那时，孙广朝思暮想的是娶甘薇为妻。

孙广大学毕业两三年了，在省城一家中师学校教政治课。甘薇是他的同事。她看不上他，好在也暂时没看上别人。她跟他是有深厚交情的。但她专门跟他谈了一次，说："友情归友情，但跟你不是那种感情。你人挺好的，很老实，靠得住。跟你谈天说地很有意思，你对特异事物见解不凡。只是那个嘿，我没感觉，这没办法。"孙广心里很不是滋味，又不肯放弃。他希望精诚所至，金石为开，路遥知马力，日久见人心。但要他发现信奉这些话或任何教条的愚蠢之处，还尚待时日。甘薇是个文学青年，沉溺于神秘主义和异端邪说，对奇人逸事很感兴趣，整天在做一不小心写出一部《聊斋志异》的白日梦。她常在冥思苦想，也没见她写出什么像样的故事来。

此刻孙广灵机一动，跟她说他乡下有个人挖洞以及那座不断地长高的黄土山的奇事。她果然兴致勃勃，说："那个人特立独行，追求个人选择，被资产阶级自由化思想毒害很深啊。”孙广说：“他只是农民阶级，也不知道他为何要挖洞，如果你肯跟我回一次乡下，我就带你去见他，让你们好好聊一聊。”甘薇大喜过望，说：“你真有办法？”他说：“不瞒你说，此人乃是家父。”

于是，他们挑了个周末坐大巴返乡。刘芷瑛瞅着甘薇，喜滋滋地拉着她的手说：“你真像仙女下凡啊，我阿广好有福分！”孙广说：“妈别吓着人家了，我们不是您想象的那样。”甘薇笑而不言。

孙广带甘薇先到了屋背坡。多年以来，坡地四周建起了不少房子，空地已不及原来的十分之一大了，他觉得那个洞穴就在空地上，但看不出挖掘的痕迹了。村庄曾一度达到了繁荣的顶峰，小洋楼建了一批，家家买了彩电；之后就走下坡路了，青壮年远走他乡，村中只剩下老弱妇孺，人气越来越淡，村巷长满了杂草及苔藓，池塘堆积着垃圾，小河日渐污染。村庄此刻已成强弩之末，渐露颓败之象，并将在五六年间以摧枯拉朽的速度急剧瓦解，犹如巨石从山顶滚落下来，不可挽回。

孙广边指点边讲解，甘薇兴趣盎然。孙广对着地底喊：“阿爸，您出来吧，我是您的阿广啊。”当然毫无动静。孙广烦躁不安。他有多久没见孙礼了呀，连孙礼是什么样子都忘了。

甘薇抿嘴一笑。

孙广说：“那只是热身呢，他不会在这儿的。”

甘薇若有所思，说：“令尊很了不起！他算得上是现代意义上的、反向的西绪福斯。”孙广愕然不解。她说：“西绪福斯是推巨石上山，推到山顶又滚下来，滚到山脚又推上去，周而复始，无休无止。上山的路跟下山的路是同一条路。而令尊是往地下不断挖掘推进，但他同样得一次次地返回洞口，将泥土搬运到洞外面去，进洞的路跟出洞的路是同一条路。两者都是负重者，不屈不挠，也永不得解脱。西绪福斯在一次次推动中，看到了这既是镣铐也是自由，由于他是被迫的，他的荒诞之举，也就显得更加悲怆，更加无奈。加缪对此有精彩的论述。而令尊乃是出于个人的自由选择，其荒诞感同样强烈，却充满了喜悦的滋味。不断地挖掘和搬运，这就是令尊的命运。”

孙广说：“我不知道他有何滋味。”

孙广带甘薇到了那座时刻都在生长的黄土山，新堆上去的泥土，已完全将竹箕、猪娘二山埋掉了，就像包饺子那样，看不到馅了。由于新山以原来的两座丘陵为基础，不断地增大变高，就显得相当雄伟，颇具气势，在四周的矮小丘陵中鹤立鸡群。新山也长满了柴草和灌木丛，不再像原来那样黄光灿灿，耀人眼目。山顶上的一堆新鲜黄土，就像一个金色的锥顶，表明仍有新挖出来的黄土在堆积。有不少泥土从山顶倾泻而下，掩压了不少草木，并从较高大的杂树根上泄露出来。那草呀，树呀，全是在新堆垒的土层上长出来的，不少尤加利树已长到碗口粗了。草枯草荣，年月更迭，树犹如此，人何以堪。孙礼在地底下不停地挖掘，怕有二十余年了。孙广说：“就是这儿了。”

孙广带甘薇爬上黄土山的顶部，他还担心黄土松软而塌陷呢，登上去才发现结实得很。孙广冲着那个颜色鲜艳的黄土山锥喊道：“爸爸，你出来吧——”

耳畔只闻山风飒响，四野寂静，远处的稻田传来鸟的啼叫。孙广被一股悲伤和沮丧的感觉攫住了。

甘薇有点失望，说：“我早就知道是这样。”

孙广脑海里忽然掠过一句话，他想也不想，脱口而出：“爸爸，您让我帮您挖吧。”

话音未落，甘薇“啊”一声惊叫，扯了扯孙广的衣角。他顺着她的目光望去，只见一个须发皆白的老者，就站在三丈开外的灌木丛中。须芒草及铁芒萁簇拥着一丛山稔树，山稔子或青或红，熟透了的果实像紫檀木珠，在风中轻轻摇晃。那老者望着孙广，脸色莹白如玉，目光清澈如水。他神态安详，谈不上喜悦，也谈不上伤感，他对孙广的举动没有责怪，但显然也没有赞同。多年过去，孙礼的容颜孙广早已遗忘，但孙广确信他就是生父无疑。孙广呆若木鸡，一句话也说不出来。他感到时光已然停顿，天空和万物都在凝固，二十余年来的往事像万花筒一样纷至沓来，几乎是同时或全于半秒之内涌上他的眼前，既无比清晰，又眼花缭乱，既不可磨灭，又无从捕捉。孙广知道他正陷于梦幻般的状态中，用力地掐了一下大腿，使头脑稍微得以保持清醒。

孙广眼前一花，老者深深地望了他一眼，身影一闪就不见了。他有点怀疑见到的这一切，只不过是幻象。只见枝叶乱颤，沙沙作响，而老者已无从寻觅，孙广连他衣服的颜色都没有看清。

孙广一屁股跌坐于地，惊惧未定，有些兴奋，但更多的是痛失与沮丧，小时候差点钓到大鱼又被它逃脱，就是这种感觉。

孙广问甘薇：“你看清了吗？”

甘薇说：“我只看到那丛野果树枝叶乱晃，别的啥也没看到。”孙广胸口一阵绞痛。

孙广拉着她的手，往那丛山稔树走去。还没走近，一只黄鹤“嗖”地钻出，扑打着翅膀飞走了。

甘薇说：“可能我看到的就是这个吧，但也没有看清。”孙广跟她赌咒发誓说看到了孙礼。甘薇摸着他的额头说：“可怜的孙广呀，你不是发烧了吧。”然而，孙广的额头尽管汗珠沁出，但一片冰凉。孙广反复跟甘薇说，他真的见到了孙礼，仔细地描述了他的模样，并耐心地讲述了这座黄土山的来龙去脉，它埋着像女人奶子般浑圆的两座丘陵呢，他们现在踩着的黄泥，以及长满了草木的地表，全是多年来人工堆上去的。

甘薇狐疑不定地说："我相信你，可我啥也没看到呀，连那只鸟都是后来才看清的。"

孙广仔细察看那个灌木丛，紫红色的山稔果落了一地，但没有人类停留过的痕迹，更没有洞穴的迹象，他不知道老者是如何出现并于瞬间消失的。他说："锥顶上的那堆黄土，我敢保证是这几天堆上去的。"甘薇疲惫不堪地说："我不怀疑你说的这一切，但我确实没看到令尊。"孙广摇了摇头，觉得咬碎了苦胆。他对着天空张大喉咙，竭尽全力大喊："爸爸，爸爸——"天穹高远而洁净，像一个倒扣下来的蓝色瓷碗，又像一个深不可测的洞穴。孙广的声音像玻璃珠子那样反弹回来，在他的耳中撞击得粉碎，接二连三——

孙广潸然泪下。他压抑了再呼唤孙礼的欲望，他再也不可能见到父亲了。

他们返回了省城，甘薇始终没有接受孙广，孙广决定不再想她。她有句话刺伤了他，她说，等我到二十八岁还找不到男友，就跟你算啦。当时她二十五岁。

孙广一转身就跟李芙蓉结了婚，她也是他的同事，一个体育教员。她是省篮球队的退役运动员，头脑简单，四肢发达，那对巍然屹立的乳房总让他想起那两座被黄土掩埋的丘陵。刚结婚那阵，他总要枕着她的胸脯沉入梦乡。他第一次见到李芙蓉时，就觉得她藏在蓝色运动服下的那对丰乳，像篮球那样结实，又像他从未得以窥探的洞穴那样神秘。甘薇跳槽到一家杂志社，不久出国去了。

孙广刚跟李芙蓉相好时，跟她说起了关于黄土山的那个故事，并将两座丘陵和她的乳房做了生动的类比。她吃吃地笑，用手指戳着他的额头说：“你真坏！”她一个字也不信，但她很爱听。她觉得他在挑逗她，并为此编出了一个稀奇古怪的故事。

结婚时，孙广偕李芙蓉返回了凤凰村，带她去看那座黄土山。他留意到那山似乎又增高了几分，扩大了一圈。但妻子说：“甭骗人了，哪有两座山，不就是一座嘛，可见你一直是鬼话连篇！”他那天嘴巴不停地说起了那个故事，不幸说漏了嘴，跟她提及曾偕甘薇来过此山。李芙蓉醋劲大发，非要他交待跟甘薇的问题，而他又能交待什么呢？李芙蓉酸溜溜地说：“只有那个女人及那丛茂密的山稔子林是真的，别的全是谎言！”

大约从七八年前起，孙广对生活了十几年的省城心生厌倦。他终究是个乡下人，无法融入这座城市，又嘈杂，又拥挤，空气很污糟，水又不干净，人整天心烦意乱。他不想做生意，不想向上爬，待在大城市做吸尘机干啥呢？他对为人师表也烦透了，整天道貌岸然，装模作样，为学生指点迷津、设计人生，而他自己的人生却一团糟。孙礼至少有个洞可以挖一挖，孙广作为一个教员，却感到无聊透顶。他滋长了回乡下定居的想法。也许是那隐秘的呼唤一直在他心头潜伏着。

时隔多年，孙广对带甘薇去见孙礼的一幕虽有恍惚之感，有时甚至以为是幻觉，但总是坚定地认为那次真的见到了孙礼。他幼年时见到的孙礼模样全已遗忘，而那一次见到的孙礼，倒是异常清晰，并深深地印入了脑海，但又如坠梦境，至少有挥之不去的怪诞。

李芙蓉对这一切不以为然。她对孙广越来越不满，觉得他胸无大志，不思进取，也爱拿他跟别人的老公比较——你瞧，玉梅老公今年评上省级劳模了，香莲老公都提副处了。而你只惦记着那个破洞，多年来只是原地踏步，一点长进也没有。老娘跟着你，这日子呀，一点奔头也没有了——她越来越爱跟孙广争吵，只要他一发牢骚，她就认为他在发癔症，不是猛烈抨击，就是冷嘲热讽，说：“你领了国家饷，还说出这种不知好歹的话来，你良心被狗吃了，回乡下喝西北风去？”

孙广跟她描述回乡下的种种好处：“空气清新，安静怡人。在春天，稻田一片绿油油，山上繁花似锦。在秋天，稻田金黄，野果遍地，连空气都弥漫着甜味。溪水清澈见底，石头乳白浑圆如少女的奶子，五彩斑斓的鱼儿在浅水中穿梭，大鱼在深潭发出声响。各类杂鱼成群结队，用簸箕随手一捞，就是一海碗。真到了乡下，当然不种田了，辟个果园，种上荔枝龙眼，开个鱼塘养鱼虾，养几头猪，一群鸡，这个嘿，就是世外桃源哩。咱们也算搞了个庄园了，你安安稳稳地做地主婆，我忙时到果园松松土，闲时练练书法，与世无争，耳根清净，省得老受校长的鸟气！”

李芙蓉说：“我就烦一个‘静’字！‘静鸡鸡’（粤语，形容周围环境沉静无声）的有什么好？死气沉沉。我就待在省城，哪儿也不去。乡下有什么好？有篮球场吗？”

前年夏天，李芙蓉跟孙广回去看刘芷瑛。只见村庄十室九空，田地抛荒，一片荒凉，屋边野草疯长，村巷堆满了垃圾，茅厕臭不可闻。最让孙广痛心的是，环绕土地庙的那个林子，仅有的几棵大树被伐掉了，连庙前那两株守门巨人般的古樟树也踪影皆无。那林子本来就像一座法度森严的庙宇，如今已七零八落，气象全无。李芙蓉得意地说：“你死心了吧。”孙广无言以对。有多少人像他这样，不能回家乡。

现在，村子只有在过年时才会热闹一番。“年例”节一过，回家过年的人就跑光了。在为期两天的“年例”里，家家户户大摆宴席，招待亲友，村子里舞狮、演戏、放电影，摆醮、游神、送鬼，鞭炮轰鸣，酒菜飘香。前来赴宴的各路人马络绎不绝，邻近村庄的小贩闻风而动。在粤西，每个村庄的“年例”时间不同，都在正月的中上旬，正好轮流操办和欢聚。真是宾主尽欢，人神共乐。狂欢之后遍地狼藉。过年后的十天半月，从四面八方返乡过年及做“年例”的青壮年，将一年辛苦劳动所得在短暂数天中挥霍一空之后，又收拾行李像候鸟一样陆续飞回城里，最终一个不剩。持续多日的奢华喧闹，瞬即归于沉寂。只有村巷及门前鞭炮的猩红纸屑，仍残留着一丝狂欢的气息。这样的景象，已持续了多年，粤西乃至南方的大多数村庄。譬如凤凰村，这个只剩下老弱妇孺的小山村，仿佛一只倒空了土豆的麻袋，变得疲软而无力。

孙深三番五次要接刘芷瑛到镇上生活，但刘芷瑛不肯去。她说：“我要陪你爸哪，当年那些要捉他的人，死的死，走的走，都离开村庄了。他就是光明正大地去挖，也没人管了。他要做什么，都用不着偷偷摸摸了，他为什么不出来呼吸一下新鲜空气呢。”

那么多年过去，昔日的小孩都长大了。当年参与追捕孙礼的人，没几个在村子里。很少有人提到孙礼了。人们渐渐将他忘掉了。

前几年过年时，去深圳打工的孙大石神秘兮兮地说，有一次他坐在公交车上，透过车窗望出去，在深南大道马路边的街道树下看到了孙礼。他还是当年四十多岁的模样。孙大石惊讶得张大了嘴巴，但还没叫出声来，汽车已一晃而过。

孙知说，他也见过孙礼，但不是在深圳，而是在海南岛的一个果园里。他认得那个头戴草帽、挥铁锹在挖果树坑的男子就是老邻居孙礼。那人要在空地上种上几株龙眼树。当孙知跟那人搭讪时，那人说不姓孙，也不认识孙知。这不是睁眼说瞎话嘿，那时他虽然年轻，但大家都是低头不见抬头见的。当年，他还往洞穴里扔过柴火呢。

孙木说，他也见过孙礼，但不是在深圳，也不是在海南，而是在湖南。那一年，他去游张家界黄龙洞，忽然在霓虹灯影下看到了孙礼。孙木比孙广大一岁，当年全村人追捕“精怪”的事件闹得沸沸扬扬，在他的脑海中留下了难以磨灭的印象。他还跟孙礼聊了几句。孙木赌咒发誓说：“那个人都承认他就是孙礼了，但是他不认得我，毕竟我那时还小，但当我说我就是孙老凤的孙子孙国强的儿子时，他的目光突然变得像刀锋一样锐利。他一转身就走了。”孙木呆若木鸡，怔了半天。后来，他才想起来，孙礼跟他小时候见过的没什么变化。

这些话传到刘芷瑛的耳朵中，刘芷瑛不相信。她觉得孙礼哪儿也不会去，否则怎么解释那座堆得越来越高的黄土山？在她看来，孙礼倒不像在挖洞，而像在堆垒一座山了。她经常去看那座过去没有而如今越来越显示其存在的黄土山，扯几把猪菜，眼圈儿红红地回来。她有时在院子里嘀咕：“死孝狗，你肯定还在山洞里。”如今，她的头发像深秋的芦花一样苍白。她像在喃喃自语，又像在跟院子里走来走去的鸡呀鸭呀说。

这两年，孙礼彻底被村人们遗忘了。再也没有人提起他。去年春节，刘芷瑛去找刚从深圳回来的孙大石说，你说那年在深圳见过我老公，是不是真的？孙大石尴尬地笑了笑。他好半天才想起眼前的这个女人也有过老公，但他一脸惘然。他说，你问问别人看。

每次孙广回去探望刘芷瑛，她都要跟他念叨说：“阿广，你说你爸什么时候会从洞里出来呢？”

那一次，孙广临走时去那座黄土山待了一会。天空还是很蓝，山还是很青，工业化的巨手尚未触及，这个繁衍了三百多年的山村已土崩瓦解。那座黄土山仍在增长，可以猜想孙礼仍在地底下挖掘。孙广不知道他这样干的目的和意义，这不是将山内部（或地底下）的泥土搬运到山外面（地表）而已吗？倘若纯粹是挖泥土，这有劲吗？而他多年来，居然为了这件事，抛妻弃子，义无反顾。他七十多岁了吧，他还能挖多久呢？如果要孙广抛弃李芙蓉，起码孙广就硬不起心肠。二〇一二年，在世界各地此起彼伏的地震以及末世论的恐慌中拉开了帷幕，孙广倒不担心孙礼的洞穴在地震中瓦解，家乡在历史上没发生过地震。孙广想，即使到了世界末日，孙礼仍不会终止挖掘吧。他到底是疯了，还是怀有秘密的使命呢。

近十年来，孙广注意搜集世界上那些稍有名气的洞穴资料，阅读过不少相关文献，乃至实地考察。

孙广了解了地理学意义上的洞穴，譬如其类型、大小、构造、边界、用途诸如此类，对古今中外名家关于洞穴的记录、描述、论说、想象及虚构亦有所涉猎。诸如柏拉图的纯粹理念之洞，李公佐既辽阔如帝国又渺小如蚁穴的幻境，陶渊明曾闯入而又迷失的桃源洞，达摩祖师面壁九年将身影楔入洞壁的岩洞，威廉·布莱克狂想的地下天空，卡夫卡的不安之洞，艾丽丝漫游过的兔子洞，蒲松龄及吴承恩笔下生活着仙人和精怪的神奇洞府，在沙漠深处隐藏着无限多个大小佛像的洞窟……这些神奇的洞穴，无一不取消了梦幻和现实的界限，也抹掉了天空与大地的界线……在孙广亲眼目睹的洞穴当中，滇西北的织金洞庶几接近了上述那些神奇的描述。

这些东西看多了，搞得孙广头昏脑涨，不得要领。李芙蓉讥嘲他说：“我看你被这个洞那个洞的搞疯了，你去地上挖个洞将自己埋进去就晓得了。”

有一天，孙广突然领悟到，地洞原本就隐藏于泥土中，只要把多余的泥土挖掉，洞穴就会赫然显露；哪怕是最隐秘的洞穴，那些挖出来的泥土也必将其暴露无遗。孙礼的洞穴就是这样，尽管不得其门而入，亦无缝可钻，但那些不断堆垒的黄土至少部分地将其暴露了。

让人沮丧的是，尽管孙广掌握了不少洞穴的资料，看过不少景区或荒野的地洞、溶洞、岩洞乃至矿洞和防空洞，他对孙礼耗费了数十年之功挖洞及其所挖之洞还是一无所知。既不了解其动机，也不知道其用途，甚至连他挖掘所必需的工具、方法和技术——以及他是如何掌握这些并付之实践的——都谈不上有何了解。也许这仅是一个玩笑，而孙礼挖着挖着，已沉湎于挖掘本身的乐趣而无力自拔，或干脆将目的抛之脑后而专注于挖掘的过程。也许这里头藏着惊人的秘密，但孙广无从得知。

孙礼挖掘洞穴（包括他不断地挖掘这个行为本身、洞穴本身的秘密也就是其规模及用途、他为何挖洞并持续挖掘的奥秘，这堪称三位一体）的秘密日夜折磨着孙广，也诱惑着他去一探究竟。孙广终究难下决心。一个念头在孙广心中不断地浮现又压下：那就是从李芙蓉的身边逃离，回到凤凰村去，操起一把锃亮的锄头或铁锹。

第四章　紫薇坡

那年初夏的一个清晨，凤凰村的孙大石扛着耙从田垌归来，当他转过紫薇坡时，看到地上围着一圈人，众人的头部组成一个圆圈。人们高矮不一，所以圈子的线条显得有些拙劣，像小孩画的鸡蛋，不规则，且有些凹陷。圈子外面摆着几把铁锹、锄头和十字镐。一锹锹灰色的土，从圈子中央抛出来，泥土在人们身旁堆积，很快就堆成一座土丘。围观的人溅上泥屑，但没有一个肯走开。

孙大石走上去，伸直脖颈往圈子里瞅，只见孙雷、孙松和孙虎三兄弟正在忙碌。孙雷埋头挖掘，孙松和孙虎负责用铁锹将挖出来的地泥抛出去。地里已经挖了一个约摸半人高的深坑。孙大石脚下响起簌簌声，他踩到了一把蓬松的花生苗，一些未成熟的嫩花生，像小水泡一样，在他的脚下破碎。那些青色带点黑纹的花生苗，就像一些折断了四肢的蚱蜢，遍地皆是。

孙大石心中一沉，这块花生地是他家的！这块花生地是他的油罐子，如今油罐子被打破了。再过两个月，花生就可收获了，孙大石的胸口一阵发痛。但他没有吭声。

别人跑到他的花生地做什么？他放下耙，绷着脸，静静地看着。没有人理他，坑里的人挖得起劲，坑外的人盯着挖土的人，屏声静息，仿佛比挖掘的人还紧张。

孙雷的锄头碰到硬物，丁当一声。孙雷脸色凝重，显得又惊喜又紧张。他蹲下来，抽出别在腰带上的短柄锄头，小心地在坑底掏挖。孙松和孙虎停下来。人群响起一阵轻微的骚动。有人说："这次真挖到啦。"

孙大石明白了，那三个人在挖银。不知从什么时候起，就有人传说村庄四周的地下，埋藏着不少银子。尤其是紫薇坡，就埋着一坛坛银元宝。据说紫薇坡以前是一个繁衍了几百年的村庄，后来被战火夷为平地，如今成了大伙儿的自留地，种些花生、番薯、大豆之类。按照乡村不成文的规矩，谁挖到金银就归谁，旁人不得干涉，损坏了的庄稼，当然要赔偿。早几年挖银成风，但从来没有听闻真的有人挖到银子。渐渐地，就没有人傻乎乎去挖了。没想到，今天有人在他的花生地里挖掘。

在众人的欢呼声中，孙雷刨出了一只坛子。他又刨出一只，两只。

那是一些无耳坛子，跟村民家中那些腌咸菜的瓦埕没什么两样。众人的目光齐刷刷地集中射向那三只坛子，孙大石觉得一颗心跳到了嗓子眼。

孙雷揭开一只坛子的盖，里面是一坛清水，他摇了摇，水从坛里溅出来，他猛地砸在坑底上，坛子摔成了碎片。大伙儿嘘了一声，仿佛松了一口气。第二只坛子，倒是实心的，但满满的塞了一坛黄土。第三只坛子，一揭开盖子，嗖嗖嗖，跳出三只蛤蟆，看来呆头呆脑，丑陋不堪，行动倒是迅捷异常。但跑得再快，也逃不过孙松孙虎的毒手，他们手中的铁锹一起一落，那三只蛤蟆立马变成肉泥。孙雷凑近坛子看，只见里面空空如也，不要说白银，连铜钱也没有一枚。

孙松嚷道："我操，这几只蛤蟆不吃不喝，如何能活下来？"

三人从坑中跳出来，跟孙大石刚好打了一个照面。

孙雷咧嘴一笑，说："白忙了半天，连个银毛也没捞到一根！"

孙大石捡起一把花生苗，根上连着白生生的小花生，还没有仁。孙大石将那把花生苗掷在孙雷的脚下。孙雷不管他，斜睨孙大石一眼，带着孙松孙虎扬长而去。围观者哄的一声，作鸟兽散了。太阳已经晃悠到了头顶，阳光如此毒辣，刺痛孙大石的眼睛。针尖似的阳光，就像孙雷盯着他的目光。这种怪异的感觉，让他好不舒服。

孙大石等孙雷来赔偿花生地的损失，三分地的花生，中间被挖了个大坑，而大坑四周惨遭践踏，眼看已是颗粒无收。他算了一下，至少得给他两谷箩晒干的花生，还得颗粒饱满，不许以次充好。

然而，根本就没有人挑花生来赔偿，连道歉的话也没有一句。孙大石等了三天，就等不下去了。他跑到村长孙老凤的家，说："村长，我的花生地被人毁了，你听说了吧？"

孙老凤说："有这样的事吗？没听说啊。"

孙大石将孙老凤拉到地里，说："你看看吧，这是孙雷他们干的。"

孙老凤说："我听说他们去挖银，没想到是在你的花生地里挖。"

孙大石说："我的花生毁了，他们可得赔我。"

孙老凤说："现在花生还没收，到时收了，我叫他们赔你。"

两个月之后，家家户户的花生都收了，但孙大石没花生可收，他就那三分地花生。他保留着土坑的形状，知道在事情解决之前，那个土坑还不能填埋。他在等孙雷送花生过来，一个月又过去，所有的花生都晒干了。每户人家，除了留足花生种，全都挑到石湾墟的油坊去，榨成了黄澄澄的花生油和浓香扑鼻的花生饼。花生饼的香味从孙雷家的院子飘出来，在村巷上回荡，孙大石再也坐不住了。

他又跑去找孙老凤，说：“孙雷家的花生都榨成了油，他拿什么赔我？”

孙老凤说：“是啊，没有花生了，那只能等下一造，到时我保证让他们赔你。”

孙大石听了这句话，笑着走了。他笑得比哭还难看。

第二天清早，村子里传出消息，说又有人去挖银了。挖掘者是孙大石，挖银的地点却是孙雷家的稻田。

现在是初秋，孙雷田里的水稻长势很好，缀满青黄的谷子，沉甸甸的稻穗几乎垂到地面，再过几天就熟了，可以割了。孙大石持锄头在挖掘，他忙乎一阵，又换了铁锹，将田泥铲起来，远远地抛出去，泥土撒下，只听得谷子脱落的细碎声接二连三。他挖的土坑不深，但坑口越来越大。围观者站在田埂上，面面相觑，鸦雀无声。等孙雷三兄弟闻讯赶来，孙大石挖的土坑已有一间房子那么大，而且正以惊人的速度蔓延。他的锄头过处，水稻纷纷倒伏，谷子纷落如雨。

孙雷脸色铁青，他当机立断，马上率领两个弟弟持锋利的镰刀去收割稻子。尽管稻子还没有完全成熟，但总比毁了的好。

孙大石不慌不忙地挖着，仿佛稻田上只有他一个人。他不再扩大开挖的范围，而是专心致志地向下挖掘。一锹锹田泥抛起来，他的身后，堆起一座小土丘。现在，他挖的土坑，也有半个人那么深了。忽然，土中传来清脆的丁当声，那是金属与硬物碰撞的声音，孙大石的动作马上停顿。围观者凑近过来，伸长脖子去看。孙雷三兄弟暂且放下手中的镰刀。他们此刻的收割，已显得没有必要。

但孙大石没有挖出任何银子，连瓦罐也没挖出一个。他只挖出一块石头，石头有洗脸盆那么大，呈赭红色，看上去十分坚硬。他托着石头，从土坑爬出来，说："除了这块石头，我什么也没有挖到。但不等于我一个上午的忙碌，就没有一点意义。"

围观者嘘声一片。像这样的石头，乡间随处可见，除了拿去砌猪圈，也派不上什么用场。孙雷盯着那块石头，目光在石头上溅出火星。他咬着牙说："你有种！"

傍晚，孙雷指挥着两个弟弟，给孙大石送来两谷箩花生，见证人是孙老凤。孙老凤从箩筐中抄起一把，剥开一颗，将两粒花生米抛入嘴中，一边咀嚼，一边含混地说："花生很好，粒粒饱满。"孙大石望了望两谷箩花生，又看着孙雷三兄弟，一时不知所措。孙雷说："花生我赔给你了。"孙大石明白他的意思，心里凉了半截。

孙雷等着孙大石开口。孙大石没有开口，他缓缓地伸出五根指头，他的脸在扭曲，每伸出一根，就像被砍了一刀。

"五箩谷不少了，孙雷你没意见吧？"孙老凤头转向孙雷说。孙雷快活地哼唱着粤曲，带着弟弟们走了。

秋收结束时，孙大石给孙雷送去了五箩谷，黄澄澄的谷子，在暮色中闪光。见证人孙老凤拈起一粒，放在嘴里一嗑，说："很好的谷子，粒粒饱满。"孙雷将手臂直插入箩里的谷子，搅动了半圈，掏出一把，仔细验看，满意地收下了。

然而，事情还没有完。第二天一早，孙大石一起床，就去自家院子的水井打水，但发现院子里挤满了人。众人伸直脖子，瞧着井底。井底传来水面被打破的声音以及铁器切入泥土的"噗噗"声。孙雷就在井底挖掘，他只穿着一件裤衩，几乎全身裸露。秋天干旱，井水不多，未及孙雷的腹部。孙雷手中的短柄锄头向井壁以及井底四周有力地挥动，泥土挖落，不停地堆积。与其说他在挖井，不如说他在填井。井水混浊，宛若泥浆，眼看是不能用了。

孙松和孙虎持十字镐守在井口，如果有人胆敢到井下去，或对井底的人做点什么，他们手上的十字镐，肯定毫不含糊地在他的身上挖几个洞。

孙大石说："这是我家的井。"

孙松说："有银的地方都可以挖。"

孙大石说："井底不可能有银。"

孙虎嚷道："顶多赔你一口井！"

"哎哟——"井底的孙雷忽然一声惨叫。他哭着说："我被蛇咬了，我死定了——"

孙松赶紧转动辘轳，辘轳上原本系着铁桶的地方，系着一个箩筐，孙雷爬入箩筐，很快就从井中出来了。孙虎说："哥，不是蛇，是只土鳖！"孙雷听说不是蛇，方才脸色转缓。但那只鳖就咬在他的阳具上，痛得他哇哇大叫。那只鳖硬壳上长满青苔，怕有汤盆那么大，挂在孙雷的胯下，晃晃荡荡。孙雷负担过重，站立不稳，一屁股摔坐在地上。孙虎走上前，用手抓住鳖壳，用力去拔。孙雷几乎痛昏过去，孙虎只好松手。

有个人用小刀刮了刮鳖壳，大惊失色，说："这是一只红衣鳖，只要咬了人，雷公不响，不会松口！"此言一出，孙雷三兄弟均面无人色。现在秋意渐浓，哪有夏雷轰响？

孙雷有气无力地说："大石，你快叫它走开。它是你养的，你说的话它肯定会听。"

孙大石双手一摊，说："是我养的没错，但肯听我的话？你是你爸养的，你肯听你爸的话？除非养的是狗，只有狗才听话。"

折腾了半天，太阳升起一竿子高了。秋天的阳光打在泥墙上，墙上的裂痕缀满苔藓，孙老凤不知从什么角落踱出来，阳光打在他的半边脸上，显得阴阳不定。他见多识广，说：

“让一个女人在鳖嘴上拉一泡尿，鳖就松口了，但一定得是处女。”

有个女子立马从人群中走出，正是孙老凤的大女儿孙美玉。孙老凤皱皱眉头，但孙美玉嘻嘻笑着，已解开裤带，露出红艳艳的底裤和雪白的大屁股。她当着众人的面，对准孙雷的裤裆及鳖身“哗哗”地拉了一泡尿。孙雷哼哼唧唧，嚷道：“咬得愈发紧了——美玉，你到底是不是处女？”

众人哄堂大笑。孙美玉方才还得意洋洋，如今脸蛋通红，赶紧从人群中钻出，一溜烟跑了。

又换了几个女子，均无效果。最终，还是孙高城家里六岁女娃的一泡尿使孙雷从鳖口脱身。孙雷怒不可遏，一锄头将鳖连甲带肉砸得碎裂，鳖血溅了孙大石一身。

孙大石用衣袖去拭脸上的鳖血，望着孙老凤说：“我的井不能用了。”

孙老凤走近井边，只见井中一片狼藉，泥块填了半井，就像一个半壁坍塌的矿洞。但是花生可以赔，谷子可以赔，水井怎么赔？他双手负背，绕着井口踱步，像个大人物。

众人目不转睛地盯着他，当他绕到第七圈的时候，终于张嘴说：“孙雷你院子里也有一口井，就用那口井赔给大石。”

众人面面相觑，孙雷三兄弟哈哈大笑，扬长而去。众人遂跟着四散。

孙大石住在村东头，孙雷家在村子的西北角，两家相距甚远，如果孙大石挑水要绕半个村子、走大半个钟头去挑一担水，倒不如去邻居家挑水的好，即使是村庄的老井，也才隔两三百米。因此，孙雷家里的那口井，对孙大石毫无意义。

孙大石站在院子里，他今天本来要去石湾墟买化肥的，但计划看来要改了。他感到一阵头痛，抱着头蹲在地上。他想了想，让妻子廖飞燕带孩子回了娘家。

孙大石还是决定趁墟（粤语，即赶集），但他用买化肥的钱，买了三斤豆腐、两刀猪肉、一尾鲤鱼和一瓶烧酒。傍晚时分，他提着这些东西进入孙雷的院子。孙雷的老婆素英接过来，从后院的菜畦拔了几棵葱、一把青菜，一并烧好了。一股猪肉的浓香和蔬菜的清甜弥漫着孙雷的院子，孙大石咽了咽口水，他好久没吃过这样的美味了。

孙大石和孙雷三兄弟坐在四方桌上吃肉，喝酒，显得客客气气。

孙大石问孙雷："你的老二没事了吧？"

"死不了。"

"你不是在挖银。"

"你挖我的稻田，就是挖银？"

"是你先挖我的花生地。"

"紫薇坡一带可能真的有银，你看我挖出了三个坛子。"

"我敢打赌，你不是在挖银。"

"那不一定，我挖到银子，那可归我。"

"只有白痴才认为我的井底有银。"

"你说我是白痴？"

"孙雷，你反正不是在挖银，否则你就是白痴。"

"我操，银没挖到，挖了一个烂鳖！"

"咱们近日有冤、往日有仇？"

"没有。"

"我可有得罪你的地方？"

“没有。”

“那你为什么要挖我的地、毁我的井？”

“你心知肚明。”

“你这是什么意思？”

“我为什么要这样做，你自己心里很清楚，还要来问我，笑话！”

“我真的不晓得，请你告诉我。”

“你就不要装蒜了，你自己做的事难道不晓得？”

“你不是说我没得罪过你吗？”

“这件事跟我无关。”

“我真的蒙了，既然与你无关，为什么你要那样做？”

“我只是一件工具，一件挖掘的工具。比方说，一把锄头或铁锹，是不会去挖银的，挖银的是人。而我只是一件工具。当然，挖到银子，全都归我。但这是扯淡的事。”

“谁是那个人？”

“你自己心中雪亮。”

“我真的不晓得。”

“你他妈的少装模作样！”孙虎一仰脖灌下半碗烧酒，拍着桌子说。

孙雷冲着孙虎摆摆手，对孙大石说：“兄弟，我冲着你这尾肥鱼，就跟你实话实说吧。如果你不把那样东西交出来，这事儿肯定没完。”

“什么东西？我有什么东西要交出来？”

“是什么我不知道，但是你自己心里清楚。你只有交出来，否则我们还会一直挖下去。”

“我给你弄糊涂了，我不知道你在说什么。你知道你在说什么吗？”

“你斗不过他的。你只有交出来，否则，我们只有挖下去。”

“他是谁？他凭什么？”

“你自己知道。”

“好，你不告诉我，我也知道，他是孙老凤是不是？”

孙松嚷道：“又说不知道，这下子不是自己说出了吗？”

孙雷瞪了孙松一眼，对孙大石说：“今天就到此为止吧，多谢你的好酒好肉。但我们只是工具，只是挖掘的工具。你如果想事态平息，你做过什么事，只有你自己去负责。你好好想想吧。”

孙大石跨出孙雷的院子，临走时抛下一句话，说：“我没什么好负责的。”

孙松冲着他的背影嚷道：“好戏还在后头呢。”

天黑了，秋月升空，灯火明灭。孙大石没有回家，而是直接去孙老凤家。孙老凤躺在竹床上发呆，显得心事重重。孙大石劈头就问：“村长，我有什么得罪你？你让孙雷他们挖我的井？”

孙老凤说：“孙雷爱挖银，这是他的事，我没有叫他。你不是也去他的稻田挖银吗？难道你是我叫去的吗？”

“孙雷只是一把工具，而你才是握着工具的那只手，这是他自己说的。”

“你既然都知道了，还问什么？”

“我就不明白，你为什么要这样做？”

“你自己很清楚，你回去好好想一想。”

“我不必再想了。我只问一句，怎么样才能让孙雷停止疯狂的挖掘？”

“好吧，我最后答一句，请你将你取走的东西交出来。你是怎么拿走的，就怎么拿回来，不要跟任何人说起，不要让任何一双眼睛看到，哪怕是一只狗的眼睛。”

“我没拿过你的东西。村长，你总得告诉我，到底是什么东西？”

“你走吧。”孙老凤闭上眼睛，秋风吹过庭院，他躺在竹床上，显得无精打采。他蜷曲着臃肿的肥肉，仿佛一个大圆球。孙大石深深地看了他一眼，走了。

一连好几天，孙大石闭门不出，冥思苦想，绞尽脑汁，就是想不起拿过孙老凤的什么东西，以至于对方如此大动干戈。不要说他没拿过孙老凤的东西，就是村子里任何一个人的东西，他也不稀罕。他不是一个贪心的人。他暗中打定主意，如果孙雷再挖他的花生地、豆地或别的什么，就决定要跟他拼个你死我活。尽管孙雷三兄弟是村中一霸，从来无人敢惹，但真要欺负上门，他也不怕。毛主席说得好，人不犯我，我不犯人；人若犯我，我必犯人！

秋收之后，田地一片荒芜。孙雷要挖他的地，至少也得等到明年春天开耕吧，孙大石以为他暂时可以安宁了。没想到，他前脚才出门去，后头就响起了挖掘声。这一次，孙雷一锄头就砸开了他家的锁头，兄弟三人，抡开锄头，在他的厨房里起劲地挖。

等孙大石闻讯赶回，灶膛已被掀翻了，倒是碗筷、锅煲、水缸等厨具搬到了院子，无一损坏。但厨房挖地三尺，四周是堆起来的灶灰和黄泥，中间是一个大坑，他的厨房就像一个正在挖建的粪池。孙大石的院子，密密麻麻地围满了人。每一次，都少不了围观者。这些无聊的家伙，孙大石望着那些人，他的愤怒像乌云里的雨点，在一点点凝聚。

孙大石操起锄头。孙雷三兄弟动作停顿，握紧了手中的工具，一齐望着孙大石。气氛变得凝重起来，空气仿佛停止了流动。围观者鸦雀无声。孙大石忽然想起了孙老凤，也罢，无端端的跟这三个疯子拼命，不值得。他徐徐地呼出一口气，攥住锄头柄的手，慢慢地松开了，额头的汗珠，“啪”地砸在地上。

孙雷三兄弟交换一下眼色，继续挖掘起来。他们挖得一丝不苟，仿佛真的在地下寻找白银。孙大石搬了一张小板凳，坐下来，不急不躁地看着，仿佛那间厨房跟他没什么关系。

孙雷他们又挖了一刻钟左右，总算将孙大石的厨房翻了个底朝天，当然没有挖出什么银子来。他们要走了。孙大石叫道：“且慢，拿什么赔我的厨房？”

孙老凤忽然不知从什么地方飘出来，孙大石刚才在人群中没有见过他，这个人，说来就来了，简直像幽灵一样。平时很难见到他，但他又像无处不在。孙大石望着他，他光滑如婴儿的一张肥脸，没有一丝皱纹，也没有一丝表情。孙大石觉得孙老凤的脸，就像一个膨胀的气球描上了五官。孙大石不禁咧嘴一笑。

孙老凤说：“按照几十年来的惯例，挖银在村子是允许的。但毁坏了的厨房，也应当得到合理的赔偿。孙雷，你就将你家里的厨房赔给大石吧。”

孙大石一怔，说：“我不要，我要他的厨房做什么？”

孙老凤说：“他家的厨房比你家的大，应当说，你并不吃亏。”

孙大石说：“但厨房离开我的院子，那有什么用。”

孙老凤说：“你既然拒绝接受一个合理的赔偿，那就是你的问题。那么，你就不会再有别的赔偿。”

孙大石冷笑：“我早就知道你要这样说。挖了我的厨房，还有什么可以挖下去？”

孙老凤闭上嘴，他的小眼睛精光闪烁，从肥厚的眼睑里透射出来，就像闪电从两片乌云的夹缝迸发，又像盖公章一样，印在孙大石的脸上、胸膛和腹部。他的目光就像一把锋利的鹤嘴锄，就在孙大石的身上挖呀挖，仿佛孙大石的身躯就藏着银子，或他需要的东西。孙大石心中发毛。

当天晚上，孙大石在天井拿两块红砖头架起来，权充炉灶煮饭。事情变得越来越复杂、越来越有趣了。他苦笑了一下。但这件事碰巧发生在他的身上，这就不是有趣，而是十分可怕。

孙雷来找孙大石，孙雷皱着眉头，他第一句就是："事情越来越糟了，大石，我也不想这样。不骗你，我不想挖你家的厨房，不想挖你家的任何地方。你还是将东西交出来吧，这样大家都好收场。我保证将你的损失赔给你，我会让你满意。"

"但那是什么东西？请你先告诉我。"

"你真的不知道？"

"我的确一无所知。我不知为什么就卷进去了，不知道卷进什么样的漩涡里去了。"

"我也不知道，真的。但村长已经急了，他急起来什么都干得出来。我惟一可以确定的是，如果你不将东西交出来，那么会变得非常麻烦，麻烦得让你不敢想象。"

"怎么样麻烦法？"

"我们只能挖下去，挖下去。"

孙雷走了。他口中念念有词，不停地念叨着这句话，仿佛他也无法控制这句话从他的嘴中蹦出来，仿佛他也无法控制那双疯狂挖掘的手，还有孙松孙虎的手。

孙大石望着孙雷，一股寒意从心底涌上喉咙，忍不住趴在门框上呕吐。他呕吐得浑身发软。良久，他才让双腿拖动着自己，去找孙老凤。孙老凤在灯光下的圆脸，似乎不如平时看上去那么光滑，这很罕见。它像一只吹大的气球，稍微漏了一点气。它就像一只苹果，搁在果盘好几天了，有点发皱。孙大石想笑，但他心中发苦。他有点同情孙老凤了，他觉得孙老凤所遭遇的难题，似乎一点也不比他小。但孙老凤将问题的症结归咎于他，这是毫无道理的。他试图说明这一点。

然而，孙老凤没有耐心，他摆了摆手，说："说什么都是多余的，你惟一的出路就是将东西交出来。"

孙大石说："你能告诉我是什么吗？即使我没有，哪怕是去偷去抢，我也想办法弄给你。"

孙老凤紧紧盯着他，赤红的小眼睛像暗夜的红炭，他的每一个字都从牙齿缝挤出来：

"这应该由你自己的嘴说出来！"

"我真的不知道。"

"那好吧，你会知道的。"

孙大石怏怏地从孙老凤的家出来，他一点办法也没有。他索性不去想这件事，因为想也没用。

然而，孙雷三兄弟的挖掘行动，仅暂停了一个月，又继续了。这一次，挖掘的是孙大石的房子，首先是他的大厅，然后是他的卧室以及两个厢房。房子是黄泥砖砌成的，现在地面被挖了几个深达一米的大坑，房子难以保存，四壁迟早倒塌，这就像一个纸箱，底部烂穿，四面也就难以支撑。而那几个大坑，就像巨兽张大的嘴，就像故意挖就的陷阱。

孙大石问在现场观望的孙老凤："现在是不是要将孙雷家的房子

赔给我？”

孙老凤回答：“你问他去，干我什么事？又不是我挖你的房子！”

正在忙碌的孙雷，将一锹泥土抛向屋顶，咧嘴向孙大石一笑。

夜间，孙大石将被铺搬到晒坪去睡，北风像剃刀一样，从他的脸上沙沙响地刮过。他明白对方要暂停一个月的用意了。季节已到深冬。

孙大石在寒风中毫无睡意，他知道自己早晚会出手，不是鱼死就是网破。既然拿定了主意，他倒觉得不必着急了。迟早会有个了断，现在他倒要看看，连他的房子也挖掉了，对方还要干些什么？还能干什么？

等孙大石知道是什么的时候，孙雷三兄弟已经完成了全部的挖掘动作。这一次，他们挖的是孙大石爷爷的坟墓。那是一个细雨飘拂的春日，山冈上一片泥泞，但由于事情闹得够大，看热闹的人，一个不少。他们戴着斗笠，披着葵篷（一种由竹篾和大块竹叶编织而成的乡间雨具，外形看上去，犹如乌龟的硬壳）在观看，犹如一队直立行走的乌龟。他们指手画脚，唾沫横飞，什么话都说，就是没有一个人上去阻拦。

当孙大石来到，爷爷的土坟已被夷为平地，葬在坟中的骨灰瓮也被刨出来，里面当然不会有什么银子，顶多是几根枯骨。孙雷倒没有将盖子揭开。

孙大石将瓦瓮抱起来，只觉得手心一片冰冷，全身都僵硬了。他说：“你是不是要将你阿爷的坟墓赔给我？”他问的是孙老凤，而不是孙雷三兄弟。孙老凤是人群中惟一不戴葵篷的人，他披着黑色的军用雨衣，看上去像一只漆黑的大鸟。

孙大石回去，将家里的刀具及铁器全搬出来，最后他只挑了三样，一件是禾铡刀，一件是柴刀，一件是禾叉。禾叉利于远攻，柴刀适于肉搏，至于禾铡刀，只需一刀，就可以将人腰斩。他将三件铁器抱到河边的洗衣台，带上磨刀石，蘸水在磨刀石上慢慢地磨。阳光偶尔在云层间闪烁，绵长的细雨依然在飘降。刀磨得雪亮，那把禾叉的尖端，也在雨丝中闪光，就像撕裂乌云的闪电。

孙大石任雨水打在脸上，他苍白的脸，像刃口一样雪亮。

孙雷三兄弟默默地望着他，孙雷似笑非笑，表情很不自然。他想向孙大石打招呼，但嘴唇动了动，终究没有发出声音。他们都头戴斗笠，身披葵篷，在硕大葵篷的遮盖下，棉衣里鼓鼓胀胀的，似乎藏着什么硬物。

就是那一刻，孙大石闻到一股奇异的香气，香气顺着吹斜雨丝的轻风飘来，像是十分浓郁的花香，但浓郁的花香之中，又好像夹杂着一缕难以言说的香气，非常清淡，隐隐约约，又确凿无疑，犹如雨水中带着草木的气息，尽管这难以觉察。孙大石伸出舌头，舔了舔雨水，以及雨水中的微风、花香、未知的香气。即使那是花香，也由十分奇特的花卉所发出，他从来没有闻过这种香气。

孙大石站起来，遁着花香的来源，迈动脚步。他的利器就放在洗衣台上，他似乎遗忘了他磨快了的利器。孙雷拿起那把柴刀，用大拇指试了试刀锋，不禁脱口赞道：“好刀！”

孙大石在山冈上跳跃跑动。当时见到他奔跑的人，都说他的行动像山魈鬼魅一样迅捷，细长的草叶“嗖嗖”在他的脚下倒伏，他快捷得像传说中的草上飞。花香的源头就在紫薇坡上，孙大石伫立着，眼前这无边而巨大的美，使他目瞪口呆。一棵棵花树从坡顶蔓延到山脚，他说不出那是什么树。尽管地上落英缤纷，而无数朵瓷碗大的花苞正在细雨淋湿的枝头上张开。花朵密密匝匝，几乎看不到枝叶，雨水打在花瓣上，发出细微的声响。与其说是雨水敲打着花蕾或花瓣，毋宁说是精致的碧玉碗或玛瑙杯在盛装雨水。尤为奇特的是，花朵只有黄白二色，金黄的就像纯正的黄金，乳白的宛若细致的银子。孙大石一眼望去，只见那无边无际的簇簇鲜花，从山冈上、从天边一直蔓延到他的脚下。而浓郁的花香，就像大海的波涛一样，一浪接着一浪，汹涌而来。那一刻，他忘却了紫薇坡曾经是一片荒凉的山丘。在他的印象里，没有栽种过任何果树。

但当时他不可能想到这些。更加醉人的一幕，扑入他的眼帘，涌入他的鼻孔，渗入他的全部感官。天啊，一缕更奇特更好闻的香气，从浓郁的花香中脱颖而出，像一股气浪劈头涌来，使他打了一个趔趄。

刹那间，他看见一个年轻女人，全身赤裸，她金色的长发顺着玉石似的肩部垂挂下来，跟那些黄金似的花朵交相辉映、相互呼应；她的肌肤仿佛由最纯的银子或月光构成，跟白银似的花瓣浑然一体，几乎无法区分。她从一株花树下走出，丰隆的乳房微微颤动，乳头的颜色美到了极致，仿佛是金色和银色的相互征服、妥协和交融。她双手抱着一个双耳水罐，水罐不大，紧贴着胸口。她的乳房，在水罐瓶颈的两边，保持完美的对称。她的美是孙大石无法形容的，也是他永远不会忘记的。女人凝视孙大石，嫣然一笑，忽然就消失了。这一幕，只持续了一秒甚至更少的时间。孙大石还没有回过神来。他从来没有见过这个女人，但似曾相识。漫山遍野的花朵还在，花香犹在弥漫。即使马上死去，他也死而无憾。那个赤裸的女人，是他一生中见过的最美的人类，或最美的东西。因为，他根本就无法肯定自己看到的是人，还是仙女、花妖或什么精灵。孙大石抱住树木，放声大哭。

孙大石回到家里（他所谓的家已失去了房子，他只在村东头的晒坪临时搭建了一个简陋的草棚），将那把禾铡刀及禾叉弃之一旁，又将磨利的柴刀插入腰间。人们紧张地看着他，即使是孙雷三兄弟也无法平静。刚才，他们看着孙大石发疯似的奔跑，跑到紫薇坡，经过短暂的停留，又疯狂地跑回来，然后倒头便睡。除此之外，人们没有看到什么异样。

孙大石发烧了。那天夜里，他不停地说梦话，时而大声喊叫，仿佛在赞叹或怒吼，时而温言细语，仿佛在叹气或惋惜，但是没有一个人听懂他的梦话。这个可怜的人，被梦魇控制了一夜的人，终于在黎明清醒过来。

清晨，细雨在飘降，孙大石扛起锄头向紫薇坡走去，腰间插着柴刀。他身体孱弱，脚步虚浮，柴刀的锋芒在细雨中闪烁。孙雷三兄弟跟着他，一群人跟着他，他视而不见。

有一年夏天，早在孙大石为了那件事心力交瘁之前，村长孙老凤已在紫薇坡种下了数十亩芒果林。而这些，从来就没有进入他的脑海。即使在现在，他也搞不清这片芒果林是谁的。

该轮到我啦。孙大石嘴角露出诡秘的笑容。他拔出柴刀，刀光一闪，一株手臂般粗细的芒果树，被一刀砍断。

众人瞅着他，默不作声。即使是孙老凤也没有声张。

孙大石重复着同样的动作，一口气砍掉了一百株芒果树。他累得直喘气，当他砍到第一百零一株时，柴刀从没有一丝力气的手中坠落。现在，果林中出现一片空地，看上去很奇怪，仿佛汹涌的怒海之中，却有一小块水域纹丝不动。

孙大石挥起锄头，挖芒果树的树根。他挖得很小心，好像怕挖坏了什么。一个个树根被挖了起来，抛在一边。当挖到第十七个树根的时候，孙大石挖出了一个双耳瓦罐。大伙儿瞧着他，屏气静息，只有细雨打在芒果花上沙沙作响。孙大石微笑着，揭开盖子，从里面掏出一个牛皮纸包，缓缓打开，里面赫然露出了一件东西，金光灿灿，耀人眼目，竟是一只金凤凰！其头部昂然，双翅高举，作势欲飞，栩栩如真！这金凤凰，在凤凰村有不少神乎其神的传说，据说乃是孙德金家里传了十二代的宝物，却在孙德金父亲的手上丢失了。这宝物，凤凰村人有四五十年没见过了，不知何故，在此处重现天日。孙老凤终于忍不住了，大喊："这就是我丢失的东西！"他飞快地跑过来，手脚并用，就像一只滚动的肉球。他一把将那只金凤凰抢入怀中，脸上的肥肉因极度的喜悦而颤动。

其实，他没必要去抢，孙大石没有阻拦他去拿那件宝物的举动。但让所有人震惊的是，人群中走出了四个人，三男一女。其中一个男的竟是甚少在村中出现的孙正。那个陌生女子很年轻，手拿相机，戴着一顶红帽子。两个男的也是陌生人，身穿制服，头戴大盖帽，迅速逼近，一左一右扭住了孙老凤的手臂。孙老凤还没有从宝物失而复得的狂喜中苏醒，甚至没觉察已被别人抓住。有人惊叫道："公安，是公安啊！"

那女子冲孙大石嫣然一笑，举起相机对准现场拍了几下。孙正对孙大石笑道："她就是南国农村报的记者张小瑜。"那女子将帽子取下，染过的头发像金缎子一样披散，仿佛雨丝也不能将其打湿。她的脸庞像银盆一样闪亮。

哦，原来记者是个女的。孙大石一颗心几乎跳出了喉咙。天啊——她宛然就是昨日他恍惚之中于山野遭遇的女子！两名公安押着孙老凤走过山坡上的小径，众人跟着作鸟兽散了。

“孙老凤贪污公款的事败露了——”

“哼，这个贪官，这次没好下场了吧！”

诸如此类的话，随着轻风送入孙大石的耳朵。孙老凤贪污村集体公款之事屡有传闻，却一直稳如泰山，如今终于出事了，这是村民孙正坚持去举报的结果。前些日子，孙正被孙老凤及巫师孙蒙设计陷害，以恶鬼上身之名要对其施予火刑，险遭不测，约定的张记者没有出现，倒是派出所来了人，他才化险为夷。孙蒙虽被刑拘，却又因孙老凤的斡旋而逍遥法外。这一次，孙正终于报了一箭之仇。

这孙老凤虽被拘押，后来几经运作，竟保住了村长的宝座，但威风渐减。没过几年，凤凰村的霸业终于由副村长孙三葵所继承，他也是村中的强人。而在更早的二十世纪五六十年代，在凤凰村说一不二的是当时的生产队长孙土鹿。

但孙大石无暇顾及这些。此刻，他正被一个很大的问题困扰着。紫薇坡尽管不是他印象中的一片荒芜，尽管也是繁花似锦，从山坡一直蔓延到山脚，尽管花朵颜色也只有黄色或白色，但那只是一片普通的芒果林，以及看起来壮观却十分细碎的芒果花。他用鼻子嗅了嗅，芒果花的清香沁人心脾。显而易见，这一切，并非他昨日所目睹及感触的。如果将那个赤裸女子的景象一笔勾销，那么一切倒也可以自圆其说：同样有一个果林，同样有着波涛汹涌般的花海。可是，女子的美艳以及她怀抱的水罐，犹在眼前，却使得这一切变得荒唐滑稽。况且，那种美将他震撼乃至击倒的感觉，这是千真万确的，怎么能一笔勾销呢？

他怔了一会，自言自语地说，只有一个办法把它全盘否定，那就是认定，这是他梦中发生的事情。把它归结为梦幻，一切便能迎刃而解。然而，他知道这个解决的办法虽然有效，却未免过于牵强。他站在山冈上，望着女记者的背影，他眼前缓缓出现了那个女子赤裸身体、双乳颤动的景象——金黄和银白的硕大花朵在天地间怒放，她头发金黄，肌肤雪白，怀抱着水罐。

第五章　禁头

在凤凰村，“禁头”是一种特殊的人。这像是一种职业，又像是一个岗位。但无论说是职业还是岗位，都很难概括出禁头的性质。

在粤西乡间，稀奇古怪的职业有很多，譬如打醮请神的巫师，画符捉鬼的道士，这两者就有可比性，都是跟鬼神打交道的，可归入同一类。又如阉鸡和劁猪的，都是要将鸡啦猪啦去势，将其变成太监，目的是斩断情根，一心长肉，他们又可归入同一类。再如补锅、箍桶和磨刀的，性质也大抵相同，无非是将毁坏的、钝损的器具修理一番，以恢复其功能。乡村货郎啦，卖花生糖的啦，卖猪肉的啦，乃至收破烂的啦，亦庶几可归入一类，无非是为了蝇头小利而奔波的小贩，还算不上农民企业家。即使是扎纸人糊纸器的纸匠，也能找到同类，掘墓人啦，抬棺者啦，民乐手啦（在凤凰村，乐器乃是神圣或忌讳之物，除了红白二事，不会轻易动用。喜事固然少不了乐手，而哀事也是少不了的），都是跟死者打交道的。既然涉及到死者，就难免绕不开鬼神，这样，在水陆道场或类似的场合，巫师、和尚和道士又是核心人物。

禁头是独一无二的，无法找到同类的。这样说吧，他拥有绝对的权威，但又显得极其卑贱。他是乡村的保安者、执法者和裁决者，顾名思义，他的日常工作乃是“禁垌”，也就是维护村民田垌作物的周全，偶尔亦调处村民的纠纷。

每天清晨，禁头戴着草帽，腰间别着军用水壶，手中持一根白腊杆巡游山林田垌，驱赶践踏庄稼的禽畜，譬如吃谷的鸡啦，吃禾的牛啦，拱番薯苗的猪啦，并追究肇事禽畜主人的责任，大抵亦是酌情罚谷物之类，无人敢于违逆。直至夕阳西沉，方才返回村庄。当然，他可以拿到相应的薪酬，借此而维持生计。如此看来，他具有村长般的权威了，但其实不然。做得禁头之人，必是虎背熊腰凶神恶煞之徒，既孔武有力，又铁面无私。无家无室之人，乃是做禁头的最佳人选。既是光棍一条，自然六亲不认。事实上，做得禁头的，也只有光棍，别人是不去做的。

直说吧，做禁头并非体面之事，甚至比阉鸡补锅还要低贱，基本上可归入掘幕人、送葬人一类的货色了。大伙儿表面上尊敬，其实心里瞧不起。禁头嘿，无非是一只看家狗罢了。

孙白云就是凤凰村的禁头。孙广不知道别的地方有没有这种人，反正在黄花镇一带是有的。他也不知道禁头肇始于什么时候，但据他爷爷说，爷爷的爷爷的时代就已经有了。他可以肯定的是，孙白云是他们村庄的最后一个禁头。后来，他出了事，离开凤凰村，不知所终。从此，就没有人愿意再做禁头了。也许是孙白云当时的遭遇太惨了吧，大家都有些避忌，更担心步其后尘。而数年之后，邻近的几个村庄，禁头也逐渐销声匿迹了。待到此时，人们才蓦地发现，那些稀奇古怪的古老职业，补锅箍桶卖炭之类，不知什么时候已消失了。乡村货郎及阉鸡劁猪的，也难得一见了。

孙白云出事的那天，年幼的孙广也在场，那可怕的一幕，他都看到了。孙白云当时被人暗算，中了埋伏，小腿上的筋被预先埋设的锋锐耙齿戳断了，露出一截来，像一根乳白色的橡胶管，有点透明。他发出骇人的惨叫，整个人仆倒在倒置的耙齿上，两根锋锐的耙齿穿透腹部。他眼睁睁地瞅着肚子里的肠子滚流出来，用手拼命往肚腔里塞，但塞入去又拱出来。那些血淋淋黏糊糊的肠子，像无头无尾的怪蛇的身段，在不安地蠕动。孙广吓得哇地哭出声来，他的眼睛，被一双大手掩住了。孙广眼前漆黑一片，什么也看不到了。当时，孙广还是一个孩子。孙广的父亲孙礼也还没有在凤凰村的地底下疯狂挖洞。那映入孙广眼帘的一幕，却总是忘不了。

在孙广这些孩子看来，禁头孙白云是一个神秘莫测的人，一个捉摸不透的人。他跟别的禁头很不一样。

这种不同，首先体现在孙白云的外表上，别的禁头，无一不是牛高马大，满脸横肉，胡子拉碴，胳膊上鼓突着结实的腱子肉，一双拳头大如捣蒜头的瓦钵，是那种醉酒之后可以倒拔垂杨柳的货色，或者怪眼一翻，就要撸起衣袖大打出手的莽汉。而他却长得白白净净，眉清目秀，长长的眼睫毛，扑闪扑闪的，那双弯月似的大眼睛，像鲜花一样妩媚。他跟人未说话先笑了，脸颊上漫漶着红晕，倒像是个害羞的娘儿了。他的身架子也不大，倒是修长修长的，像一株笔直的柠檬桉，也只那么几根枝条，在微风中轻柔地晃动。其次，别的禁头巡山，都戴着斗笠或草帽，腰间别着军用水壶，手持长长的白腊杆，这是禁头的兵器，并非仅有威慑作用，有时也用于交手的，或跟疯癫的老牛，或跟邻村的偷割白菜的小偷。有的禁头，杆子上还安装着锋利的钢钎，用于挖洞捕蛇或捉蛙，当然，作为兵器，就更厉害了。而孙白云呢，他从不戴斗笠，却举着一把黑洋伞。不管是刮风下雨还是阳光灿烂，他都举着那把伞，出现在坡头地尾。这是很奇怪的，在凤凰村，只有下雨，才有人打伞。打着伞怎么干农活呢。

孙白云的腰间倒是挎着一只大书包，里面装满了书啦，小本本啦。通常，他都是左手打着伞，右手卷着一本书，眼睛时而逡巡着四野，时而停留在书页上。有时，也拿出一支圆珠笔，在小本本上画写着什么。人们都摇着头，叹气说：“他哪儿像个禁头？倒像个科学家，哪里有禁头拿着书看的呢。”

也许只有一点，他跟别的禁头是一致的，那就是打光棍。他的父母在数年前先后归西，而他尚未婚娶，至少目前还是光棍一条。而做了禁头，恐怕就得打一辈子光棍了。在乡间，有谁愿意嫁给一个禁头？

斯斯文文的一个人，怎么会去做禁头呢。那时他也就二十六七岁吧。据说孙白云读书是不错的，但一连考了九年大学，都没考上，也就差那么一分两分，却怎么也上不了线。他终究是绝望了。他选择做禁头，也许跟灰心丧气有关吧。但他既然灰心了，为什么还要去看书呢。看书又当不得饭吃。而听说，他不但天天看书，还要写字呢。笔记本都写了一大摞，也不知写的是什么。他还在院子里练气功哩。他的家单单独独在一个小山坡上，上下两进五间过的大瓦房，中间还有一个天井，天井里打了一口圆井，可以供他独自享用。屋后有一圈围墙，呈扇面环抱着房子。房子四周种满了果树，芒果、黄皮，还有番石榴和菠萝蜜等，也算是一个果园了。他不怎么料理，结的果也就不大，不多。但一年四季，都有成熟的果子，这就吸引了全村的孩子。

孙白云房子的右侧，有一条山溪哗啦啦地流过。溪畔有一间黄泥小屋，里头安装着水磨，用来磨面磨粉。另有一架石碓，石灰砌的碓臼，深深的，像埋入地里的一只石漏斗。而碓身是由樟木打造的，十分沉重而牢固。这是全村惟一的水磨坊和石碓了。现在村里有了电磨坊，来的人就少了。偶尔有几位妇女过来，舂玉米粉，或舂橄榄和山姜糠，也是因为电磨坊里不搞这种屑碎的业务。房子、果树和磨坊，都是孙白云父母留下来的。

据说，每天晚上，孙白云在天井上席地而坐，面对水井，练吐纳功夫，吸收天地之灵气，采集山川之精华。水井里面，有一汪水，这一汪水有时反映着群星，有时漆黑一团，有时被扁箕大的圆月充满。而孙白云眼神微闭，遨游于天地之间，日复一日，就这样练了一身好功夫。这一身好功夫，迟早有机会在大伙儿面前施展的。这一切，就像传说或故事一样，都是让孩子们深感好奇的。但大人都说，不要往孙白云家里走，他家里古古怪怪的，他呀——就差“疯子”二字没说出口了。

在孙广的印象中，孙白云是很少说话的。尤其是跟人说话。这样说吧，他跟动物说的话，比跟人说的还要多呢。譬如他跟牛说话，跟狗说话，跟天上飞的大鸟说话。仿佛那些动物能听懂他说的话似的。他就很少跟人说话。而他一跟人说话，要不是对方的牛吃了别人的庄稼，就是对方的小孩偷摘了别人的蔬果，他是兴师问罪来了，为人家索要赔偿。人们才不想跟他打交道呢，反正没有好事情。

一开始，人们也很奇怪，像这样一个斯斯文文的人做禁头，能行吗？能镇得住阵脚吗？村里也是有好几个恶霸或地痞的，他们都不是吃素的。要降伏他们不容易。其实，做得禁头的，有哪个不是更狠的硬角色？一要铁面，二要无私。估计孙白云光棍一条，要做到一碗水端平，倒也不难。但他细皮嫩肉、弱不禁风的，像个娘儿，却又如何狠得起来？村里的恶霸孙黑狗已放出话来，说：“村长让这个人妖做禁头，岂不是闹笑话吗？”

孙黑狗也是一个光棍，整日里不务正业，游手好闲，撩事斗非，觊觎禁头一职久矣，却被孙白云夺了饭碗，心正忿恨着呢。有人为孙白云捏着一把汗，有人却幸灾乐祸，就等着看好戏了。

孙白云第一天走马上任，不去田垌，不看禽畜，却直奔孙黑狗家里去。他一迈入孙黑狗的院子，就反手将大门闩上了。外面想看热闹的人，将眼睛贴着门缝，只见孙白云不慌不忙地走入屋子，又掩上了门。这样，大伙儿就什么都看不到了。但不到一刻钟，孙白云就出来了。孙黑狗点头哈腰地送他出来，脸上堆着笑容，嘴里不停地叫着："大兄弟，慢走啊，有空来坐呀。"孙白云点点头，笑了笑，走了。

众人面面相觑，却摸不着头脑。在那个短暂的片刻里，肯定发生了一些什么事情，以至于让孙黑狗仿佛换了个人。有人注意到孙黑狗叫得热情，那笑容却极不自然。有更细心的人，发现孙黑狗一连好几天都没怎么出门，偶尔出门挑水或摘菜，腿部也是一瘸一拐的。

也不见孙白云做什么惊世骇俗的事情，但敢跟孙白云叫板的，也不见有几人了。而因禽畜践踏庄稼或小孩挖番薯之类的纠纷，却是越来越少了。凤凰村的"治安"似乎在一夜之间好了，民风纯了，大伙儿和睦了。这岂非是咄咄怪事？莫非这位白面书生真有了不起的本事？

村长孙老凤扇着草帽哈哈大笑，说："别人不知道他，我却了解他。"

那天，孙广撞到孙白云的枪口上了。当时很炎热，太阳高悬，圆溜溜的大太阳像一面镜子，镶嵌在青色的天空上，仿佛吸收了天地间的阳光并反射出去，灼痛人的眼睛。孙广牵着水牛在田埂上吃草。草很嫩，很绿，牛吃得有滋有味。田埂两边是青青的禾苗，刚插下不久，但长势很好。只要有人看着，牛就像奴隶一样听话。孙广望了一眼那个大太阳，它仿佛要将他头顶上的草帽烤焦，要将他身上的水分全都蒸发出来。孙广感到嗓眼儿在冒烟，而背部的汗水像雨水在流淌。他挥着竹鞭子，将牛赶到山坡的橡胶林里去。牛还没有吃饱，但他撑不住了。况且，林带旁边也有一些草，稀稀拉拉。

孙广抓住树杈，一个筋斗，就翻到橡胶树上去。那个三丫树枝构成的树杈，像一把椅子，一个宝座，他半倚半躺着，无比惬意。一阵风吹过来，孙广睡着了。

不知过了多久，孙广才流着涎水醒过来，一醒过来，就发现了孙白云。而树上拴着那头该死的水牛。孙白云望着他，笑了，说："醒啦。"孙广揉了揉眼睛，不安地说："我睡了多久？我睡了很久吗？"孙白云说："你睡了多久我不知道，我等你很久了。"孙广瞅了一眼天上，只见太阳徐徐西沉，阳光也从白色的变成红色和金色的了。风从林梢吹过，暮色中一片寂静。孙广望着牛，下体一阵紧缩，有拉尿的强烈欲望，说："牛闯祸啦？"孙白云牵着牛，说："你跟我过来看看。"刹那间，孙广的裤裆全湿透了。

孙白云怜悯地看了看孙广，没有吭声。

他们来到山坡下的一块稻田，就是孙广刚才牵牛啃草的田埂旁的稻田，这块稻田是孙铁军的。稻田中一片狼藉，一些禾苗被啃个精光。而一块五分大的稻田，没有几丈是未经践踏的，全是牛的蹄印和身体的印痕，禾苗东倒西歪，甚至被踩入泥土里去。这都是那头牛干的好事，这头该砍头该剥皮的发瘟牛，它啃几口禾苗也就罢了，却发疯地在稻田里撒欢和打滚。恐怕孙广睡了多久，它就折腾了多久。孙广的脸在发烧。

孙广可怜兮兮地哀求说："我叔，饶了我吧。"孙白云摸了摸孙广的头。孙广在夕光中注意到，他的手很白，很细嫩，真不像是庄稼汉的手。孙白云柔和地说：“孙广，你说你有没有错？”孙广哭着说：“我叔，我错了，我知错了，你放过我吧，你不会告诉我爸爸吧。”孙白云的脸露出了难为情的少女羞涩般的神色，歉然说：“你既然做错了事，就要为错事付出代价，这对你未必是一件坏事。”他顿了一下，说：“你回去吧。叫你爸爸来找我要牛。”

孙广空着手回家去。群鸦聒噪，他的脸在暮色中更加悲戚。一路上，他恨死孙白云了。

孙广的父亲孙礼连饭也顾不上吃，马上去找孙白云要牛。他很晚才回来，等到月上中天，他总算将牛要回来了。

孙礼跟孙白云及孙铁军谈判了很久，好话说了一箩筐。但孙铁军坚持要他做出赔偿。最后，孙礼为难地说：“怎么赔呢，谷子还没长出来呢。”孙铁军说：“我的稻田被糟践成这个样子，肯定要减产啦。”孙礼说：“我可以帮你重新管理起来，只要禾扶正了，施点好肥，松松土，未见得便会减产。”孙铁军冷笑道：“既然是这样，我明天牵牛到你的田里转几个圈，看看减不减产？”

孙白云听着两人唇枪舌剑，争执不下，就说道：“再争吵下去也不会有结果。这样吧，这一季呢，孙礼你将石头垌那块水稻田交给铁军管理，你去管理铁军的那块稻田。你们看这个方法如何？反正两块田都是五分多，差不了多少。”孙铁军不吭声了。孙礼还在唠唠叨叨，孙白云说道：“孙广做错了事，你就要为他负责。”

孙礼回来，黑着脸将情况跟老婆说了一遍。刘芷瑛的脸刷地白了。而孙礼说完之后，他的黑脸泛起了红光，忽然变得亢奋起来，孙广一转身要逃，但早已被他像老鹰抓小鸡一样攥住了大腿。他一边咒骂，一边打孙广，在孙广的屁股上打断了一根手指粗的篾白。

那天晚上，孙广的屁股被揍得稀烂，血水淋漓，每被打一下，孙广就在心里咒骂孙白云一遍。刘芷瑛从屋角的草丛中扯了几株草药，放在嘴里嚼烂了，均匀地敷在孙广的烂屁股上。她心疼地说："阿广，你放牛为什么要去睡觉呢。下次可不要了呀，下次——"

第二天，孙广一下床，就拐着双腿到屋后的竹林，用小刀在青翠的竹子上刻下一句恶毒的话：孙白云，你个死绝种。还加上了三个叹号。语文老师说，要表示特别强烈的情感，一个叹号是不够的。

很快，孙广就发现，不惟是他，村庄的孩子，没有几个调皮捣蛋的不栽在孙白云的手下，即使是村长孙老凤的孙子孙木也不例外。而孙广最好的小伙伴孙知呢，在偷拔人家的花生时，被孙白云抓住。结果，他家里付出了五斤花生的代价，还是晒干的。孙木冲着他俩说："孙白云这狗日的，有一天，我要杀了他！"

孙木比孙广大一岁，却是一个满肚子坏水直冒的家伙。平时呢，扒人家的篱笆做柴火，挖人家的番薯在小泥窑烧了吃，放牛的时候，钻入人家的瓜田菜地顺手牵羊之类，更不在话下。即使是损人不利己的事，他也乐此不疲。这一次，他将孙水贵地里的大南瓜用小刀剖开，挖瓤，在里面拉了一泡屎，又小心地砌了回去。不巧，刚好被孙白云逮了个正着。孙白云让他双手捧着那只装满屎的南瓜，押着他，找上门来了。

在大前天，孙木还用烧得通红的生铁烧火叉，在孙亚敬家老母猪肥颤颤的猪屁股烙下了一个大五星。那次，孙亚敬还好说，跟孙老凤说："畜生也是痛了一下，没什么损失。我看就算了。"但是孙白云不依不饶，说："每一个人犯了错，都要付出相应的代价。"他坚持要孙老凤家给孙亚敬赔偿了五斤大米。孙老凤很大方，哈哈大笑，说："白云侄儿说得对。王子犯法，与庶民同罪，孙木也应该受到教训了！"

这一次，孙老凤捏着鼻子嚷道："白云，小木头怎么啦？"孙白云拍了拍孙木的肩头，孙木愁眉苦脸地将南瓜放在地上，并将上半截掀开，一股恶臭瞬即在院子里弥漫。孙老凤望着孙白云，说："这到底是怎么回事呀。"孙白云瞪了孙木一眼，孙木犹豫了一下，张口说："我在南瓜里拉屎——"孙白云补充说："搞人家一个南瓜也就罢了，剜心，拉了屎，还要盖好。"孙老凤一记耳光甩在孙子脸上，怒吼道："小畜牲，你还是人吗？白云，你看怎么处置他？"孙白云说："怎么教育他，这是你们家的事。我是来跟你商量——"孙老凤大声说："我赔孙水贵三只结实的大南瓜！"孙白云点点头，走了。

孙老凤扭头对儿子孙国强说："白云真是好样的！"孙国强脸色比那只沾了屎的南瓜还要难看，他的嘴巴抽动了一下，终究没有说话。孙老凤多次在村广播里热烈表扬孙白云，并现身说法，说即使是他村长家的细侬（粤方言，即小孩之意）犯了村规民约，做了错事，也一视同仁。这个孙白云真是好样的！

不管怎么说，村子里因为鸡吃谷牛吃禾之类的争执纠纷，的确是少多了。因为孙白云处理事情的方法，简单而直接，却又往往切中要害。总之，谁损坏了他人的财物，想要不赔，那是不可能的。奇怪的是，也没什么人违逆。也许是因为他裁决得当吧，双方都能接受。

村子类似的纠纷，往往出于孩子之手，尤其是放牛娃。而放牛娃一旦蠢蠢欲动，总是栽在孙白云的手上。孩子们对孙白云恨得牙痒痒的，却拿他没办法。

孙木说道："这个绝子绝孙的，平时极少看到他。但你伸手去拗一根甘蔗，还没伸直腰，这死绝种的就出现在你面前了，仿佛在甘蔗地里埋伏了三天三夜。”孙知接口说：“可不是嘿，这狗日的，那次我去挖孙震家的土豆，土豆地里一个人也没有，放眼四望，旷野中阒静无声，鬼影也不见一个。而我才挖了几个土豆，这个狗日的又突然冒出来，就像从地底下冒出来似的。”大家一致认为，这个孙白云太厉害了，简直是无处不在，无孔不入。好长一段时间里，孩子们只好夹紧尾巴做人。孙白云治了放牛娃，也就基本上抓好了“禁垌”的工作。

至于田垌之外的纠纷，诸如打架斗殴，其实不在他的职责范围之内。孙白云大可视而不见，但他是热心人，只要让他撞上了，或有人来请，倒也当仁不让，俨然是村里不穿袍子的法官了。而他又总是能让弱小者扬眉，让强梁者低头。按理说，他应该得到大伙儿爱戴才对呀，但实情又并非如此。毕竟，一个光棍或禁头，是难以让人尊敬的。

孙飞虎是村庄的另一个恶霸，他见孙黑狗莫名其妙地被孙白云降伏了，却又说不出子丑寅卯来，很不以为然。他扬言：“那小子不招惹我便罢了，否则叫他吃不了兜着走！”

孙飞虎看中了孙继实家里的一块宅基地，就在上面开地基，建房子。这孙继实是一个老实巴交的人，换了别的事情，也就由他去了，但宅基地是祖传的，犹如命根子一般，如何能在自己手上丢了？他跟老婆小孩，一家四口，就像翻了盖的王八，四脚朝天，躺在宅基地上，誓死也要捍卫。孙飞虎哈哈大笑，他举起毛茸茸的大手，只一抓，便将孙继实抓起来，抛出一丈开外。他对孙继实老婆及小孩如法炮制。孙继实一家，紧咬住牙，一声不吭，却又走到宅基地上，再次四脚朝天躺上去。如是者三个回合，孙继实夫妇倒也罢了，两个几岁大的孩子却是泪眼模糊，鼻青脸肿，而孙飞虎照样施工。

这样下去，也不是办法。孙继实无奈之下，只好差孩子去请孙白云。而他依然像一摊烂泥那样，摊开手脚，贴在宅基地上。

孙白云来了，孙飞虎从鼻孔哼了一下，说："来得好。"他只管指挥砖瓦匠开地基，砌砖头，连正眼也不去瞧他。孙白云说："这块屋地不是你孙飞虎的，你不能建房子。"孙飞虎说："孙继实说地是他的，他喊一声，地会应他吗？"孙白云说："不管是谁的，但不是你的，你就不能动。"孙飞虎说："我就是要动，你管得着吗？"孙白云说："那你是耍无赖啦。"孙飞虎哈哈大笑，说："老子在石湾墟一带称王称霸，也不是一天两天的事了。别人都说你天天练气功，有一身真功夫，敢挨老子的一记铁砂掌吗？"孙白云仿佛在叹息，说："你先停工吧，过得今晚，你要怎样都由得你。今晚十二点在赵氏大白坟见面，不见不散！"孙白云丢下这句话，走了。

饶是孙飞虎浑身是胆，一听大白坟，也不禁打了一个寒战。这座大白坟占地数亩，异常壮观，就坐落在村子后面的山坳里，隔了几座丘陵，据说是邻县赵氏的祖坟，但总不见有人拜祭。在夜空下看去，惨白惨白的一片，煞是吓人。听说在民国二十年间、三年自然灾害时期，都闹过鬼，而新近的一次闹鬼，也不过才七八年。孙飞虎对着孙白云的背影大吼道："好，不见不散！"

孙广跟孙知、孙木都知道两人要在大白坟决斗。孙广很想去看，当然也不无幸灾乐祸的心理，要看看孙飞虎的铁砂掌是如何将孙白云的五脏六腑震得像豆腐渣一样稀烂。但孙知和孙木都没胆去，孙广自己一个人，也只好作罢。至于比武情形如何，也没有一个人说得出来。

第二天一大早，孙继实一家，又做好了躺在地上阻挠孙飞虎挖地基的准备。孰知，直到日上三竿，依然不见任何人来施工。他方才知道，孙白云已将事情解决了。

午后，孙继实见到孙飞虎了，但他的双手打着石膏，敢情他是去黄花镇看骨科来着。眼见得他的铁砂掌，有一段时间是不能施展了。孙木特地跑去看孙白云，料想他非死即伤。谁知，孙白云却跟平常一样，挎着大书包，打着黑洋伞，在山野间巡视。孙木说：“这狗日的肯定没去大白坟。”孙知不服气地说：“孙飞虎双臂都折断了，这又怎么解释呢？”孙木怒道：“你问我，我却问谁去！”孙广说：“孙白云只怕有真功夫。”三个月之后的暮秋，在邻村胡家庄发生的一件事，证实了孙广这句话。

那件事，在石湾墟一带是很轰动的。孙广有幸目睹了精彩的全过程，多年过去了，那一幕的每一个细节，依然清晰无比。孙广看到的仿佛是梦幻般的场景和情节，又像一场印象深刻的电影。那年的一个秋天，孙广跟孙知等几个小孩屁颠屁颠地跟在孙白云的后头，要赶到胡家庄去要人。要什么人呢？就是捣蛋鬼孙木，他被胡家庄的禁头胡千乘逮住了。胡千乘放出话来，说：“除非是孙白云来。否则，就是镇长来了也不放人。”

原来，孙白云身怀绝技的传闻，已经传到了邻村。这胡千乘又正好是一位高手，他早就想跟孙白云较量，如今有了机会，岂肯轻易放过？

在二十世纪八十年代，不独石湾管区，就是整个黄花镇，几乎每条村都有一位禁头。禁头的职责当然是禁好本村的田垌，但搞破坏的人畜，却有可能是外村的。孙白云也处理过外村牲畜毁坏庄稼的事情。如今，却是孙木被邻村的禁头逮住了。据说他当时正在偷胡家庄一个人家的番石榴。

由于要救的是他们的好朋友，孙广他们暂时将孙白云当成了自己人。他们挺着小胸膛，捏着小拳头，热血沸腾，一副深入虎穴的样子，仿佛跟胡千乘要人的是他们。孙白云也不管他们，他持黑洋伞，挎着大书包，在山路上走得不紧不慢。孙知说："书包里胀胀鼓鼓的，可能装着厉害的兵器，譬如夺命飞刀和血滴子。"

他们走了约摸半个小时，到了胡家庄的村口。只见孙木被绑着手脚，腰间系着的一根绳子，将他吊在一棵苍郁的番石榴树上，晃晃悠悠。可怜的孙木，嘴巴里还塞着一只硕大的番石榴，脸憋得通红。而他旁边的树杈上，还挂着三尾扁头鲋鱼，晒得皱巴巴的，鱼眼都泛白了。看来，他不仅偷果子，还去偷塘鱼呢。这个孙木，什么事都做得出来。那一排番石榴树生长在宽敞的塘堤上，塘堤其实是一条泥路，被人们踩得十分结实。池塘里的水倒不脏，在秋阳下泛起粼粼波光。

胡千乘舒舒服服地躺在一个大树桠上，脸上搁着一顶破旧的草帽，挺直身子，仿佛是番石榴树的一段树干。一听到人声，他就将草帽扔到池塘里去，说："很好，你来了。"

孙白云说："你先将孩子放下来吧。"他将伞收起来，连书包一起，就挂在树杈上。孙广小声说："好家伙，要动手了。"

胡千乘换了一个姿势，躺得更舒服了。他说："人就在这里，你有本事就上来放吧。"孙白云说了声"好"，人就站在树杈上了，纹丝不动，像一只大鸟。孙木嘴里的番石榴，不知何时已被孙白云取下来，"嗖"地抛入了池塘。但他们都没有看清楚孙白云是怎样上树的。孙知兴奋地说："这是轻功啊。"孙广一双眼睛牢牢盯着树上，嘴里说："你少废话！"弹指之间，树上的两个人已经拳来脚往，噼噼啪啪地交起手来，拳风过处，树叶及番石榴纷纷飘坠，有的落在路上，有的掉入池塘。

孙广从来没有见过在树上如此敏捷的人，两人互相追逐，闪转腾挪，在树杈间跳跃，甚至在树梢上蹿高伏低，即使是善于攀缘的猿猴，恐怕也不能相比。只有迅疾的飞鸟，才有这份在树上纵跃飞奔的自如。但飞鸟又不会拳打脚踢。后来，孙广在小人书上看到“身轻如燕”这个成语，总是浮现出这奇特的一幕。终于，两人伫立在一根硕大的树枝上，不再追逐，而是硬桥硬马，寸步不让。两人尚未分出胜负，空中忽然响起“咔嚓”一声，那根树枝折断了。两人扑通扑通掉入池塘，水花溅起，就像两块巨石被扔入了水中。很快，涟漪缓缓平复了，水底下一点动静也没有。

围观者在窃窃私语，有人说：“莫不是摔死了吧。”马上有人反驳：“塘中淤泥深厚，即使是一头猪掉进去，也不会摔死，何况是懂功夫的人呐。”先前那人不服，说：“那就是淹死了。”又过了十来分钟，忽然水中一声巨响，一具物事从水中高高抛起，重重地跌落在沙滩上。接着，一个人在水中露出湿漉漉的头发，然后是脸庞和脖颈，他呼地吐出一口水，快速地游到岸边，慢慢地走上塘堤来。

他们终于看清了，站起来的是孙白云。他稳了稳身体，一步步爬到树上去，将孙木解救下来。摔在地上的，自然是胡家庄的禁头胡千乘了，他艰难地侧过身来，曲起双肘，试图挺起身来，但终究没有力气。他仰面朝天，大口大口地喘着气，就像被扔上沙滩的一尾大头鳙鱼。

孙白云向胡千乘拱了拱手，说：“承让了。”孙白云没有忘记他的雨伞和书包。他带着孙木走了。他的雨伞没有打开，而他身上湿透了，一路上滴着水。他们一帮小孩跟在后头，兴高采烈，以前对他的怨恨，早已烟消云散。他在这些孩子的心目中，成了最了不起的大英雄。

孙白云将孙木平安送回了孙老凤家。孙老凤到黄花镇开会去了，孙国强也外出了。孙国强是个“牛中佬”，专门给别人买卖耕牛做中间人，用今天的话来说，就是买牛经纪人。他一年到头，没有几天在家。

家里只有孙木的妈妈杨雨。孙白云的衣服不再滴水，但还有些湿。他的脸晶莹洁白，宛若白菊花细软肥厚的花瓣。杨雨瞧着孙白云的目光，很炽热，像一只只狂乱的蜜蜂，嗡嗡叫着钻入了菊花里。孙白云的脸，腾地红了。杨雨说：“大兄弟，不喝一杯茶？”孙白云摆摆手，转身就走，有点慌乱的样子。身后传来杨雨咯咯的笑声，孩子们仰头望着她，不明白她在笑什么。

宅基地事件，是孙白云介入“禁垌”之外的第一件村民纠纷。先例一开，找他处理纠纷的人就多了。所有的纠纷，无一不关涉利益。而在乡村，大家都是穷光蛋，最值钱的无非是山林田亩或鸡鸭猪牛，事情一开始，大多是鸡毛蒜皮，大家各不相让，这才小事变大，甚至要闹出人命来。但有的事情，孙白云是绝不插手的，那就是各家各户的家事争拗。孙白云说：“清官难断家务事，自己的屁股，自己擦去。”

村长孙老凤跟孙白云说：“你做好分内工作就行了，有的事你不要参与。换言之，你做好禁垌就行了，别的事管他娘去，以免惹得一身臊。老实讲，你帮了的人，也不会感激你。”孙白云说：“我不用他们感激。”孙老凤说：“有的事不是归你管的，是归派出所管的，你不要瞎掺和。”孙白云说：“就是派出所不管啊。我能眼睁睁看着闹出人命来吗？”孙老凤气咻咻地说：“你不要多管闲事，以免牵扯上我。”孙白云说：“你放心好了，这跟你无关。”

“天底下就数你能！”孙老凤拂袖而去，脸都涨成猪肝色了。

大家都是庄稼汉，很多事情，都跟田垌有关。如果不及时得到处理，就有可能酿成大祸。那天刚下了一场雨，空气十分清新。孙金旺的老婆就气急败坏地跑来叫孙白云了。孙白云跑去一看，只见庭院里堆叠着数十只死鸡死鸭，堆积如山。孙金旺眼直直望着那堆禽尸，脸无血色，他就指望着在九月开学，将鸡鸭挑到石湾墟去卖了，两个儿女的学费就有着落了，没想到全泡汤了。孙白云问：“这到底是怎么回事呀？”孙金旺老婆抹着眼泪，说：“全被孙桐毒死了。”

孙桐来了，跟孙白云说：“这跟我没有半点关系。我是放了几粒老鼠药在稻田里，如果他的鸡鸭不去我的田里吃谷，就不会有事。我又没有捉住鸡嘴鸭嘴，一只只去灌药。”

孙桐的稻田就在村口旁侧，而孙金旺家又在村口，村口的田最麻烦，总是免不了有鸡鸭践踏。

孙白云皱眉说：“你下药就不对了。你下药至少得喊人家关好鸡鸭，否则结果是可想而知的。”孙桐说：“我说过很多次了，但没有一个人理我。你光看到人家的鸡鸭，你瞧，我的稻田都被鸡鸭吃成什么样子。”孙白云站在村口，往稻田里一瞅，在田角，确实有几平方的水稻被吃光了，剩下粗短的禾茬。孙白云说：“但你做得太绝了。”孙桐说：“不手狠一点，我的谷子就保不住。”孙白云说：“这些鸡鸭是你弄死的，你得赔。”孙桐说：“凭什么要我赔？如果我赔，那么谁给我赔吃掉的谷子。”孙白云说：“你这块田，顶多六分，算你亩产一千斤，顶天了。就算孙金旺的家禽吃掉了你四分之一，其实连五分之一都不到，就赔你两百斤谷吧。但他的损失，就要着落在你身上，我可以作主，按市场价打个七折，就当是批发价好了。”

孙桐在心里速算，那三十多只鸡鸭，起码有一百二十斤，按市场价七折四五元钱一斤算，他至少得赔五百元。他大喊道："我不赔，我赔个鸟！"孙白云冷冷地说："你会赔的，我给你三天时间。我跟孙金旺算好了，就让他去找你。"孙白云白皙的脸，罕见地变成了紫红色。

孙桐狠狠地往地上吐了一口唾沫，说："我不赔你还能杀了我？"

孙桐也是狠角儿，在场看热闹的人，都以为他不会赔，一分钱也不会。没想到，三天之后，他倒是拿着一沓钞票来赔给孙金旺了。有人说，在月黑风高之夜，孙白云潜入孙桐家里，身怀利刃，以武力相胁。有人却说，孙白云哪里有什么真功夫，他是捏了孙桐的一个把柄，孙桐不得不从。至于是什么把柄，更是众说纷纭，没一个准儿。但不管如何，孙金旺一家，对孙白云千恩万谢自是不在话下。

两年过去，鸡吃谷牛吃禾之类的事情自是难免，村民之间的纠纷却是大大减少，尤其是为一点蝇头小利大打出手更是罕见。有什么解决不了的事，大伙儿都习惯去找禁头了。而孙白云除了管禁垌的事，还插手村民的争执，甚至管起村中长老的事来了。

正月十五是凤凰村的"年例"节，村民杀鸡宰鹅，大摆筵席，招待亲朋好友。又由村中长老孙榆翁牵头，号召各家各户按人丁捐款，用于十五晚上放电影及做木偶戏，以及十五十六日的舞狮、摆醮及游神花销。十六日午后，曲终人散，客人陆续离村。长老孙榆翁在村中德高望重，他年逾七十，鹤发童颜，已多年不下地了。当时，他正跟文武庙的庙祝孙蒙和村长孙老凤在喝茶。这文武庙倒有个讲究，文圣孔子，武帝关公，供奉一堂。粤西农村多立有文武庙，讲究的是庇佑村中多出人才，文武双全。巫师孙蒙身兼庙祝、占卜者、通灵者等数职，平时村民入庙求神拜佛，或跟鬼神沟通，多由他主持。待到清明、端午、重阳、"年例"之类的重大节日，诸如祭祖摆醮游神之类，更是要角。巫师跟长老、村长，可谓村中的头面人物，堪称屹立数十年而不倒的铁三角。他们仨正喝出滋味的时候，孙白云来了。

孙白云的确是一个怪人。他孤家寡人一个，“年例”既无亲戚人客，亦无亲朋好友。摆醮呢，他又无鸡牲果品，甚至连身影都没有出现。别人热热闹闹，他却不知跑到了哪儿。这孙白云，从来没有叫孙蒙帮忙起过愿，也没有还过神，连香烛纸钱都没有烧过一次。对不敬神的人，孙蒙向来没有好感。

孙榆翁冲孙白云笑了笑，说：“稀客哪，快请坐，请坐。”孙白云站在三人面前，三人马上感到了一股压抑感。孙老凤干咳了两声，站起来，说：“今天有鸡吃谷吗？”

孙白云摇摇头。

“今天有牛吃禾吗？”

孙白云摇摇头。

“今天有人因宅基地打架吗？”

孙白云没有吱声。

“今天有鸡鸭被人毒死吗？”

孙白云看着他，不回答。

“都没有是吧，”孙老凤大声说，“那么你来做什么呢？”

孙白云说：“我来跟榆翁伯伯算一算账。”孙蒙忍不住了，怒道：“你要算什么鸟账！”孙榆翁摆了摆手，细声细气地说：“你得让白云侄儿说完嘛。白云，你要算什么账呢，我不是很明白你的意思。”

孙白云说：“做‘年例’，你让全村人捐了七千九百七十二元钱。我一说你就明白了。我没有别的意思，只希望你将账务向全村公开。”此言一出，孙老凤及孙蒙的脸刷地白了。孙榆翁故作镇定，说：“这笔钱都花完了。十五晚上，在放露天电影时，我已跟大伙儿做过交待了。”孙白云说：“好，你不说，那我来跟你说。十五晚上放了两场电影，花了九百元，做给神仙看的两晚加半天木偶戏，花了一千三百元。醒狮队是自家文武庙的，支利是钱七百元。游神摆醮购买的香烛纸钱、鸡牲果品以及鞭炮等，花了一千一百元。支出乐手的利是钱是八百元。而抬神像的人，全是村中的壮丁义务付出，不用给利是钱。总共支出是四千八百元，还剩下多少，在座的都心中有数吧。”

孙榆翁额头上直冒冷汗，他扶着太师椅，差点儿一头栽倒在地。他缓过一口气，嘶声说道：“你怎么知道得如此清楚？”孙白云说：“村长知道得更清楚。”

孙老凤打了个哈哈，说：“这笔钱呢，长老正在找我们俩来商量用途。村中的小学，连图书室也没有一个，对培养后代很不利。孙蒙提议，不如用来订购一批《岭南少年报》《少年文艺》《十万个为什么》之类的报刊书籍，将图书室搞起来。我们都很赞同。”孙蒙附和说：“正是，正是。”孙白云说：“那好，过几天就开学了，到时我希望看到三千一百七十二元的书报，否则这件事还没完。”他走了出去。孙榆翁手一松，“哐啷”一声，手上的搪瓷杯在地上摔成了碎片。

孙白云跟村长孙老凤的正面冲突不可避免。进入三月，孙老凤决定将村集体的几十亩桉树林全卖给黄花镇上的木材商陈麻子。价钱都谈好了，碗口大的三块钱，洗脚盆大的二十块。孙老凤算过，全村一千多口人，每人将能分到一百多元钱。这是一笔不小的钱，大伙儿都很兴奋，伐木工人都进山了，搭好了帐篷，准备大干一场。

孙白云找到孙老凤，说：“村长，木不能卖。”

“为啥不能？”孙老凤说。

“树都砍了，水土都流失了，”孙白云说，“山坳里的数十亩良田，也保不住。”

“你过虑了。咱们砍掉之后，分了钱，再将林地分到各家各户，用这笔钱买回荔枝苗、龙眼苗和杨桃苗，咱凤凰村就变成花果山了。这几年水果很走俏，供不应求，这就是我的脱贫奔康大计。你懂什么！”孙老凤哈哈大笑。

“那片山地，全是红土，盐碱性太强，不适合种果树，种柠檬桉或尤加利之类的桉树还能凑合。果树根本活不了。”

“那好，我砍掉之后，全种上柠檬桉或尤加利，这总可以吧。”孙老凤不耐烦地说。

“即使要卖，也不是这个价钱，”孙白云说，“我跟橘州嘉利木材厂的人谈过了，碗口大的至少值五块钱，洗脚盆大的值五六十块。”

孙老凤脸色煞白，他用衣袖遮着脸，一顿好咳。一会儿，他才平息咳喘，涨红着脸说：“好侄儿，真有你的。好，咱们也向陈麻子要这个价，如果不行，就卖给县城的木材厂好了。”

树木砍伐了一个多月，总算大功告成。孙老凤将林地全分给了大伙儿，有人马上种上了桉树苗，但有人老不见动静。孙白云一家一家去游说：“山坡得种上树苗，否则山洪暴发，红土冲泻下来，山坳的田就糟糕了。”但别人爱理不理，有的说：“山坳里的田，又不是我家的。”有的说：“我哪有这个闲工夫！”有的说：“是我家的地，我乐意让它闲着，你管不着。”有的说：“你管得太宽了。”孙白云没有办法，又跑去跟孙老凤商议，孙老凤说：“地我分下去了，别人爱怎么着就怎么着，我不好干涉。”

初夏的一场暴雨，将山坡上的红土冲入长着青青禾苗的稻田，田上铺着一层厚厚的泥浆，鲜红如血，如残阳。眼见得山坳里的稻田，十成也毁了三四成。

就是在那段日子，关于孙白云搞女人的流言四起，冲淡了人们对红泥流毁田的注意力。不知道最先是谁传出来的，全村人都知道了。连小孩子都知道孙白云是个大流氓，他利用家里的磨坊作诱饵，引诱妇人上床。

孙广母亲刘芷瑛跟一帮妇人在河畔的洗衣台上搓洗着衣服，挤眉弄眼地交换着消息。杜鹃说："孙白云这色狼可能早就搞女人了，但我们现在才知道他是一个披着人皮的狼。别看他知书识礼，斯斯文文的，都不知道糟蹋了多少良家妇女——"她屈着手指在数，"孙金旺家的啦，孙亚敬家的啦，孙东宝家的啦，孙士强家的啦……哇，啧啧，起码有两打了。"

孙木的妈妈杨雨说："这些没影儿的事，可别说啦，免得玷污了人家的清白。"杜鹃抢白道："谁的清白？那些浪货，不跟孙白云，也跟别人胡×乱搞。就你不知道！做得出来，就不要怕别人说。"杨雨粉颈低垂，不吭声了。孙铁军的婆娘周珍说："全村的妇人，都去孙白云的磨坊磨面啦，舂米啦，他是如何的引诱法？我就经常去，也不见他敢动手动脚。"刘芷瑛"噗哧"笑了，说："你也不撒泡尿照照自己！人家孙白云是个秀才，不是靓女也瞧不上眼。"其实，周珍一张瓜子脸很清秀，腰细腿长，比刘芷瑛漂亮多了。

杜鹃压低声音说："说是去磨坊，其实都是去舂东西的，舂少量的糯米粉啦，舂山姜糠啦，舂橄榄末啦。如果是磨米粉，电磨房不更好？所以呢，如果碓声一直在响，那肯定没事。那大木碓总得用脚去踩呀，但碓声一停，那可就难说啦。"杜鹃说得眉飞色舞，众人听得出神，鸡啄米般点头。

周珍说："听说孙白云很厉害呀，不知道是不是真的。"杜鹃笑道："我怎么知道，你去问孙金旺的老婆吧。"刘芷瑛啐道："你周珍个浪货，陪他睡一觉不就知道啰。"

周珍脸腾地红了，冲过来要撕刘芷瑛的嘴，怎料刘芷瑛手急眼快，一手揪住对手鸡窝似的乱发，另一只手扇了她一记耳光。刘芷瑛是有名的悍妇，牛高马大，膀大腰圆，手掌上的茧子硬得像砾石，连丈夫孙礼都经常被她毒打，周珍一副柔弱细嫩的样子，哪儿是她的对手？杜鹃发狂地大笑，像一面敲响的破锣。杨雨过来，拉开了打得不可开交的妇人，喊道："不要打啦——为了一个臭男人打架，不害臊呀——"

女人们在洗衣台上打闹。孙广在上游的小河湾钓鱼。女人们浪花似的笑声，随风飘入孙广的耳朵，浪花中夹杂着男人和女人的性器官，像鱼儿一样跳跃并隐没。但毕竟事隔多年，孙广哪儿能记得这么清楚？孙广不否认，即使他的记忆不会变形，这些女人的对白，也掺入了他的揣测和想象。多年后，孙广长大成人，孙白云中埋伏的那一幕，倒是越来越清晰了。他到底是怎么样的一个人呢？近年来，这个问题一直萦绕在孙广的脑海，挥之不去。孙广知道，如果没弄清楚这个谜团，他就不能安生。

当孙广在七月的一天，坐直达大巴从省城返回粤西的这个村庄，关于孙白云的所有记忆刹那间涌上心头。孙白云的五间大屋已成废墟，水磨坊也被风雨夷为平地，那个果园也荒废了，只有那道山溪仍在不知疲倦地流淌。孙白云就是在那个只有几平方大的磨坊搞女人的吗？

昔日，孙广亲眼看到孙白云在磨坊门口中了埋伏。他在童年的记忆、往事的碎片以及众人添油加醋的讲述之中，在一切可能的蛛丝马迹之中，钩沉、打捞、整理，试图拼贴出孙白云较为完整清晰的形象。然而，那时他毕竟太小，耳闻目睹的，都太过有限。时光是伟大的魔术师，它使很多东西变形或弯曲，乃至完全消逝。他必须求助于昔日的当事人或旁观者。他们才是这件事的见证者，乃至直接参与者。但他们纷纷撒手西去，孙榆翁过世了，孙蒙和孙老凤也归天了。剩下的几个，也垂垂老矣。

至于昔年美艳动人的杨雨，在孙白云出事不久就疯了。后来，她的疯病又慢慢有所好转。她搬去文武庙住，接替了孙蒙的位置，担负起人们跟鬼神沟通的重任，换言之，她成了一个占卜者，或女巫师。她的丈夫孙国强依然走南闯北，做牛中佬像做中医师一样，是越老越值钱的。但近年来，铁牛耕地渐成风气，他的生意已日落西山。至于她的儿子孙木，在外地做包工头，每年也就回一两次看疯妈妈。提起杨雨，刘芷瑛说："这个苦命的女人，苦哇。"

孙广母亲刘芷瑛的头发全白了，像河滩的一片芦花在风中飘扬。岁月的冲刷，使一个妇人身上的悍性慢慢洗掉了。她变得性情温驯，连老实巴交的孙礼都能冲她吼了。在潜入地下挖洞的前些天，他忽然躁动不安，动不动就对着她咋咋呼呼。

刘芷瑛说："像孙白云这样的好人，再也找不到了。他做禁头的那几年，大家过得多和睦呀。"孙广说："听说，孙白云给村庄的二十多个汉子统统戴上了绿帽，这是真的吗？"刘芷瑛"呸"了一声，说："全是骗人的鬼话！我知道这是谁最先散布出来的，事到如今，也不是什么秘密了。"孙广说："那么，孙白云跟杨雨的事，也是别人捏造出来的吗？"刘芷瑛叹息："孽缘呀，真是孽缘——"

下面是刘芷瑛的讲述。孙广认为她说得详尽而真实，是相当可靠的。孙广除了增添个别字眼，或调整个别语序，以使之更明白晓畅，余皆不做任何增删或修改。孙广试图最大限度地保留事情的真相和原貌——

说什么孙金旺家的啦，孙亚敬家的啦，孙东宝家的啦，孙士强家的啦，诸如此类，全是骗人的鬼话。老实讲，当年我们这些小媳妇，有谁不是做梦都想跟美男子孙白云睡？这些丑得像夜叉的女人，人家正眼儿都没瞧她一眼。孙白云是一个正经男子，我们一方面敬重他，一方面又对他想入非非。也仅止于想入非非，顶多是用语言撩拨，试探一番，但均无功而返。

杜鹃不信邪，说："我就不信世上有不吃腥的猫！"杜鹃算得上漂亮了，她趁舂山姜糠的时候，眼见并无旁人，遂对孙白云乱抛媚眼。孙白云毫无反应，挎起书包，持雨伞出门去了。他丢下一句话："你走时将门关上，以免被山猪拱坏了碓臼。"

"操他娘的山猪，凤凰村都有几十年没见过一根山猪毛了。"杜鹃恨恨地说。她勾引孙白云是负有使命的，料想此番正好假公济私，美美享受一番，孰料如意算盘没有打响。

村庄漂亮的女人有很多，譬如杜鹃，譬如周珍，譬如彩蝶，都有几分姿色，平时在男人堆里搔首弄姿，风骚十足。但她们比起杨雨，就像一群母鸡见了凤凰，于刹那间黯淡无光。杜鹃铩羽而归，第二个出马的是彩蝶。她是孙蒙的儿媳妇，丰乳肥臀，像一匹精力充沛的母马，老公孙术是一个没用的角色，她自己也说不清给孙术挣了多少顶绿帽。

彩蝶将家里的两只鹅赶入了孙桐的村口田，田里的稻谷一片金黄，沉沉地压低了稻穗。她洗得喷香，涂脂抹粉，搬一张小竹椅坐在院子里。果然，孙白云很快就来了。彩蝶热情地招呼，说："哎哟哟，什么风将大兄弟吹来啦。"

孙白云说："你家里的鹅吃了孙桐的谷。你赔谷还是赔米？赔谷一斗，赔米七升。"

彩蝶骂道："那两只死瘟鹅，改天我非得将鹅的羽毛一根一根拔个精光不可。"她又转头对孙白云说："我赔米吧。家里刚刚碾好了大米，可白哩。"

孙白云说："好吧，你赶快去取，我等你。"

彩蝶贴近身来，挨挨擦擦，却不迈步。

孙白云皱皱眉头，将身子一侧，说："米在哪里？"

"米在米缸里呢。米缸在房间里，我得先去拿钥匙。"

"钥匙在哪里？"

"在我的裤头带上哩。你摸摸看。"

孙白云伸手一摸，果然摸到了一串钥匙。彩蝶心"怦怦"地跳动，她趁势搂抱住孙白云要亲嘴。孙白云一把将她推开，头也不回地走了，连米也不要了。

第三个出马的是周珍。在暮春的一个傍晚，天渐渐黑了，灰蒙蒙的暮色，笼罩着村庄。周珍捧着一盏煤油灯，颤着脚走了一段小路，到孙白云的果园里转悠。孙白云说："谁呀？"周珍回答："是我。家里的死鬼咽喉痛得很，我来摘些薄荷叶。你园子里有一大丛的呀，怎么找来找去，也找不到呢？"周珍话音刚落，一阵风吹来，灯就熄灭了。周珍"呀"发出一声惊叫。一会儿，孙白云晃着明亮的手电筒出现在周珍面前了，他持手电筒晃了几下，摘了一把草叶，说："这不是薄荷吗？咽喉痛，还要金银花吗？"周珍忽然一巴掌将孙白云手上的草药打掉了，发疯地抱住孙白云，嘴里发出含混的呻吟，像十分痛苦，又像掺杂着极度的兴奋和喜悦。

孙白云一动也不动，身体冰冷而僵硬，就像冬天的泥砖头，一点活气也没有。周珍终于松开手，呜呜地哭出声来。许久，孙白云说：“周珍姐，你也是好女人，何苦这样呢。你走吧，我不会说出去的。”

刘芷瑛说：“周珍这个婊子养的，不要脸。孙白云没有说出去，她倒好，多年以来，逢人就说，孙白云是好人啊，我这样那样拨弄他，他就是不乱性。”杜鹃没好气地说：“世界上哪儿有什么好人！真是好人，就不会跟杨雨乱搞了，是她魅力不够吧。”周珍身子骨一哆嗦，仿佛被刮了一个耳光，闭上了嘴。

刘芷瑛提到杨雨，孙广精神一振，说：“是啊，他们到底是怎么回事呀。”

刘芷瑛说：“干柴遇烈火，你说还能是怎么回事？”

好几个人，去勾引孙白云都没有得逞，但也没有如何遭到呵斥。孙白云也没有张扬，倒是那些妇人自己说了出去。杨雨听在耳里，声色不动，心中却有了计较。

那天午后，无数只绿蝉，像发疯了似的鸣叫。蝉的叫声，像水滴一样簌簌而落，在这一片如水的虫鸣之中，杨雨的心以及她的身体，就像一片开水中的茶叶，慢慢浸润了，完全施展了。她脸色潮红，像一朵大红花。她挎着一只竹篮子，篮子盖着一块灰白的布，布下面是十几只去掉了糙皮的香芋头，将芋头舂烂了，辅之以米粉砂糖，可以做出十分可口的芋头糕。但这篮芋头只是道具而已。杨雨笑了，她觉得自己就像提着一篮手榴弹的女战士，她不是要去舂芋头，而是要去炸碉堡。杨雨走在通向磨坊的斜坡上，踩着青草和落叶，脚下窸窣作响。头上树木如盖，密集的蝉尿，犹如一场细雨，将她的头发濡湿了。

杨雨一走入磨坊，正是时候，孙白云拿着一把麦秸编成的笤帚，在清扫碓臼里的屑末。杨雨一走进来，就将木门掩上了，双手一松，那篮雪白的芋头，滚落了一地。

杨雨缓缓地除掉了身上的衣裳，一件接着一件，首先是花格子薄呢上衣，粉红色的小背心，深蓝色的长裤子，最后只剩下白色的胸罩和浅蓝色的三角裤了。杨雨冲着孙白云笑了笑，笑容很迷离。她被自己的激情烧着了，感觉自己像一块巨大的、白皙的冰块，正在不可阻挡地融化。她的确不停地滴着汗水，仿佛刚从水里走出来似的。孙白云呆呆地望着她，像一段木头，像一具木头雕成的人偶。杨雨徐徐向孙白云走近，她猛地扯掉胸罩，褪下内裤，映入孙白云眼帘的，有两团雪白、浑圆的物事以及茂密、乌黑的毛丛。那两团物事，高高耸起，比杨雨带来的芋头更大，更圆，更白。孙白云“哎哟”一声叹息，抱住一丝不挂的杨雨……好半天，两人才心满意足地依偎在一起，杨雨说：“我就是想你，我都想得要死了。”孙白云说：“我也想你。自从去年秋天以来，我没有一天不想你。但我不能那样啊。”杨雨柔声说：“咱们不是这样了吗？休要管那么多。”

杨雨躺在地上休息。孙白云帮她将芋头全舂烂了。直至傍晚，杨雨才恋恋不舍地回去了。

此后，两人经常借机在磨房里亲热。杨雨庆幸丈夫老不在家，而家公又经常呆在孙榆翁那个老狐狸家里喝茶，根本就不知道她的事。她自以为得计，孰料她正是别人手上操纵的一只棋子，正在一步步将孙白云引向一个巧妙而复杂的陷阱。或者说，杨雨就像一根套索的活扣，是一个恶毒机关的机括。只要她一动，那根套住孙白云的绳索，或将孙白云套住的机关，就会于顷刻间拉紧、合拢，孙白云将会像捕兽夹上的猛兽，无力挣扎。

刘芷瑛说得细致、生动，不放过任何一个细节，并加以评论。她慢慢激动起来了，脸上容光焕发，仿佛讲述的不是别人的故事，而是自己的事情。她陶醉于自己的讲述，眼眶湿润了，说：“杨雨，这个臭婊子，好运气，但正是她使孙白云变成了跛子。唉，那么俊的后生仔啊，走路就拐来拐去横得像个螃蟹了。真是孽缘——”

孙广说：“妈妈，您当时在场吗？怎么知道得如此清楚？”刘芷瑛说：“这是杨雨当众说的。那是在孙白云离开凤凰村之后，她伤透了心，忽然浓妆艳抹，却又赤条条地跳上了戏台，对着全村人讲述了这一切。”孙广说：“她真是疯了。”刘芷瑛说：“她是疯了。”

在那个淫雨霏霏野猫乱叫的春日，杨雨频频跑去跟孙白云幽会。转瞬之间，盛夏已过，七月十四到了。七月十四虽是鬼节，却也是村庄的重大节日，吃“薄箕炊”（粤西乡间一种用米浆放在薄箕里炊熟的小吃），赛河灯，游神摆醮，热闹非凡，大伙儿纷纷从谋生地返回村庄，准备隆重过节。即使平时很少见到身影的孙国强，也回到了村庄。

村庄里的二十多个青壮男子，今年有更特别更重要的任务。他们秘密麇集，手执棍子和利刃，潜伏在孙白云磨坊旁边的林莽里，犹如潜藏的野兽。这是一群做了王八的人，他们决定要用孙白云的鲜血，来洗刷他们头上的绿帽。他们的确做了王八，但肇事者到底是谁，只有他们的老婆知道。由于孙白云功夫了得，众人不敢大意。但料想集二十多人之力，饶是孙白云厉害十倍，此番亦是插翼难逃。

此次行动的总指挥是孙国强，在场的王八当中，他是最醒目的一个。他拎着一面铜锣，手执鼓槌，耐心地等待一击得手的时机。

约摸在午后三四点，杨雨包着花头巾在山路上出现了，众人齐刷刷地扭头望向孙国强。孙国强额头上沁出细密的汗珠，他拎着铜锣的手，在剧烈地抖动。他拼命抑制着自己。众人眼睁睁地看着木门关上，闩死，又过了大约一刻钟，房间里一片死寂。孙国强示意，孙飞虎蹑手蹑脚地从一丛灌木丛中钻出来，抬出一把十三齿利耙，倒放在磨坊面前的一小块空地上。长逾两尺的耙齿，在午后的阳光中，闪闪发亮，锋锐异常。孙铁军和孙桐，两人蹲坐在门口两侧的树木背后，手中各拉着一根黄麻绳子的两端。这是绊马索，但要用来绊人，估计也不成问题。约摸又过了一刻钟，“当当当”三声，孙国强手中的铜锣响了。孙国强拼命敲着铜锣，众人大喊着“捉拿奸夫淫妇”，一时间，众人喊得地动山摇。

当时，孙广跟孙木都听到锣声了。孙广一怔，说：“糟了，你爸爸下手了。”孙木骂道：“你他妈的少啰嗦！跑呀——”他撒开双腿，拼命往前跑，孙广在后头气喘吁吁地跟着。孙木听到消息了，他是想来给妈妈杨雨报信的。

等他们一跑到磨坊前的小树林，就看到了那一幕惨剧——只见孙白云穿着裤子，打着赤膊，手拎着上衣，慌不择路，飞奔而出。说时迟，那时快，只见他被绳子绊了一跤，然后踩上倒着放置的耙子，腿上的白筋豁露出来，雪白的肌肉像浪花那样翻卷，鲜血却像火舌那样飙起。他眼睁睁地看着自己，整个人缓慢而准确地向耙齿倾倒下去，两根锋利的耙齿，插入他的腹部，肠子马上滚出来。但他还没有失去知觉，他艰难地扭头望着磨坊的房门，嘴唇翕动，说不出话来。

孙广的父亲孙礼，从树林中跑出来，伸手掩住了他的眼睛。但那恐怖的一幕，却长久地停留在孙广脑海里。孙礼也是伏击者。就像其他的那些伏击者，自以为是孙白云使他变成了王八。现在，他出了一口恶气，痛快之至。孙礼说：“就这样中了招，真没劲！还是武林高手呢。”

众人呼啸着冲入磨坊，只见杨雨衣冠楚楚，头发齐整。她就坐在那具樟木碓尾上，脸色惨然，就像一张白纸。她没有抬头，也没有吭声。

孙国强扇了她一记耳光，咬着牙说：“贱人！”杨雨的脸马上红肿起来，但她像泥塑木偶一样，一动也不动，仿佛毫无知觉。孙国强扬起手来，左右开弓，发疯似的扇杨雨的耳光。杨雨被打得披头散发，头部一会向左摆，一会向右摇。杨雨忽然“咕咚”一声，像一只冬瓜那样滚落在碓臼里，她硕大的臀部，就像磨盘似的，刚好将碓臼完全覆盖。

忽然，孙老凤从角落走出来，他伸手往杨雨的鼻孔上一探，说：“昏过去了，先抬回家去吧。”孙礼觉得十分奇怪，这次行动，自始至终，都没见到孙老凤的身影，此刻他却像幽灵一样冒出来了。

杨雨被强行灌入的三大碗山姜汤救醒过来了。但她一醒过来，就拒绝吃饭。她将家人灌入的鸡汤和稀饭，哗啦啦全吐了出来。她一连绝食了三天，就将自己关在房间里。她飞快地消瘦下去，仿佛一只吹胀的气球，正在不断地漏气。她的魂灵已不知飘往何方，她剩下来的，只是一副没有精神的躯壳。直到传来孙白云在黄花镇卫生院苏醒的消息，她才恢复饮食，并有了精神。

孙白云算是大难不死。当时，他立马被诸人送去镇卫生院抢救，在鬼门关兜一圈又回来了。他毕竟有高深内功做底子。饶是如此，他也在床上躺了四五十天。他痊愈后，一条腿也跛掉了。他老躲在家里，几乎没人见过他走路。恐怕他再也无法施展轻功了。

数月之后，孙白云离开了凤凰村，据说他是在一个细雨迷蒙的清晨离开的，但看来没有确切的目击者。

多年以后，在省城打工的孙知说，他在白云山见过一位须发皆白的气功师，在虚空之中高蹈如轻盈的白鹤——追逐着山巅上灰黑的云，但是他的姿势笨拙而难看，就像一只跛足之鹤——双翅没有损伤，但一条腿有着明显的残疾。那老者依稀便是当年威震凤凰村却又遭到重创的禁头孙白云。没有人相信他的话，就像他也说过在海南见过那位莫名其妙潜入地底挖洞的孙礼一样，根本就没有真凭实据。总之，作为凤凰村最后的传奇，孙白云就此销声匿迹。他和杨雨的爱恋，更让人唏嘘。

在孙白云离去的那天上午，细雨像透明的小绳子将天地间的苍茫捆缚。正在发着高烧的杨雨忽然精心打扮，像一朵艳丽无比的牡丹花，却又赤条条地跳上村口的戏台。她将手上的一只肥鸡连皮带肉，在刹那间塞入了肚子。众人瞠目结舌之下，尚未反应过来，她又喝掉了一碗米酒，喷着酒气，开始了一番长篇大论的演说。她第一句话就是：“都是我害了他。”

孙国强拿着一件大衣，要将杨雨裹着抱下来。没想到她早有提防，抄起放在脚边的菜刀，没头没脑地乱砍，孙国强根本无法近身。孙飞虎提议，要不由他抽一根白腊杆将她击昏算了，但孙国强担心她身体虚弱，恐怕闹出人命。他两手一摊，说：“她都疯了。她要说什么，就由她去吧。”

全场之中，只有孙国强面目如灰，低头走了出去。其他的人，不分男女，紧盯着杨雨饱满而白皙的胴体，眉飞色舞地听杨雨说如何勾引孙白云。有的男子，流着涎水，双眼放光，恨不得扑上去摸一把。杨雨最后一句话是：“这全是我的错，都是我害了他。”

杨雨发疯了。在春天，她一看到漫山遍野的山稔花，粉红粉白的，就一头栽倒在地上，口吐白沫，不省人事。人们都说，这是发花痴呢。有时，她对着孙国强嘻嘻傻笑，伸开脏兮兮的手搂抱过来，说：“阿云哥——”孙国强脸色铁青，一阵反胃，一转身就走了。他很少回家，他在石湾墟扎上姘头了。只是苦了孙广的小伙伴孙木。过了一个多月，他的外公来接他去黄花镇上学了。

后来，孙广听见孙礼不止一次对刘芷瑛说：“我就不明白，一个正在发高烧的人，怎么有那么大的力气。你看她，一跳就跳上了戏台，一张口就咬掉了鸡屁股。我就不明白。”

刘芷瑛没好气地说：“我有更多事不明白呢。我就不明白，你一副人样子，怎么就长了猪脑袋。你怎么就相信别人说，你老婆去偷汉子？老实讲，就凭你凤凰村的臭男人，我一个也看不上！”

孙广本来有一个问题：杨雨去引诱孙白云，是她自己去的呢，还是别人唆使她去的？但不知为什么，这句话他问不出口，估计刘芷瑛也给不出答案。而现在，这个问题似乎不重要了。

事情基本上搞清了。孙广心情很好，趿着拖鞋，在长满青苔的村巷上游荡。一队孩子在青石板上蹦跳而过，那些孩子孙广一个都不认识。

周珍挎着菜篮子从菜畦上回来，冲着孙广笑，说：“阿广回家看你妈妈啦，你有出息哩。你爸爸恐怕还在凤凰村山头的地底下挖洞吧，嘻嘻。”二三十年过去，她也变成老妇人了，但眉角眼梢仍残留着往昔的风韵。孙广想，周珍不见得不如杨雨漂亮，但孙白云为什么就看不上她呢？孽缘也好，良缘也好，真乃一切皆缘。孙广跟她打了个招呼，说：“您还记得禁头孙白云吗？”周珍咧嘴笑了，说：“怎么不记得，他是好人呀，又长得俊！”

孙广在返回省城之前，还惦着一件事。那就是去村后山的文武庙看望杨雨。这杨雨，多年之后，终于从悲伤过度中苏醒，从此持斋念佛，跟丈夫再也不说一句话，虽未离婚，但婚姻形同虚设。自从老巫师孙蒙过世之后，她自然成了村中的巫师。但距离孙白云离开凤凰村，也有好些年了。

那天，孙蒙在土地庙帮人请了神，还了愿，刚走出林木茂密的庙门，就被一声炸雷击中脸部。他面目一片模糊，就像一段烧焦了的木头，五官宛若木炭雕刻而成，孙天伸手去触摸，应声而碎。而他别的部位丝毫无损，连衣服也完整无缺。当时太阳高悬，阳光白亮，天空碧蓝纯净，仿佛一块新雕琢的巨大玉石。不要说乌云，就是灰云白云也见不到一朵，也不知道那记焦雷所从何来，雷公劈死的是他人也罢了，这孙蒙却非等闲之辈。他在凤凰村有独特的地位，职业很特别，身兼巫师、庙祝、仵作、乩仙或通灵者诸如此类的身份。他是人与神交流的桥梁，也是生者与死者沟通的秘道。这样的人，在过年过节时主持村中的摆醮和游神，平时主持全村的红白二事，而其日常工作乃是为大伙儿请神、还愿之类。他的办公地点主要是村子里的土地庙、文武庙及祠堂，平时则住在家里。庙里香火颇盛，其收入甚丰。像他这样的角色，几乎是粤西一带每个村子都不可或缺的。除了破四旧那阵香火绝迹外，一年四季，可谓长盛不衰。在乡下人看来，雷公也是神，被雷公劈死的多是大奸大恶之徒，所谓“老天收了去”，正是此意。若孙蒙高寿，无疾而终，算得上喜丧。但他偏遇雷击，人多嘴杂，说法就多了。他又是巫师，是人与神的双重使者，不是普通人，这个问题就大了。杨雨徐徐说道：“善有善报，恶有恶报；不是不报，时候未到——”她的疯病竟就好了。

那个在凤凰村称雄数十年的村长孙老凤，先是大权旁落于副手孙三葵，又心情抑郁，逐渐油尽灯枯，终究不敌岁月的利刃，在一个寒冷的冬日死于中风。

孙广去看杨雨时，正值午后，无人拜神，庙宇一片静谧。庙里香火不断，烟雾缭绕之中，杨雨身披葛衣，脚裹白袜，非僧非道，就坐在蒲团上静养，眼神微闭，手中不停地捻动着一串佛珠。杨雨年近六十，神色平静，嘴角含笑，又哪儿有半丝疯婆子的样子？孙广正在狐疑不定，她就睁开眼了，眼神清澈如水，不含一点尘埃，她微微一笑，说："孙广你来啦。"孙广说："来看看婶婶，您还好吧。"杨雨点点头，说："难得你有心，还惦着我这疯婆子。"她的声音波澜不惊，但孙广还是听到了一丝苦涩的味道。

二三十年过去了，她能遗忘那一切吗？孙广真想跟她提起孙白云的事，一时又不知如何开口。

杨雨凝视着孙广，眼神澄澈如水晶，仿佛过滤了人世间所有的红尘，又像黑黢黢的礁石，总是残留着浪花的颜色和气息。孙广低下头，觉得她看穿了他的心底。她站起来，往香炉里插上三炷香，深深叹了一口气。孙广的父亲孙礼在地底下挖洞有好些年了。她仿佛看透了孙广的心思，说："你不用担心，你爸爸现在挺好的。"孙广没吭声。她的眼眶忽然湿润了，说："白云走时跟我告别了。那天的雨水细密如我的眼泪。他说：'我不配做一个禁头。我也对不起你。'他泪如雨下，仿佛满天满地的雨水都涌现于他的双眼。我最遗憾的事，是没有怀上他的孩子。我要等下去，他会回来找我的。"

第六章　失踪的父亲

孙雷发现父亲孙老雀不见了。孙雷的发现充满偶然性，不知道他是什么时候不见的，不知道他去了哪里，不知道他是生是死。孙雷一走进父亲的小屋，屋内的物品、陈设和空气，都在告诉孙雷，父亲不见了。这不是假设，而是彻头彻尾的事实。屋里有些灰暗，潮湿，久无人气，散发着腐败的味道。屋顶掉了一块瓦，一束阳光像探照灯打在地上。在雨天，这道白亮的光柱就会变成清亮的雨水了。厨房里的木柴长出了木耳。孙雷拨了一下炉膛，灰已冷却，父亲有多久没有燃起炉火了？一只小家蛛在炉口张开了薄薄的八角小网。孙雷的血液在刹那间冷凝了。孙雷知道自己失去了父亲。他永远不会再回来了。

孙雷冲出小屋，初秋的风凉爽，夹杂着草木和果子的芬芳。但孙雷有一股想呕吐的冲动。小屋的四周是密密匝匝的芒果树，午后的阳光像白色花在果树上跳动，无数朵相似的小花在枝叶间涌现又消逝。而芒果花是金色的，早已萎落成泥，并在花蒂上结出了小果。现在，连芒果也成熟了，由青转黄，树上挂满了一串串形如猪腰的果子。空气中弥漫着浓郁的果香。这片果林由父亲侍弄着。到了收获之季，父亲却不见了。

孙雷感到头部剧痛，他连父亲的模样也忘掉了。他挠抓着头发，拼命回想父亲的容貌，一点点地检索、拼凑和组合，但脑海乱成了一锅粥。父亲仿佛是一个生活在过去年代的人，一个他从未与之相遇过的人，一个跟他毫不相干的人，一个只在他梦中出现的人，一个他一出生就离开了人世的人。父亲的形象支离破碎。他闪光、尖锐、锋利。他浮现在孙雷的脑海，就像映照在一面被打烂的镜子中。他像利刃切割着孙雷头脑中记忆的蛛网。无论孙雷如何努力，都无法将他的形象清晰而完整地组织并还原。

而孙雷毕竟是有一个父亲的，要不孙雷从哪儿来呢？他曾经让孙雷深怀憎恨，不胜其烦，然后是交替出现的诅咒和自责，最终是彻底的遗忘。孙雷麻木了。孙老雀从来就不是一个值得尊敬的人。他们相互憎厌。孙雷借助嶂坡上的这片果林和小屋，将父亲的身体摒弃于视线之外；借助时光伟大的魔法，将父亲的一切从他的记忆中抹掉。

然而，父亲不见了。孙雷成为一个失去父亲的人。出乎他意料的是，他并非如释重负地放松，而是莫名其妙的失落，一种奇特而陌生的伤感像潮水袭上心头。孙雷早已过了情绪冲动的年纪，但他此刻跌坐在草坡上，几乎被悲伤击倒。

孙雷想父亲了。但父亲不见了。也许，他再也见不到父亲，只能在漫长而沉闷的岁月中怀念父亲了。他的两个弟弟，长期以来的同盟者、反叛者和调解者，平时在对待父亲的态度上，他们是一致的，他俩会有什么样的感觉呢？

孙雷用手分开果树错杂的枝桠，穿过果林的小径，几乎是跌跌撞撞地跑下山冈，踩过田野，再跨过巨木搭建的小桥，回到家里。孙雷再也忍不住心中的伤感，带着哭腔气急败坏地对着二弟孙松说出了父亲失踪的事实。孙雷说：“这下好了，父亲不见了。”孙雷的表情如丧考妣，这句话却像在宣布一个喜讯。

孙松惊诧地望着孙雷，张了张口，没有吭声。他觉得面前的哥哥十分陌生。也许，他觉得孙雷十分古怪。也许，孙雷的话勾起了他遥远的回忆，至少让他知道自己有过一位年迈的、让人头痛的父亲。一个一无是处的废物，一个自以为是的疯子，一个爱管闲事的怪物。孙雷很恼火。但孙雷的胸口被悲伤所充斥，孙雷暂且不理孙松。

孙雷又跑去三弟孙虎家，向他宣布了这个不幸的消息，孙虎长长地吁出一口气，仿佛从心里搬出了一块巨大而无形的石头，翻着眼说："那就好了，天下太平了！"他盯着孙雷绷得越来越紧的脸，说："阿雷，你甭难过了。他有他的去处，他一向喜欢我行我素，谁管得了？"孙雷咬牙切齿地说："得把他找回来。我们得尽一切努力！"

除了两个弟弟，他们的老婆也来了。孙雷让老婆素英沏了一壶好茶，大伙儿喝茶，嗑瓜子，吃花生。他们也要学电视剧里面的大家族，要召开家庭会议了，而且一定要开好。估计一时三刻解决不了问题，孙雷做好了开长会的打算。他们从来没有开过会。他们从来没有这样集合过。他们甚至没有就任何事情商议过。他们各有各忙，各怀心事，一年到头也不会碰几次面，但现在父亲使他们团结起来了。他们从来没有这么密切。现在，他们就像拴在一根绳子上的几只蚂蚱，而父亲就是那根绳子。

父亲不见了，这事情是很严重的。孙雷希望大伙儿打起精神，对此事给予重视。但大伙儿横七竖八地在椅子上或坐或蹲，嘻嘻哈哈，唾沫横飞，对事情的严重性显然缺乏了解，这是不行的。

孙雷说："父亲不见了，这说明了什么？孙老雀家里的三个儿子，心太狠了，竟然容不下一个行将就木的人。再过几天，村子就传得沸沸扬扬了，什么话都有人说得出来。知道实情的还好，不知道的，还以为我们逼走了他。我让大家来商量，不仅是要让大家知道父亲不见了的严重性，更重要的是让大家都来想办法，集思广益，将父亲找回来。”

大家顿时鸦雀无声，场面显得肃穆了些。孙雷说：“大家好好想一想，看父亲是什么时候不见的？他走时可说过什么话？留下什么预兆？这么大的一个人，说不见就不见了，怎么说也会有一点线索。大家都来想一想，看看有什么蛛丝马迹。”没有人吭声。孙雷的目光在众人之间逡巡。

孙虎说：“他不见了，不是你首先发现的吗？”

孙雷说：“我是刚刚发现的，但他早就不见了。”

孙松说：“要不是你告诉我们，我们还蒙在鼓里呢。确切的时间，可就说不准了。少则十天半月，多则一年半载，就是三五年，恐怕也不稀奇。”

孙雷生气地说：“难道你有三五年没见父亲了吗？当初父亲上嶂坡住的时候，咱们不是说好了轮流去看他的吗？每人管十天，给他送送粮油，摘些瓜菜，水缸空了，帮他挑几担水，柴烧光了，给他劈几片。你有什么理由说他不见了一年半载？你们到底有没有看过他？阿松，阿虎，你们说，你们最后一次去看父亲是什么时候？”

孙松孙虎面面相觑。孙松摇摇头。孙虎吐了吐舌头，说：“看肯定是有看的，我不看，阿蓓也会去看。不记得了。”孙雷咆哮道：“瞧你们这些鸟样！”孙松大着胆子说：“阿雷你甭要有口说别人，没口说自己，你又是什么时候见他了？”孙雷勃然大怒，说：“起码我今天就有去找他！”孙虎阴阳怪气地说：“你还不是挑了个好时候？”孙雷强抑焦躁和恼火，说：“我叫大家来，不是要吵架，而是要想办法将父亲找回来。”

孙虎老婆阿蓓插嘴说：“大伯说得好，先听他说说嘛。”

孙松老婆梅丽也附和说：“对啦，别争吵了。但家公到底到哪儿去了呢？”

孙雷说：“到哪儿去了，恐怕一时还没有结论，但他为什么要这样做呢，却可以研究研究。凡事有果就必有因，大家都来探讨一下。”一时无人搭腔。孙雷说：“孙老雀虽然是凤凰村公认的废物，但这个废物毕竟是我们的父亲。我们得好好照顾他，没照顾好，这就是我们的责任。现在连父亲也丢了，这个人可丢得大了。这个人我们都丢不起，否则日后在凤凰村也无法抬头做人了。”

孙松恶狠狠地说：“这个老不死的，死了就一了百了啦，否则我们没有一天安生日子过。以前还想着他上嶂坡去了，不在身边唠叨了，天下就太平了。这倒好，现在他倒捅出个天大的娄子来了，跟我们玩起捉迷藏了。”

孙雷眼睛一亮，说：“那他是什么时候上嶂坡的呢？老实说，很多东西我都忘了。”孙松说：“这个我也说不准。”孙虎说：“我也搞不清。但芒果去年才大面积挂果，按常理推测，嫁接好了的芒果要有收成，不是三年就是四年。种了芒果，父亲才上山的。”孙雷说：“那他为什么要上山去呢？之前他不是跟我们住得好好的吗？三兄弟轮流供养来着。”又没有人吱声。

孙雷说：“什么事情都有个缘故的。今天大家都放开去说，凡是跟父亲有关的事情，都请大家推心置腹地说出来，兴许哪一件事哪一句话就隐藏着线索呢。我们不是要相互指责，也不是要张扬家丑，更不是要秋后算账，我保证！”孙松说：“谁知道他是为了啥呢？他可是经常发神经的人，不可理喻。”孙虎说：“唉，也真是想不明白，之前，他在我们三家轮流住，吃香的，喝辣的，儿孙满堂，其乐融融。

大家何曾亏待他？偏要上嶂坡去当孤家寡人。他就狠得下这个心！你们说是吧？”孙雷说：“真要住得好，他就不会上嶂坡了。”

素英说：“心堵嘛。”孙雷说：“就是呀。大家都来说说，这三四年间或更早的事，咱们都来检讨一下，看有什么对不起父亲的。我说了，不搞秋后算账。”孙虎摇头不语。孙松说：“没有。从来只有他对不起大家的事，大家可有亏待过他？没有，一件也没有。”孙雷说：“你讲得太绝对了。父亲有很多不是，但做儿子的也不是圣人，也会犯错，也要检讨。我就曾经对不起他老人家。是什么时候的事，我是说不上来了。但这件事萦绕在我心头，一直阴魂不散。兄弟们，老实说，我心里很不安，很内疚。也许，这是我惟一一件对不起他的事，而他当时并没有什么不对——”

孙虎说：“说了半天，全是废话。你就不能直奔主题吗？他哪儿又有过对的时候？”

孙雷瞪了他一眼，说：“那天的阳光跟今天很相似。秋风乍起，刀刃般锐利的阳光，说软就软了，变得清澈了，凉快了。我心里不知为什么有说不出的烦躁，想找个人聊聊天，心里堵着呢。刹那间，我想起了父亲，有多久没跟他说过一句话了？我现在就想跟他聊聊，至于聊什么不重要。但我发现父亲不见了。我跑到阿松家，阿松说没见到他。我跑到阿虎家，阿虎也说没见人呀。我心里一沉，糟啦，他不见啦。本来，他是轮流在我们三家住的，一月三旬，每月刚好一轮，而今天，我们三家都说没见到他。他不知跑到哪儿去了。于是，我们仨一合计，阿虎去镇上报警，阿松带着三个婆娘四处找人。我呢，在家里等着，万一他回来，没见着人咋办？

“很快，阿虎回来沮丧地说，公安说了，要失踪二十四个小时才能立案呢，现在不受理，即使受理了，也未必找得到。一个大活人，既不痴呆，又不犯傻，还生龙活虎的，他存心要躲起来，谁也找不着。父亲平时就不爱扎堆，更不爱串门。日落时分，阿松他们疲惫不堪、垂头丧气地回来了，他说去坡头地尾找，挨家挨户去问，甚至连田小寡妇家也去找了，凡是想得到的地方都找遍了，就是生不见人，死不见尸。我啐道，呸！大吉利是！他能跑到哪儿去呢？大家会合到我家时，连晚饭也没做，大家既感到沮丧，又十分恼火，都觉得遭到了父亲的嘲弄。阿松说，他闲着就净会给咱们添乱，早知道还是让他去种田好了，省得憋出病来。阿虎说，这不是恶搞吗？这么大的一个人，就躲着不出来了。我忧心忡忡地说，会不会是出了什么事呀？别跑到嶂顶去迷了路啦。听说嶂上有人发现了野猪……阿松说，你脑子进水了？这坡头岭尾那条小径他不是走了几千遍？他能迷路？他还没有老糊涂呢。就是有野猪，他膀子间有的是力气，也能打死几头！我说，那现在究竟是怎么回事？阿松说，鬼知道是怎么回事！就知道给咱们出难题。

“大伙儿七嘴八舌，开始清算起他平时让人恼火的行为，夹七杂八，千头万绪，我现在倒是一件也记不起来了。

“我记得我当时恼火地说，甭说这些乌七八糟的事啦，父亲不见了，不想办法去找，还在数说他的是非，你们的良心全被狗吃了？阿松反唇相讥：没心没肺的是他，他除了给我们惹麻烦，一点用处也没有。阿虎说，不幸而生为孙老雀的儿子，真是倒八辈子的大霉了。我说，他的确是一个废物，他这辈子就没干成过什么事，但别忘了，毕竟是他养了我们。没有他，你又能瞎折腾什么？阿虎说，老子可以选择的话，宁愿不来到这个世界，这辈子也省得受他折磨。我破口大骂，孙虎，你还是人吗？这样的话你也说得出口。阿虎不甘示弱说，孙雷，你也别猫哭老鼠假慈悲了。现在父亲不见了，说不定最高兴的人是你呢，你不是经常说，孙老雀你不死也没用了，死了倒算积了阴德。孙老雀你去死呀？你怎么不去死，偏来管老子的鸟事！孙雷你这个笑面虎，我们也恨他，但都是明来明去的，就不会像你这么虚伪。如果世上只有一个人想置他于死地，那么肯定是你！没有谁比你更恨他了，毕竟，你比我和阿松早出生了几年，也就被他多‘痛爱’了几年！

“我怒不可遏，扑过去揍阿虎，嘴里嚷道，我不恨他！我从来不恨，只是烦他，讨厌他！我恨的是你！今天就要狠狠地揍你这个大逆不道的狗杂种！阿虎你说你是省油的灯吗？你跟我扭打成一团，你可没跟我留手。知道你早就想找茬跟我打架了。早说过我没有沾过阿蓓，不要说跟她睡觉了，就连她的手我也没拉过。我承认阿蓓很迷人，奶子很大，凡是男人都想跟她睡觉。我也想，但我不能啊，她是我的弟媳妇呀。跟你说过多少次了，你他妈的就是不信！我发誓，这全是谣言。你不信我，还不相信你老婆吗？那边厢，素英也张牙舞爪，怪叫着向阿蓓扑去，嘴里在咒骂着，连大伯也敢勾引的烂货，我撕掉你这个狐狸精的××，省得你张口吃男人就像蛇吞象！素英揪住了阿蓓的波浪形卷发，阿蓓则掐住了素英母鹅般的细脖子。两家的小孩都吓得哭叫起来。阿松和梅丽左看看，右望望，也不来劝架，反而哈哈大笑。唉，那可真算得上是丑闻！兄弟阋墙，自相残杀，这成什么体统！

“这次我可是丑话说在前头，咱们今天无论说什么，无论有什么争执，无论是再难听的话，大伙儿都不许动手——上次是我先动的手，是我的不对——这次若有谁敢打架，我饶不了他，我非动刀子不可——唉，父亲不见了，我心乱如麻，请大家多体谅——

“好了，不打岔了。言归正传。正在大伙儿混战不休的时候，父亲的身影从灰暗的庭院中飘出，像一个幽灵。夜渐深，月光皎皎，父亲的肩头仿佛落了一层霜。他像是刚从地狱回来的人。他脸色阴沉、憔悴，一语不发。我和素英跟阿虎夫妇捉对厮杀，相互混战，在地上摸爬滚打，像一个巨大的人球儿。父亲单薄的身影，像一把锈蚀的、泛着黑光的薄刃，将正在胶合成一堆的人分割成了单个儿。阿虎的脸肿胀得像猪头，他的满腔怒火就冲着父亲爆发了——老不死的终于知道回来啦，你为什么不躲起来呀？不等到家破人亡子孙死绝了才回来呀——

“我的鼻子也歪掉了，十分疼痛，我擤了一下鼻血，说，孙虎你个狗日的，信不信我再去揍你！阿松说，不要吵啦，父亲总算回来了。阿虎说，这样的害人精，死了倒干净！我冲着父亲说，你老糊涂了不是？你老年痴呆症发作了不是？你刚从疯人院里出来不是？你跑到哪儿去了，害得你的儿子为了找你自相残杀就开心啦——

“我忽然涌起一股复杂的情感，像一个受尽了委屈的孩子，抱着父亲呜呜地哭起来。我是高兴啊。但父亲轻轻而执拗地推开我，说，我去哪儿？我去了你们妈那里。我一听，脸上就烧得滚烫起来。母亲过世一年了，父亲这么说，我猛然省悟到当天是她的一周年忌日。按咱们乡下的风俗，是要烧香上供、备鸡牲果品去土地庙和祠堂拜祭的。若因故尚未做斋，坟头就不能‘开山’，死者就还是游魂，就还没有到祠堂受供的资格，那么只能备祭品去坟头上拜祭了。这几年，镇上的殡葬改革是愈来愈严了，严令死者一律火葬，不得土葬。去年，咱们几兄弟也不请抬棺人，偷偷摸摸将母亲用棺木殓了，趁着月黑风高静悄悄地抬上山去，这才得以坚持土葬。按理说，当天就要到她坟上拜一拜了。只是，当时既没有敲锣打鼓，更没有设场做斋，父亲一直耿耿于怀。这不是我们的错，花些钱请道公佬（粤西人对民间专门从事赶鬼、除病、解关、占卜、看相、择日子、看八字、超度亡灵、打醮、安神、安花等活动的神职人员的称呼）无所谓，惊动镇府那就惨了。但父亲就是不理解。

“唉，只怪我那天早上心神不宁，只想着跟父亲聊聊天，一发现他不见了，心就乱了，就将这件重要的事情忘掉了。人近中年，记性就不好使了。但我忘了，阿松阿虎还可以记住的嘛。他俩忘了，几个妇人家，心总是细一些的，却偏又不提。

“阿松说，也就是第一个忌日，咱们还没有积累经验，以后准保忘不了——我横了他一眼，这说的是人话吗？我说，父亲，这事是我们不对。要不，明天隆隆重重地补上？父亲说，过了就过了。这种事没法补的，明天又不是忌日。阿虎说，这也不行，那也不行，你到底想要怎么样呢。我们都以为你不见了，一整天在忙着找你。我们是忘了，又不是故意的。但你就不能提醒一下吗？一个人跑到坟头上躲起来，这算什么意思！素英也说，你一大早跟我们说就好了，不就是杀个鸡买刀肉烧个纸钱吗？到头来，肉还不是进了自家的口腹，家婆又不会真吃了去。不是我们小气，的确是没想起。阿蓓和梅丽也附和说，就是呀。父亲说，我死了你们也会忘了的。我说，父亲你说这事咋办？你说咋办就咋办！父亲说，还能咋办？过了就算了。

“我说，那好，母亲这事就算过去了，明年咱们就是跌跤也要记得！我保证。但你的事还没完，你为什么一个人话也不说就躲起来？你知道我们在担心你吗？你瞧，就为了找你，我跟阿虎还打了一架！父亲说，我不叫你们打架。我从来不叫，你们还不是经常打？

“我咆哮道，总之，你以后外出，超过三个钟就得报告！父亲说，我向谁报告？你三天两头就不见人，就是在饭桌上也找不到你。

我向榆儿（我儿子还小呢）报告还是到黄花镇的兰桂坊夜总会找小林志玲报告？阿雷，你也不是后生仔了，三四十岁的人了，别光顾着在妇人堆里混，别光惦记着镇上的野鸡和别人的老婆。上得山多终遇虎，人家就是没割掉你的卵袋，你惹上那些病就惨了。你不管我不要紧，我还死不了！但素英和榆儿你不能不管——

“我怒火冲上头顶，吼道，好呀，我还没说完呢，你倒数落起我来了。老家伙，你别惹恼了老子，等你归西了，老子不管你死活了，就让镇政府将你拉到火葬场去，化成一撮灰，连土馒头也不给你堆一个——”

阿虎说：“上次你无端端的要打我，我可没还手，还记得我说了呀，阿雷，我不跟你一般见识，我真要还手，你早趴在地上了，还能说那么多废话？还有，我警告你，再提你跟阿蓓的事儿，我跟你没完！”

孙雷说：“我也是实话实说。”

孙松说：“你才不老实。你说要老实检讨，还说你如何如何对不起父亲，但却避重就轻。就拿你刚才说忘了拜祭母亲这事儿吧，你检讨的也不是你自己，你是连我们几个连娘儿们都骂了。你这个态度不好，你这个态度不是带头检讨的样子。”

孙雷说：“我还没说完呢。你们别打岔，先听我说完——我指的是不该说他死了我要怎样怎样那句话。我后悔死了。父亲听了，脸都发绿了。真是不应该。我当时都气糊涂了，说话也就有些不知轻重——我还继续说，找了一天，我们都以为你死了呢。真死了，我们就安乐了。父亲说，儿子，人总会死的，但死亡并不能结束烦恼和怨恨。父亲的那句话很有力量，我永远忘不了。我一下子泄气了，不想再指责他了。好了，我讲完了。现在你们不会质疑我的诚意了。轮到你们了。”

孙松说：“我可没有什么值得说的事。父亲这辈子也没跟我说过什么值得记住的话。”

孙虎也说：“就是啊，只有他对不起我，我没有什么对不起他。”

素英说：“别说得那么好听，好像光我家的骂过他。我家的说了，你们也得说说——”她的神情好像吃了多大的亏，孙雷说了那件事，就像拿出了什么珍藏的宝贝，她就那么小气。孙雷说：“好好想想，他为什么要搬到嶂坡去住？总是有原因的，我就一时想不起来。我说的事就可能是一个线引子，但也可能有别的原因。大家都说说看。”孙松说：“像父亲这样的窝囊废，老实讲，我从来没有什么事对不起他，一件也没有。我问心无愧。我供他吃，供他喝，该我出钱的时候，我可没有藏着掖着，像某个人斤斤计较。”孙虎怒道：“你有话直说，犯不着含沙射影。”

孙松不理他，说：“我可是尽了孝道的。我也约束家里人，都不得冒犯他。有一次，梅丽数落他吃饭时发出的声响太难听，太粗鲁，就挨了我一顿臭骂。我说，梅丽你他妈的别假充斯文，你别以为你在县城念了几年高中就成城里人了，你真要有种就别嫁到乡下来！我骂得梅丽无地自容，不敢驳嘴。我不仅要养他，还想着要养得他心里快乐。我比养我的大白猪还用心呢。那可都是我的摇钱树。人家说，人有一老，家中一宝，我真当他是宝了。但是他人太没用，什么也不懂，胆小怕事，偏又自以为是，要多管闲事，有时数落他几句难免是有的——”

孙雷说：“对，你就专挑你数落他的说好了。所谓矛盾嘛，并非一定是你错了，但冲突总是难免的。我们对他也很好，但冲突总是少不了。”

孙松说：“数落他的时候，真是太多了。别人老跟我说，你父亲一世为人善良忠直，真是难得。我听了脸上发烧。这不是当着和尚骂秃驴吗？谁不知道这个年头善良是骂人的话？都成了软弱无能、任人宰割的代名词了。他这辈子吃的亏还少吗？过去耕田时，田地总要被别人变着花样日渐蚕食。即使是下位田，也要年年垒田埂，而上位田的人老用铁锄头使劲往下铲，没几年工夫，这块田就被上位田侵占一耙路了。换了我，我就不垒田埂，看你狗日的上位田如何蓄水插秧苗？他都成了电视剧里腐败无能的大清国了。就因为他胆小怕事，自留地及竹林山地都被别人霸占得差不多了。想当年，咱们三兄弟，十几岁的人，提着大刀禾叉要跟别人拼命，他不让不说，还割了猪肉去人家那里叩头赔罪。就是这样，还少不了让人欺负。有这样的父亲，这辈子算是倒霉到家了！就因为他，咱们算是受了多少窝囊气！还好，现在轮不到他做主了！

“现在谁敢碰咱们家一根草一根头发试试看！最顶心顶肺的是，没人欺负他，他还要自寻烦恼。有一次，他去割猪肉，别人多找了十二元钱，他非得要连夜提着油灯，步行十几里山路去还给卖肉的严屠夫。我说，你这么怕严屠夫作甚？他也未必知道多找了。父亲说，我不是怕他，我不能贪人家的。我说，你是不贪，也可以等到天亮的。父亲说，我不拿给他，一夜里睡不踏实。人不为己，天诛地灭。这样的人没救了。几十年来，都是这种鸡毛蒜皮的琐碎事儿，我也记不清数落了他多少次。你说，难道我骂得不对吗？”

孙雷说：“陈年旧事就甭提了，说些近点的吧。”

孙松说：“近的也有。先说一件装电的事。那次他可是跟我干上了。别看他在外头老做缩头乌龟，但在我面前凶得很呢。我给气死了！前几年我不是建房子吗？我决定舍弃传统的明线，去装暗线，又美观，又安全。现在城里的洋房都一律装暗线，村子里新建的房子，也没人装明线了。但他偏跳出来反对，说错综复杂的电线就埋在地板下，万一漏电或失火了，不是变成一个电网一个火海吗？人想逃跑都走投无路！真是愚人之见。我反复解释了多次，他就是不信，偏要我改装明线。呵呵，你倒想想他闹得多厉害？上蹿下跳的，都要疯掉了。他还要赶工人走，说不让工仔建造杀人的电网！我怒了，说少跟我啰嗦！房子是我的，命也是我的，真要出事了，也是我的事，与你不相干！他说，就是不能装暗线！我火了，让工仔将他拉到旧屋关起来，用大铁锁挂上门，也不管他是死是活，只管让工仔施工去。总算完工了。

“一年过去，相安无事。没想到漏电开关坏了。这也是小事，但我当时不在家里，去广西贩猪仔去了。这下子家里就闹得鸡飞狗跳了，梅丽也不懂这个，父亲可就拿到把柄了。他非说是地板下的电线坏了，墙壁渗水，浸烂电线了，灯也亮不了，饭也煮不了。我在电话里吼道，你们不要管，等我回去处理！我知道他们烂泥扶不上墙，不是办事情的主儿。父亲也不知去哪儿找了个狗屁电工，电工还没检查呢，父亲就在旁边唠叨开了，说当初我就反对他装这个电网，现在可好，出事了！还花了一万多元钱！哪儿用这么多？他是瞎说。没几分钟，电工全摸清底细了，他装模作样一测，也危言耸听地说，是电线坏了，得重新装一套。还是明线好，明线安全，我给你全包了，也就六千多元钱。你说，这不是坑人吗？父亲那个样子，老实到家了，别人要不忽悠他，就太对不起老天爷了。

“他就是这样的人，太软弱太弱智了，谁见到他，都会情不自禁滋生敲一敲他的欲望。如果他不是我父亲，我也会去占他的便宜。

他好比一块肥肉，晾在那儿，路过的人就像鹰啦雀啦，不去啄一口，是没天理的。我听梅丽一说，就急了，连夜赶回去。找了电工一检，还不是漏电开关出的问题？花四五十元换了一个，什么事也没有了。我也懒得骂他了。他还嘴硬呢，说要不装多一个漏电开关？装多一个安全。我说，这是什么屁话？滚一边去！”

孙虎说：“这么简单的事，梅丽跟我说一声，我也会帮忙的。害得你生意都受影响了。”

孙松横他一眼，继续说：“这样‘咬喉’（粤西土白话，有对着干、顶心顶肺之意）的事儿太多了。他什么都不懂，但就爱管闲事。这几年嘿，耕田的人是愈来愈少了。你瞧，咱们三兄弟，也老早洗脚上田了，随便干点什么，就是到城里去捡破烂，也比在乡下种地好。就是种地，也得种果树蔬菜什么的，还有谁去种庄稼？粮贱着呢。我算过一笔账，扣除种子、化肥和农药，能不亏本就不错了。人工那可全是白搭。村庄的稻田大片大片丢荒，板结了，长草了，没人去管它。

“于是，开鱼塘的风气就吹进来了，在村东侧的八角垌，有人租了十几亩稻田，要挖鱼塘。我家的那两分地就在正中央，塘主出高价租我的，说好每年给我三百元，这算很不错的了，种粮哪有这个利润？我还乐得白拿呢。你说这样天上掉馅饼的大好事儿，可不是每天都能遇上的。

“父亲偏要来阻挠了，他说，阿松，你可别盯着脚趾头走路，挖了鱼塘，你的田就毁了。我说，我要这块田干什么？我不会再种田了，也不会让子孙后代再种田。我赚够了钱，还要到镇上买地建屋呢。我现在养大白猪，每年出栏八九十头，可赚着呢。父亲说，那鱼塘不能开，毁的不仅是那十几亩田，还有垌尾的大片稻田。到时山洪一来，挖出来的黄泥浆一冲，就全毁了。还有，这么大的鱼塘，水从哪儿来？还得从村边的小河抽水，搞不好，连小河也毁了。你应当阻止他。你不点头，他这口鱼塘就开不成。是农民就要耕田，自古以来，天经地义。现在又减少公购粮了，这说明国家重视了，粮价总会升上去的。凡是人都要吃饭。稻田是咱们农民的命根子。没了水田，后代吃什么？还是有田地实在。

“我说，你是死脑筋！都什么年代了，农民也可以进城做农民工嘛。耕田有啥用，搞不好连农药的成本都亏了，你看村子里有点本事的人，还有谁耕田？时代不同了，你过时了。这个年头，谁有钱谁是老大。至于田毁了，小河毁了，我可管不着。反正又不是我的田。那么长远的事，我管他娘去。我只知道，他每年给我的三百元钱，可是实实在在的。

“父亲见说服不了我，就一意孤行，居然去找塘主交涉。嘻，他算是长进了。做了几十年缩头乌龟，没想到这次敢出头了。他表现得多豪勇啊。他见塘主不理他，就睡在我那块稻田上，挖掘机隆隆响着开过来，他倒是面无惧色。别人将他半抱半拖地拉走，才一放手，他又没命地扑过来。塘主没办法了，来找我说，孙松，钱你收了，但你家老头可倔着呢。人是你家的，你可得好生看着。机械无眼，真要剐掉了胳膊腿儿什么的，我可负责不了。

“我只好想了个办法，将他带走了，塘主才能顺利施工。你问我是什么办法？我还不是来硬的？我还是那一招，将他关起来！我将他拉回家里，门挂上大铁锁，他在屋子里捶胸顿足，破口大骂，寻死觅活的。他发起疯来真是可怕，没人治得了。这次算是闹得大的了。上次我也关过他，也没见他闹得这么凶。他闹了半天，声嘶力竭，等我放他出来，那两分地早变成鱼塘的一部分了。他趴在新堆的塘堤上痛哭流涕，那个心疼啊，仿佛损失了多大的一个宝藏。呵呵，这件事之后，他好久不理我，算是恨透我了。

“应当说，父亲还是有点先见之明的。果然，没过两年，八角垌的几十亩良田，要么全变成了鱼塘，要么全给黄泥毁了。但这跟我有什么相干。这不是我搞的，我也没有什么损失，我那两分田还稳收着人家每年给的三百元钱呢。至于小河，倒是像父亲预言的那样，由于沿岸的鱼塘太多了，旺儿的语文课本里怎么形容——就是星罗棋布来着——泉眼都干涸了，垌里没有泉水和涌水流淌、注入，反而要从河里抽水上塘。于是河床变浅变窄了，看来不用几年就要断流了。剩下的一线弱流，几汪死水，漂满了塑料袋、农药瓶之类的垃圾，乌黑发臭，鱼虾都死光了。咱们小时候，可是有二三十种鱼类虾蟹的呀。但这又有什么稀奇？城里人要发展，我们也要发展，不惟我们村，全镇的河流，全县的河流，还不都是这个样子？连县城那条直接流入南海的大河，都看不到清水了。据说大城市里的河涌，河水黏稠发黑，臭不可闻，比乡村的河流要糟糕得多呢。这又有什么稀奇！

“但父亲真是烦人，老在我旁边唠唠叨叨，说什么我如果不同意租借那两分地，八角垌的鱼塘就挖不了。这不是睁眼说瞎话吗？你是老几呀。我不租，人家照样挖，绕着我那块田四面挖，到头来，我那块田不变成了水茫茫大鱼塘里的一个孤岛？进出不得，还不是没用？那样，我每年收入的三百元就不见了。真是死脑筋，事情过去就算了嘛，偏要旧事重提。他就是这样的一个人，整天像个苍蝇在你耳边嗡嗡叫，你说烦不烦呀。就这样了。我没什么好说的了。”

素英不满地说：“你老婆被打的事，就不值得说说吗？”

孙松说：“这件事跟我没多大关系，自始至终，我都没怎么介入。我算是不错的了，手心手背都是肉，我总不能为了个妇人，跟兄弟打架。我不像某些人，总是跟自家人拳脚相向。倒是父亲看不过眼了，那是因为阿雷阿虎你们太过分了。这次父亲站在正义的一边。如果说他有什么值得讴歌的事，这恐怕就是惟一的一件了。这不应该让我来说，要说也是让阿虎来说好一些。”

孙虎说：“你们既然提起了，那么我就来说。事情完全是你老婆不对，她挨耳光是罪有应得的。老疯子不分青红皂白偏袒她，就是不应该。这件事儿，其实大家都有份，谁也脱不了干系。你们倒好，好像全忘了。

“当时我儿子强儿踢了阿松家的黄狗一脚，这就惹出事儿来了。你说，一个小孩子踢个畜牲有什么要紧？那只狗也是狗眼看人低，见到阿雷全家上下，都摇头摆尾的；惟独见了我家的人，就龇牙咧嘴地狂吠不止。难道我们都是贼？连我都想踢它一脚。但阿松你儿子旺儿就不对了，将我强儿揍得鼻青脸肿，一个七岁的死劲打个五岁的，就是外人，也下不了这样的毒手呀。我扇了他一巴掌，我不是要打他，而是教他从小就要学会好好做人。让他以后长点见识，你打人家，人家也会打你。阿松你贩猪仔整天不在家，我就帮你教育他。

“但梅丽像个泼妇似的——啊，对不起，梅丽你当时是过分了些，你都失控了——披头散发，捶胸顿足，你夹枪带棒地骂我，别人还以为我非礼你呢。你骂得多难听，我都忍了。我能跟一个女人一般见识吗？但梅丽你不应该骂我老婆——那是捏造是非，毁人清白——梅丽你这一句够毒，你不仅骂了我老婆，还骂了我，骂了我儿子，已经是痛骂我全家了——说什么强儿像阿雷，说阿蓓跟阿雷早就有一腿了，强儿跟阿雷就像一个模具印制出来的。我承认强儿有点像阿雷，但我们三兄弟，都是孙老雀的种，彼此有点相像，这有什么奇怪？梅丽你旺儿不仅像阿松，还有点像我呢，难道他又是我儿子不成？这不是含血喷人吗？我当时就忍不住了，不惟是我，阿雷也忍不住了。不给她点颜色瞧瞧，那是不行的。

“阿松你也知道是你老婆理亏了吧，你当时也在场，但在我跟阿雷将梅丽从厨房拖出来掴耳光的时候，你也没有吭声。你也觉得她该打是吧？

“但老疯子就狗咬耗子多管闲事了。他说，两个大男人欺负一个妇人，太丢人了。我说，不揍她才丢人哪，她硬说我老婆给我挣绿帽了。你们猜老疯子说什么？他说，梅丽是说得难听，但都是事实。你管好自己老婆再说吧，免得再生一个别人的儿子出来。我气得浑身打颤，跳将起来，指着他的鼻子说，别人还说我是孙老凤的儿子呢，真要是他的儿子就好了，随便是什么人的儿子，哪怕是乞丐孙老狗的儿子，也比做你儿子好。啊，现在母亲也过世了，我真悔不该说这样的话，但我肺都气炸了。他不了解情况，怎么可以信口开河？有这样做父亲的吗？他还对阿雷说，你拈花惹草我管不了，但也不能为所欲为了，兔子还不吃窝边草呢，你倒好，连草窝都啃光了，一根不剩——”

孙雷脸上发热，说：“阿虎，你说不要再提这件事的，我不提，你倒偏要提，你越提越起劲呢。说来说去，倒像真有其事了——”

阿蓓插嘴说：“老疯子偏袒梅丽是有缘故的。后来我才知道老疯子扒灰扒得起劲呢。梅丽也是不要脸的骚货，嫌他吃饭大声，倒不嫌他的老骨头臭腥。呵，表面上是骂他，原来全是演戏给人看——”

梅丽怒道：“你的好事儿全村上下谁不知道？世上没有不透风的墙，你怕别人说就不要做。谁叫你偷吃却忘了抹嘴？我要有半句谎言，教我天打雷轰，不得好死！但你这样诋毁家公，就不怕下拔舌地狱吗？”

孙雷大喝道：“真是越说越离谱了。还嫌家丑不够多吗？可别出去乱嚷。”

孙虎说：“既然说开了，我也就不避忌了。父亲怎么说，还是有些情分的。但要说到兄弟情，可真让我寒心。那年，我要将旧屋拆掉了盖房子。阿雷阿松都是村子里先富起来的人，早已另觅好地方建了新洋楼。旧屋的宅基地也就百来方，让我建了又有何妨？但你们就是不同意，联手来对付我了，非要三份平分不可。我说，每人三十平米，建个猪圈都嫌窄，能建什么房子？还不是将地糟蹋了。阿松说，这旧屋的宅基地，我们三兄弟都是有继承权的，阿虎你怎能独吞？我说，父亲还没死呢，休谈什么继承权，宅基地还是他的，他愿意给谁就给谁！我问过他了，他怜悯我没屋子住，就答应了。阿雷说，那绝对不行！老家伙太偏心了。我说，阿雷，你怎么说也算得上是村里的包工头，在村里建了一幢五层的洋楼，在镇上又建了一幢四层半的洋楼，还跟我计较这么一点东西，真小气！阿松说，地可以给你，但这块地总价至少也值六千元，你可得给我俩每人两千元。好哇，这不图穷匕见了。你们说了半天，就是要打我钱袋子的主意！别发梦了吧，你们！我说，我现在穷得丁当响，手上的钱连拉红砖还不够呢，我打算先将墙壁砌起来再说，连门窗及扇灰都找不到钱呐。你们倒好，还要向我伸手。我的两个好哥哥啊。阿松果然不愧是生意人，算盘打得噼啪响，竟说，没有先欠着也行，打个欠条吧。

“你们太过分了，连父亲也看不过眼了，站出来说，你们都过上好日子了，阿虎还这么艰难，你们不帮他一把不说，还要合伙来算计他。你们非得要钱是吧，那就拿去！他气咻咻地将一个小布袋掷在地上，袋口摔开了，一只钢镚儿从袋子里迸出，在地上旋转，‘当’

一声停下来。

“我赶紧扑过去，将钱袋子抓住，掀开一看，里面全是一元两元的散钱碎币，也不知道数额是多少，没想到老疯子攒了不少钱。我说，一分也不能给他们！阿雷说，这袋钱怕也有不少呢。阿松说，阿虎你放心好了，这些钱我们不会要！因为父亲的钱我们也有份，日后成遗产了再分不迟，你得另外筹给我们。父亲怒极了，说，这里面的钱只多不少，你们慢慢数去！我说这块地给了阿虎，就给阿虎——呵呵，父亲这辈子就做了这件仗义的事！阿雷这次的表现就差劲了，你没有忘记吧，当时你用了多难听的话去咒骂父亲？阿雷说，老家伙你太偏心了。难道阿虎是你的儿子，我跟阿松就不是你亲生的？是母亲跟一只野狗生下了我们？养不熟的白眼狼，你这么偏袒阿虎，就让阿虎养你一辈子得了。反正他是你儿子，我们都是婊子养的。我老实告诉你，母亲这辈子就只给你挣了一顶绿帽，那就是生了阿虎，阿虎自己还不是亲口说过他是孙老凤的儿子吗？你看他那个豹头，那对环眼，活脱脱是孙老凤的山寨版！

“阿雷你太狠了，这种话能胡乱说的吗？那一次，都将父亲骂得呜呜地哭起来，嘴里嚷道，阿绣呀，我不想活啦，我去阴间找你得啦。我要给不肖子逼死啦——”

孙雷迷惘地说：“我有这样说过吗？阿虎你不是捏造的吧，你可不能趁我健忘，就来白日栽赃。”

孙虎说：“我若有半句假话，教我肠穿肚烂！你不知道你话说得多难听，那真是拳拳到肉，刀刀见血！父亲差点都给你气疯了。”

孙雷说：“你到头来还不是得偿所愿了吗？宅基地还是全给了你，你一分钱也不给，父亲的钱，我们当然不能要，否则，可让全村人笑话了。我可不是见钱眼开的人。”

孙虎说："所以我要感谢父亲。哪怕他有一万次不对，光这一次，我就认着他的好了。你那次真是气得他够呛。"

素英说："说到你建屋的事，你不是气得他更厉害吗？"梅丽也帮腔说："你建了新屋，还要在旁边建沼气池，将家婆跟家公新婚时亲手种植的芒果树砍了。家公气得生了一场大病，在床上躺了一个多月，去鬼门关里转了一遭，差点回不来。这么大的事，你不会忘记吧？"

孙虎神色张皇，一时哑口无言。

孙雷兴奋起来了，他隐隐然觉得这是一条很重要的线索。只要将其轻轻一拉，那团如乱麻似的东西，说不定就条分缕析了，父亲失踪的事，兴许就水落石出了。孙雷得抓住它，不能让线头在这团乱麻中隐没了，消失了。但关于孙虎砍树的记忆，孙雷竟然一点印象也没有，也许孙雷当时不在家里吧。孙雷还是第一次听别人提起呢。

孙雷饶有兴趣地说："是啊，那棵树是怎么砍的？大家快说说看。那棵芒果树多大呀，粗得像水桶，枝叶茂密，遮天蔽日的，一到初秋，就挂满了黄澄澄的果子。"

于是，素英和梅丽你一言我一语也述说起来，唾沫横飞，越说越起劲。她们可逮着机会了，她们憋了半天了。孙虎和阿蓓相互对望，阿蓓没怎么吱声，孙虎倒是间或反驳几句，神色颇不自在。

素英和梅丽说得颠三倒四，啰里啰嗦，还多少掺杂了一些个人色彩，多少有些夸大其词，其中对孙虎的跋扈及孙老雀的悲伤肯定有不恰当的渲染和夸饰，乃至于人身攻击。这不是实事求是的态度，也不利于孙雷掌握事情的真相。砍树时他不在现场，但之后的事情他还是有印象的。她们的叙述也唤醒了他影影绰绰的往事。孙雷记忆的闸门打开了，滚滚洪流倾泻而出。孙雷经过再三甄别、考证和筛选，总算将事件的来龙去脉基本上弄清楚了。孙雷试图真实还原当时的事情，以做到不偏不倚，准确、全面。他预感到这个线索是十分重要的，他不允许自己偏信那些戴着有色眼镜的叙述或纯属个人的臆测，因为任何一个错误，都可能会使他们在探寻孙老雀失踪的问题上误入歧途。

那棵芒果树其实并不在宅基地也即旧屋的庭院中，而是在旧屋的东侧，相距约摸二十米，伫立在旧屋的东窗前，亭亭如盖，四季常青。该树在二三月间开出金粒般澄黄的小花，香气扑鼻；在夏天结出青硬的果子，形如猪腰，密密匝匝地挂在枝梢上；入秋便熟了，黄了，味道很香甜。

这棵树是他们母亲嫁给孙老雀那年春天种的。当时她未满二十岁，花骨朵般的人儿，心里想必也盛开着繁花似锦的梦幻吧。她临终时对孙老雀说："老雀，你要好好看着这棵树，见到它，就等于见到我了。"这句话是孙老雀对着手持斧锯正要对这棵树下毒手的孙虎说的。但孙虎否认孙老雀说过这句话。因此，孰对孰错，只好存疑。孙虎要在新居旁边挖一个沼气池，这棵树就碍着他了。沼气池在乡村算得上新生事物，其实不过是个大粪池罢了，只是多了个密封的水泥穹顶。沼气可供照明、烧水，也算是燃料。

孙虎说："不就是一棵果树吗？不要看得那么重。"孙老雀央求说："不要砍它，你不能砍它。你妈妈让我好好看住它，我不能让你将它砍掉了。"孙虎说："你不要跟我发神经，这棵树我是砍定了。"孙老雀抱着树干说："我见到它，就像见到你妈妈一样，你砍它就像砍了你妈妈，就是砍了我的命根子。你不能不孝哇！"

孙虎哈哈大笑，说："扯淡！母亲我是不会砍的。你的命根子我也不会砍。这棵树不是你的命根子，田小寡妇才是你的命根子哪。但你再不走开，伐木工手上的斧头不长眼睛，真要跑到你的脚上去，可不关我的事。”

两个伐木工走过来，要扯走孙老雀。孙老雀双手抱住树干，双腿一伸一缩，攀缘而上，居然又稳又快，就像壁虎一样敏捷，一会儿就爬到了两三丈高的大树杈上，他身子往上一翻，就像猴子一样灵巧，再沿着一根粗大枝桠爬上去。转眼间，他的身影就隐没在枝叶浓密的树冠中了。孙虎仰头对着树冠说：“你给我下来！”孙老雀说：“我下来你就要砍树了。”孙虎骂道：“你不下来我也照样砍！”

一个伐木工在腰间别了一把砍刀，也“嗖嗖嗖”地爬上树去，咔嚓咔嚓，三下五除二将芒果树的枝条砍掉，只剩下光秃秃的粗壮树干。此称之谓“落枝”。这样，匿身于叶丛中的孙老雀无所凭依，就完全暴露了。一股极度的惊恐袭上他的脸庞，他像一只瘦削而骨架奇大的鸟在树杈上瑟瑟发抖。但他仍然不肯屈服，他双手搂住树杈，全身摊开，就像一张膏药紧紧地贴上去。

伐木工不去管他，持一根粗大的绳子，往大树杈抡上去，绕着树杈打了一个死结，然后顺着树干飞快地溜滑下来。在树底下，孙虎已经和另一个伐木工来来回回地拖着大油锯，刷刷刷地锯入了树干。孙老雀知道那根粗绳子的用途，于是身子倾斜过去，摇摇晃晃着用手去解。但绳结系得很牢，他怎么也解不开。他情急之下，张开大嘴去咬。尽管孙老雀六十来岁了，身体还很硬朗，牙口也蛮不错。但绳子是用黄花镇上闻名遐迩的黄麻编成的，坚韧极了，就是用刀割也不容易。他直咬得满嘴流血，而那绳子却一时咬不断。

孙虎一边拖着油锯，一边望着树上笑说：“那倒要看是谁快呢。”锯子在沙沙地锯动，越割越深，细沙似的、雪白的锯末，从锯齿上溢出，簌簌而落，空气中散发出新鲜木料的味道。伐木工越锯越起劲，眼看就要锯断了，连皮带肉只连着一小部分。一个伐木工抓住树杈垂挂下来的绳子，轻轻拉了拉，芒果树晃了晃，摇摇欲坠。他说："孙老雀，你下来吧，你再不下来，树倒了，也会摔死你！"孙老雀应声咬断了那根绳子，但他无可奈何地望了望树底，树马上就要锯断了，再做什么也没有意义了。锯断的树木，不能再接驳上去。他脸色煞白，终于屈服了，又将咬断的绳子拴回到树杈上去。

孙虎说："这就对了。你跟我赌什么气呢。不就是一棵树吗？"他畅快地笑着，持一把长长的大楠竹做的梯子，架在树杈上。

孙老雀从竹梯上颤巍巍地爬下来，垂头丧气的，嘴角滴着血，全没有刚才爬树的豪勇和敏捷了。孙虎要去扶他，他甩开儿子的手，终于忍不住一屁股跌坐在地上，号啕大哭起来。伐木工又锯了几下，就抽开锯子，都跑去拉绳子了，只听得众人齐声高喊："一，二，三……"没拉几下，那棵大树就往那块预料的空地上轰然倒下了。那根绳子，原本就是为了控制树干仆倒的方向。

孙老雀边哭边说："阿绣呀，我没用，我没保住你的树啊。"阿绣就是他们的母亲。孙老雀一边哭一边控诉，从午后一直哭到傍晚，好不凄惨。之后，他生了一场大病。

很快，孙虎的沼气池就建好了。孙老雀病好之后，经常爬到沼气池的水泥穹顶上去，呆呆地盯着那看不见的池底。下面曾经是树桩的位置，现在是一个蛆虫攒动的粪池，堆满了孙虎家人及其六畜的粪便。那棵树桩也早被孙虎挖起来，劈开当柴烧了。

孙老雀望着空气中不再存在的芒果树，想象着它曾经的树干、枝条、节疤、叶片，那些无穷无尽地涌现的花朵和果子，不禁老泪纵横。那棵树曾经在这片泥土上面的空间占据着一个实实在在的位置，如今已弥散于无形，就像从来也没有存在过。他伸出手去，一遍遍地抚摸着记忆或想象的树木，摸着油绿的叶片、金粒似的碎花和椭圆形的果实。那双在空气中摸着想象之树的手，温存，虔诚，无限温柔。它们迷醉，悲伤，又带着痴狂。那是一双在心上人肌肤上逗留的手。他时而喃喃自语，时而放声大笑，时而低头啜泣，神态显得古怪而恐怖。

孙松担心地说："他不是疯掉了吧。"

孙虎撇了撇嘴说："他有哪天没疯？还能疯到哪儿去？这几天算是安静了，连鸡呀狗呀都托他的福，总算有安稳觉睡了。"

阿蓓也说："没事的，我看着他呢。粪池那么浅，他真要投池自尽也淹不死！"

孙松说："那也是，但大伙儿可得多留点神，可别让他搞什么名堂出来。他的行为真可怕，我算是领教过了。"

孙老雀算是恨透了孙虎。从此，他拒绝住在孙虎家，拒绝吃孙虎的饭，拒绝用他的茅厕。他恨得牙痒痒地说："我不能让自己的粪便变成照亮孙虎家的沼气灯！"他就像纪律严明的解放军，不拿孙虎家的一针一线。他甚至不跟孙虎说一句话。他像牛鬼蛇神的家属，要跟亲人划清界线了。本来呢，儿子们说好了的，三兄弟轮流赡养他，每家十天，刚好每月一轮，现在倒好，原先那个不成文的协议就算是打破了。

孙雷对孙松说："算了吧，咱们先供着。等他慢慢消气了，再让阿虎也供上。咱们是大的，吃点亏不要紧。"孙松不依了，说："阿虎凭什么不供，他不供我也不供，全由你供，你肯吗？"孙雷说："你怎么能这样说话？"孙虎也说："不是我不愿意供呀。上次让阿蓓杀了鸡，炖了浓浓的鸡汤端过去，他不喝不说，还将瓷碗也砸烂了。我每天都买了好酒好肉，等着他来呢，他不肯来，我也没办法。牛不喝水强按不了牛头，他还跟我斗气呢。”孙松说：“解决的办法还是有的，你每月给我跟阿雷各补两百元好了。”孙虎还没吭声，阿蓓就嚷了：“不行！这两百元还不知道进了谁的口袋呢，也不见得真会买了好东西给家公吃。谁不知道你们家梅丽最抠门？”

孙雷生气了，说：“这也不行，那也不行，难道就让父亲活生生饿死？好呀，你们都不供，我一个人供拉倒！”素英插嘴说：“父亲是三兄弟的父亲，凭什么就让我们一家去管！真要光由一家管，就依阿松说的，阿松出两百，阿虎出两百。我累点没关系，就当我学雷锋好了！”梅丽也循声赶过来了，说：“这样不太好吧？”众人七嘴八舌，互不相让，一时吵得不可开交。

孙老雀不理他们争执，静悄悄地走了出去。他们争吵了几天，这几天也没人留意孙老雀，不知道他白天到底跑哪儿去了，天黑了，才赶回孙雷家吃饭，一日三餐，恐怕也没有着落。他回来时也不说话，只是狼吞虎咽。孙雷说服了素英，说：“咱们先供着吧。”

一天晌午，孙老雀跟孙雷说：“也不用你们管了，我住到嶂坡上好了。我将犁头都搬出来磨利了，有手有脚，没病没痛的，我还能干活。我自己可以养活自己，每季种一亩几分地，产的粮也吃不完。我白吃是不对的，不白吃你们的。”孙雷说：“你不能去耕田！你看村子里还有谁耕田？只有最无能的孙起运家里还在耕，还有，就是田小寡妇了。做生意也好，打工也好，谁还有脸去耕田？就是在城里捡破烂，也比耕田要好。你不要脸，我们还要脸呢。怎么说我也是个包工头呢，人家说起我孙老板的父亲自己去刨地吃饭，我还能在江湖上混吗？还敢出门见父老乡亲吗？总之一句话，你不能去！”孙老雀不理孙雷，扛着大大小小的农具出门去了。

这还了得，孙雷叫了两个弟弟，跟着到嶂坡去。他们大吃了一惊，只见孙老雀猫腰钻入了一间茅寮。这间茅寮用四段木头做柱，十几根竹子做架，四面墙及屋顶是用“夹茅”（南方农村用竹篾将茅草或稻草夹制起来以遮风挡雨的器具）糊上黄泥的。与其说这是茅寮，不如说是一个窝棚更恰当，里面很狭窄，逼仄，又没透光线。就是解放前，凤凰村也没几个人住这种狗窝呀。

孙雷气得七窍生烟，跺着脚说：“这是人住的地方吗？阿虎得罪了你，我跟阿松可没得罪你。我们在村子都是有头有脸的人，你这不是给我们抹黑吗？跟我们回去！”孙老雀摇头说：“一个人图清静呢。”孙松说：“你光顾着自己清静，我们的脸都让你丢光了。”孙虎吼道：“不就是砍了一棵树吗？就给我脸色看。还跟他啰嗦什么？拆掉算啦。”

孙虎双手抱住一根木柱子，模仿鲁智深倒拔垂杨柳的姿势，大喝一声，双手拼命往上拔，但那根木头纹丝不动。孙虎嘻嘻笑了，说：“老疯子好手艺！”惹得他火起，抄起一把铁锄头，举过头顶，双臂抡圆了狠劲砸去，当当当，一连砸了十几下，柱子松动了。他们三兄弟，同心合力将四根木柱子都拔了出来，再发一声喊，像野牛狂奔般向那茅寮冲去，双手一推，泥墙就轰然倒塌了。孙老雀抱着头，望着泥土。他仿佛要像老鼠一样钻到泥堆里去。

天色渐暗，孙雷示意两个弟弟，也不管孙老雀愿不愿意，将他拖着架着硬弄回了家。

当天，一直折腾到深夜，他们都搞得精疲力竭。孙老雀真是饿了，口不停筷一连吃了四五碗米饭，喝了一盆猪杂汤，抹着嘴说：“我不跟你们住了，我谁也不跟。我想好了。”孙雷说：“你真是脑子进水了。在家里有好吃，有好住，也不用你干活。你说，全村上下，谁有你这样享福的？做人要有良心，你别身在福中不知福！”孙老雀说：“我一个人住清静。”孙雷说：“你别犯贱了，总之我说你不能走，你就不能走。你几十岁的人了，不要像小孩子到处乱走。惹急了我，我可不客气！难道要用牛绳像拴牛一样将你拴起来吗？”孙雷承认说了一句蠢话。但一直要到第二天清晨，他才知道有多蠢。他被这老家伙捉到“字虱”了。

天刚亮，孙雷一走出庭院，就见门口的苦楝树上有一根绳子，绳子的一端就拴着孙老雀的手腕，他望着孙雷，举起双手模仿着水牛的双角，嘴里“哞哞——”地叫起来。他叫一下，就抬头望孙雷一下，又学起牛叫。他跟孙雷较起劲来了。他叫得很认真，很严肃，那个样子很滑稽。但孙雷没有笑，而是泛起一阵恶心的感觉。

他们家就在村巷的旁边，一条小路通过小河对岸的田野和山地，人们来来往往，络绎不绝。孙老雀的模样，把大伙儿逗乐了，他们指指点点，有人还忍不住大笑起来。

孙雷脸都气歪了，伸手扯了扯，绳子系得很牢，他拿了把菜刀，一刀就砍断了绳子。孙老雀一声不吭，他又钻进屋里去找绳子。这个老家伙，疯劲儿又来了。他这不是要在大庭广众之下给他们下马威吗？孙雷跟弟弟们面面相觑，一时无计可施。连性子最暴躁的孙虎，此刻也没招了，不敢轻举妄动了。孙雷强抑怒火，低声下气地说：“都是我不对，我不拿绳子拴你，你也不要拿绳子拴自己。你要跑到哪儿去全由得你，好不好？你不要将自己拴在树上了，不要扮牛叫了。你拴的不是自己，而是要将你的三个儿子拴起来示众呀。”

孙老雀攥着绳子说：“那由得我去嶂坡上住了？”孙雷跟弟弟们交换了一下眼色，孙松点点头。孙雷说：“一切都依你，但你得给我三天时间，我们好好商量一下，从长计议——”孙老雀说：“那我就拴在树上，等你们商量好再说——”孙雷说：“别这样，你别这样——”

他们终于屈服了。他们不屈服还行吗？但是，让孙老雀在嶂坡上搭一个茅寮住，那是绝对不行的。这跟他将自己拴在树上扮牛叫，又有什么分别呢？即使给他建了一座红砖屋，那也是不够的。他们还是会遭到嘲笑的。他们要满足孙老雀的要求，又要做到万无一失，体体面面。这真是一个难题。他们必须想出一个妥善的解决办法来，既让他安心去住，又能堵住全村人说闲言碎语的嘴。这让他们十分头痛。三兄弟绞尽脑汁，想了一天一夜，依然苦无良策。

孙雷跟孙松气得大骂孙虎，都是他砍了那棵该死的芒果树，否则孙老雀也不会给他们出这个大难题。

孙雷说：“砍树的时候我在外头，否则怎么说也不能让你将那棵树砍了，这可是捅了天大的娄子。”

孙虎辩解说：“也就是一棵树，谁会想到他看得那么重呢。”

孙雷说：“那是他的命根子啊，你断了他的命根子，能不跟你急吗？”孙松说：“也不能全怪阿虎的，孙老雀这分明是疯狂的行为。我看他是要发疯了，也不光是树的问题，每隔一些时日，他就要发一次疯的。他真搬走了也好，大伙儿乐得耳根清净。”

孙雷说：“他一向是不可理喻的，常有匪夷所思之举。这几年来，我算是越来越怕他了。有时我气起来，真恨不得一刀捅死他，换了是别人，我早杀死他七八次了。但他是你父亲，你就不能乱来。这就是你的命，你没法更改。我真是前世欠了他的。但这次阿虎你真的不对了，兔子逼急了还会咬人，何况是人呢。”

孙虎嚷道：“我没逼他！大不了我赔他一棵芒果树好了，赔十棵也没问题！”

孙雷听了这句话，脑海忽然闪过一道灵光，一拍大腿，喜道："好家伙，我有计了！咱们合力给父亲在嶂坡上盖一座红砖小屋，再租十几亩山坡，全种上芒果树，这不就解决问题了吗？父亲一来侍弄果林，二来可以掩饰他一个人住的真相，可谓一举两得。事情既然是阿虎惹起的，搞房子、果园，那少不得要多出一些钱了。"两个弟弟都没异议。

于是，就这样办了。嶂坡上建了一座红砖白墙的小屋，屋外是绿涛涌动的果林。小屋像一艘白船，在浪涛中时隐时现。在春天，满枝满椏都是纯黄色的小花，在和风细雨中绽放。浓郁的花香在山坡上弥漫，在轻风中徐徐吹送。芒果树树龄还小，枝干也不大，还不能让它们挂果，免得伤了身。就像人儿小，就不要去过早生育。他们不懂，但孙老雀懂。

那个密密匝匝的果林就像一座隐秘、另类的绿色监狱，囚禁着孙老雀的小屋。孙老雀表面上在看果林，其实是将离群索居的事实隐藏。平时呢，隔三差五，他们差妇人或小孩给他送米送菜，或帮他劈几把柴，挑几担水。逢年过节，也差小孩叫他回来，但孙老雀执意不肯。他们只好给他多送些鸡鸭鱼肉啦，油角米糕啦。孙老雀平时也有事做。他平时在果林中穿梭，培土、除草、施肥，还得在花季将芒果花摘掉，忙得不可开交。大家相安无事。

事情的经过大体上是这样的。主要的讲述者是素英和梅丽，开头孙虎及阿蓓没怎么吭声，渐渐地又忍不住张口了，主要是反驳两位嫂嫂的不实之辞。孙雷的记忆也被激活了，至少，砍树之后的事情，孙雷想起了不少，提供了不少材料。在大家七嘴八舌的挖掘、拼凑、组织和补充之下，孙老雀离开他们独住嶂坡的来龙去脉，大致是勾勒出来了，很曲折，很清晰。

但依然没有人能够提供他上嶂坡居住的确切时间，那么就无法获知他到底在嶂坡住了多久。可能是两三年，也可能是四五年。

见大家说得口干舌燥，也没有什么新东西要提供了，孙雷就像电视上的大干部那样做了会议的总结发言：“大家谈得很好，很有价值。尽管父亲失踪的情况依然没有获得比较有用的线索，但他离开我们住上嶂坡的原因，倒是呼之欲出了。不要小看这一点，这也许就是事情的关键。事情明摆着，父亲是对我们都烦透了，失望了，一见到我们就想呕吐了。就像我们见到他那样。

“父亲是一个废物，是一个疯子，是一个让人恐惧的人。这个定性，我不想为他翻案。但大家也别忘了，他毕竟是我们的父亲。这就是他离开我们的根源。毫无疑问，阿虎砍掉了他的芒果树，这是一触即发的导火线。于是，他身体里缓慢积聚的火药要引爆了。他再也无法忍受了，对我们再也不抱任何指望了，他一天也待不下去了，一分钟也不想耽搁了。他不吃阿虎的饭，不住阿虎的屋，不上阿虎的茅厕，甚至不看他一眼。其实，他不是要针对阿虎，对我跟阿松也好不了多少。不是他要迁怒我俩，这也是长期累积的结果。凭良心说，咱们几兄弟又有什么错了？管他吃，管他住，还不用他操心，这又有什么不好？但他偏要撩事斗非，真是脑子进水了。

“我得为阿虎讲一句公道话，甭说砍了一棵树，就是砍了百棵千棵，又有什么大不了？我看他是借机撒泼！当时他上嶂坡搭建茅寮的疯狂举动，真是将我吓坏了。还好，我们搞了个芒果林，总算将这件事遮掩过去了，化解了。

“大家总算过了一段安生日子。老实讲，父亲不在身边啰嗦，我可是吃得好，睡得香，看来大家也有同感。因此，问题不在于我们，而基本上是他的过错，我宁愿他在嶂坡住下去，一直住到咽下最后一口气。他不在身边像可恶的苍蝇嗡嗡叫，就是大伙儿的福分了。

“然而，他现在不见了，事情就完全变样了。他又要跟我们捉迷藏了。这可是一个非常棘手的难题。我从来没有遇到这么难搞的问题。我都要崩溃了。他想干什么呢？我是一无所知。他可是什么事都干得出来。我一想到这儿，脊上就起鸡皮疙瘩了。这辈子，我算是怕了他啦。

“我承认我一个人没有能力去摆平，希望大伙儿同舟共济，紧密团结，群策群力，想方设法去妥善解决。上次的事，虽然不好办，但毕竟他人还在，我们还能控制局势。这次难就难在，他不见了。他是生是死也不知晓。真要死了还好办。就怕敌暗我明，他要干出可怕的事来，等到我们瞧出端倪，就措手不及了，阵脚大乱了。我不断在想，他是什么时候不见的？他为什么要走？他到底去了哪里？他到底还想干什么？这些问题就是关键。刚才大家话也没少说，说得口干舌燥的，也不算白搭，至少梳理出了他当初搬上嶂坡住的原因。

“但这仅是开端，我们不能满足于这点小成绩，还要想办法找出他下嶂坡的原因。素英，这儿用不着你了，大伙儿说了半天，肚子也饿了，你去烧饭，杀两只鸡，到菜园割几把菜——”

素英应声而去。阿蓓插嘴说：“你怎么就知道他一定是下嶂坡了，而不是往嶂顶走躲起来呢？”

梅丽说：“这个想法太荒谬！他去嶂顶做什么？饥餐野果，渴饮露水，他要做仙人不成？”

孙松说：“父亲素来特立独行，做事情总是出人意表的，再荒唐的事情也并非没有可能。”孙虎说：“现在惟一可以断定的是，他离开了小屋，至于其他，也仅是猜测——”孙雷赞许地点点头，鼓励他继续说下去。孙虎说:“正如刚才阿雷所言，父亲上嶂坡居住的直接原因是我砍了那棵该死的树。但他离开嶂坡，恐怕就跟阿雷有些瓜葛了。至于去了哪儿，其实并不太难推断，只要抓住了有效的线索，就可以顺藤摸瓜了。”孙雷愕然道:“怎么就跟我有关联了?”孙虎冷笑道:“你恐怕忘记田小寡妇了。”

田小寡妇嘿，孙雷当然忘不了，恐怕凤凰村的男人，没有几个忘得了。她也就三十多岁，徐娘半老，却水灵灵的像个未出阁的姑娘。你瞧，她的脸像一朵灿烂的向日葵。那巍然耸立的乳房，奇峰突起，就像一支揭竿而起的起义军，都要将衣衫推翻了。她那腰部纤细得像一株花茎，臀部却大得像一个栽年橘的青瓷大花盆，双腿像两株挺拔滑腻的柠檬桉树。她的整个身体就像一个大蓓蕾，还没有完全绽放呢，老公就赶赴黄泉了。她也仿佛停止开放了，依然停留在那含苞欲放的模样，引诱着和风呀，雨露呀，蜂蝶呀，来催促她将珍藏多年的花瓣都完全舒展呢。孙雷不信她就不想开放，他太了解妇人了。这样的一个人间尤物，甭说他对她念念不忘，村子里凡是没有结扎的男人，又有几个不为她神魂颠倒、垂涎三尺呢。但她像一座建筑在险隘上的城堡，固若金汤，难以攻克。她的篱笆门掩得紧紧的呢，狼进不了，鸡犬也进不了。她的小园子繁花似锦，姹紫嫣红，热热闹闹，但别人就是不得其门而入。孙雷是看得见，吃不到。

孙雷都快要发疯了。他不知道别人如何，他是彻底死心了，发誓再也不去想她了。他要遗忘她，这个变态的妇人。他成功忘掉了父亲，她的模样尤其是她的乳房却怎么也忘不了。

孙雷说:“阿虎，你提这个骚货做什么?”孙虎说:“你是真忘还是假忘了?”孙雷说:“我跟她没什么关系。”孙虎说:“你当然没有，我知道你做梦都想跟她有关系呢。看来那事儿你还真忘了。那天清晨，父亲难得从嶂坡走下来，见田小寡妇驱赶着大牛牯在犁地，却左拐右弯，不得要领，大牛牯又欺负她，偏不肯好好拉犁。于是，父亲就花了一个晌午，帮她将那半亩坡地全犁翻了过来，又耙得稀烂。田小寡妇方才顺顺当当地播种大豆和花生。”

孙雷说：“你是说父亲跟她勾搭上了？”

孙虎说：“天晓得！但田小寡妇的家公孙起刚就气势汹汹地骂上门来了。她老公是死了，家公还在。这只老公猫见身边游着一尾肥鱼，老早就想着那扒灰的勾当了。却又未能得手，心里可毛躁着呢。他平时跟田小寡妇的关系本就势成水火，这下可捅到漏洞了。他将田小寡妇大大羞辱了一顿，还不过瘾，又在村巷中散布谣言，说孙老雀不仅在她的坡地里播下了豆种儿，还在她的肥田里播下了人种儿呢。不用到明年秋天，那个偷腥吃的母狸猫就要产下孙老雀的儿子了。大伙儿可别笑，也甭摇头。我亲眼见到我家那个下贱货戴着斗笠闪入了孙老雀的小屋。我守了一夜，都没看到她出来，屋里黑灯瞎火的，倒是传来阵阵淫声浪语，折腾了一夜！我操，那晚风又大，山蚊又闹得凶，我可是遭罪了。这挨千刀的荡妇！我儿子命苦呀，先是被她折腾死了，死了还不得安生，还被老婆挣了顶绿帽！他就是在阴间游荡，也无法摆脱这顶绿帽了。

“这该死的孙起刚，他在村子散布流言不说，还要打上门来。阿雷和我闻讯赶上嶂坡去，他正在指着父亲的鼻子大骂，满口喷粪！他那番话，我跟阿雷都听到了。我不禁怒气冲冲，今时不同往日了，咱们可不是任人宰割的鱼肉了。就是让人欺负，也不能是孙起刚这样的老家伙！我将他拎起来，一把扔出去，喝道，你这个绝了种的人，我本想一拳将你打死，又可怜你连个收尸的人都没有。你再不滚，我拗断你的腿！孙起刚灰溜溜地走了。

“我想也就没什么事了。但阿雷偏不肯放过父亲，说，嘻嘻，多少人做梦都想抱着她睡觉而未得手，没想到你倒尝‘头啖汤’（粤语，即第一口汤，此处有尝了鲜或捷足先登之意）了。老牛吃嫩草，滋味鲜着吧。佩服，佩服呀！

“父亲愠然道，她是个清白女人，你别胡说八道，坏了人家的名声！她年纪轻轻就做了寡妇，多可怜啊。阿雷说，就是可怜，也轮不到你去可怜她，你尝尝鲜好了，可千万别动了跟她生男育女的念头。即使她生下一堆小杂种来，我们也不会认他们是弟弟。我们也是一把年纪的人了，你绝不能给我们兄弟仨找个后妈！我可不是开玩笑的！你看孙起刚骂得多难听，你吃饱了撑着？好好的没事，偏要招惹那个骚货。真要熬不住了，你问我要钱去镇上找小姐好了，灯一关，还不都是娘儿们？没了田小寡妇，你就能憋死了？”

孙雷皱眉说：“我有说过这样的话吗？我怎么一点印象也没有。”

孙虎不理孙雷，继续说：“我苦口婆心地跟父亲说，阿雷的话虽然难听，但寡妇门前是非多，瓜田李下，你可别乱踩进去，还是断了的好。父亲说，身正不怕影斜，我没做亏心事，半夜不怕鬼敲门，倒是长了坏心眼的人，举头三尺有神明，平时可得当心了。阿雷怒气冲冲地走了，抛下一句话——你好自为之吧。

“当天夜里，凤凰村就发生了一件事，我以为这件事跟父亲离开小屋是大有关系的，我不是当事人，所讲述的也多是道听途说，难免挂一漏万，某些细节甚或有捕风捉影之嫌，但这件事的真实性是不容置疑的。反正阿雷当时就在现场，倘若我有什么遗漏或错误，阿雷正好详加补充或纠正——

“这件事就是，阿雷在夜间潜入田小寡妇的庭院，将她家里的大灰狗毒死了，又趁黑摸入她的卧室，将那田小寡妇白嫩嫩、软绵绵如面团般的身体死死压在木床上，正要行那苟且之事，父亲不知何时在床边出现了。阿雷恼羞成怒，气急败坏，悻悻然而去。这就是田小寡妇第二天哭哭啼啼地讲述的版本。但没有几个人相信她。我也是立此存照。村子里广为流传的版本是，孙老雀和孙雷两父子为了田小寡妇争风吃醋，大打出手，父子火并，还差点闹出了人命，估计这个版本的始作俑者就是孙起刚，但如今他也去世了，死无对证了。当然，还有第三种版本，也许是最可靠的版本——”

就在孙虎说得起劲时，孙雷咽下一口唾沫。唉，那田小寡妇的乳房真是天下无双，美妙无比。他那双手像蛇一样钻入她的胸衣，刚按在她的乳房上，它们就像喝醉了酒。他那双手可是见多识广，经验丰富，等闲之物也不会放在眼里。它们可是摸过几百对乳房的手呀，但一接触到田小寡妇的乳房，就知道它们以前都白活了，现在接触到的是世上最完美的宝贝啊。孙雷都几乎要哭了。但该死的孙老雀就出现了——不——他肯定一直呆在房间里，那孙起刚倒没冤枉他……

孙雷神色尴尬，话题像石头一样搬来搬去，没想到砸上了他的脚，他没好气地说：“当时我的确在现场，我是捉奸去啦。那老家伙好狠，他狗急跳墙，竟用扁担在我的额头上猛打，脑门都破了，差点连脑浆也流出来。”

孙松听得津津有味，笑道：“那田小寡妇是你什么人，要劳你大驾去捉奸，你不是狗咬耗子多管闲事吗？”

孙雷说：“你们不信我，我也没有办法。田小寡妇跟谁姘居我管不着，但就是不能跟孙老雀，真要弄出一大堆细佬细妹来，我们这几张老脸往哪儿搁！况且，这老家伙闲事管多了，也让他尝试一下被别人干涉是什么感觉。”

孙虎说：“我说了半天，大伙儿还不明白？自从发生了这件事之后，父亲白天黑夜有事没事就老往田小寡妇家里跑，干什么我不知道，我没去过她家里。阿雷是去过的，他最有发言权。我又注意到，田小寡妇家里倒是清静多了，那些躲在她窗前扮野猫叫春的臭男人都销声匿迹了，这其中的一只野猫就是阿雷吧。呵呵。那些想打田小寡妇主意的人，都死了心啦。阿雷你不是死了心，也不会下决心去黄花镇包那个北妹做二奶了，对吧。那个小妞儿也不错，够浪！父亲俨然成了田小寡妇的守护神。我说这些的意思，就是说，线索应当出现在田小寡妇身上！自从那天晚上阿雷去‘捉奸’开始，父亲跟她就更热乎啦。真是越捉越出鬼了。说不定，就是那天晚上，父亲动了下嶂坡的念头亦未可知。所以说，父亲离开嶂坡跟阿雷有关，可不是信口开河，那可都是有根有据的。”

孙雷恍然大悟，说：“你说父亲不见了，是因为田小寡妇？”

孙松说：“按照阿虎的说法，那可是秃头上的虱子——明摆着哪。但阿虎你的说法呀，有些事情你也是道听途说，连你自己也不能百分之一百肯定。”

孙虎说：“是不是这样，找田小寡妇一问便知，在我印象中，好久没见过田小寡妇了，你们近来有谁见过她？”

众人都在摇头。阿蓓说：“前些日子，我在河畔洗衣服，还听到有妇人说，这田小寡妇好久不见了，也不知去了哪儿，不知是改嫁了还是怎的。她家门口都长满青苔和野芍药了，恐怕也有些时日了。”孙雷一拍大腿，说：“这就是了，找到田小寡妇，就知道父亲的下落了！”梅丽迷惑不解地问：“田小寡妇在哪儿？就怕找到了她，也未必知道家公的下落。我就不信如花似玉的大美人，会瞧得上一个糟老头子。”孙松斥道：“你懂个屁——”众人一时缄默不语。

暮色逐渐降临下来，暮色将庭院中的人和事物深深笼罩，染上了一层古怪而神秘的色彩。每一件东西，都显得不确定，甚至带有虚幻的性质。孙雷在恍惚之间，揉了揉眼睛。但愿这是一场梦魇，而不是一场灾难。孙雷知道，孙老雀失踪了，这不仅是一个事实，也是一个谜团。也许，他们明天就能解开谜底了，也许永远不得而知。这种未知的恐惧，最为可怕。孙老雀可不是省油的灯，他什么事都干得出来。弟弟和弟媳们在愈来愈浓的暮色中闭上嘴。孙雷挨个挨个地望过去，他们的脸庞在暮霭中模糊不清，脸色阴晴不定。孙雷深深地叹气。孙老雀都要将他们搞疯了。但他对孙老雀的心情很复杂，在焦虑中交织着放松，在痛恨中夹杂着怀念……他无法准确地形容对父亲的感情。

此刻，在轻纱一般的夜色中，传来了素英的吆喝声："饭做好啦，大伙儿吃饭啦。"

餐厅拉亮了电灯，亮堂堂的，孙雷忽然感到胸口涌起一股陌生而奇异的温暖，他们几兄弟婶嫂有多久没在一起吃饭了？十年还是八年？在过去的日子里，他们就找不到一个在一张桌子吃一顿饭的理由。这是什么缘故呢？这一次，因为查找失踪的父亲，终于凑在一起吃顿饭了。现在找到线索了，父亲不见的事就好办了，他在心里打定主意，真要找到田小寡妇和父亲，怎么说也不能让他们真结成了夫妻。这太可怕了，这绝对不行。就是结了，也得将他们活活拆散；万一拆散不了，父亲至少也得去做绝育手术。至于找不找得到田小寡妇，父亲到底跟她是不是在一起……

这一连串问题太让人头痛，孙雷暂且不去想它。他太累啦，他比任何一个人都还要累。他瞧着阿蓓莲花似的脸蛋儿，忽然莫名其妙地亢奋起来，掏出一张百元大钞，对着在小板凳上写作业的儿子喊道："榆儿，你去小卖部拿几瓶二锅头！"

第七章　寻母记

二十世纪八十年代初的一天，这一天还是星期四，少年孙贵生就在课堂上坐不住了。他觉得右眼皮直跳，汗流浃背。俗话说左眼跳，跳入口；右眼跳，无路走。左眼跳预示有口福，右眼跳却多是凶兆。右眼皮跳得越来越急了，他听到一阵“嘭嘭”的响声，仿佛有一个小人在敲着一面木鼓，越敲越急；又像有一只小青蛙拼命地弹跳，却怎么也无法逃出眼皮的挟持。他大感骇异，却又说不清是什么缘故。他决定请假回家，他有一种预感，担心家里会出事。

其实家里没有一天不出事，譬如母亲赵香芹闹着要上吊、喝农药、跳河，父亲孙家声则忙着将所有的绳子烧掉，将农药倒进茅坑。当然孙家声无法将小河填平，也无法拦住披头散发、状若疯虎的赵香芹。不过，他也不太担心，他知道老婆不会真的跳河。她不会游泳，自从有一次“跳河”呛了几口水之后，就连洗衣服见了水都会头晕。事情皆因吵架而起，而每次吵架都只有一个原因，那就是心慌。为什么会心慌？手上无粮家中无钱，心儿自然慌。要么是米缸没米了，盐罐没盐了，孩子光着屁股在村巷里奔走没裤子穿。男孩倒也罢了，都是两女崽呢。她们还小，还不懂得害臊，但赵香芹却臊得抬不起头来。赵香芹每天早上起床煮粥，把米缸刮得震天响，瞅着米升里的这点米，历历可数，就不禁觉得手发抖脚发颤心眼儿堵得慌。

她觉得胸部一口气出不去，憋得难受，就开始捶胸顿足地痛骂起来：“孙家声你这个斩头鬼没本事，长着一颗榆木脑瓜，光会吃饭，就是不会挣钱，害得仔女没饭吃没裤穿。孙家声你个斩头鬼，为什么不去死？你死了倒好，不死咱们怎会有活路？”赵香芹骂着骂着，就哽咽起来，转而埋怨自己有眼无珠，竟会嫁给这样一个窝囊废，她哽咽着说：“以前贪你靓仔，看起来倒还白白净净，以为是一个富贵相，怎知是绣花枕头一包草，中看不中用，我呸！老娘算是瞎了眼啦，当年在雷州半岛过得好好的，就偏信了你的花言巧语。”通常，赵香芹在撒泼时，孙家声就躲在屋角，连大气也不敢出。但就是佛也有火，有时孙家声也会顶嘴，这可就不得了，战争马上升级，吵架变成了打架。等闹完了，赵香芹才抹干眼泪，端起匾箕去邻家借米。等炊烟升起，已是日上三竿了。

贵生叹了口气。但愿这次也不是什么大事，大不了也就是打打架，这倒不是什么新鲜事儿，架不可不打，但日子不能不过。他也懂得了这个道理。他忽然有点可怜孙家声。家里一亩九分地，一年到头像牛马那样劳碌，挖出来的粮食却填不满一家五口的肚子。两个妹妹端着空碗在乱叫，像两只伸着脖子的鹅。贫贱夫妻百事哀，父母每天都要吵架，家里的板凳没一张是完整的，全被赵香芹摔断了腿。当然凳腿也没有白断，它们在孙家声的屁股上留下了无法磨灭的烙印。

贵生就读的学校叫黄花初中，是黄花镇惟一的一所乡村中学。凤凰村距离黄花镇也就十来里路，步行约要一个小时。他平时也不回家，带了大米及萝卜干在学校蒸饭吃，周末才回一次，顺便带点伙食。但今天还是星期四，这样的情况对他来说还是头一遭。

家里果然出事了，说也奇怪，贵生一回到家里，眼皮马上停止了跳动。孙家声抱着头蹲在门槛上，垂头丧气，犹如一只瘟鸡。孙家声头上包着一条脏兮兮的蚊帐布，布带上隐隐渗出血红。四岁的小妹在哭哭啼啼，八岁的大妹在柔声哄她，哄不了就威胁说："你再哭我揍你！"但小妹哭得更欢了。他放下米袋，赶紧抱起小妹，惊叫道："出什么事啦？"小妹哭道："我要妈妈，我要妈妈，呜呜——"大妹在小妹脸前晃着拳头恫吓："叫你不要哭，再哭我真的揍你——妈妈跟人走啦，妈妈不要我们啦——"大妹的嘴也扁了，语带哽咽。孙家声斥责道："别胡说，妈妈是去做工，又不是不回来，吵什么吵？哎哟，痛死我啦，好狠的婆娘。"

他松了一口气，说："妈要做什么样的工？去哪儿做工？她什么时候回来？"他连珠炮般地发问。孙家声含糊其辞："是去橘州城郊的九龙塘做鞭炮，不，好像是在莲花湾的砖厂做工……"

他大声说："到底是做什么工嘛？"

孙家声说："我也不大清楚。反正不是做鞭炮就是做火砖啦，还能有什么工做？"

他咆哮道："什么都不清楚您也让她去？"

孙家声说："就是清楚我也不让。所以我的头就被凳子砸破啦，好狠的婆娘。"

贵生的一颗心在下沉，觉得脑袋嗡嗡直响，仿佛有一窝蜜蜂在嗡鸣。他仿佛看到了一幅极为可怖的图景，他的心刹那间被一股绝望的情绪攫住了。他努力使自己镇定下来，说："走了多久啦。"

孙家声说："昨天刚走的，跟着孙三葵副村长去了。一起走的还有杜鹃、彩蝶和海棠。"

杜鹃和彩蝶都是村中颇有姿色的少妇，海棠则是村庄出名的美人儿，芳龄十八，尚未婚配，附近村庄的小伙子和老光棍，无不垂涎三尺而无隙可乘，人家门槛儿可高着呢。当然，赵香芹模样儿也不差，三十多岁，眉清目秀，身段姣美，就是皮肤有点黑，倒也徐娘半老，风韵犹存。孙三葵带人走时，还说：“多少人想去呢，但没这福分。工头说了，长得不俏的不要！”

孙家声又说：“不要吵啦，你妈很快就回来的。其实做工也没啥不好。只是跟孙三葵去就不好，那狗日的不是好人，别人不知道他的底细我还不知？”

他的情绪慢慢平息下来，总算弄清了来龙去脉，原来是赵香芹要去做工，遭到孙家声的激烈反对，但赵香芹终究还是去了。当然去之前免不了一场打斗，鸡飞狗跳，遍地狼藉，不在话下。尽管硝烟已经平息，但他从孙家声头上的创伤可以想见打斗之惨烈以及赵香芹要走的决心。平时赵香芹也动不动就搬起板凳砸人，却是瞄准了丈夫的屁股砸去的，可见她也是志在威慑，而不是真的想要人命。

孙家声问：“你不好好在学校念书，回来干什么？”

他一怔，旋即说：“学校选拔我下个月去参加全镇的智科竞赛呢，我得好好准备，我要备足一个月的伙食，这段时间我就不回来啦，免得分心。”他撒了一次谎，脸色绯红，心里不安。

他的成绩其实很一般，可从来没参加什么竞赛。孙家声很高兴，拍了拍儿子的肩膀，说：“小子，好样的！”

第二天，孙三葵回来了。孙家声马上跑去问他：“您回来了？”

孙三葵连眼皮也不抬，点了点头。

孙家声又问：“我老婆咋不回来？”

孙三葵懒洋洋地说：“她要做工呗，她要回来还做个×工？”

孙家声嘻嘻笑着，点头哈腰地说：“那是，那是，您咋不做工？”

孙三葵气呼呼地说：“我好歹也是个村干部，有国家饷吃，哪儿用得着出门做工？”

孙家声身子摇晃了一下，犹如一片木叶遭遇了风吹，说：“那是，那是。我老婆做的是啥工？”

“人我交给了工头，做啥工你问工头去。”

“我到哪儿去问工头？”

“工头有时在九龙塘，有时在莲花湾，有时在官桥镇，我闲着没事成日跟着他？他在哪儿我怎么知道？好奇怪！工头又不是我家养的一只狗，唤一声就能找到。”

“是我问得不对，我那口子说过几时回来？”

“她爱几时回来就几时回来，谁管得着？我又不是她老公，你才是她老公嘛，她没跟你说？尽说混账话。”

孙三葵不耐烦了，摆了摆手，说：“去去，我要上茅坑啦。”他拗断一根晒干的蔑白，撕下一小块做牙签，塞进黄板牙里，剩下的折成两段，以供刮屁股之用，遂哼着小调往自家的茅房走去。

孙家声挪了一下脚步，想跟着上去，但最终还是沮丧地停了下来。贵生伫立在孙家声身边，听着孙家声跟孙三葵对答，他脸憋得越来越红。他扯了扯孙家声的衣袖说：“走吧，爸爸。”

贵生在家里待了三天。孙家声很想念赵香芹，小妹更是经常哭着要妈妈，大妹紧咬着嘴唇，看上去无比坚强，却也是泫然欲泣。每天黄昏，孙家声干完农活，就背着小妹、拉着大妹去村口往外张望，希望赵香芹会像仙女下凡一样突然出现。但霞光散尽，暮色逐渐笼罩下来，黑暗不仅淹没了那条白蛇般迤逦而去的小路，也淹没了父女三人满怀希望的眼眸。他站在苦楝树丛中，透过细小的枝杈看着三人在暮色中无限凄凉的背影，感到一种从未有过的孤独从心底升起。这种孤独感像油棰击打胸口，他几乎站立不稳了。刹那间，他做出了一个秘密的决定。

晚间，厅堂里亮着五瓦的灯泡，光线昏暗，贵生明天就要返回学校了。孙家声给贵生打米，他一边用米升量着，一边在计算：“一星期五斤，一个月四星期，一共是廿斤，廿斤够了吗？不够再给你添点，小子，好好努力啊。”贵生看着米缸里的大米飞快地塌下去，转眼间就快见底了，他鼻子一酸，说：“够啦，要不我少拿两斤吧。”

“傻小子，饿坏了怎么学习？明天我再拿点谷子去碾，地里还有番薯芋头呢，水稻又快熟了。你妈去做工倒有一个好处，省下不少口粮。”

天还没亮，孙家声就下地干活去了。

当阳光照进木格子窗的时候，贵生爬木梯来到阁楼，阁楼里堆满杂物，一片阴暗。贵生找到了孙家声的工具箱，抄起了一把锯子。那把锯子的锯齿依然尖锐，锯身依然饱满，它除了被铁锈所腐蚀之外，几乎算得上完整无缺。贵生在黑暗中无声地笑了。他感到自己的笑声犹如锯齿，它切割过阁楼混浊的空气，犹如切割新鲜的木头，这是一种摧枯拉朽的感觉。孙家声做过木匠，能做出几件很不错的家具，但他并不专注；他还学过泥匠活，但没有能力砌出一面笔直的墙。总之，他学过的东西有很多，却无一精通。但从某种程度上来讲，他也堪称天才，不管是什么东西，他瞄一眼就会，无师自通，只是做出来的东西却全变了样，且他的兴趣也不会持久。没有恒久的专注和痴迷，这是他无法成为一个好匠人的致命伤。

贵生笑了，他觉得父亲的确很有趣。好在那把锯子仍在，它将会有更好的用途。

初秋的阳光清澈如水，如碎银般洒满屋顶和树梢。乡村的阳光多么好，更让人激动的是它那么充足，又不用花一分钱。贵生用锤子一击，锯片应声断成两截。那种钢片折断的声音异常刺耳，响声在黄泥小院里久久回荡。苦楝树上有一只乌鸦惊飞而起，仿佛连它也感觉到了空气中震动着的某种凶险气息。贵生捡起较长的那截，长逾一尺，宽若戒尺，他用手掂了掂，感到很满意。他将锯片按在磨刀石上磨，红锈在掉落，尖锐的断口一片雪亮。他用两块木片夹着锯条，用细绳子绑得牢固。这样，他就制作成了一把类似铁剑的武器，只是剑身布满锯齿，只有剑尖才锋利异常。与其说是剑，不如说是刀更确切一些。

大妹在旁边怯生生地瞧着，锯片刃口的反光刺痛了她的眼睛。贵生瞥了她一眼，心中交织着温柔和痛楚。他听见体内的一声叹息，犹如一根羽毛掉入了水底。

直到晌午，贵生完成了“磨剑”的所有工序，包括用一块旧布将它严密地包裹起来。他将铁器放入怀抱，他触及了布料的柔软和温暖，以及铁器的坚硬和冷冽。他决绝的心犹如锋利的剑尖，将会戳穿大而无当的生活，犹如戳穿生活的谎言——假如生活是一只只不断膨胀的气球。谁知道呢，也许这把剑用得着。

他背起那廿斤大米迈上通向村外那条小路。他没有等孙家声回来，孙家声就像牲畜一样，戴着镣铐仍在劳作，没有吃饱而没有不满。他只是嘱咐了大妹一句：“你要好好带小妹呀——”小妹挥了挥手，她对这一切视若无睹。大妹使劲地点了点头，拼命忍着眼眶里的泪滴。

贵生回到黄花镇，将廿斤大米卖掉了，换了十块钱。这也许是他一生中做的第一桩买卖。可能是贱卖了，但没有办法，他需要钱，而且也没有再将大米放在学校的理由。他决定逃学。既然撒过一次谎，就不能不再撒一次以至更多，很多东西都是这样的，只要开了头，就不会有终止的时候。好在，这次贵生俨然是一个撒谎的老手，他对老师说：“我患上了一种奇怪的病，需要请一个月假去医。我的病可能会传染——”

老师对此没有怀疑，他的耳朵被“传染”这两个字所震撼，往后一闪身体，一迭声问道：“是什么病？”

“不知道。它怪就怪在没有人知道它是什么病。”

贵生走出了黄花镇。他的背囊除了一套衣服，空空如也，身上也只有十块钱，还有胸口紧掖着的一把铁剑。他走的时候，老师仿佛窥见他的眼眸闪烁着两团奇特的火光，又说不出他有什么奇特之处。

贵生决定去县城一带寻找母亲，他在去之前已打听清楚，无论鞭炮厂还是红砖厂，稍具规模的，全县也没有几家，大都集中在城郊一带。到县城有二百多公里，就是坐车也要五六个小时吧，但贵生决定步行去。贵生只有那么一点钱，不到万不得已是不会轻易动用的。不管走多少天，他坚信只要坚持走下去就能到达县城。他是沿着环绕黄花镇流过的小河动身的。

地理老师曾在课堂说：“中国的城市有一个特点，那就是多建在水边，每逢江河交汇之处，必有城市，例如武汉，例如重庆，咱们县城也不例外，罗江和鉴江在此交汇穿城而过。不要说别的，就是咱黄花镇也有两条小河交汇流过啊，只是那无名小河被黄花河吞掉罢了。而黄花河也只不过是罗江的一条支流，它将要在下游汇入罗江，并最终流入南海。因此，从理论上说，沿着黄花河一直走到尽头，然后再顺着罗江大堤是完全可以抵达县城的，它比走公路还要近呢。只是有车不坐，谁会这么傻呢。除非是想探险。”

贵生笑了，他今天可算是实践地理老师的理论来了。他并不傻，也不是为了探险，只不过是想省下十九元的车费而已。让他感到惆怅的是，不知道这是一段怎样的旅途，不知道能否找到赵香芹。

贵生沿着黄花河往东走去，走了半天，终于走到了它的尽头。黄花河被一条更大的河流所吞噬，不知所终，那条河流就是罗江。他感到罗江就像一棵大树，那黄花河只不过是这棵树上为数众多的枝桠中的一丫。在罗江两岸，田畴成片，稻子成熟的阵阵清香随风送至，让人心旷神怡。远处青山如髻，近处田亩葱茏。河水那么清，天空犹如淡蓝的玻璃，朵朵白云犹如硕大的天鹅绒坠于水中，花香水汽，扶摇直上。贵生使劲嗅着风中的清香，但觉心神俱醉。如果他不是重任在肩，这几乎是一次愉快的秋游了。

大地上的稻子熟了。黄澄澄的稻穗沉甸甸地倾垂下来，成片的水稻仿佛一块块巨大的黄金镶嵌着大地，一阵风吹过，这些黄金在轻微地晃动。日已西斜，金色的霞光打在田野上，仿佛给万物镀上了一层金光。那些藏在稻叶暗影中的谷子，愈加闪光，仿佛一盏盏小灯被霞光照亮了。多美啊，贵生不禁惊叹出声。不用多久，天就要黑了，远处的村庄升起炊烟。而田里收割的人随处可见，新刈的稻茬溢出汁液，打谷机发出的响声在风中飘荡。

这是一家三口在收割，农夫头戴斗笠，农妇披着头巾。他们手中的镰刀在飞快地割取，连头也不抬，而一个小农夫将禾穗送入打谷机中，光着的双脚不停地踩动。他咧嘴对贵生笑了笑，这是一个跟贵生差不多大的男孩，只是比贵生强壮多了。他留着针尖似的短发，上身赤裸，犹如一截黑炭。贵生打了个招呼，操起一把镰刀去割稻。像割稻之类的农事，贵生并不陌生。他仿佛在割自家的稻子，干得特别卖劲。他尽管行走了大半天，双臂间似乎仍有无穷的力气。他手挥着镰刀，双脚在跟着移动，动作异常迅速。农妇直起腰来，心疼地说：

“急啥呢，慢慢来呀，别闪了腰！”农夫却不善言谈，黝黑如石块的脸庞倒是绽开了笑纹。

俄顷，黑暗笼罩下来，完全覆盖了大地。他们终于完成了这一块稻田的收割任务。农夫和农妇每人挑着一担谷子回去，两个少年则用一根扁担穿过打谷机上的铁环，将打谷机扛回家。这种半机械化半人工的脱粒机械是一具由铁皮、木头和齿轮做成的庞然大物，分量并不轻。贵生感到肩头上不堪忍受的压迫，幸好他们家不远，很快就到了。

贵生的晚饭是在农夫家里吃的，一盆青菜，还有一碟豆腐，做得异常美味，农夫一家也颇为热情。贵生将要在这个处于水边而又被金黄稻田重重包围的村庄度过一个晚上。贵生被安排跟农夫的儿子同居一榻。

这个村庄有一个好听的名字：银鱼。只是贵生并没有见到任何一条银子般的小鱼，哪怕是一条银白的鱼儿。农夫的儿子说，村庄的名字源于一个古老的传说。在很久很久以前，天下大旱，禾苗烧焦，民不聊生（说到此处，他停顿了一下，为自己能准确地运用这个成语而得意非凡），百姓求雨无望，坐以待毙。在此千钧一发之际，天上来了一个美丽动人的少女，她就是银鱼公主……该故事朴素动人，农夫儿子的讲述也绘声绘色，他因为难得来了一个远方的客人而亢奋起来。

但贵生由于长途跋涉，再加上收割水稻，身体早已疲劳不堪，很快就沉入梦乡。即使是在梦中，他的手也抓紧那把用布包着的利刃。农夫的儿子顿感索然无味，只好倒头睡去。

第二天曙光初露，贵生辞别农夫一家，重新踏上了旅途。农夫的儿子拍了拍他的肩膀，将几块煮熟的番薯塞入他的背囊。较之于昨夜多嘴的他，显得木讷和拘谨了许多。他的眼睛红红的，仿佛是一宿未睡。也许是离别的伤感笼罩着他的脸庞，他显得有些憔悴。贵生也是农家的儿子，但知道他将是另一种人。尽管他还要用十年才能证实这一点，但无时无刻不在警告自己不可抛弃梦想。他虽然有着乡村少年同样的朴实，但更有着鸟儿飞翔似的梦想。

他的双脚践踏着阡陌间的草叶，露水打湿了回力牌球鞋。他扶额远眺，白练似的罗江在青山之间闪亮，两岸长满竹林和桉树，满目青翠，江面上布满了乳白色的雾霭，随风飘动，拧成一团。远远望去，罗江犹如一个流动着的谜团，并不是仅凭肉眼就可以分辨的。这仿佛给他的旅途带来了扑朔迷离和不可预知的因素，这个想法让贵生非常难受。江畔上的那团迷雾就像一大团棉花堵塞住了他的胸口，他禁不住咳嗽了几声。管他呢，只要走下去，县城就会在前头。贵生在自语。

在傍晚，贵生遇到了一个棘手的难题。他面前出现一条三岔路口，而罗江仿佛突然从平地上消失了一样。其实这只是贵生的错觉。河流并没消失，它不过是被一道高大悬崖挡住了，贵生依稀听到了徐缓的流水声。

那堵可恶的山崖长着杂草和灌木，并露出黝黑的土壤和砂红的山体。贵生不是猴子，不可能攀缘而过。沿着河岸行走的想法是不实际了，他必须绕道而行。那么摆在面前的三条小径，哪一条才能将他带回方向标似的河流呢？是的，河流就像一个巨大的箭头，它的方向就是县城的方向。如今这个箭头却逸出了贵生的视野。这将是一个难以取舍的抉择。贵生想起了政治老师所谓的关于人生道路的蹩脚比喻以及歧路亡羊的典故。

贵生笑了。去你的！贵生负气似的走上了三条道路之中最为平坦和宽敞的一条。这条路夹在两座丘陵之间，越走越笔直，路面光滑而洁白，那种白色是泥土的颜色，但显得如此瓷实。路边长着一些杂草和野花，而丘陵上布满郁郁葱葱的橡胶树，每一棵橡胶树都像一把绿色的伞，阵风吹过树林，每一片叶子都发出回声。暮色打上了路面，就像一袭轻纱轻轻地覆盖下来，开始是灰的，很快就完全变黑。贵生伫立在道路中央，知道自己错了。他误入歧途。他离那道河流已越来越远。

在贵生的身后响起了“踏踏”的牛蹄声，一匹瘦骨嶙峋的老牛拉着一辆木车在不疾不徐地走着，车上坐着一对老夫妇。老头身体瘦小，脸颊深陷，倒是精神矍铄，他身上洗得发白的工作服暗示了他的身份。他不是普通的农夫，而是农场的胶工。换言之，他是一个吃国家饷的干部，这个区别很重要。老妪面孔黝黑，看上去倒异常高大，头上蓬松着杂草般的乱发，她扶着车辕，显得优哉游哉。车上还放着锄头、畚箕和粪桶之类的农具。老头向贵生伸出手，说：“上来吧，孩子！”

这一夜，贵生在老头家里投宿。老头并没有住在小城堡式的农场，而是在半山腰建了一栋泥砖屋。老头说，老伴喜欢安静，这样也好，出工方便嘛。

老头陪着贵生闲聊，老妪在厨房生火做饭，她不停地往灶膛递送着柴草，那明灭的火光映照着她的黑脸和白发，让贵生心里涌起一股莫名的感动。老妪喊道：“老头子，去畦里拔些菜呀。”老头应了一声，摸黑从屋后的菜畦里拔了几棵白菜，还有几根生蒜和芫荽。贵生闻到一股血腥味，老妪已宰了一只鸡。晚饭是如此丰盛，这是贵生做梦也想不到的。毫无疑问，老人将贵生当成了远方来的贵宾。贵生撕咬着香喷喷的鸡腿，心里一阵温热，泪珠不禁滴落下来。

“我们没有亲人，所以，我们将每一个路过的客人当成了亲人，”老头抿了一口米酒，惬意地说，“但一年到头，也不会有几个。”

老头也有个儿子，他在十八岁时出门远行，但此后一直没再回来。人们都说他已客死他乡，他们却坚信他会回来。他们等了四十年。

“我们还要一直等下去，养了一群鸡，等他回来杀给他吃，”老妪啃着鸡爪子，双手满是油腻，“他最喜欢鸡屁股了，所以每次杀鸡我都要将鸡屁股留给他。”老妪忍不住咯咯地笑。

“他就像你一样，喜欢在外面莫名其妙地游荡，但等他厌倦就会回来了，”老头接着说，“我就不明白，出门在外哪有家里好！”

这一夜，山冈上月牙儿弯弯，却是星光灿烂。满天繁星犹如爆裂的水管，不，这是一支欢快的歌谣，老是在贵生的耳畔响起。贵生辗转反侧，难以成眠。一股弥漫在小屋之间的温情攫住了他，但他倍感惆怅。这对老夫妇生活也不宽裕，却充满乐趣。为什么父母非得要天天争吵呢，也许他们还不够老？但这些问题不是贵生一下子就可以想清楚的。他在迷迷糊糊之间睡着了。

翌日，贵生起程了。老夫妇有意留他长住，但他执意要走。他想，多好的人家啊，那大娘就像是我的祖母。贵生从没瞧过祖母的模样，他还未出生祖母就过世了。但无论如何，他还是得找母亲。

老头将贵生带到罗江岸边，一路上还在喋喋不休，他在尽最大的努力，希望能将贵生挽留下来。

“你要住多久都没关系，最好是留下来，做我们孙子算了。如果你愿意咱们就回头啦——”老头瞅着贵生，见他眼眶红红的，心里也有点难受，说：“算啦，我不说啦。你自己小心啊，再往前走就可以看到罗江大堤了，沿着江堤走准没错，但要到县城，还得要走好几天呢。”

老头驾着牛车走了，贵生目送着他走上山路，一转弯就不见了。贵生的鼻子一酸，一股温情和悲恸相交织的东西从胸间升起。他想，如果见到他们的儿子，也会劝他回家的。他也知道这个假设毫无意义。但他对自己说，就算找不到赵香芹也要回家。他不能让孙家声为他担心。

贵生走了一天，终于迈上了罗江大堤。高大的江堤一片碧绿，呈现着优美的斜坡。三三两两的牛羊在绿色的斜坡上吃草，即使在秋天，江堤上的青草依然茂盛。江面愈来愈开阔，晚风吹送着植物的清香，金色的霞光打在水上，波光粼粼，仿佛河面浮满了金子。

贵生的心情迅即好转起来，大江滚滚向前奔流，那浩瀚的江面犹如仙境。那笔直的江堤也预示着县城就在前方，他不会再有迷路之虞。江堤是如此宽阔，不仅有缓慢行驶的牛车和呼啸而过的自行车，偶尔还有前行的手扶拖拉机在“突突”地喷着浓烟。他禁不住在江堤上狂奔，感觉江风在耳边呜呜地吹过，觉得自己就像一只鸟儿在尽力飞翔。这是他离开黄花镇以来心情最美好的一个时刻，他宁愿相信将会交上更好的运气。

夕阳大如铜盆，一片通红，就要坠入水中，江水红艳艳的。落日回到水中，仿佛河底乃是它的屋宇和墓茔。不过贵生并不担心，他知道太阳明天还会从河面上升起。他不止一次目睹过红日在河上的升降。无论河水的流逝还是红日的升降都预示着时间的流逝，但时间对贵生来说意义不大，除非时间的流逝可以缩短艰辛而未卜的旅程。他只关心空间的变化，恨不得胁生双翅，一步就来到橘州县城或者来到赵香芹的身边。随着县城的日渐临近，他心里隐隐滋生了一丝恐惧，县城总是可以到达的，但能顺利找到母亲吗？

随着暮色渐降，人们和牲畜均迈上了回家的路。但贵生仍要出发，他离家里越来越远。他伫立在空旷而高高的江堤上，惘然四顾，不知所措。在这前不着村后不着店的地方，他将如何度过秋霜渐浓的一夜呢？幸好，耳畔响起船桨的吱呀声，江面一灯如豆，但一只乌篷船的轮廓仍是依稀可辨。小船靠近岸边，一声清脆如银铃的呼唤迎风传来："上来吧——"

贵生一怔，只见船头上站着一个俏生生的人儿，少女又说："叫你呢，傻仔！"少女掩嘴吃吃地笑。贵生噔噔噔地从倾斜的江堤奔跑下来，迈上木船，船身有些晃荡，贵生趔趄了一下，差点立足不稳，少女又笑了。少女年纪跟他相仿佛，长相俊美，身后拖着一条大辫子，上身穿着蓝底白花的碎花衣裳，腰前披着围裙。多美的女孩啊，贵生目瞪口呆。少女捻着辫梢上的红头绳，被他瞧得有点羞涩。有一位老人在船尾撑着船篙，爽朗地大笑。

这是一个水上人家，少女小渔跟爷爷相依为命。他们一辈子都在水上活命，平素以打鱼为生。少女在船头上生火做饭，火光映照着黑暗中幽亮的江面，天上群星闪烁，每一颗都在江心找到了自己的肖像。

这天晚上，贵生吃到了一生中最鲜美的鱼汤，汤里还浮着姜片和几根小葱。那是一尾全身金黄的鲤鱼，美丽极了，鱼尾在砧板上疯狂地摆动，而鱼嘴在轻微地翕动，那一片片金色的鳞片在少女灵巧的手上剥离。贵生就这样跟小渔挤睡在船篷中，一张薄被盖住他们。贵生感到心里有一面小鼓在咚咚敲响，但是他一动也不敢动。他们俩说过许多许多的话，小渔已响起了轻微的鼾声。她睡得如此香甜。但贵生为失眠所苦，小渔幽幽的体香让他有点心乱，船身在水波中的晃动也让他一时适应不了。

老渔夫叼着烟斗，蹲坐在船头上，烟斗上的火星明明灭灭，他看上去就像一只孤独的鸬鹚。他仿佛在想心事，其实仍在垂钓。他在等待大鱼上钩。

小渔的父亲曾经是一个鞭炮作坊的工人，但在一次事故中被炸死了，连完整的尸首也找不回来。而少女的母亲在她三岁时离开了她，不知嫁到了何方。这都是少女告诉他的。人世间总是有如此多悲伤的事情，正如平静的江面下也可能潜伏着急流和漩涡。贵生总是如此容易伤感，他注视着老渔夫脸上纵横交错的皱纹。老人平静如水，他的皱纹间肯定隐藏着无数次风暴，他选择了沉默。生活就是忍耐。但贵生还不懂得这个道理。小渔也不懂得，她从无烦恼可言。她的笑声让贵生倍感温暖。

当贵生醒过来时，太阳已经老高了，他错过了一次美丽的日出。老渔夫昨晚果然钓到了大鱼，那是一尾重七八斤的青鱼。小渔兴奋地用手比量：“它的尾巴那么大，就像一面蒲扇！”可惜贵生无缘见到，天一亮，老渔夫就用鱼篓装着赶集去了，赶早市才能卖到好价钱。

贵生不急着离开，他喜欢跟小渔待在一起，如果不是要找母亲，他情愿一直待下去。小渔是一个非常动人的少女，她的笑靥犹如绽放的百合，笑声好像雪白的浪花。贵生跟着小渔，学会了撒网捕鱼，那些雪亮的鱼儿在网眼拼命挣扎而不得脱身，犹如一把把柔软的小刀。小渔的笑声像阳光一样无处不在，轻轻地落下来，暖融融地覆盖着贵生的脸庞和双肩，还有心上。

贵生终于要离开了，小渔也显然有些不舍，但是她爽朗的天性驱散了心里的阴霾，她大声说：“你以后还要来看我啊——”贵生狠狠地点了点头，心底的伤感犹如喷泉一样上升，涌上喉咙，他几乎要哽咽失声了。

小渔不吭声了，拉起贵生的手。贵生的脸一下红得发烧。他抱住小渔，抱得那么紧，抱得她几乎要喘不过气来。小渔的胸膛蓓蕾初绽。土布薄衫和围裙依然难以阻挡乳房的顽强崛起。贵生的脸上更烧了，他感到她的双乳顶着自己。她的胸脯很结实，略有弹性，犹如一对青硬的果子。贵生感到一阵晕眩。他放开了小渔，挎起背包，狂奔上了江堤，好像是逃跑似的。贵生跑上江堤，转身回望，小渔依然痴痴地伫立着，凝视着他。

“小渔，我会回来看你的——”贵生将双手卷成喇叭状大声喊。他的心里洒满了阳光，纷纷扬扬，犹如白色的花瓣。

贵生终于来到了橘州城，他是在一个秋阳明媚的下午到达的。灿烂的阳光给他带来了好心情，也让他来到陌生地带的不安略为消除。他没有见过这么多房子，也没见过这么多人，大街上车水马龙，人流汹涌，房屋鳞次栉比，密密麻麻。只是房屋大多显得破旧，了无生气，尽管秋天的阳光如此明亮，但依然难以掩饰小城的颓败之象。几片黄叶在风中飘坠，愈发给街道添上萧瑟之意，这是二十世纪八十年代的南方小城，改革开放的春风仍没吹过这片近似冬眠的土地。

倒是许多衣着时髦的女子拖着裙裾或露出雪亮的长腿轻盈而过，摇曳生姿。贵生以前没见过这么漂亮的裙子，筒裙、连衣裙、百褶裙，让人目不暇接，哦，还有短裙下面那些玻璃试管般闪亮的长腿。城市的女子为什么这么漂亮呢？贵生不禁为之迷醉。

但是，这座小城没有给贵生留下更多的好感。到黄昏，贵生已是饥肠辘辘，但没有人愿招待他一顿晚饭，更不会让他住上一晚。城市有的是餐馆和旅店，但都要用钞票换取。贵生捏紧了衣袋里的十元钞票，这是他的全部家当，不到迫不得已是不会动用的。贵生低下高傲的头颅，做了一次乞丐，但是一无所获。

后来，他硬着头皮走进了一家名叫“李记”的小吃店。他对店主人提出让他干一个晚上，他只要一大碗稀粥，如果有可能的话，让他住一晚。他遇上了一个好心的店主，如愿以偿。

他在县城转悠了一天，城里根本就没有鞭炮作坊或红砖厂。也就是说，母亲在这个县城里的可能性不大，当然，前提是副村长孙三葵说赵香芹在鞭炮厂或红砖厂做工的消息靠得住。不管怎么样，还是到鞭炮厂或红砖厂去碰碰运气再说吧。贵生打听清楚了，鞭炮厂、红砖厂之类，大多集中在城郊一带，并不远，步行大半个小时也有望到达。就在贵生动身往城郊的时候，这个城市对他露出了狰狞面目，他遇上了一伙小流氓。

这是一伙年纪跟他差不多大的年轻人，四男二女，穿着奇装异服，男的留着齐耳长发，女的头发卷曲，犹如波浪在涌动。他们在一座石拱桥上相遇了，就要擦肩而过。贵生觉得很好玩，不禁多看了一眼。谁知这一眼就看出麻烦来了。贵生背着背包，衣冠不整，蓬头垢面，又显得傻头傻脑，一看就是一个小乡巴佬。乡巴佬在城市不会被人看得起。一个嘴唇涂得红艳艳的女子走过来，拉起贵生的手往脸上摸了摸，说：“小弟弟，是不是让老娘给迷住啦，从我的裤兜下钻过去，就给你亲一口。”

“快钻，快钻——”另外数人大声起哄，辅之以大笑。在他们看来，贵生无异于落入了猫爪中的老鼠。这次，他们要好好将他耍弄一番。

贵生脸色煞白，他不是恐惧，而是紧张。他因女子柔软的手而不安，他甩开了她的手，没有吭声。他仿佛没有听见她说话。

“樱姐，看来这小子还挺不服气，先给他点颜色瞧瞧。”一个男的阴阳怪气地说，当胸就给了贵生一拳。贵生一个踉跄，跌倒在地。他痛得身体蜷曲如虾米，额头沁出了冷汗。他伸手探入了胸部。在别人看来，他是因疼痛而掩住胸部，只有他知道，如果他的手一伸出来，必定有人血溅五步！

那几个男的又是一番拳脚，贵生被打倒在地。

“钻不钻？不钻打死你——”贵生的耳朵里溅满了碎玻璃似的狞笑声。他头脑中有一股野火在燃烧，身体软得像一团棉花。但是他一声不吭。他的牙齿咬破了嘴唇，沁出了血丝。他的手依然停留在怀中。那伙人终于走了。连贵生也不知道为什么没取出怀里的利刃。

贵生找遍了城郊的鞭炮厂和红砖厂，鞭炮厂有十二家，红砖厂只有两家，但他没有找到母亲，也没见到杜鹃、彩蝶和海棠的身影。

贵生倒是目睹了鞭炮厂的意外爆炸和红砖厂的砖窑倒塌。鞭炮厂的爆炸发出了一阵巨大的轰响，半空升起一朵硕大的蘑菇云，爆炸声此起彼伏，一浪接着一浪，其间夹杂着人们拼命奔逃的哭爹喊娘声。他看到一截血淋淋的大腿从空中飞到了他的面前，差点就落在他身上。这一刹那，他想起了少女小渔的父亲。他一转过身去，就哗地一声吐了出来。砖窑的坍塌声则显得有点沉闷，仿佛是两段巨木在互相碰撞。贵生跟砖窑隔得相当远，只听到那些沉闷的声音，然后有人在惊呼，惊呼声更加低沉，转瞬即逝。贵生没看到人从砖窑中跑出来。

连日来的奔波一无所获，贵生彻底死心了。他坐在山冈上，撕着地上的草叶，双眼噙满了泪珠。他一下子放松了，心里空空荡荡，犹如一只倒光了东西的口袋，除了空气，什么也没有。他的母亲跑到哪儿去了呢？她到底在做什么工？但是，贵生决定不再寻找下去。他想起了农场那对老夫妇的儿子，那个十八岁出门远行而一辈子都没有回归的男人。他要回家，已离家多日，不能让孙家声为他牵挂。

贵生决定在县城打工，以便赚到足够回去的路费。他在那家“李记”小吃店干了五天，挣到了二十块钱。他买了一张返回黄花镇的车票，尚有一元余额。他顺利地回到了黄花镇，卖米得到的十元钱终究分文未用，他要将这个月的伙食重新买回来，而不可能再买回廿斤大米了。

贵生重新回到了课堂，对老师说：“我的病治好了。”

“是什么病？会不会传染啊，”老师说，“不过，医好了就好。”

“是一种不起眼的小病。”贵生笑了，他的笑容隐藏着一丝苦涩。

在这期间，贵生又回了一次家。但是赵香芹依然没有回来。倒是跟她一起去的海棠先回来了。

海棠出去时是一个清清纯纯的大姑娘，回来时判若两人，打扮得花枝招展，涂脂抹粉，整天扭着腰肢走来走去，也不肯拿起农具下地了。贵生想，海棠打扮起来倒是不比城里的女子差呢，只是城里的女人说开放，也没有这样风骚呀。他还是觉得以前不施脂粉的海棠好看，那眉眼儿清清亮亮，不比现在透着一股妖媚。她干吗将腰肢儿扭得那么厉害呢，像柳条儿似的，随风摇摆。以前她走路双腿笔直，裤腿之间不透一丝光亮，现在倒好，走路双腿一左一右，犹如鹅行鸭步，仿佛两腿间夹了一只米升大的木瓜。贵生也搞不清是什么原因。她总不会是故意的吧，多难看啊。

不仅贵生注意到了这一点，全村上下的人都注意到了。有人还忍不住掩嘴窃笑，而以前死死追求的小伙子则不禁唉声叹气。贵生听到有个小伙子说：“没啦，渣都无得剩（粤方言，什么都不会留下来）！”

“我家海棠可行大运啦，她在城里找了个有钱的主儿，是个工头，”海棠妈倒是眉开眼笑，逢人就讲，“可舍不得她再上山砍柴哪，弄糙了手儿我那金龟婿可不答应，咯咯咯——”

孙家声跑到海棠家，问道：“我老婆有没有说几时回来？”

“我怎么知道？我都没见过她啦——”海棠说。

“她不是跟你们在一起的吗？”孙家声蒙了。

“跟我在一起，笑话！她哪儿配啊，”海棠嘴一撇，不屑地说，“杜鹃比她漂亮多啦，都没有资格。我的职位不是哪个阿猫阿狗随便就可以胜任的。”

做工还要挑漂亮的？不是做小姐吧。听说城里新近兴起什么服务业，酒店招服务员不要男的，专要女的，还得年轻貌美。剃头店也不管会不会剪发，懂洗头就行，倒是一律要漂亮，还美其名曰发廊或美发厅什么的，就是不叫理发店。还有什么按摩室、桑拿浴诸如此类，有披着轻纱的小姐帮人捏膀子洗澡，那纱是什么纱？透明的哩，胸膛那两个东西全看得见！好过瘾啊。从城里回来的“麻笠佬”（粤语，指长相猥琐下流好色的男人）说得唾沫乱飞。孙家声听说赵香芹没跟海棠在一起，反倒松了一口气。

贵生见父亲对母亲的想念与日俱增，父亲甚至动过去找她的念头。但地里的庄稼总得侍弄，两个女崽也小，不好抛下不管。他也只好备了些果品鸡牲，每逢初一十五，到土地庙去拜神，祈求神祇保佑赵香芹平平安安，早日归来。钱挣没挣到无所谓，要紧的是人平安，甚至就是做小姐也无所谓啦，关键是人要回来。

贵生在周末又回了一次家，杜鹃和彩蝶也回来了，只是赵香芹还没回来。孙家声自然少不了又要问她们。杜鹃说，我俩一直在一起，就是没见到她呀。工头叫做啥就做啥呀，工头叫去哪就去哪呀。

要紧是挣到钱，那活儿不是人做的，老娘下次打死也不去啦。

当贵生又一次回家时，赵香芹终于回来了，皮肤晒黑了，人也显得消瘦，倒是精神抖擞。她扯了一匹布料，给三个孩子都缝了一套衣服。甚至连孙家声都有份，她用剩余的布料给老公做了一件大裤衩。两个小女孩欢呼雀跃，连孙家声也眉飞色舞，忙里忙外，特别起劲。他既没有问赵香芹在哪里做工，也没有问做什么工。他啥都没问。

贵生偷偷地跑了出去，他跑得那么快，仿佛在飞。他感到胸口有一只鸟儿在扑棱着翅膀，恨不得代替那只鸟儿去飞。

季节已到深秋，该收获的早已收获，不用收的就废置在田里。天空那么高，但河水渐渐浅了，倒是愈来愈清亮、愈冷冽。秋气肃杀，草叶枯黄，原野渐呈颓败之象。贵生沿着小路跑上村庄对面的门星岭，大口大口地喘着气，放声哭了。他蓄积了整整一个季节的泪水终于全倾泻了出来。他太开心了。他因幸福而哭泣。他没有向任何人透露过寻母之旅，包括他的母亲。他决定守口如瓶。这就是贵生在那年秋天惟一的秘密。

第八章　路标

孙老雀在二〇〇七年的一个秋日清晨离开了凤凰村。选择这个日子纯属偶然，但他总算迈出了第一步，并且永不回头。这意义重大。这是一个延宕了四十八年的远行计划。他今年六十三岁了，再不出走，他就没有机会了。他越来越感到岁月之斧的锋锐和威严，它的锋芒和杀机像秋风吹入了骨髓。他像一棵朽木，随时都会在苍郁丛林中颓然仆倒。

尽管现在也谈不上对命运有任何改观了，但他至少还可以去看一看那几种可能的人生，到底是什么模样。如果将他的人生比作一条路，那么路上有过几个或隐或现的分岔口，上面曾经竖立着转变命运的指示牌，如今却矗立着他懦弱的耻辱柱。回顾他那漫长、庸碌而琐屑的一生，数十年如一日，平铺直叙，黯淡无光，这使他百感交集，潸然泪下。这种金鱼在玻璃缸里嬉戏的命运，没有任何可能性的人生，他早在一九五九年就已经预见到，并想过摆脱它而最终未能如愿。那时他十五岁。金鱼是快活的。他的悲剧在于他看到了这透明的、不易察觉的鱼缸而无能为力。

几十年来，他除了去过几趟橘州县城，几乎没有离开过凤凰村半步。他经常伫立在村边的无名小河边发呆。这是被高大堤岸囚禁的小河。即使在雨季，它也没有离开过河床，而听任命运的河水在十几里外注入可以预见的、宿命的黄花河而完全消失，最终也没有自己的名字。现在回头来看，造成今天这种局面的，主要是他懦弱的性格。他心肠太软了。妻子苗阿绣早已过世。他对三个儿子，谈不上恨，也谈不上爱。他们曾经像镣铐一样将孙老雀束缚与控制。岁月在流逝，老天迟早会使他离他们而去，倒不如让他来掌控这一切。

孙老雀走之前留下一张纸条：“我走了，我不知道要到哪儿去，但我不会再回来。我将死于途中，或苟活于他乡。”

与其说他要跟目前的生活一刀两断，倒不如说他要循着时光的岔路返回过去。但星移斗转，物是人非，时光不能倒流，往事不能重现，他的做法不可能是事实而只能是想象。他除了拥有记忆和想象，还能有什么呢？岁月是一艘沉船，在他潜入海底打捞出来之前，船上装载着的什物还是一个未知数。

确实，他也不知道要到哪儿去，要寻找什么东西。但他必须出走。对于一个六十多岁的老人来说，没有多少将来可言，他既对将要找到的东西怀有期待，又充满恐惧。在他心底，珍藏着一张时光地图。其中，那几个关键性的年头（其实仅是某个时刻），每一个都像路标那样指向某个迥然不同的天地。只要他在任何一个时刻，做出跟现实不同的选择，或者在任何一个岔路口迈出一小步，都不会是今天这个模样了。他除了回溯时光的小径故地重游，还能去哪儿？他的手上，攥着一张线条简陋的手绘“地图”，上面标示着他将要去的几个地点。那都在县城之外，甚至从属于不同的省份，相互之间的距离也很遥远。这几根线条组成了一个简单而幽深的迷宫，他没把握走得出来。有一瞬间，这两张地图在他的眼前重叠并相互混淆，他正在沿着一条现实中的道路，返回到往昔的某个时刻。这让他兴奋地猜想，过去和现在，往事和现实，有可能在某个特定的地点和时刻相交。

孙老雀的第一站是南海之滨的边城湛江。那个地方曾是他四十八年前就应该去的。改变他命运的第一个契机，出现于一九五九年。坐在橘州去湛江的中巴车上，他仿佛回到了十五岁时的那个夏天。当时，阳光毒辣，绿蝉在疯狂地鸣叫。每一个人都在炎热中躁动不安。一个他从没见过的陌生男子走入了院子。来人是他的一个远房亲戚，一直在湛江海边挑海盐，他来给孙老雀捎一个消息：远航的海轮正在招募水手，他想带孙老雀一起去。孙老雀眼前马上浮现出了无数次在梦境中出现的海面，蔚蓝、辽阔，那种神秘的黑蓝无边无际。他感到一种沐浴着海上日出和咸涩海风的新生活在召唤着他，他没有见过大海，但他很喜欢，恨不得马上跟远房亲戚离去。

但是父亲孙大盛坚决阻止他，孙大盛在客气而明确地拒绝亲戚并送走他之后，对孙老雀说："这个人我太了解了。他靠不住，他从来就没有好好干过一件事情。他这次来肯定不怀好意。解放军早些年解放海南岛，还都是坐木壳船呢，说什么远洋海轮？扯淡！"

孙老雀说："你到过湛江吗？你没去过就不要乱说。反正不管有没有海轮，我是去定了。我不要跟他，自己就可以去！"

孙大盛的拳头像铁锤一样砸在他的脸上，他感到脸庞像一只南瓜被打烂了。他的个头跟父亲差不多了，他可以反手回击，但他没有。孙老雀只是冷笑着，迈出院子。身后突然传来母亲惊惶的哭喊："老雀，你赶紧回来呀，你爸爸要自尽啦——"他猛地回头，只见孙大盛脸如死灰，拿一把菜刀横在脖子上。他屈服了。他鄙视父亲。母亲哭着说："老雀要走就走好了，都这么大的人了。"

孙大盛将手一扬，菜刀飞出去，深深地嵌入门前的苦楝树，说：

“不知死活的小子，听说那边有多乱啊，有海匪出没，还有不少特务。他要到哪儿去都行，就是不能去湛江。”但他当时惟一想去的地方就是湛江……

汽车在硬底公路上飞驰。解放初，去湛江可没有这样好的公路，连黄泥土路也是多年后的事，人们去湛江，都得步行，来回得花一整天，而现在一趟也就个把小时。今天回头来看，他无法完全否认父亲的说法。但他对自己的妥协是十分不满的。人的心肠是不能太软的，妥协了一次，就会有第二次、第三次……然而，性如烈火的父亲，是什么事也做得出来的，但为什么让步的偏偏是他？他人生的一连串溃败将接踵而至。那只是一个开端。这就是他不可更改的命运。

公路两旁的树木，逐渐由桉树或相思树变成椰子树，湛江就要到了。正午时分，他来到了海边。他无法形容见到大海时的震撼和悲伤。海之美，像当年父亲的拳头狠狠地砸在他的脸上。如果他十五岁就懂得天高海阔……他心潮起伏如海浪中的舟楫。海港上停泊着一艘艘轮船，远处的海面泛滥着无边无际的蓝，汽笛在耳畔响起……他承认水手梦是可笑的。但如果他当年来到海边，就不可能再返回凤凰村。他那个远房亲戚已去世多年，他从来没做过水手，后来一直生活在距离黄花镇十多公里的金桥镇的一条村庄，家里倒是人丁兴旺。他是去过湛江的，有好几年走南闯北，但他的生活，跟孙老雀的没有本质的区别。

数十年来的种地生涯，孙老雀跟土地较着劲，他说不清在地上滴下了多少次汗水，用坏了多少把农具。而他跟耕牛一样，都不喜欢种地。

下一站呢？他知道不可能完全按照往昔事情发生的先后次序来确定现在的行程。也就是说，时光地图跟实际地理会有些出入，但他会尽可能使其吻合。他得略为修改一下路线。他得适当统筹旅程的安排，这既有经济和时间上的双重考虑，也有便利和舒坦的想法。他毕竟老了，得尽量少走弯路，避免过度劳累。若按时光地图，他得先兜回到高州去找银盏；但下一站距湛江不远，就在北海，那样的路线更像在绕圈子。他倒不如先去北海，然后再到省城及外省，将高州的行程放在最后。

出于一种复杂的原因，他既想见银盏，又害怕见到她。他不知道在忧惧什么。至少，他在尽量拖延着去找她。但触动了记忆，他就忘不掉她的模样了。

汽车在去北海的路上，孙老雀的心却回到了第一次见银盏的那个春天。那是一九六二年，他十八岁。在后来的数十年间，他从来没见过这么萧索、凄惨的春天。连续两年大旱，田里颗粒无收，前几年开张的公共食堂已关门大吉，连老鼠也饿死了。生产队长及大队干部也无心去镇上放那亩产几十万斤的卫星了。人们饿得面黄肌瘦，皮包骨头，在山冈和田野上转悠，希望能见到一只田鼠、青蛙或麻雀之类的小动物并捕食，连蛇、蜗牛和蜥蜴也不放过。水翁树之类的野果树，果子尚未结出，连它的叶片也被洗劫一空，而像蕨菜、荠菜和益母草之类的野菜，刚冒出芽儿来，就被饥饿的人们掐来吃掉。能吃的再也找不到了，人们就去啃草根、蕉头和谷糠。

有个人在小树林发现一大丛蘑菇，红艳如血，采了煲汤，结果被毒死了。今年还好些，好歹没饿死人。去年夏天，公共食堂里的粮食全吃光了。生产队又要准时出工，人不得自由，不能去采野菜捉野物，不少人就饿得全身浮肿，首先像面团发酵，接着像一个气球那样膨胀，直至死掉。

头头们发明了一个解救的办法，用泥砖头砌了一个宽约两平方的大炉灶，灶头上架一口大铁锅，锅上放一块木板，炉灶有个出口，像个密室，堆木柴烧开了锅里的水，密室里蒸汽弥漫。每次让三五个人进去，蒸两三分钟，站在里面的人，汗如雨下。据说水分被蒸出来，浮肿就会有所减轻。整个做法，跟蒸馒头相仿佛，也有点像多年后城市里流行的蒸桑拿。但还是死了不少人。

半年后，头头们见不是办法，就将束缚在人们脖子上的绳索略为放松，鼓励大伙儿自己去找吃的。除了漆树的叶子，什么木叶都可以吃；除了银环蛇，什么蛇都可以捉。漆树和银环蛇都是剧毒之物，见血封喉，触碰不得。有东西吃了，水肿病患者不用去土炉里蒸，竟都好了。到了一九六一年底，就再也没人饿死。孙大盛原本也饿得奄奄一息，全身肿胀，后来得自由了，吃了几顿米糠拌酸汁菜，又饱餐了一顿蛇肉，这才从死神手上夺回一条命。

到一九六二年，村子里的人要么瘦骨嶙峋，要么胖得像发酵的面团（那是水肿病的征兆）。在那个饥寒交迫的春天，他见到了银盏。她不胖也不瘦，脸色红润，像山坡上灿烂的山稔花，白里透着红，粉嘟嘟的，吹弹得破。她胸前的两座圆形堡垒拔地而起，巍然屹立，厚实的冬衣也无法掩盖其头角峥嵘。

当时，孙老雀正在山上挖掘土茯苓。他站在山坡上，撅起屁股，疯狂地挥舞着手上的锄头。土茯苓是好东西，但不是谁都认识。它有点像淮山，味道很不错，煮烂了，拌点野菜叶和谷糠，就能填饱肚子而又不必担心拉不出屎来。但它数量不多，又长得很深，很难挖掘。

他一抬头，就看见了她，不禁吓了一跳。他被她的美丽和勃勃生机所震慑，以为她是女鬼，后来又认为是仙女。总之，人世间不会有这样的人。那个年头，凤凰村的人，大都是人不像人，鬼不像鬼。听说当时的生产队长孙土鹿去年带回个女人，很漂亮，但女人一直躲在家里喂小孩。他没见过她，想来就是那个女人了。她望着他“噗哧”一笑，他的骨头儿酥软了，他不敢直视她，拼命地挖着泥土。土茯苓掘出来了，他伸手捡起来，她一手抢过去，说：“这东西能吃？”

“要就送给你——”孙老雀望着那个土坑说，“但一定要削掉皮，煮烂了拌野菜吃才好，最好放点米糠。”

“我没吃过糠。”她露齿一笑。她跑到溪水边，将土茯苓洗干净了，塞进嘴里一咬，脸色一悚，仿佛咬着了一块石头，“呀”地叫了一声。她随手一抛，将它抛入了溪水。他心疼极了，就要下水去摸回来。她拉住他，掏出一块椭圆形的东西，说：“小气鬼，我赔你这个——”他的眼睛倏地亮了。这是一只番薯。这样的宝贝儿，他有多久没见了啊。番薯是生的，但他放在裤腿上蹭了蹭，连皮也不削，就塞入嘴巴狼吞虎咽。银盏笑吟吟地望着他吃。他连掉到地上的一点碎末也捡入口中，凑到溪边去喝水。

她拉着他，羞红着脸说：“我有糖水让你喝呢。”于是，就在那亮晃晃的太阳下，在葳蕤的茅草之间，银盏掀起衣襟，露出那圆滚滚如木瓜的雪白双乳。她托住其中一只，将奶头塞入他的口中。她神情专注，仿佛托着一只水瓶。他感到一股甜汁源源不断地注入他的嘴、咽喉和胃，直沁心田。他无比贪婪地吮吸着。两个奶在他的嘴上轮番登场。俄顷，这两个家伙仿佛都小了一圈，但形状更美观了……此刻，四野阒静无声，天空滚过棉花球似的云朵，他的心跳声像巨石滚落山谷。她脸色酡红，仿若醉酒。她走了。他愣头愣脑地站在山坡上，呆若木鸡，觉得这一切都不是真实的，而像梦境一样荒诞和虚幻。

午后，他返回村庄，在村口又遇见她。她没有看他，仿佛从来没有见过他，但就在擦身而过的一刹那，她飞快地往他的手心塞了张纸条。纸条上写着：明天同样时辰老地方见。她的字迹娟秀、工整，那些雅致的笔画让人想起她柔美、纤巧的手指。他惊诧的倒不是纸条的内容，而是这种传递信息的方式。在凤凰村，念过书的人不多，而只有念书的人才会使用这种学生之间常用的方法。在黄花镇的中学念完初中的人，凤凰村没有几个。

翌日，他们在那个僻静的山坡上相聚。这一次，她给他带来了一个大饭团，他三两口就吞掉了，差点被噎死。他诧异地问："你从哪儿弄来这样的好东西？"她不理他，不由分说，就将他的脑袋按到了她的胸乳间，轻轻拍着他的头说："这孩子呀——"他吃饱喝足了，就大着胆子去瞧她，她看来比他大了一两岁。他晒得像个黑炭头。而她像柠檬桉树干的表面，又光滑又洁净，看起来比他小多了。

他弄不明白一件事，孙土鹿是近六十岁的人了，她为什么愿意嫁给这样的一个糟老头呢。她将外套脱下来，铺在茅草之上，又除下一件单衣，露出了软且薄的亵衣，他听见头脑"嗡"地轰响，抱住了她……在那个春天，他度过了一生中最艰难又最幸福的一段短暂时光。他像孩子一样，是被银盏奶大的，也是她使他成为男人。

约摸半个月后，银盏说："不能这样了。"他惊问："为什么？"她说："要么就此断了，要么远走高飞。否则，孙土鹿早晚会发现。"他半晌不语。这几天来，他快乐得昏了头，根本就没想过这些。她说："我们走吧。"他说："能走到哪儿去？"她说："到哪儿都行，只要离开孙土鹿的视线就行。我就是死，也不会跟他在一起了。"他说："这事儿太大了，你得容我想一想。父亲肿胀得走不了路，还在土炉里蒸呢。两个妹妹还小，我走了，家里咋办——"银盏不吭声了。

第二天一早，就传来银盏和孙大河私奔的消息。孙大河是孙土鹿的侄子，他悻悻然地想，他们恐怕早就勾搭上了。戏子无义，婊子无情呀。

之后，他生了一场大病，几乎丢了性命。腹中的饥饿和内心的绞痛轮番袭击，这就是致病的根源。他痛恨自己。他知道她是看透他了。他没有勇气跟她私奔，他担心孙土鹿对付他的家人……他可以找到一大堆借口，但归根到底来说，还是内心的恐惧……几十年过去了，他不停地追问自己：他怕什么呢？怕她这个人？怕跟她在一起生活？还是出于一种本能的对远方或未知的深切恐惧？这最后一个问题，是他一直不敢直面的。由此可见他的怯懦。然而，他终于失去了银盏。她是他生命沼泽上空飞过的金色仙女。

在之后的数十年中，他反复想念她，想她甘甜的乳汁，蓄满乳汁的大奶，那神奇地悬挂着两只奶子的美妙肉体……以及她深不可测的内心世界。直至之后他有了别的女人（包括恋人、妻子、情妇乃至妓女），在她们身上，他看到的只是银盏。换言之，她们作为一个女人，只是银盏的影子或化身，但终究不是，她们不可能那么完美和珍贵。后悔吗？时至今日，他不得不承认。他悔青了肠子。他十八岁之后的岁月，仿佛只供作悔恨之用。他一生的幸福已断送，即使他今后还会去喜欢别的女人。

一九六七年，孙老雀曾经有过一次参军的机会。那个年头，当兵很吃香，能否飞黄腾达姑且不说，但家里有一人穿上军装，别人就不敢欺负了。那天，这样的好事儿眼看就要落在他的头上。黄花镇人武部要招十五个有文化的男子入伍，他已在其中。文化考试、体能测试都过关了。政审时，他祖宗三代都是贫农，可谓根正苗红，在最后关头，他却被刷下来了。他的位置被孙土鹿的另一个侄子孙光明顶上去。毫无疑问，他遭暗算了。一直到六年之后，他才知道，孙土鹿不但不给他开证明，反倒给他整了一份黑材料，罪名是勾引有夫之妇，行那苟且之事。他长叹一声。那时，银盏音讯皆无。他在十年前，就知道了孙光明的下落，孙光明曾在广西边境的法卡山侧跟越军恶战，那是一九七八年的事。他转业后迁居北海，在市残联谋得一个职位，已退休多年。

孙老雀找上门的时候，孙光明几乎不认得他了。因为他无法看见孙老雀，而在这么多年之后，孙老雀的声音已变得苍老和荒凉。孙光明端坐在皮沙发上，身板挺得笔直，脸色很红润，甚至头发也没有全白。他藏在墨镜下的一双眼睛，却形同虚设。

“这一切皆拜越南鬼子所赐，”他说，“当时我趁着天色已暗，率领全连官兵越过一片稻田往山坳上摸去，队伍后头突然轰地炸响了，有人踩着了地雷，我们死了七个人，而我的眼睛也被弹片击穿，其中一个眼球被剜了出来。老雀，你也知道，如果不是我大伯，参军的就是你了。我的眼睛也会留下来。我有快三十年没见过太阳了。人世间的事情，是福是祸，谁能说得清呢。你不恨我们了吧。”

“不恨。你大伯早过世了。”

“你还记得银盏吗？”

“记得。”

“多美的女人啊。起先，我们只知道她是跟大河走了，还不知道你们的事，否则那时我大伯非要了你的小命不可。不是吹牛，他要搞死你，比捏死一只蚂蚱还容易！我真羡慕你。多好的女人啊。”

“我后来也没见过她。前两年才知道她在高州，也不知道怎样了。”

“我以后没见过这么美的女人。现在就是有也看不见了，”他摘下墨镜，说，“我感觉这对眼睛就是还给你的。”

孙老雀不敢直视他嵌在眼眶里的假眼珠，说："如果换了我去，恐怕连命都丢在那儿了。天知道！但即使让我再来选择，我还是要去当兵。这样，你们家就不敢再欺负我们了，孙土鹿也不会打断我父亲的肋骨，也不会将我妹按在柴房糟蹋了。当时，我磨快了禾铡刀，准备跟他拼个鱼死网破。如果不是后来发生了一件事情，那有他就没我了。"

"发生了什么事？"

"一九六九年，村里来了一队知青。其中有个叫苏扬的，长得很漂亮。她一心想着早点回城。我很喜欢她。她能否返城，很大程度上就取决于孙土鹿。我只好忍气吞声。"

"你太天真了。不是你的人，她还有机会。既然是你的人，我大伯岂会放过她？"

"没错。但我没得选择。"

"进了革命队伍之后，我深刻认识到像我大伯这样的人，就是人民的敌人；但当年如果没有他操作，我也没有机会进入革命队伍。如果可以重新来过，我倒是宁愿一辈子在凤凰村种地，而不想瞎眼半辈子享受着国家饷。你说呢？"

"大嫂子呢？"

"她买菜去了。她以前是护士，我是在医院认识她的。没有她，我早就不想活了。"

孙老雀默然半晌，本来想问孙光明有几个小孩之类的，但怎么也说不出口。孙老雀不料见到的是一个失明了近三十年的人，这让他始料不及。他以为孙光明顶多是跛了一条腿什么的。他还能说什么呢？是的，孙光明的生活也曾经是他的一个可能性，这是他当年竭尽所能去争取而不得的。但也许，这正是老天爷对他的眷顾，而当初落选的沮丧模样仍历历在目。这比银盏的离去更让他饱尝失败的滋味。毕竟，在那个年头，并不是任何一个人都有做炮灰的权利。

走出孙光明的家门，孙老雀有一个奇怪的想法，他没拥有孙光明的薪饷，却拥有了孙光明的不幸。仿佛孙光明不仅代他应征入伍，也代他向越南人献出了两个眼球。

在银盏之后，孙老雀喜欢上一个女人。他这次去衡阳就是要找她。一九六九年，传闻县城的武斗十分激烈，“井冈山”和“红宣队”大打出手，动用了禾叉、大刀和梭标，甚至还有步枪和轻机枪，每天都有人被打死。凤凰村处于群山连绵的中火嶂脚下，山高皇帝远，倒还平静。关键是孙土鹿还控得住局势，生产也有所增长，起码不像一九六一年初那样饿死人了。

苏扬是湖南下放到凤凰村的知青。她在县文工团待过，唱得一嗓子京剧，在城里的时候，还唱过样板戏。她在地头休息时，偶尔也会唱一段。他们都听不懂，觉得跟粤曲相似，但声音悦耳之至。她身材高挑，挺拔，一张瓜子脸，眸子闪亮澄澈，气质优雅，一看就跟农村的姑娘不一样。那时候，村里的知青有十几个吧，女的也有五六个，就数她漂亮。

知青不大瞧得起农民，苏扬也不例外。但她对孙老雀有点刮目相看。毕竟，他是村里有数的几个初中毕业生之一。他爱好文艺，还写过几首打油诗呢，可惜没写成，但好歹也算半个文化人。那时他是生产队的会计，别人都说，她跟他套近乎是想沾点油水。哪儿的话！村里的大权都掌握在队长孙土鹿的手上哪，孙土鹿让他做会计也是因为他好控制。他就是有这个心也没这个力。分到的芋头番薯，她也不爱吃，反倒时常拿去送人。孙老雀觉得她是真对他有意思。

但她恨不得早点插翼飞回城里去。她经常跟他商量：“有什么好办法？”他知道保送读大学是一条路，但凤凰村好几年没拿过指标了。看来只有走办病退这条路了。他说：“你得拿到镇卫生院的有效证明，拿到了就好办。”

苏扬去镇上走了一遭，证明拿到了。但她将自己关在房里号啕大哭。他劝她，她不理他。他不知道她要哭什么。她在镇卫生院肯定发生了一些什么事。她抹着眼泪说：“下辈子就是死，我也不来这个鬼地方了。我走了，你也跟我走吧。”他说：“我是农民，我哪儿也去不了，一辈子都得像庄稼扎根在泥土里。我到了城里，也是盲流，早晚得被抓住遣送回来。”她披头散发，脑袋拱在他的怀里，泪水在哗哗地流淌。他知道很快就要失去她了。但他没想到失去她是另外的一种方式。

她拿到了镇卫生院的肺病证明，却依然未获镇革委会的批准，据说问题就出在孙土鹿从中作梗。他跑到镇革委会去说：“苏扬身体比一头母牛还壮，尤其是中气十足，她的歌声像一根鞭子，可以将天上的秃鹰抽跑！你说，这样的人会有肺病吗？以一个党员的名义及人格担保，我所说的并无半句虚言。”她对返城完全死了心，却嫁给了邻村的孙石峰。她觉得既然要扎根农村了，倒不如嫁给一个好人家，至少不用挨饥受饿。

六七年后，她返回老家湖南衡阳，留下一对儿女和丈夫在农村。再过几年，改革开放了，孙石峰也迁到衡阳。想起这一段往事，孙老雀心里隐隐作痛。如果她昔日嫁了我，他现在也算个城里人了吧，但这不是他的错，也不能怪她。那个年代呀，能活命就算不错了，但是，他还是忘不了她，她曾经给他的生活带来了一种可能性。甚至，他在孙石峰进城之后，古怪地认为，孙石峰不过是他的替身，只不过是在代替他跟着苏扬过日子。孙石峰的生活本应是属于我的，然而，他对其生活一无所知。这就是他此行的目的。

孙老雀乘坐火车经三茂铁路到了广州，再转乘火车经京广线去衡阳。不算怎么艰难，就见到了苏扬一家。她胖得不成样子，但眉宇间仍残留着往昔的风韵。她见到孙老雀，却似乎认不出了。毕竟，有这么多年没见了，往日的英俊小伙已日渐老迈。孙石峰倒是瘦削如猴，佝偻着腰，头发全白了。他在旁边给他们斟茶递水，一声不吭。自始至终，孙石峰连屁也不放一个，他们之间也没有任何交谈。倒是苏扬感叹连声："唉，那些年——我算是给毁掉了。就不明白怎么会有人老嚷着青春无悔——"

她的声音依然清亮，悦耳，但孙老雀听不出是悲苦还是欢乐。也就是说，他们的生活显得乏善可陈，跟大多数知青跟农民的结合一样，能凑合着过就不错了。他们的两个儿女已经成家，都在外地。他想，换了是他跟她结婚，恐怕也不会有更大的改观吧。惟一不同的是，他是一个初中生，而孙石峰只上过两年小学。

告辞时，他真诚地祝福他们，但难以掩饰心底的沮丧和惆怅。这给他在将要继续的旅途打下了阴影，这种情绪像秋风扫过体内的黄叶，一缕忧郁挥之不去。

一九七八年初，孙老雀曾经有过一次应聘到黄花镇小学去做民办学校教师的机会。镇教办的人看中了他，那时，他有两首打油诗在新创办的《茂州日报》上刊登了。孙土鹿再眼红，也阻挠不了他，因为生产队已日薄西山，土崩瓦解是弹指间的事了。老实说，他的证明或材料曾经可以左右一个人的生死，如今却已没有什么影响力。但他还是没有去成，他于几年前结了婚，三个儿子都陆续出生了。他放心不下。

后来，三个儿子都骂孙老雀是一头猪。他说："没几天就分单干了，你妈体弱无力，肩不能挑，手不能扛，家里的田地肯定对付不了。我也不放心你们呀，那么小。"小儿子孙虎说："你这是脑子进水了，做了教师，日后升官发财不说，首先就有了工资，田就是丢荒了，生活也有着落。"

他半天没有吭声。后来，他跟儿子说："如果我做了教师，还会要你们跟你妈吗？早在黄花镇安家了。你们瞧，后来得了那个职位的马永福，第二年就跟家里的黄脸婆离了，跟一个年轻貌美的音乐教师结了婚。"三个儿子这才闭了嘴。

其实，那时候孙老雀不想离开老婆和孩子。他担心孙土鹿打他老婆苗阿绣的主意。这个老不死的，糟蹋了多少良家妇女？他年近八十，身体倒愈发健硕，看来都是采阴补阳之功了。随着日子的推移，他发现想打阿绣主意的人真是太多了。他一直怀疑阿绣跟村子里三个以上的男人有私情，这个馋嘴的母猫！他多次暗中窥伺，突然袭击，却又总是抓不到什么把柄。直到前两年，他才将奸夫们的真面目及真凭实据揪了出来。而他们瞒着他多少年了。原来，不是三个，而是九个。她年轻时一身好肉又白又嫩，一双丹凤眼滴着水，狐媚得像苏妲己。他不舍得让她下田。她最好就待在家里，永远不要出门。唉，那曾经是他耿耿于怀的心病，如今却不在乎了。他应当庆幸，阿绣不学潘金莲谋杀亲夫，已经是他的祖坟冒青烟了。

孙老雀不去做教师，说到底还是不想离开阿绣，她谈不上格外标致，但很会讨男人喜欢。她在床上特别有劲儿，花样很多。他也谈不上多爱她，却离不开她（主要是她的一身细皮嫩肉）。只要一想到这条二十四小时都发情的小母狗，会趁着他下田或赶集的时候，稍不留神就给他戴上一顶绿帽，他就几乎要发疯。

那个教师叫马永福。是孙老雀这次旅途要找的人中惟一从未谋面的。但孙老雀对他的事迹并非一无所知。马永福曾经是黄花镇的传奇。据说他先后娶过五个老婆，一个比一个年轻、漂亮。当然，前四个女人都不幸成了他的前妻。他教书仅两年就转了正，再三年做到了镇教办主任，之后青云直上，先是到橘州县，之后是茂州市，如今一直做到省里的教育厅。他比孙老雀大一点，据说退休了，还有不少单位争着返聘。他的四个前妻分布在村、镇、县及市各地，不断散布着他抛妻弃子、勾引女学生的丑闻及在做那种事时何等的变态并染上性病的隐私……其罪状让人发指，罄竹难书。她们既是仇敌，又是同盟，她们对前夫的诅咒和仇恨，像一根看不见的绳子将其连成一体。

孙老雀对这些兴趣不大，他关心的是马永福目前的生活现状。马永福的生活跟他风马牛不相及。即使他曾经站在与马永福同一个起点的位置上，他也难以想象其错综复杂的风流韵事和步步青云的计谋手段。因此，尽管人生充满偶然性，但其生命在孕育之初已决定了一个人日后的性格与命运。孙老雀仍对他充满好奇。

孙老雀还是跟马永福联系上了，并以老乡的身份，希望能跟他聚一聚。孙老雀从衡阳坐火车返回广州。他瞄了一眼手绘的地图，这将是这次远行的倒数第二站，而终点站将在高州。那儿距家乡不远，顶多是一个半小时的路程。

马永福前处长住在市中心一个大型高尚住宅区，孙老雀之前被公交车转得晕头转向。省城太大了，蚁群般的人流，数量巨大而行驶缓慢的各式车辆让他无所适从。但他还是如约到了。他乘坐电梯来到一个单元门前，摁响了门铃。一个妙龄女郎抱着一只浑身雪白的卷毛狗出现了，这两个动物隔着防盗门的铁栅栏瞪大着眼睛，警惕地盯着他。那个女子恐怕不到三十岁，但她脸上脂粉的厚度让他没有把握。这已让他有理由认为，她是马永福的孙女或女儿。但是他弄错了。当他说明来意时，她说："我先生刚才有个紧急的重要会议，临时出门了，真是对不起——"

该女子没有请孙老雀入屋的意思。他透过铁门的栅栏望去，那是一个装修豪华、家私高档的客厅，吊顶上的灯饰造型奇特、结构繁复，墙上挂着一些花花绿绿的书画……他贪婪地张望着，临走时还隔着酒柜看到一面巨大液晶电视屏幕的一角……他走了。不用怀疑，这是一个很懂得享受生活的人，至少情场官场两得意。马永福当然不会缺钱。金钱、美人和权力，这是大多数男人梦寐以求的目标。他成功了。

孙老雀只看到马永福的夫人和一只狗，至今没有见过马永福是什么模样。但他承认，当年即使做成了民办学校教师，也不可能混到马永福这个份上。有的事，你不能不服气。你瞧吧，光是那个猛兽般生猛的美娇娘，就不是他这把年纪的人可以驾驭的了。

当天晚上，孙老雀坐上了省城去高州的大巴。一路上，他的脑海翻滚着这几十年来的记忆。他终于清醒地认识到，尽管他出门远行的心不死，但自从一九七八年后，已经没有了任何改变命运的可能性，他被家庭确切地说是被阿绣牢牢拴住了。她就是他的镣铐或绳索。无论他去到哪儿，都只能回家。即使他像一只风筝高飞远走，只要她轻轻扯一下丝线，他也只能乖乖地下沉并返回她的掌心。有二三十年，他的生命陷于停顿，或只是重复着每日的庸碌和平淡，而不可能有任何转机。惟一改变的是他的身体和容颜。

孙老雀日逐老迈，三个儿子已长大成人，成家立室。在二十世纪八十年代末，他还是有机会跟朋友们去深圳做建筑的。他没有做瓦工的资格和技术，当然只能打下手，推斗车或拌混凝土。

但他最终没有出门，他发现一步也离不开阿绣和孩子。二儿子孙松非常聪明，他立志说要做科学家，长大后驾驶宇宙飞船在二〇〇〇年探索太空，为实现四个现代化而奋斗终身。他需要孙老雀在物理和数学方面的辅导。他孙老雀不是吹牛，尽管他只有初中学历，但他自学过高中的课程，除了外语，没有一门可以难倒他。如果他不是因为家贫而辍学，肯定是个上大学的料。这原本也是他离开村庄的一个机会。唉，不提也罢。多年之后，孙松终究没当上科学家，他成了一个马马虎虎的猪贩子。

每年都有一批人到深圳或其他地方打工，他们的命运一目了然，无甚悬念，大多数过得不一定比他好。有的拿不到工资，有的坠楼伤亡，只有少数凭此建起了红砖屋，而更少数的人成了包工头，他的大儿子孙雷就是其中的一个。这些暴发户每到春节，回家拜神，小汽车上总是装满了一卷卷大如扁箕的鞭炮。

到一九九九年，孙老雀的那个远房亲戚居然又找上门来。他是一个不速之客。他的出现像上次一样意外而神秘。孙老雀一直没有忘记他过去的模样，而他除了垂垂老矣，脸部依稀残留着几分年轻时的轮廓。他怂恿孙老雀跟他偷渡去香港。孙老雀五十五岁了，该亲戚须眉皆白，都不是什么壮志凌云的年轻人了。他猴子般瘦削的脸庞透露出精明和一丝儿狡诈。他说："香港遍地都是黄金白银，即使是去捡垃圾，也能在一个月之内成为万元户。"

孙老雀不用听父亲的告诫（哦，他可怜的父亲早已离开人世），也知道他的话一个字也不能相信。尽管他没有了任何梦想，更不会为了梦想去追寻，但他还是感谢亲戚。亲戚的到来让他死寂的心开始骚动起来，至少搅动了他的记忆。在今天看来，那是他一直没有实现但死心不息的到远方去的想法——谈不上死灰复燃，但也算是回光返照。

在此后的多年来，他完全对命运俯首帖耳。他心如槁木，再也没有泛起一丝波澜……但为什么，他现在仍要出门远行呢？在这长达半月的漫长旅途中，他大有收获。回首往昔，不能说他全无悔意，但让他更清楚地看到了自己大半生的命运，实在有其不可更改的必然性。他的妥协既有个人的怯懦，也有命运法则的安排。那几个偶然性的三岔口，看似关键，其实虚幻得如同梦境中的事物。他并没有踩上去，因而留有想象的余地，其实顶多也是必然性链条上的一环。是的，他曾经有过选择的余地，却没有力挽狂澜的可能。

孙老雀眼前一一浮现出了那些人的脸庞（他猛然发现，从来不知道那个远房亲戚的姓名。该人仿佛是一个误入人世的人），他们的生活跟他没有多大牵连，但无疑精确而全面地展示了他年轻时代的种种可能性。他通过了解他们，仿佛也同样拥有了他们的人生。他苦笑。这是一厢情愿的想法。他依然是凤凰村一个行将就木的老农民。另外，他到底能了解他们多少呢？但他这次远行，并非一无所获。至少，他的心更平静，也更加活跃了。他就像置身于台风眼当中，保持着狂乱风暴中的宁静。他既感到从来没有过的清澈澄明，也感到从来没有过的生机勃勃。这是一个无法自圆其说的悖论。但他感觉的确如此。他从来没有像现在这样清醒地认识到，梦想最可贵的就是梦想本身。只要还能做梦就好，至于能否实现，那是另外的事。即使他六十多岁了，也不会影响梦想的性质。他像智者一样深沉，又像孩子一样天真。他将以这种孩子式的天真过完他的余生。

显而易见，“他”跟过去不一样了。至于在哪儿生活，这都不要紧。在旅途的最后一站，他预见到它会给他带来一些新东西。当他迷迷糊糊地睡着了的时候，汽车已在晨曦中驶入了高州市区。小城的东边金光闪烁，红霞满天。

沐浴在清晨的阳光中，他脚步轻快得不可思议。他又兴奋又紧张。他试图说服自己，他没什么好害怕的了。他花半小时到了城郊的一个村庄，推开了一个小院子的门。银盏端坐在一张竹椅上，阳光大朵小朵，她像莲花一样明亮、柔美。她的满头白发像银丝一样闪耀。她很老了。但她的神情仍像那个在一九六二年春天满脸羞涩的女子。她的双眸依然清亮如水，第一句话就是："这一天，我等了四十五年——"孙老雀没有吭声。他说不出话来。他的目光贪婪地在她的身上移动和吮吸。她很老了。她比他还老。但他看到的依然是一九六二年春的那个小妇人，脸美得像莲花，饱满，白皙，光华灼灼。小妇人挺着装满甜浆、形状优美的丰乳，像披着金色霓裳的仙女，走过他命运沼泽的灰暗上空。他哭了。

第九章　浮生梦

更有趣的是关于时间倒转的设想：我们能回忆将来，却不知道或者几乎不能预感过去。

——博尔赫斯《献给赫伯特·奎因作品分析》，原注

当菠萝蜜树上的最后一只硕大果实“嘭”一声掉在地上，凤凰村的孙学文老汉预感到时日无多。菠萝蜜摔得四分五裂，金黄色的果肉赫然显露，浓烈的香气几乎让树上的金龟子窒息。一只黑狗踩着碎步走过来，它嗅了嗅，又摇着尾巴走开了。在夏天，菠萝蜜树结成了二三十个圆滚滚的果实，菠萝蜜的表面仿佛嵌满了铜钉。这些果实在秋风中逐渐成熟并掉落。现在，已经接近暮秋了。

孙学文持着拐杖，背靠着墙角，眯着眼睛，看见打在泥墙上的阳光，有点发黄。阳光不够暖了，他在风中打了一个冷颤，仿佛被一只无形的手推了一下。他以为那只手是风，其实不是的。他终究是老了。秋风吹动他，犹如摇撼着一棵树。他年轻时也像一棵有雄心的果树，要结就结菠萝蜜那么大的果实，不要结梨子，也不要结石榴。如今，他年轻时代的梦想已结成果子。房子建了，老婆娶了，儿女也

成家立业了。一个农民应该做的事，他一件不剩地做了。他就像一棵掉光了果实的菠萝蜜树，没什么事了。他还有什么好惦记的呢？但孙学文还有一件事没有做，这是他有生之年惟一的愿望了。他年轻的时候，根本就没想起这件事，为了生计而奔走的那些年，这件事也没怎么冒出来，就像下沉到水底的石头，仿佛根本就不存在。近些年来，这件事却水落石出，越来越顽强地凸现出来，就三尖八角地硌着胸口，使他越来越难受了。孙学文瞅了一眼菠萝蜜树，树可以一茬茬地结果，人却不能。他毕竟是八十多岁的人了。说不定哪天，他就要撒手西归。孙学文觉得自己这件事，是一刻也不能耽搁了。

在吃晚饭的时候，孙学文咽下一口饭，举着筷子，对全家人说："我明天得去林家村走一趟。"老伴胡金娣"啪"一声放下筷子，说："不能去——我就知道你死心不息——"她扭头对儿子儿媳说，"看着他，不能让他乱跑。这么老的人了，在路上绊着了，摔倒了，怎么办？"儿子儿媳点了点头。只有小孙女小娟抬起头，眨着眼睛问："阿公，您要去林家村做什么？"儿媳呵斥道："大人的事，小孩子不要问。"小娟撇了撇嘴，她九岁了。孙学文不吭声了，但心中早有计划。

第二天，老伴和儿子儿媳都下地了，小娟上学堂去了。他一个人偷偷地上路。村庄离林家村有七八里路，得翻过几座小山，越过几个田垌。开通了乡村公路，走山路的人少了，也不好走了，他用拐杖拨开路边的灌木丛和铁芒箕。他有多少年没走这条路了呀。

但他在涉田垌的时候，就被儿子追上来了，儿子揪着他的衣服说："阿爸，回去吧。"孙学文打开儿子的手，说："你不要管我。"孙学文用力过猛，打了一个趔趄，儿子扶住他，趁机将他扳了过来。儿子说："你不能去。我妈说了，无论如何要让我带你回家。"与其说儿子扶着他，毋宁说他被儿子抓住。孙学文气极了，说：“你放开我，我自己可以走。”孙学文望着来时的土路，一股辛酸冲上鼻孔。他真是老了，他花半个小时才走了这么一段，换了年轻十岁，他早就到了。

孙学文回到家里，将自己关在家里生闷气，连午饭也不吃。没有人理他。儿媳捧着饭菜走近门口，被胡金娣喝止了，她说：“他休息一下也好，也累了。他饿了自然会吃。一大把年纪的人了，还走了那么远路。”

他们吃罢午饭，孙学文还毫无动静。儿子担心地说：“阿爸不会有事吧？”

胡金娣恶狠狠地说：“他能有什么事？能惦记着林家村的狐狸精，就说明他一点事也没有。”

“六婆，都七老八十了，还能有什么风流勾当？”儿媳吃吃地笑了。

儿子瞪了她一眼，斥道：“你笑什么？有什么好笑的！”

胡金娣让儿子往门栓上挂了一把大铁锁，这才放心下地去了。

他们前脚一走，孙学文就一骨碌爬起来，推了推房门，推不开。他知道被锁上了。他颓然坐在床上。老伴这招太毒了。若年轻十岁，他只用一只手，就可以将它搬离门脚窝呐。但如今，他连尝试的勇气都没有了。唉，岁月不饶人呀。只不过多了十年，他就像一个废物了，一点用也没有了。

午后五点多的时候，下地的人还没回来。上学堂的孙女倒回来了。

孙学文眼睛一亮，他唤道：“小娟，你去厨房门框上摸钥匙将门打开了吧。”小娟诧异地问：“阿公您为什么被锁起来啦。”

孙学文说：“我睡着了，你阿婆不晓得我在里面。”小娟一撇嘴说：“我不信，肯定是阿婆怕你乱走，怕您去林家村来着。”孙学文说：“哪有的事？”小娟说：“您不老实说，我就不开门。”

孙学文只好说：“我是要去林家村，非去不可。我今天不去，明天可能就去不成了。”小娟说：“去林家村做什么？我见您发梦也说要去这个林家村。”孙学文说：“我去找林晚晴婆婆。”小娟说：“找林婆婆做什么？”孙学文说：“就说一句话。”小娟说：“这是什么话啊，有这么重要吗？”孙学文说：“好孙女，赶快放我出去吧。再晚就来不及了。”

小娟狡黠地说：“您告诉我吧，您告诉我，我马上开锁。”她已经拿到钥匙了，钥匙在她手上碰撞的声音十分悦耳。孙学文说：“你跟我去吧，你跟我去，不就知道啦。”小娟欢叫着，“咔嚓”一声，打开了大铁锁。

孙学文觉得狂喜从心底迸发，头脑有些晕眩。他扶住门框，好不容易回过神来，方才迈出步伐。小娟屁颠屁颠跟在后头。这一次，孙学文吸取了教训，在村口叫住了开摩托车搭客的孙四喜，他说：“四喜，你搭我爷孙俩去林家村吧。”四喜说：“您风一吹就要倒的样子，还能坐摩托车？算啦，别给我惹麻烦。”孙学文说：“开慢点，能行。”四喜说：“不要啦。”孙学文央求了半晌，四喜只是不肯。孙学文老汉掏出一张五十元钞票，说：“给你。搭我俩去就得，我们自己回来。”四喜的眼睛发亮了。这几里路呢，顶多只需五元。

四喜让小娟坐在他前头，让孙学文坐在后座上，再三叮嘱说：“抱着我呀，牢牢地抱着我呀——”摩托车有乡村公路可以走，四喜虽然开得慢，也不过十来分钟就到了。

到了林家村，四喜车一掉头，飞也似的开走了。刚才开得比乌龟走路还要慢，早把他憋坏了。

孙学文来到林晚晴的院子，倒也平安无事，但他肚子饿得咕咕叫。他也就早上吃过一碗稀粥，滴水未进。林晚晴也是七十多岁的人了，偌大的院子，就她一个人，她丈夫几年前就过世了，也没有子女，几只鸡在院子里走来走去，有只小母鸡“咯咯”地叫。她见了孙学文，说：“你来啦。”小娟见到院子里有一棵番石榴树，上面挂着青青白白的番石榴，就将鞋子一丢，像小猴儿蹦蹦蹦爬上树去，早已忘记了要来的目的。

孙学文但觉有千百种感触，刹那间涌上喉头。他咳嗽了几声，坐在一张小竹椅上，好不容易才开口：“你还好吧。”

林晚晴递给他一碗开水，说：“五十几年了，你是第一次来看我。”

孙学文说：“唉，都是我对不起你。”

“过去的事儿，还说来做什么。”

“你肯原谅我吗？”

“我没恨过你。”

“那是你不知道实情。”

“实不实情的，不重要了。”

“我今天来找你，就是要说出实情。不说出来，我死不瞑目啊。”

林晚晴望着坐在树杈上啃番石榴的小女孩，泛起一丝笑容，说：“这是你孙女吧。”

孙学文说：“五十几年前的那个春日，山上的山稔花仿佛在一夜之间全开了，粉红粉白的，多美啊。我本来说好要在春天里娶你的。但却要了胡金娣。你还记得吧，我当时跟你说，我睡了胡金娣，她怀了我的孩子。他们家威胁我说，如果我不要她，她的两个哥哥就要将我狠揍一顿，然后一绳子捆了，送到公社去坐牢。他们家根红苗正，父亲是胡家庄的生产队长，还有个叔父在县公安局上班，我根本就惹不起。事实上不是这样的，当时我根本就没沾过胡金娣，她更没怀我的孩子。但是胡金娣跟我说，如果我肯做上门女婿，她爹就会安排我去当生产队的记分员，每天拿个本子记记工分就行了，不必下田劳动。另外，她爹还会送我三窑红砖，让我盖大瓦房。盖房子倒也罢了，但不用干重活的确有无穷诱惑力。那时我刚从公社的初中毕业回来，肩不能扛，手不能抬，最怕出工了。就这样，我跟你分了，跟胡金娣成家了。”

林晚晴咧嘴笑了，说：“但那时我怀了你的孩子。为了拿掉这个孩子，也数不清灌了多少碗大茶药，吃了多少苦头。我是寒透底了，后来想要孩子也怀不上啦。”

孙学文的泪水涌上来，说：“都是我，都是我哇。我不敢求你原谅了，有机会说出来，我就很高兴了。”

林晚晴说：“你爱过我吗？”

孙学文说：“我一直以为我只爱自己，谁也不爱。但到老了，才发现，我是爱你的。”林晚晴抬起头来，脸上泛着奇异的神采，很小很亮的一颗落日，就在她的眼眸里消失了。她说：“我没恨过你。”良久，她又说：“别的无所谓，我倒是后悔没生下那个孩子。但我一个女的，有孩子还怎么嫁人呢。”

孙学文一阵激动，他发觉双腿在发抖，躯体也在发抖，那只捧着碗的手更是抖动得厉害，那碗水慢慢地移近嘴边，却怎么也送不到嘴唇上去。终于，“咣当”一声，碗摔成了碎片，水洒了一地。孙学文身体一歪，连人带椅子倒在地上。

孙女顺着树干滑下来，她扔掉手上啃了大半的番石榴，“哇”一声哭起来。

那一刻，孙学文感到自己像石头在下沉，直沉入无底的深渊。他知道他死了。他忽然心里一咯噔，一个人如果死了，又怎么知道是生是死呢。他这么一琢磨，人就苏醒过来了。原来他做了一个奇怪的梦。窗外阳光大盛，已日上三竿了。这个梦最奇怪的地方就在于，他梦见了他的老年，俨然是一个年过八旬的老汉，而他今年只有四十出头。至于其他的事情，就像清晨的雾岚那样，在晨光中一丝一缕地飘走，他只能影影绰绰记个大概。

妻子林晚晴走过来，见他的脸色很差，伸手在他的额头上探一下，说："咦，很烫呢。今天就不要下地了。"孙学文起床下地，觉得头部剧痛，似乎空洞无物，又像堆满了河沙似的，沉重得很。两条腿软绵绵的，浑身乏力。他望着妻子，心想，原来林晚晴才是他的妻子，至于梦境中出现的什么胡金娣，在现实生活中，他根本就不认识这个人。林晚晴虽然是三十好几的人了，腰还是很细，屁股还是很圆，一对奶子挺拔得很，不像生了一对儿女的人。有这样漂亮的老婆，他也应该知足了。但为什么会有如此古怪的梦呢。他嘴角不禁动了动，似笑非笑。

妻子见他笑得古怪，说："你没事吧。"孙学文说："我没事，我有什么事？"他走出房门，望着菠萝蜜树上挂着的十几只菠萝蜜，已经长到篮球般大了，表皮上凸起无数颗尖锐的钉子。它们要到秋天才会成熟。孙学文望着树梢上的大太阳，嗅着树叶间的空气，觉得清爽了许多。

他吃过早饭，用锄头扛着畚箕下地去了。分单干几年了，自己产的粮食自己收获，现在临近六月天，夏稻就要收割了，下来就是"双抢"，要赶着将夏稻收起，并将秋稻插下水田。而这段时间，正好将开荒地上的番薯收回家，再过几天，虫子就要将番薯蛀掉了。

开荒地在山坡上，全是黄土，不肥沃，番薯都长不大。孙学文挖着番薯，觉得这些细小的薯实跟他付出的劳动不成比例。但有什么办法呢。人就像蚂蚁一样，在土里扒食吃。他想起那个古怪的梦境，那些场景让他心里很不舒服。但让他更难受的事情又来了，那些关于他老婆偷野汉的闲言碎语，就像风吹过的树叶子一样，在耳畔飒飒作响。换了平时，他是打死也不会信的，但不知怎的，今天这些话语就像被激怒的马蜂，在他的身边“嗡嗡”叫着飞舞，赶也赶不走。他一屁股坐在番薯垄上，心烦意乱，连番薯也无心挖了。

孙学文挑着小半担番薯回去，薯实在畚箕底，上面铺着番薯藤。薯藤可以喂牛吃，或者晒干了做柴火。那是正午，太阳明晃晃的，像一面镜子。孙学文眼直直地望着它，竟在这面镜子上看到一些不堪入目的映像。他老婆一丝不挂，那对饱满的奶像笼子里的小兽在不安分地跳动。她坐在一个男子的怀里，吃吃地笑，那个男子却看不清面目。他闭上双眼，眼睛被太阳刺得发痛。他又睁开，瞧了一眼太阳，那种幻觉消失了。他骂道：“我丢你妈！”

他回到家里，老婆做好了饭。在村里小学念书的女儿放学了。儿子稍大一些，在乡里的中心小学读书，成绩很好，印着红五星的奖状贴了一墙。

孙学文眼直直地瞅着老婆，老婆被瞅得有些羞涩，脸上的红晕缓缓地涌出来，她嗔道：“你干吗啦？”他不答，一把将老婆抱起，往床上一扔，用尽全身力气压着她，动作很粗鲁，很野蛮。老婆像一把被火苗点着的干柴，“呼”一声烧起来了，她扭动着身体，低声说：“小声点，别让孩子听见了。”完毕，孙学文一声长叹，女人多好的一身肉呀。他想起那些闲话，觉得喉咙里有一根鱼刺，就吐了口唾沫，但鱼刺纹丝不动。她关切地问：“你今天怎么啦？”他脸绷得紧紧的，也不作答。她嘟哝一声，喂鸡去了。

孙学文迈出院子，到了二叔家里。第一句进入他耳朵的闲话，就是从二叔嘴里冒出来的。二叔正拈着花生米啜饮米酒，孙学文夺过酒杯，一口干了，说："那不是真的吧？我还是不信。"二叔往杯里斟酒，梗着脖子说："叔还能骗你不成？全村人都知道了，全石湾墟的人都知道了，就你不知道！"孙学文瞅着二叔的脸，这张脸生得不周正，头像獐，目如鼠。二叔又不老实，向来是说谎成精的，他忽然生出想一拳将这张脸捣得稀烂的感觉。

他想起去年，林晚晴跟他提起过，二叔趁他不在家的时候，借口说要借盐，却趁着厨房里没有别人，伸手从背后抱住她，摸她的奶。如果不是她劈头打了他一火叉，看来他还想扯她的裤带呢。林晚晴恨恨地说："你这个二叔，真是老淫棍，以后不准他踏进家里半步！"孙学文心想，这两个人，肯定有一个人讲大话，说不定两个人都不老实呢。他抚摸着自己瓦钵般大的拳头，近来一对拳头总是痒得很，也不知道为什么。

二叔见他仍在犹豫，说："很简单，明天就是初七，石湾一四七是墟日嘛。她肯定要以趁墟为名会姘头的。人家是老相好了，还青梅竹马呢。那个人是谁，也不用我说了，你跟着她，保证你亲眼看到。"

果然，林晚晴上午照料完鸡啦猪啦，洗了衣服，就骑着单车趁墟去了。孙学文骑车跟在后头，不远不近。村庄离石湾墟不过十来里路，一会儿就到了。只见林晚晴到了墟上，也不买东西，径直往"祥记"理发店去了。理发店还没开铺，十三块长条状的木板将门口堵得严严实实，墟上的店铺都兴这种木板门。林晚晴"笃笃笃"地敲门，一块木板被拆开，林晚晴一闪身，就像一尾鱼儿，旋着水花在暗影中消失了。那块木板又迅速安装回去。孙学文没看到他人的脸，他只看到搬木板的一双手，很秀气，很白皙，有点像是娘儿们的手。这一来，尽管孙学文激起了满腔怒火，却有点狐疑不定了。他决定先看看再说。

也就个把小时，孙学文却觉得十分漫长，越等心中越焦躁。终于，林晚晴出来了，衣衫很整齐，头发也不凌乱，但她的脸红酡酡的，像刚喝多了酒，走起路来双脚生风，婀娜多姿。孙学文目眦欲裂，什么都不用说了，看她这个骚样儿就知道了。林晚晴跨上自行车，瞬即消失在趁墟的人流之中。孙学文盯着她的背影，心里一阵绞痛。好啊！

祥记理发店终于开铺了，木板一块块被搬开，理发师现身了，他哼着粤剧戏文："将柳荫当做芙蓉帐，明朝驸马看新娘，夜半挑灯有心作窥妆——"他一抬头，就看见了孙学文，他愣了一下。孙学文大剌剌地走入来，将草帽往旮旯里一扔，坐上了那张结构复杂如古代机械的旋转式理发椅。

理发师问："理发还是修面？"孙学文说："先理发，再修面。"理发师点点头，拿起理发剪忙开了。孙学文不动声色，他瞅着理发师在大镜子里的一双手，修长，秀气，白皙得跟娘儿们似的。他恨不得将这双细嫩的手，一根一根手指捏得粉碎。理发师一双手在他的脸上摆弄，让他觉得有一队毛毛虫在蠕动，脸上发痒。他忍住了伸手去挠的欲望。他的不适，理发师也感觉到了。理发师说："放松点，放松点——"

理发师的脸白白净净，偏瘦，说话带点娘娘腔。他马上想起那天看太阳的情景。刹那间，脑海里的那一面镜子又出现了，镜面上搂着林晚晴的男子，忽然转过身来，露出一张脸来，赫然便是这该死的理发师。

发理好了，理发师往孙学文的额头、耳畔、脖子扑了些粉，用一把粗硬的鬃毛刷拂了拂。孙学文望着镜中的自己，清爽多了，只是神色有点古怪。理发师用一柄毛笔似的小刷子，蘸了水，往他的脸上抹了抹，手上的剃刀往一块黑布带上“沙沙”蹭了蹭，开始给孙学文刮脸。剃刀刮着额头，然后是耳朵边的脸颊，下巴，前颈，后颈。剃刀在沙沙作响，孙学文感到脸上凉飕飕的，剃刀显然锋利无比，不仅脸上的茸毛、下巴的胡须被刮掉了，就连结成硬壳般的污垢也被一扫而光。孙学文紧紧盯着镜子里的那把剃刀，漆黑的刀柄，雪亮的锋刃，那把刀在他的脸上轻巧自如地游动着。他凛然生出阵阵恐惧，他觉得刀锋过处，细小、结实的鸡皮疙瘩就冒出来了。

理发师说：“你不用紧张，放松点。你梗着脖子，我怎么刮呢。”

孙学文咧嘴一笑，说：“我不紧张。我干吗要紧张？”

忽然，理发师手上的剃刀停顿一下，又继续刮起来，但才刮两下，理发师又停住了。孙学文睁开眼睛，看见理发师拿着剃刀的手，在急剧地抖动。孙学文觉得那只抖动的手，有点像一尾蛇，好像要马上发起攻击，搏人而噬；又像枝条上被风吹动的叶片，不由自主地摇动。他闭上眼睛，心里的悲苦在翻江倒海地折腾。他对自己说，倒不如让他一刀结果性命好了。然而，很久很久，都没有动静。孙学文感到理发店里的空气变得凝重起来。忽然，他觉得颈部湿漉漉的，一大滴黏稠的液体坠在上面。他以为是理发师的汗滴，其实不是的，那是理发师的泪珠。

理发师嚷道：“我刮不了啦。”

孙学文鄙夷地冷睨他一眼，这没用的孬种！但他嘴上没说。

理发师说：“我认识你，你一走进来，我就认出你了。”

孙学文说：“是我。”

理发师说：“你本来就不是要来理发的。”

孙学文说：“不理都理了。你给我刮完它吧，只差一刀了。你给我来一刀，就一刀！”

理发师忽然呜呜地哭出声来，他不仅手在颤抖，连身体也颤抖起来。一种说不出的恐惧，就像汗水从他的身体内部渗透出来，他的脸色苍白如纸。他说：“我根本动不了刀子。”

孙学文从他的手中拿过剃刀，说：“你不行就让我来吧。”他看着理发师，理发师的脖子纤巧，细润，白白嫩嫩的，像一只刚拔出来的白萝卜。孙学文一声叹息。他带着可怜而愁苦的复杂心情，举起剃刀，准确而轻快地切断理发师颈部上的动脉，鲜血像旗花一样冒出来，溅上孙学文焕然一新的脸庞。理发师像一只被割断喉咙的鸡，耷拉着头，委顿于地。

过了好久，孙学文发出骇人的一声大叫：“我杀人啦，我成了杀人犯啦。”他在杀人的那一刻，蓦地惊醒过来。这是一场无比逼真而恐怖的梦境。他觉得脸上黏糊糊的，伸手一摸，还好，不是鲜血，而是冷汗。但他的眼前总是晃动着一把雪亮的剃刀。他伸手揉了揉眼睛，只见窗外夜色如墨，村庄万籁俱寂。现在是子夜三四点时分，离天亮还远着呢。

孙学文一骨碌爬起来，想去撒尿，但好半天都撒不出来。他胯下的物事硬邦邦的，像铜浇铁铸似的，胀痛得很。他今年二十岁出头了，在乡村，这个年龄该娶老婆了。但他知道自己没有这样的福气。娶老婆是要钱的，而家里一贫如洗。父亲是个窝囊废，母亲又有病。此刻，西厢房传来母亲压低的咳嗽。

初夏的风很热，他清醒了些，觉得这个梦很奇怪。他还没有女人哩，更没有儿女。他在梦中，年龄大了一倍。他也没有什么二叔，更不认识什么像娘娘腔一样的理发师。倒是那个乳大臀肥的女人林晚晴，的确是存在的。而她在梦境中的模样，跟现实中也如出一辙。他一想起林晚晴，就不禁咽了一口唾沫。但他知道自己只有做做美梦的份，整个林家村一带，不知有多少小伙子围着她转呢。他其貌不扬，家里穷得丁当响，林晚晴会看得上他？死了这条心吧。

孙学文是骄傲的人。怎么说，他也是在橘州读完高中的。他压根儿瞧不起身边的乡巴佬，又粗鲁，又邋遢。他又是自卑的。真要有本事，就考上大学了，还用得着回来耕田吗？孙学文知道大伙儿也是这样看他的。但他觉得在乡村种地挺好的，他热爱乡间的晨曦和晚霞，那些火烧云从天上掉落，在青翠的山冈上席卷而过，美极了。他也热爱庄稼在阳光下缓缓地抽出植株和叶片，并逐渐长出饱满的穗实和果子。他能在万物之中触摸到大自然的伟力，他有写诗的冲动了。他喜欢看书，那本纸张发黄的《外国朦胧诗选》，都翻烂了。他写了厚厚一大笔记本的诗。尽管还没有发表过一首，但他对自己的诗人身份深信不疑。

在他的诗里，倒有一大半是写给林晚晴的，或以林晚晴为模特儿。情人是诗人的灵感源泉，他看过歌德和叶芝的传记，知道这两位大诗人都为永恒的情人写过无数优美的诗篇。至于他们的情人是谁，他一时又想不起来。他知道有很多男子对林晚晴垂涎三尺，抢着对她献殷勤，帮她挑水啦，劈柴啦，割猪草啦。但她好像还没有对谁钟情。他想，这女子眼界高着呢，说不定全看不上，一心要嫁到城里去。而他连献殷勤的胆量也没有，只要远远地望她一眼，瞅瞅她晃着大辫子的苗条身影，就心满意足了。

孙学文就这样胡思乱想，又迷迷糊糊地睡着了。直至鸡叫第二遍，他才醒过来。他得挑起水桶去河畔的菜畦浇菜了。菜畦种着白菜、豆荚和辣椒，家里没搞什么副业，惟一来钱的，就是这几分地的蔬菜了。

河水很清亮，河畔长满了青青的苇草。远处是大片大片的田畴，种的大多是水稻和番薯，但也有不少菜地和黄麻地。在清晨，草香水气，扶疏而上，空气清新极了。风中还飘来稻花夹杂着新鲜植物的味道，孙学文使劲吸了吸鼻子。他挑了几担水，背心有汗水微微沁出。作为一位乡村诗人的忧郁，还有胸中的窒闷，竟逐渐烟消云散了。

忽然，旁边的黄麻地里闪出一个人影，黄麻长到两三米高了，齐刷刷的。那个人影，就是林晚晴，她的脸灿烂如阳光，刷地将孙学文照亮了。她穿着白色小碎花的上衣，在密密麻麻的碧绿麻秆中显得亭亭玉立。林晚晴一屁股坐在青草飘拂的田埂上，手捻着辫梢儿上的蝴蝶结，笑吟吟地望着孙学文挑水、淋菜。他觉得脸上发热，有点不自在了。

林晚晴眨了眨眼，说："你写了很多诗吗？"

孙学文点点头。他觉得整整一条河里的水波，全都涌入姑娘亮晶晶的眼睛里去了。

林晚晴说："我从来没看过诗，不知道诗是什么样子的。大家都说诗是很美的，你拿来给我瞧瞧好吗？"

孙学文觉得喉咙里发紧，有点干燥，不敢望林晚晴了。他使劲地点了点头。

林晚晴望着他，脸腾地红了。她说："就今天晚上，就在黄麻地里。十六的月亮比十五的还亮呢。"她越说越小声，说到最后一句话，就像蚊子在哼叫。但孙学文从姑娘的声音读懂了全部内容。林晚晴一扭头，瞥见她的水牛走入了禾田，赶紧挥着竹鞭子大声呵斥着奔过去。她喜欢我的诗哩，孙学文心花怒放，他将水桶连扁担一块扔入水中，忽然一纵身跳入了河湾。

吃了晚饭，圆月冉冉从山坡上升起了。孙学文提了个鱼丝网兜，对父亲说声："我去捉青蛙了。"他的裤袋里装着那本笔记本，上面密密麻麻写满了诗。他钻入黄麻地深处，四野响起唧唧的虫鸣，但林晚晴还不见人影。黄麻秆也长到脚拇指般粗了，有两三米高。它们就像一些小树，但只有树干和叶子，没有枝条。月光泼洒下来，在麻秆和麻叶上淋漓，仿佛新挤出来的牛乳。这让他有一种迷离的感觉，林晚晴真的会来吗？他忽然有点拿不定主意了。他折了几根黄麻，用麻梢和叶子做了两个座垫，他翻开笔记本，就着清亮亮的月光，果然可以看清纸上的诗句，但麻叶斑驳的影子，倒也遮挡了大半。他清了清喉咙，如果林晚晴真来，他打算给她读一百首。

林晚晴来了。她坐在麻叶上面，双手支颐，安静地望着孙学文。孙学文痴痴地望着她的脸，他想起自己的诗，升起一股羞愧的情绪来。他的诗根本就没有描绘出林晚晴的美之万一，那些"满月"啦，"银盘"啦之类的陈词滥调，与其说是对她的赞美，毋宁说是对她的歪曲和亵渎。他对自己的才能感到绝望。他想，少女充满柔情的脸庞，只能让人为之沉醉，却无法用语言准确地描绘出来。林晚晴用肘部碰撞了他一下，说："你傻啦？"

孙学文笑了笑，就着月光给林晚晴读诗。他的诗充满晦涩曲折的修辞和技巧，他知道以她初中生的水平，根本就无法理解。但他还是读得起劲。他一连读了十首，林晚晴听得出神。她说："你读诗的声音很动听，比你讲话好听多了。我很喜欢。"孙学文心里滋蔓着悲哀的情绪，但还是不甘心，问："还要读吗？"

"你为什么要躲着我呢？"

“我没躲着你。”

“还说不呢，你为什么不敢见我？”

“我没有。”

“你不喜欢我吗？”

孙学文没有吭声，他做梦都在想着喜欢林晚晴，也想她会喜欢他。现在，她就在身边了，他却似乎有些愀然不乐，隐隐约约地涌上一丝悲愁。这真是莫名其妙。

林晚晴说：“幸好知道你喜欢我。要不，你为什么老躲在我的身后，偷偷地看我呢。”

孙学文点了点头，又摇了摇头。现在，他的胸腔里涨满了春水一样的忧愁。他对这种情况非常恼火，但又无法消除。他嗫嚅地说：“你，真的喜欢我的诗——”

林晚晴伸手指戳了一下他的额头，说：“你呀，真是个傻子。”她垂下头来，低声说：“你就不怕我被别人追走了吗？”

孙学文脱口而出：“当然怕啦——”

林晚晴“噗哧”一笑，头部随着纤细圆润的脖子弯过来，伸嘴往孙学文的脸颊亲了一口。孙学文感到林晚晴的嘴小小的，暖融融的，他像被一只小鸟啄了一下。他听到头脑“嗡”的一声，有一种天旋地转的感觉。他想搂住林晚晴的腰，但她一扭身，就挣脱了他的怀抱。等他醒悟过来，林晚晴已经像一只兔子那样蹦走了。一句话随着夜风飘入孙学文的耳朵：“傻哥哥，你怕就向我阿爸提亲呀——”

第二天，孙学文就跟父母说，他打算找个媒婆向林晚晴的父亲林大山提亲。父亲双手抱着头，一声也不吭。母亲有点不放心地问：“人家林晚晴会看得上你吗？我们穷哇——”孙学文不理她，抱了一只老母鸡，跟着邻村的媒婆走入林大山的庭院。

孙学文一放下老母鸡，媒婆还没有开口，林大山就拼命摇着手说：“别别，别给我来这个，这只鸡你捉回去。”孙学文说：“我对晚晴是真心的，我以后会对她好的。”林大山说：“对她好的小伙子多得很呢。”孙学文张口结舌，一时说不出话来。还是媒婆能说会道：“晚晴阿爸，那当然啦。晚晴长得像朵鲜花似的，人又懂事能干，谁娶了她，都是福气呀。”林大山脸色稍为缓和，哼了一声。媒婆察言观色，又说：“不过，孙学文这后生仔跟别人不一样呀。他忠厚老实，又有文化，晚晴嫁给他，一辈子都靠得住的，也不算委屈了她。”林大山说：“就算晚晴肯嫁给他，他娶得起吗？”媒婆笑嘻嘻地说：“这个好商量嘛。以后做了亲戚，万事好商量。”

林大山斩钉截铁地说：“什么都好说，这个不能商量！”他指头一根一根伸出来，等他伸到第五根，孙学文就傻了眼。还是媒婆见惯风浪，不乱方寸，讪笑说：“五千？”林大山摇了摇头。媒婆倒吸了一口凉气，问：“五万？”林大山点点头说：“礼金一分不能少！”这一次，连媒婆也说不出话来了。孙学文反倒激起豪气来了，大声说：“林叔，你给我三年时间，给你五万！”林大山说：“等你筹到礼金再说吧。”

孙学文垂头丧气地跟着媒婆走了。那只鸡终究没有送出去。

尽管提亲受挫，但并没有影响孙学文和林晚晴在黄麻地里幽会。但林晚晴看着愁眉苦脸的孙学文，也想不出什么好办法来。他说：“即使我去偷去抢，也搞不到五万元呀。你看你能不能让他减一些？”她说：“我爸爸最贪财，这个他是不肯让步的。”他说：“我准备秋收后就去深圳打工。”林晚晴嗫嚅半晌，说：“其实，还有一个办法，就是……就是我们生米煮成熟饭了……”他说：“你疯啦——”他抱住林晚晴，说：“晚晴，我一定要堂堂正正地娶你过门。我要让你知道，我是多么的爱你——”林晚晴搂着孙学文，没头没脑地亲着他。

到了七月，地里的黄麻全被砍光了，光秃秃的一片。两人失去了幽会的最佳地点，偷偷去山坡上的小树林或晒坪旁边的小屋见面，打一枪换一炮，为的是避人耳目。两人相好的事，早传出风声了。林大山对女儿看得紧了，要见面不像以前那么容易了。

谁知，秋收还没结束，就传来了坏消息。林大山要将女儿许配给林家村的包工头了，包工头将礼金十万元送到了林家，准备在中秋节完婚。看着那个有十万元的存折，林大山整个人都乐疯了。他逢人就趾高气扬地说：“万元户算什么？我都顶得上十个万元户了！”

那天夜色如墨，两人在晒坪的小屋里相见。林晚晴说：“全完了，即使你马上拿出五万元，也没用了。”孙学文说：“你真的爱我？”林晚晴点了点头。他说：“那么你跟我走，咱们远走高飞！”林晚晴摇了摇头，凄然说：“那样我爸爸会疯掉的。”他冷笑说：“你还说爱我！”

林晚晴说：“过了今天晚上，我就不能见你了。但我心是属于你的，身体也是。”小屋里铺着厚厚的稻草，林晚晴将衣裳脱下来，垫在稻草堆上，她抓住孙学文的手，按在她赤裸的胸膛上。他没有吭声。他的身体被一股夹杂着悲愁和愤懑的火焰点燃了，也许还有些微的嘲讽。在黑暗之中，他就像一只野兽，积聚着全身的力量，在她的身体里左冲右突，轮番轰炸。林晚晴紧咬着牙齿，尽量压抑着不哭出声来。

良久，孙学文大喊一声。一只野兽从他的身上跳出，跃入了无尽而黑暗的虚空中。一种极度的快感交织着极度的恐惧，刹那间攫住了他。

就在这一瞬间，公交车因急刹车而剧烈震荡，车厢里的众人东倒西歪。有人忿然道："有无搞错呀？"孙学文终于醒过来了。这是一种彻头彻尾的苏醒。他可以确定，从来就未曾进入过任何一个女人的身体，也从来没有尝试过恋爱的滋味。作为一个广州无数个建筑工地上不起眼的瓦工，他的工作就是像鸟儿一样伫立在高高的脚手脚上，砌着红砖或瓷砖。到目前为止，他满二十岁了，自从去年三月来广州做瓦工学徒，已经学满出师，成了一位熟练的瓦工。他看中的姑娘固然有不少，即使在街道上遭遇的任何一个姑娘，都让他觉得十分理想，但暂时还没有任何一个姑娘看上他。

刚才的梦境太让人销魂，也太让人伤感。孙学文好一会儿才回过神来。他发现自己正站在公交车上，已经在熟睡的状态下过了七个车站，幸好他要坐到总站。他还没有从那一连串梦境中完全脱离，那些梦境无比逼真，却又不可思议。他努力地回忆着梦境的细节，试图将思路梳理清楚，但发现头脑中一片混沌，要做到这一点是无能为力的。

孙学文发现，在那些梦境里面，一切都是变幻不定的，只有林晚晴这个女人贯穿了这一系列的梦境。但不管是事物，还是人，都不是静止的。譬如那棵菠萝蜜树，在前两个梦境中，作为重要的场景存在着，但在第三个梦境中，已经销声匿迹了。即使是贯穿始终的女人林晚晴，也并非一成不变，而分别呈现了一个女人在暮年、中年和少女的三个阶段。作为梦境的核心，这个女人的三张脸交替在孙学文的面前晃动，给他留下了难忘的印象。

他为什么会做这种离奇而真实的梦呢？但梦幻是不可解释的。在梦中他居然会写诗。多年之后，等他真的成了一位在省内外享有声誉的作家，不禁回想起年轻时何其荒唐的白日梦。他用衣袖擦掉了嘴角上的口涎。他身边站着一个穿着时髦的女郎，她皱了皱眉头，欠身欲往旁边避让，仿佛他是麻风症患者似的。其实车厢里拥挤得很，她根本就避无可避。孙学文忍不住盯了她一眼，发现她的脸蛋非常好看，而且跟梦境里的少女林晚晴毫无二致。他冲着她咧嘴一笑。女郎充满鄙夷地盯了他一眼，气呼呼地扭过脸去。也许，正是身边的这个美貌女郎才让他沉入那一连串梦魇之中。又一个车站到了，冷若冰霜的时髦女郎踩着高跟鞋下车了。

孙学文透过车窗，最后望了一眼那时髦女郎姿态曼妙的腰肢。他从裤袋里摸出了一张3R的彩照，上面有一位姑娘的全身照，看上去姿色平平，身形佝偻，面目黧黑，穿着也显得土里土气。孙学文终于想起了今天坐车的目的，他是要从沙河顶赶到上冲村去相亲的。在乡下的父母为他牵针引线，介绍了一个在广州城郊一制衣厂打工的姑娘，姑娘是同乡，芳名叫林晚晴。

第十章　拯救河流

狂欢之后遍地狼藉。在粤西乡村，“年例”节一过，回家过年的人就跑光了。譬如凤凰村，这个只剩下老弱妇孺的小山村，像一只被掏空了的米袋，变得疲软而无力。初春的阳光和煦而白亮，孙家声老人牵着老迈的水牛走在干涸的河床上。牛啃着地上的草。一股寂寥和苍凉的感觉，从他的心底陡然升起，像风吹刮着河滩上的沙粒。河床的中央，曾经涌动着清澈的水，但如今一片荒芜，被砂土和杂草所占据。

一个男子的身影及其有些怪异的行为，进入了全村人的视野。所谓全村人，也就是那些老人和小孩，还有几个村干部。他们多年前就停止了艰辛的耕种，显得无所事事。他们像那些被大片大片地抛荒的田地一样空虚和无聊。村子太冷清了，即使是一群蚂蚁打架，也能引起他们的兴趣，何况是一个疑似疯癫的人。一直以来，凤凰村的人都很正常，那就少了许多逗玩疯子的乐趣。现在，好戏就要开锣了。

关于那个三十多岁的男子，孙家声们肯定他是村庄的人，但他的模样以及装束让人感到陌生。譬如他头上戴着鸭舌帽，而不是农民通常戴的麦秸草帽，就显得有几分洋气。对大多数的人来说，那张白净俊朗的脸，也是让人似曾相识而感到模糊的。孙家声连蒙带猜，总算叫对了他的名字：孙知。他的头脑根本没有这个人的印象，他已成为村庄的陌生人了。

第一个报道孙知可能是一个疯子的人，就是牵着牛在河边吃草的孙家声。作为目击者，他看到孙知一连好几天，都在村边那干涸的河床上独自行走，时而弯下腰去，捡起什么东西又扔掉。他看上去像在闲逛，又像在寻找什么，既显得无所事事，又像有什么目的。

孙家声问他："你丢了什么？"孙知忧悒地望着他，摇了摇头。有什么好丢的呢？他觉得有一大团雾状的东西堵塞在胸口，但他无法用语言去表达。他可以确定，有一种极其重要的东西正离他远去。那是一种痛彻心扉的感觉。二十年前，他几乎钓到了一条大如蒲扇的金色鲤鱼，它被拉出了水面。十年前，他几乎发了一笔横财，他买的彩票只差一个号码就押中了五百万。还有几年前呢，他几乎赢得了一个大美人的身体和爱情。唉，就都差那么一点点——那些美好的东西就溜走了。但那种痛失的程度，仍无法跟他此刻的心情相比。上述那些原本就不是属于他的，但现在寻找或凭吊的一切，原本是存在着的啊。

多日之后，他跟孙家声说，他所失去的东西有些抽象，三言两语说不清，也不仅属于他一个人，但毕竟也是唾手可得的。

孙知的脑海翻滚着往昔的时光和往事。村庄坐落在一座鱼形的山坡上，炊烟交织着晨曦，村庄静谧而生机勃勃。一条小河呈带状环绕着村边流过，金箭般的阳光一支快过一支，穿透了河面上的白雾。河水流动的声音，透过光与影传递过来。两岸一棵棵野生的水蓊树像倒竖的大扫帚，将天空扫得越来越蓝，越来越高。当太阳跃出云团，由红变白，你可以看到河湾像一面圆镜子，被天空、远山及两岸树木的虚像所充满。在镜子的迷宫深处，栖息着毛蟹、草鱼和河虾等二三十种生灵，它们若隐若现的身影让人觉得很不真实。极目远眺，河水像素帛一样展开，无穷无尽地奔涌，河滩上的青翠芦苇一直铺向天边……

这是他美好的回忆，也是真实的风景。但如今只剩下记忆。河流已濒临死亡，那一丝似有若无的水流，在河床中孱弱地流过，仿佛一个风烛残年的老人，呼吸随时会停顿。

孙知苦笑了。这样的“河水”，不比他撒的一泡尿更有气势。这曾是多么好的一条小河呀。而如今，水蓊树和芦苇消失了，鱼虾消失了，白花花的波浪和幽深的水潭消失了。一条经常在雨季漫出河堤的河流，只剩下两岸和河床。没有了河水，也就等于抹掉了河流，这连河岸和河床也难以成立了。在往昔的河床上，堆积着农药瓶、塑料袋和砂土，那曾经的河岸疯长着雏菊和野蓖麻。

河流正在死亡。这不是一个譬喻，而是事实。孙知扯了一把草叶，塞入嘴咀嚼，狠劲咽下喉咙，苦涩的草汁让他几乎呕吐。他大口吞咽，张大泛着泪光的双眼，望着孙家声。孙家声恍惚地望着他，又望着啃草的牛，觉得这两个家伙有可比性。

进城生活过多年的农民工孙知，在河滩上啃了一个下午的草，就这样通过孙家声的嘴传遍了整个村庄。第二天，孙知对此也略有所闻，他正在成为某个人们期待中的故事的主人公，他的一举一动已成了人们茶余饭后津津乐道的奇闻逸事。他有些恼火。但同样作为凤凰村的人，他发现跟别人的隔阂是无法消除的。他之前对此没有多加考虑。

作为见证人、旁观者和报道者，孙家声发现，孙知在河床上闲逛了六天。他牵着牛亦步亦趋地跟随着孙知。孙知的行为让人觉得古怪而没由头，就是因为他除了啃草，还用舌头去尝河湾那一小摊乌黑发臭的水。那些水是狗也不喝的。

孙知沿着河床溯“流”而上，往河岸上那棵单独的水蓊树走去。水蓊树在初春开出淡白的小花，并在夏天结出灯笼状的青果。这是一种不错的果子，味道清甜而爽脆，口感像“莲雾”。这种野生的果树，过去在粤西的河畔很普通，但孙知走遍了凤凰村境内的河段，发现这是硕果仅存的一棵。严格地说，也只是半棵树，因为它没有多少枝叶，更没有树冠，一截三四米高的树桩，大如木桶，顶上横逸而出的两三丫树枝，倒是缀满了叶子。那几丫枝叶，就像树木的魂灵逸出了身体，眼看就要被一阵风吹走。孙知抱住它。它这个样子，像被毒打的牲畜，像被拗断翅膀的鸟，让人鼻子发酸。

抱住树木，孙知感到某些怪异的感觉纷至沓来，仿佛有鸟的羽毛在漫天飞舞，让他眼花缭乱。多日之后，他告诉孙家声说，那棵树像一根放大了的拐杖，而他就像无形的巨人拄着这根拐杖在云端上行走。但一转眼间，它又变幻成一个高大丰满而身有残疾的美妇人，那丛枝叶就像她剪剩下一小半的秀发，给人带来慰藉和伤感……当然，那种纷乱而驳杂的感觉，是无法用嘴来说清楚的，只能说个大概。总之，这完全预示了他未来数月的心情，在满怀希望中交织着不祥之兆。他用力抱住树木。他的脸庞、胸脯和四肢，完全紧贴着那棵树木。在神思恍惚之中，他抱了很久很久，说不清到底有多长时间，但他仿佛度过了漫长的一生。在那时，他有搂抱旧恋人的感觉，被人断定是疯子时，也不讳言这种感觉。“我不能随便笑话人，”孙家声向他道歉说，“当时我乱嚼舌根，很不应该！”

关于孙知和那棵树木的故事，几经辗转后，传到现任村长孙瑾老婆胡少芬的耳朵里，就变成了孙知抱住河岸的水蓊树去搞它了。有人奇怪地问，那树又不是女人，有口子吗？孙起运淫邪地说，本来是没有的，但孙知的啄木鸟起劲地啄呀啄，就啄出洞来了。胡少芬羞红了脸，扭头走开。

作为村长的夫人，胡少芬不愁吃不愁穿，家里用上液化气，连衣服也不用手洗了，都有洗衣机了嘛。孙瑾多年前就属于先富起来的人了。但她很寂寞。她觉得时日漫长，黑夜更漫长，更密实，像黑幕无法被光亮穿透。她的心像河滩的沙堆，散发出孤寂的滋味。孙瑾很少在家里吃饭、睡觉，公务太繁忙了。他开着辆二手轿车，老往黄花镇和橘州城上跑。领导嘛，工资基本不用，老婆基本不动。他瞪着眼向胡少芬抱怨，你以为我想？有时一天得吃三顿晚饭！人在江湖，身不由己呀。

胡少芬不吭声。结婚好几年了，她不想去闹，也不想去折腾什么。她就让心里空着，荒着，也不去种花呀草呀什么的。她不想招蜂引蝶。全是举不起翅膀的老昆虫了，犯得着吗？她还年轻呢，但身体里的河流，就像村边的小河，河床堆积着砂土，河岸塌成了平地，报废了。

过去有水的时候，小河也就十多里长，它没有名字。沿岸分布着三五个村庄。凤凰村这段约长两三里，上溯两三里一直到中火嶂里的源头，属李村。下游有七八里长，过了黄村，拐几道弯，一直通向黄花河。黄花河穿过黄花镇往东流去，在十数里后汇入罗江，罗江再跟鉴江在橘州合流而奔向大海。鉴江是粤西境内最大的河流。

这河溪不比山林田亩，没有显而易见的利益，连集体财产也算不上，在归属上也没有明确的划分，遵从约定俗成的原则：村子的田地山头到哪儿，相应的河段也就属该村。从李村到黄村这十里河道，往昔那清波荡漾、鱼欢虾跃的景象，彻底消失了。孙知沿着旧河床上溯踏勘。发现在凤凰村和李村的交界处，有一处小河湾，像篮球场那么大，一汪水呈暗绿色，黏稠发臭，水面堆满了细碎的浮萍和疯长的水葫芦。毕竟有一汪水，像个水塘。孙知持根竹竿去探，感觉竿底绵滑松软，像插在面团里，淤泥积淀很深厚。连泥带水，怕也有两三米呢。

孙知的眼睛就亮了。他坐在河畔上，认真思考起来。这个沼泽地般的河湾给他带来一线希望。这河湾就像是河流的尸体，正在变硬，发臭，但尚有余温，几乎还称得上是活物。河流的生命在于流动。河水在流动中保持神秘。但这段河道，没有更多的水以溢出并流淌。还是没有活水、没有源头啊。

孙知正在胡思乱想，忽听得河畔的桑树林有人喊他："大兄弟，这里也有棵水蓊树啊，你来看看？"孙知跑去一看。胡少芬双臂斜举，头插桑枝，她在模仿一棵树。她的衣衫很单薄，胸部硕大巍峨的两团物事微微颤动。孙知脸上发热，他低下头，问："哪儿还有水蓊树？"胡少芬吃吃地笑："我比那棵秃顶的半截子树如何？"在绿意蔓延的桑林之中，枝叶错杂，阳光透过叶隙打在胡少芬的脸和身上。她看上去不像一棵树，倒像一只大白鹅。孙知吞了一口唾沫，好不容易摆脱了那团让他晕眩的白影。他快步走出桑林。

此刻，正午的太阳很圆，很威严。他身后传来胡少芬的切齿声："真是疯了，没药救了！"

孙知收拾心情，继续往上游走去。但他的脚步乱了，被地上一块凸出的石头绊了一跤。孙家声就在他的身旁，忽然发笑。那头牛像影子跟着他。一人一牛，仿佛是地下冒出来的幽灵。孙知瞪了一眼孙家声。他不习惯别人跟在后头。孙家声往牛背抽了一鞭，骂道："谁叫你东张西望了？有草不吃你想吃天鹅肉？"孙知不理他，继续往上游走。李村境内的河段也荒废了。

孙知穿过李村，脸色越来越难看。那孙家声仍然牵着牛不紧不慢地跟着他。再往前面走了一里许，就到了小河的发源处，几缕细小的泉水来自中火嶂山腰的泉眼。泉水有气无力的，像垂死的癞蛤蟆张大着嘴巴，艰难地呼吸。

在孙知的印象中，嶂坡过去有一片茂密的混叶林，松树啦，相思树啦，苦楝树啦，有好几种乔木，芒草、铁芒箕及山稔之类的灌木见缝插针，生机勃勃。但如今从嶂坡一直到嶂顶，光秃秃一片，裸露出黄土和砂石。山脚却有一片桉树林，生长茁壮，整整齐齐，每棵树约有碗口般粗细，显然是人工林。

“还是有人种树的。我就不明白，有这么好的林子，干吗还蓄不住水呢。”孙知对自己说。

“这都是速生林，一种从外国引进来的桉树种，”孙家声搭腔说，“不出三五年，就能从幼苗疯狂长到这个样子。每棵树都是一台抽水机，抽干了地下水。树叶子还散发毒气呢，树底四周寸草不长。这种树成不了材，只能造纸用。橘州城有人收购，能赚大钱。”

孙知吃了一惊。一看地面果然光溜溜的，一根草也没有。孙家声很严肃地盯着孙知，缓缓地摇头。孙知说：“你能猜到我在想什么？”

“后生仔，你的想法很疯狂，但一点用也没有。”孙家声回答。

“我没什么想法。”孙知心虚地说。

在随后的几天里，孙知又数次潜入这座林子。他就着月亮的光辉，一棵一棵去数，发现这片山林不算大，但树种得很密集，不过四五亩地，也有两三千棵树。他怀里揣着一把刀，手上提着一袋盐。他想出了一个暗杀树木的方法。但每次等他亮出刀尖，孙家声总像一个树精那样从树旁闪出来。他的眼睛在夜晚闪着蓝光，有点像猫眼。他跟孙知较上劲了。

多日以来，孙家声跟着孙知，阴魂不散。孙知说：“你离我远点！我警告你！”孙家声说：“你不要干傻事，没用的。你所做的一切，将是白费心机。”孙知大喊一声，捏着袋子的底角，往树梢上抛撒，碎粒似的微光只一闪，就不见了。

翌日，孙知打电话给远在省城的打工作家孙学文。这孙学文是凤凰村出去的人，孙知在省城打工时见过他一次，个子矮小，戴着一副黑框眼镜，听说他会写什么朦胧诗，一口乡音未改，没什么架子。见了老乡，还爱用仅在村子流通的俚语爆粗口。这让孙知很亲切。孙知说：“作家啊，你还记得咱们村边的小河吗？”

“记得。小时候光屁股去戏水摸虾，一辈子也忘不了！”

“它死了。”

“啊，我有二十多年没回去了。不过，想也想得到。都全球化了，没有谁的故乡不沦陷。”

“你是知识分子，见得多，识得广，有没有办法让它起死回生？譬如搞一搞水利工程什么的，让小河重新有活路，有鱼虾？”

“真没有办法。历史上有名的治水工程，譬如大禹治水，李冰父子修都江堰，乃至现在修的三峡大坝之类，主要是防洪啦、灌溉啦、发电啦什么的，但前提是总得有水啊。水都没有了，那就谈不上治了。”

“源泉还有几个没断，那就还有一点希望。只是河床被淤塞了，也就没有河道了，好比水缸被打烂了，水就待不住了。肯定有个什么办法。”

“你倒成了水利专家啦。兄弟，我说你操这份闲心干什么？甭说一条小河，就是长江黄河在旱季也没什么水了，你有什么法子？这是天下大势！生态破坏，自然崩溃，河流干涸，这也不是什么新闻了。全地球都这样，没治了。”

孙知挂了电话，情绪低落。

三月到了，一场持续多日的暴雨给孙知带来了好心情。无数道浑浊苍黄的水流从山坡、沟壑上汹涌而下，汇聚入往昔的河道，水声轰响，波涛翻滚，水面越来越宽阔，直至溢出河床，漫过河堤，并将两岸的田地淹没，何其壮观！孙知望着这片大水，兴奋极了。他纵身跃入水里，从上游顺流而下，漂流，打水，像蛟龙般生猛，仿佛又回到了昔日大水泛滥的年代。在过去，如果碰到这样的大水，在落差较大的河段，会有无数尾鲤鱼从下游蜂拥而来，在激流和浪花间跳跃。现在，孙知连一尾小鱼也见不到。他忽然想起，他有多久没见过一只叼鱼郎了啊。那种双翅漆黑、腹部雪白的小鸟，是捕鱼的好手。平时它在河面上逡巡，飞得像遥控飞机一样平稳，突然像箭矢射入水中，当它飞起来时，嘴喙总能叼起一尾闪光的小鱼，仿佛捡起一把小刀。这种小鸟，是河流的精灵。河流消亡了，这种精灵也不知所终了。

孙知从水中走出，初春的河水有些凉意。他打了个寒噤。他感到村庄无数珍贵的东西已不复再有。这种感觉是模糊的、恍惚的，但他的忧愁真切如沉入水底的石头。

让孙知痛心疾首的事情发生了。不过数天工夫，那片宽阔而奔腾的大水不知去向，那种河流活了过来的景象消失了。这像一个幻觉，顶多是回光返照。水全跑光了。整段河道就像一只穿了帮的瓦罐，水漏得一滴不剩。

孙知行走在湿润而结实的河床上，感到这就像一个旧梦，多年后又重温了，但仍然抓不住。如果将那片大水留在河床里，那该有多好啊。

倏地，孙知脑海中闪过一记白光。只要下雨，就会有水。有了水，一切就好办了。

孙知跑去找村长孙瑾。孙瑾不在家。胡少芬在喂鸡，抓了一把白米往院子里撒，一见孙知，手上的米粒就从指缝间漏走了。她的眸子闪着水光，就像两个泉眼。孙知有点发怔。这妇人的脸真美呀，真经得起推敲。他见孙瑾不在家，转身就要出去。胡少芳说："你坐一下嘛。他马上回来了。"她俯身给孙知倒茶。她衣领有个扣子没扣好，她脖颈下的一抹雪白，以及幽深而波动的沟壑，让孙知感到头晕眼花。他赶紧低头喝茶。

"大兄弟呀，我嫁到凤凰村好几年了，怎么就没见过你呢。你不像凤凰村的人，"胡少芬咯咯地笑，说，"凤凰村没一个好人。"

"父母过世后，我就没回过家，"孙知说，"怕也有十年了。"

"这破村子有什么好。有本事的人谁会留在这儿？谁会像我家的死鬼。你在城里做事，见过很多大美人吧。听说城里的女人，穿的衣衫又薄又滑，像玻璃一样透明，是真的吗？什么时候带我去城里耍耍就好了。你老婆是城里人吗？肯定又贤惠又迷人喽。"

"我没有老婆。"孙知觉得胡少芬的脸和胸部老在眼前晃动，让他眼花缭乱。

"哄人呀你，"胡少芬伸指头去戳孙知的额头，说，"听说城里的男人，光找情人，不想结婚。你是沾上了坏风气，是不？"

"村长还不回来，那我先走了。"孙知将茶杯放在桌子上，大步走了。

胡少芬望着他的背影在门外消失，呼地操起竹枝扫帚，将邻家争食的一只公鸡狠劲打出去，几根翎毛飘下来。

傍晚，孙知总算在村口撞上了孙瑾。孙瑾将轿车泊在村口的大榕树下，眼睛血红，口里喷着酒气，歪着头问：“啥事呀？”

“咱们小时候，都跟大人去橘州县城郊外修过水利，还记得吧？”孙知说，“那真是热火朝天，好几百人，硬是在罗江边上挖出了一条约十里长的人工河。”

“没什么印象，我没修过水利，”孙瑾挠了挠头，惘然说，“村庄也有多年没搞过水利了。水利是灌溉庄稼用的，现在田地都抛荒了，无人耕种了，还要水利干吗。你说啥呢。”

“你是领导，看能否将全村人召集起来，将河床淤塞的泥呀沙呀全挖起来，疏浚河道。这样，河流就活过来了。”

“活不了，没什么水流下来。”

“雨天就有水了。”

“那也不是河流，顶多算个水塘，但这样的事我不会去做，这种事没用。修个水塘干吗？除非有人要租来养鱼，有经济效益。没用的事情谁干？建设新农村的任务很艰巨，我还得绞尽脑汁带领乡亲们奔小康致富呢。谁会租用这一截旧河滩？一点屁用没有。”

“我们要拯救这条小河，不能让它毁在我们这一代手上呀。”

“我靠！兄弟你这句话就不对了。首先，这条河没了，不是我们去毁它的。没有一个人去搞它，它是自生自灭的，是气数尽了、寿终正寝了。人不能违背天道。其次，修水利，总得有利于百姓、有利于人民，如果没有利，我们就不会吃饱了撑着，去挖什么河泥！除非你给大伙儿发工钱，有钱能使鬼推磨，每人五六十元一天，也许有人肯干。”

“那得干多久？”

“全村尚有劳动力约二十人，要将这好几里河道疏通，每天不间歇地干，怕也得干个三两月吧，起码也得花个十万八万！”

“我没有这么多钱。”孙知的声音在颤抖。

“没钱就不要说了。”孙瑾晃晃悠悠地回家去了。

暮色苍茫，孙知跑去看河滩上的那棵水翁树，水桶般大的树干，上面横着几丫枝叶。他觉得这棵树有些不合时宜，跟周围的风景很不协调。它不像是自然生长出来的，倒像是人们竖立起来的一个什么架子。倘若再挂上一段绳子……这样的想法，让人毛骨悚然。这是村庄最后的一棵水翁树了。这是一棵孤独的树。暮色越来越浓，它越来越模糊，渐渐消失于黑暗中。

孙知一宿睡不着。他一闭眼，面前就是那截废弃的河床。那棵水翁树，像横在眼帘里的一根针，撑在那儿，让他怎么也合不上眼。

天一亮，他就磨亮了斧头，去砍斫那棵树。水翁树的木质很松软，木屑簌簌而落，空气中弥漫着新鲜木料的清香。一群无所事事的人在瞧热闹。几个小屁孩，在人们的裤裆间钻来钻去，快活地嬉戏。

“这棵树做一副薄板棺木还是过得去的。”孙起运说。

“劈成木片，好烧得很哩，”胡少芬说，“不过，大家都用石油气了，谁还烧木柴？”

“砍树是没有用的，”孙家声走到砍得起劲的孙知身边，说，“不是树的问题，你心里的树是砍不完的。”

孙知瞪大双眼，望着孙家声，又对准树干上月牙形的创口猛力挥动斧头，刃光闪烁，木屑迸溅。

众人七嘴八舌。孙知不理睬他们，只管用力砍伐。不过半晌工夫，他就将这棵树砍倒了。他挥动斧头，三五下就将那几丫枝叶削掉了。

坎坡上，孙瑾带着一个穿着警察制服的人出现了。孙瑾说：“这棵树是村里的集体财产，你擅自砍伐，就是破坏山林，违犯了《林业法》！”

警察掏出数码相机，反复地对准树干拍照。孙知手持斧头，不知所措。警察板着脸孔，对准他的脸也拍了几张。警察开出的罚单是三百元。孙知没有多说，乖乖地交了钱。那段木头就搁在河滩上，也没有人去管它。

孙知对那段木头的处理，在凤凰村的人看来，纯属疯狂之举。他持锹在山坡上挖坑，孙家声饶有兴趣地看他挖掘，抛土。那头牛在旁边啃草。

“你要埋谁呢？”孙家声问。

“当然是埋死者了。”

孙家声忽然变得肃穆起来。他拍了拍孙知的肩膀，不再袖手旁观，而是帮孙知一起挖坑。两人不再吭声。一会儿，坑挖好了，又长又深。两人同心合力将那段树木截成数段，又抬到山坡，埋入坑里，填土，垒平，堆起一座新坟。孙知点燃了几炷香，插上坟头，又在坟首烧了几刀纸钱。他在拜台上双膝跪下，对准树坟叩了几个响头。一股悲戚像水雾漫上他的眼睛。他望着孙家声，有点想哭。

“这棵树埋下去，隔一些日子，说不定会长出树秧子来。”孙家声说。

孙知将信将疑地望着他。

“你恐惧什么呢？没什么好怕的，”孙家声说，“你砍了它，就没有了，一棵也没有了。”

“老疯子！”孙知大声嚷道。他将铁锹往远处一扔，发疯似的往山坡下走去。孙家声望着他，长长地叹气。

孙知回到家里，内心的郁结久久未散。但他下定了决心。他要竭力去做一件事。他去竹林砍了两棵大毛竹，劈成篾条，准备编织两担畚箕。他将小树杆削掉枝叶，用柴火烘烤，弯成弓形，他得先整好畚弓。他小时候看父亲织过畚箕、箩筐什么的，方法约略还记得。他虽然有的是力气，但缺少技巧。他双手抓着树杆子，用力拗来拗去，仿佛在跟一个看不见的巨人搏斗，但怎么也占不了便宜。

孙家声瘦削的身影，穿过午后的阳光，来到了孙知的院子。他笑了笑，一劈手夺过那根树杆子，三下五除二就将畚弓搞好了，并用篾条将其固定。他用手拈起篾条，整个人的神情就变了。他就像画家拿起画笔，刀客拔刀出鞘，一副天下舍我其谁的架势。他编织的动作宛若行云流水，青篾片像丝线一样，上下穿梭，左穿右插，在他的手上飞快地跳跃。不过一刻钟，一只畚箕就成形了。

“你为什么要帮我？”孙知问。

“你是一个有心人，”孙家声感慨地说，“你对一棵树也有感情。不像我那个没心肝的儿子贵生，他离家出走都有几十年了，也不知道他现在是死是活。唉——”

“你知道我要干什么？”

“后生仔，”孙家声点点头说，“明知道你这样干是没用的，但我决定帮你。反正我闲着也是闲着。只有我一个人帮你，不要指望有援兵。我年轻时去过公社学毛著，毛主席教导我们说，我们无产阶级革命家不怕苦不怕难，要有愚公移山的精神。这下可好，咱们得做新愚公了。”

在金色晚霞洒落荒野之际，他俩挑着畚箕出现在河床上。他们先用锄头将河泥掘松，然后用铲子将其装入畚箕，再挑到河堤上堆放。其实，所谓的河堤早已面目全非，要么被踩平了，要么坑坑洼洼，顶多是旧日河堤的遗址。

孙家声白发苍苍，一把老骨头倒硬朗得很，干起活来手脚麻利，并不比孙知逊色。

孙瑾又喝醉了，他脚步踉跄地走到河岸新堆起的土上，目光朦胧地望着余晖中忙碌的两个人，指着他们呵呵大笑："这两个疯子呀。河流断了，这是自然规律。逆天行事呀你们！你说，这样瞎搞有个鸟用呢。"

谁也没想到，第二天，胡少芬也挑着畚箕出现在"工地"上。她裹着头巾，束着花格子衬衫，腰窄臀丰，倒有几分英姿飒爽。这倒让孙家声深感讶异。孙知也没想到她会来帮忙。胡少芬白了他一眼，说："我就喜欢干活，你管得着吗？"

美妇人的出现，引起了连锁反应。村里的老头倾巢而出。孙家声呵呵大笑："这些老咸虫，都是冲着胡少芬来的。但也是白费心机。"孙知愕然不解。孙起运说："很简单。胡少芬是一块好地，但缺少灌溉。妇人再美，如果少了滋润，就像这河床，要干涸了，龟裂了。但都是糟老头子，她再干渴，也瞧不上呀。"孙桂祥反问："那你还来干什么？"孙起广应声而答："看一看就精神了。"

这些援兵都是能征惯战的生力军，尽管是六七十岁的人，但乡下人身体好，几十年来什么苦活累活没干过？都是能打硬仗的。孙知深刻体会到了毛主席所教导的人多力量大，真是至理明言。河道上人影走动，尘土飞扬，颇有几分热火朝天的感觉。

孙起运干得兴起，唱起粤曲戏文来：

我捉住马头四处俾目望，
阵前来了个女将真飒爽，

白袍白马亮银枪，
一张粉脸好比满月明晃晃——

现在，凤凰村留守的老人家，除了老妇人及几个腿脚不灵便的，都卷入了孙知发起的水利工程中。孙知仿佛回到了幼年时跟父母到罗江下游修筑水利的情景，那都是二十世纪七十年代中的事了。这些老家伙，当年可都是挑大梁的主力呢。他胸口涌起一股热浪，眼眶有点湿润，大声说："中午我请大家喝鸡汤——"

孙知骑单车去黄花镇捉回十来只羽毛斑斓的大阉鸡，扔在井台上。胡少芬带了几个妇人去杀鸡，拔毛，剖腹，忙得不亦乐乎。

孙知探头去望井里的水，有点绿，有点脏，浮着几根稻秆和木叶，一只青蛙在游动。他在井水的影子也显得黯淡而破碎，那曾经是多么清甜的水啊。很快，浓郁的鸡肉香味在空气中弥漫，驱散了他的愁绪。井台旁边的田地上，砖头搭的炉灶架着大铁锅，炉膛火光熊熊，锅里的鸡汤煮沸了。大伙儿就在弃置的稻田上掘地为灶，煮饭，炒菜，聚餐。孙家声感慨说："多少年没有集体开过大锅饭了？那都是公社化生产队时代的事了。"

这些人也是闲惯了，骨头有点发痒，干起活来劲头十足。没几天工夫，一段数百米长的河道，已被浚通，一个像篮球场那么大的旧河湾，也被清理得差不多了。但没什么水的河道，就像没有血肉的躯壳，还不能称之为河流，而徒具河道之名。

午后，孙瑾出现了。他大惊小怪地说："咦，你们这帮人，倒挺热心的。挖河泥有个屁用呢？平时为村集体做点公益事业，又没见你们出头。很好，唔，很好。好好干，到时我给大家想个用途出来——"

孙瑾忽然瞥见了胡少芬，冲上去，攥住她的手，将她从人群中扯出来，说："你给我回去，别给我丢人现眼了，还只穿小褂子呢，两只奶上蹿下跳，显摆啥呀你？你去镇上夜总会跳脱衣舞好啦——"她用力甩脱他的掌握，说："我不回去！"他"啪"地打了她一耳光，说："还敢嘴硬呀你，你不走我揍死你个贱人——"她掩着脸，挺起胸，鄙夷地望着丈夫。他双手揪住她的手臂，像拖一袋粮食那样往河堤上拖。她咬着牙去挣扎，手没挣脱，但屁股拼命往后坠去。两人就像拔河比赛那样僵住了。

孙瑾毕竟力气大，一发力，胡少芬被土坎绊了一跤，跌倒在地。孙瑾收势不及，也一屁股摔倒在地上，刚好磕着一块尖瓦砾。他痛得号叫一声，恼羞成怒，爬起来就骑在胡少芬的身上，左手揪住她的头发，右手猛掴她的脸。他才掴了两下，手就被孙知捉住了。胡少芬满脸是泥土和泪水，仍忍住不发出哭声。孙瑾冲孙知骂道："她是我老婆，我想揍就揍，你他妈的管不着——"孙知松开他，一时无言应对。胡少芬终于哭了，嚷道："你当我是老婆吗？谁不知道黄花镇彩美发廊的邓彩美是你老婆！老娘要跟你离婚——"

孙瑾勃然大怒："勾搭了奸夫就翅膀硬了，想离婚？没门！我的田地不种也不让别人动——"他的手机响了，忙去接电话："喂，哦，孙雷老板好，我这就过去——"他边听电话边离开了工地。

第二天，胡少芬依然出现在工地上。孙知说："你老公不找麻烦了？你就不要来了。"胡少芬说："我不来那些人就不会帮你。我的事你不要管，也管不了。"孙知望着她，目光炽热，他动了动嘴，终究没有说什么。还好，孙瑾公务甚多，忙着在镇上办公呢。他好几天没到工地了。

过了些时日，在一个凉意侵肌的夜晚，大伙儿都踩着暮色归家了。浑身被汗水濡湿的孙知，觉得全身像是散了架，一动也不想动。他索性摊开四肢，像一只王八躺在干净而硬实的河床上。朦胧的月光在泥地上跳跃，像水波在闪烁。他觉得月光像水流缓缓漫过他的身体。他也是一尾大鱼。所有那些往昔的、消逝的鱼类魂灵全集中在他的身上了。

孙知计算了一下，按这样的进度，到五月底六月初，凤凰村所属的河道工程就要大功告成了。至于上游及下游，牵涉的东西太多，远超出他的控制，就无能为力了。也只能如此了。除了罗江、鉴江等几条大河，橘州境内的河流包括黄花河大多因流量减少、河道淤积而朝不保夕了。按理说，一条河流是有头有尾的，只恢复其上游的某一段，无济于事，何况又是掐头去尾。但孙知已十分高兴了。他对坐在河岸上的孙家声说："很快到雨季了，到时大水汇入河床，这条河就活了。"孙家声说："不要高兴得太早！源头没有活水，河流就没有生气。"

在南方，春夏之间，雨水丰沛。数天之后，下了一场雨。雨不算大，但也将旧河道淋湿了，这就增加了挖土和搬运的难度。泥土原本很松散，铲起及泻落都很轻松。现在水与土一融，就和成了稀泥，就像糯米饭一样胶结在畚箕中，必须倒提畚箕敲打好几下才倒得干净。河岸上堆起的新泥也会滑坡，掉下来的泥沙，也得重新挑上去。

"过些日子，土堤上就会长出草来，那就牢靠了，"孙家声说，"最好还是种树苗，一是保护水土，二来也有景观。"

"说得好！"孙知眉飞色舞地说，"我小时候，河两岸全是水翁树，郁郁葱葱，枝叶繁茂如伞盖。在秋天，果子密密匝匝的，连空气也飘着香甜的味道。再种上几百株水翁树就好了。"

“哪儿去找水蓊树苗？最后一棵都被你砍了。”

孙知原本担心那些老头只有三分钟热情，未完工就半途而废了。没想到老头们十分卖力，这让他有意外之喜。孙家声说：“这全是胡少芬的功劳。”孙知见胡少芬正挑了满满一担泥土在攀登河堤，她的背影在远山和天空下显得颀长而优美。他眼前浮现出肥头大耳、趾高气扬的孙瑾，胸口一阵绞痛。等胡少芬下来，他小声问：“你真要离婚？”胡少芬点点头。她想笑一笑，但心底的愁苦像水泡在“咕咕”地冒出，使她笑得比哭还难看。她一点办法也没有。她这辈子算是毁了。她以前还不觉得是毁了，或毁了又有什么要紧，反正就那样。但现在她不甘心。

孙知深深地望着她，一直望到她的瞳孔深处。他什么话也说不出来。

晚饭后，孙知出了门。他觉得有必要跟孙瑾好好谈一谈。他是在省城务工多年的人，也见过些世面，他认为孙瑾虽然够狠，但也有人的弱点。他贪。这一点，古往今来的官吏都是一样的，尽管他还不算什么官吏。孙知对自己说，有钱能使鬼推磨，就当是为胡少芬赎身好了。即使是砸锅卖铁、倾家荡产，就算是借高利贷，也要将她从火坑中解救出来。

弯月的光亮很暗，孙知走到孙瑾的院子，看到院子有四个老头在排队。排前头的是孙桂祥，排后头的是孙起运。孙桂祥冲着孙知咧嘴一笑，露出一副漏洞百出的黄板牙，表情淫邪至极。孙知觉得莫名其妙，他正要迈腿往厅堂走去，孙起运一把扯住他，说：“大侄子，你得排队，咱们排老半天了。”

里面出来一个老头，孙桂祥像狸猫般迅捷地闪入去。也就两三分钟，又换了一个。很快就轮到孙知了。孙起运从里面走出来，仿佛获得了极大的奖赏。他跟孙知擦肩而过时，咂嘴说：“这份工不赖，真不赖，可惜过几天就完工了。”

孙知进去一看。孙瑾不在。厅堂的灯泡蒙了一层灰尘，灯光很暗。厢房传来胡少芬的声音：“还有人呀，拿工钱的到这边来——”孙知走到门口，里面漆黑一团。他伸手去摸索墙上的电灯开关，胡少芬喝止道：“我不管你是谁，要看就不能摸，要摸就不能看。你想好啦——”孙知的手在发抖。他终于摸到了开关，“啪”地摁亮了。胡少芬上半身赤裸，一对丰乳先声夺人，“呼”地跳入他的眼帘，比灯光更亮，比米袋子更沉。孙知猝不及防，眼睛跟那对闪着白光的物事短兵相接，一股热血呼地冲上脑门。他感到头晕目眩，但更多的是愤懑和伤心。“怎么能这样呀你——”孙知痛苦地说。

胡少芬比他还要吃惊。她一把扯起床单裹在胸前。她羞得恨不得钻入床底，或者从窗户跳出去。孙知一跺脚，猛一转身夺门而出。胡少芬嘤嘤地哭了，说：“你就瞧不起我，早知道了。”

翌日，那些老头又挑畚箕来到工地，倒是胡少芬不见踪影。孙知发疯似的挥舞着锄头，驱赶着那些精力充沛而色胆包天的老家伙，吼道：“你们滚，你们这些王八蛋，我不要你们帮——”那些老家伙吓了一跳。他们像被驱赶的一群麻雀，“哄”地飞散了，一会儿又围拢过来。孙知轮圆锄头，猛地砸下，将一块石头砸得粉碎，厉声说：“再不走，我就砸烂你们的狗头！”老头们面面相觑，不知道哪儿出了问题。孙家声示意他们四下散去。他拍了拍孙知的肩膀，说：“我的眼睛和手都没掂过不该掂的东西。你相信，我就留下来。”孙知将锄头往天上高高抛起，落在远处，吼道：“禽兽啊，都可以做人家爷爷了。”

由于没有了帮手，原本再干三五天的工程，孙知和孙家声又苦干了大半月，总算全线贯通了，整段河道修整一新，一直通到了上游的李村境内。但上游那点可怜的水，一注入新开的河道，就渗入泥土了，消失得无影无踪。孙知还是信心十足，他知道雨季一来，这段河道就会有几分昔日波涛翻滚的景象了。

在等待雨季来临的日子，他们也不是没事可干。他们在河堤上植树，苦楝树、相思树、柳树和樟树，能买到的树苗也就这几种。至于水翁树，那是找不到了。

孙知觉得必须跟孙瑾来个了断，但登门多次，均找不到人，仿佛他压根儿就没有这个家。孙瑾在凤凰村消失好久了。他的家里灯火黯淡。孙知想起胡少芬的面容，心就疼了。他不怪胡少芬，但他至今不肯原谅那些老头子。一个村子，如果连老头都不顾廉耻了，那就没救了。

孙知喊了几声孙瑾。俄顷，传出胡少芬的声音："他不在，你走吧。"

"少芬，我有话跟你说——"孙知说。

"你走呀，我什么也不想听——"

"你受苦了。"

"我自找的，也怨不得别人。"

"我对不起你。"

"没有人看过我的奶。我将那些手全想象是你的了。你过来——你过来呀你——"

胡少芬等了半天，没见孙知有什么动静，须臾，门外传来了凌乱而匆忙的脚步声。

胡少芬拿起一个瓷杯狠狠地往地上砸，忽然神经质地大笑，说：

“这疯子——”

孙知和孙家声正在河堤上种树苗，孙瑾来了。他说：“我知道你找我，更知道你打的是什么算盘。你想得太美了。世界上哪儿有这么合穿的鞋子？我没空跟你谈这个事儿，我限你在三天之内，将这些树苗全拔掉，一株也不能留！这儿的一块土，一粒沙，都是村集体的财产，不是你孙知家的自留地。我以村长的名义严正地告诉你，你是怎么种上去的，就怎么拔掉。否则，我就让公安铐你去派出所喂蚊子！”

“我不是要将河堤变成林地，”孙知说，“更不是要将这块地据为己有，这些树长大了还是村集体的，我一棵也不要。你要抓就抓好了，我不信种棵树还犯了王法！”

“这些地自有用途，”孙瑾说，“所以你不能擅自使用，村集体已经决定将它承包出去种果。就是不承包，也轮不到你来说话！”

“只要是种树就好了，”孙知松了一口气，说，“在种上果树之前，请你不要动我的树苗！”

“那就由不得你了，”孙瑾冷笑，“乡亲们，每拔一根苗奖赏五毛，拿树苗去找村里的会计算钱！”这句话一出，村子的男女老幼倾巢而出，疯狂地涌向河堤，顷刻间，就拔光了近千株树苗。孙知左冲右突，大呼小叫，但根本就无法拦截势若疯虎的人。他只好眼睁睁地望着辛苦十几天种下的树苗，被洗劫一空。孙家声冷眼旁观，不吭声。孙瑾满意地说：

“这几天，我没空跟你玩，老子招商引资去了。老子会慢慢陪你玩。”

数天之后，孙瑾招到的商人率领大队人马来了。原来就是凤凰村的暴发户孙雷。他是做包工头起家的，据说现在成了黄花镇一带有数的建筑商之一，在城市承建过不少大工程。他看中了这段河道，打算在凤凰村和黄村分界处的河湾修建一道大水坝，上面建桥供人畜通行，下面搞一个水闸，以供蓄水放水之用。孙瑾得意洋洋地向村民介绍了这一村中的发展大计，说："这截烂河道本来毫无用处，现在孙雷老板看上了，村集体经过开会研究，就决定租给他使用，租期五十年。他爱怎么整就怎么整，我们除了年底分红，别的啥也不用操心！"

"一个人每年能分到多少？"孙起运嚷道。

"二十元！全村人人都有份。年年分红，五十年不变！"孙瑾踌躇满志地说。

孙雷的施工队可不含糊，果然是在城市搞基建的。机械全是现代化的，挖掘机、搅拌机、大卡车，全出动了，有二十多个工人在日夜施工，工地上机器轰鸣，尘土飞扬，效率快得惊人。也就半月时间，主体工程就建好了，只剩下桥面的装修。

孙知每天都跑去工地看热闹。他被机器的轰响声搞得心烦意乱。这让他想起了省城的喧嚣和嘈杂。他不喜欢这些在大城市司空见惯的铁家伙。他觉得眼前的这些庞然大物，对他的田园牧歌将是一个危险的威胁，但具体是什么，一时也说不清楚。

"也不一定是坏事，"孙家声安慰孙知说，"原来的这段河道挖掘得不错，但毕竟只是小河的一小部分，雨天来了，那几个河湾蓄满了水，也顶多是几个水塘。更多的水还是会跑光，水源不充足，要想恢复往日的模样，是不可能的了。孙雷搞这个水坝也有好处，那凤凰村总算有个规模过得去的水库了。当然，这个水库就属于孙雷私家的，你算是白忙了一场。"

"我没想过为自己谋什么好处，"孙知说，"能看到河流有点生机，也就心满意足了。”

“胡少芬的事，你跟孙瑾谈得怎么样了？”

“他不跟我谈。”

“你甭理他，你带少芬远走高飞便是，他能咬你根卵毛？”

“那不行。我必须处理好。我不想少芬跟他还有任何瓜葛！”

到五月末，一连下了好几场暴雨。凤凰村的这截河道蓄满了各路山洪和雨水，水位迅速上升。水面开阔浩荡，风一吹，就有点波涛汹涌的模样。

孙知开心极了，赤着脚沿着河堤奔跑。他跑完了一边，又沿着水坝过对岸去跑另一边。他像个孩子一样，快活得大呼小叫。孙家声牵着牛伫立在河堤上。他的身影显得愈加单薄。孙知眼一花，以为他是一棵水翁树呢。他抱住老人快活地叫道：“有了水，那才叫河道呢。等两岸补种上果树苗，就更好了。”

胡少芬站在山坡上，远远望着他俩，一股笑意从心底迸发出来。她摘了一朵红艳艳的山稔花插在发鬓上，低声对自己说：“这疯子呀！”

现在，孙知最担心的是孙雷不遵守诺言，种的不是果树，而是速生林。还好，趁着雨后泥土滋润，孙雷让工人种上了香蕉树和桑树。孙知原本指望他种荔枝、龙眼、芒果和番石榴之类的，遂有点失望。但总比种速生林好多了。

孙瑾陪着孙雷巡视新辟的桑园，说：“老板，你这招高呀。那可是桑基鱼塘，立体开发，先放几万尾鱼苗，种上几畦蔬菜，再建几幢房子，那就成了观光、休闲和美食一体的生态农庄啦。”

“岂止是鱼苗！”孙雷哈哈大笑。

果然，他往水库投了各类鱼苗近十万尾，又养了几千只番鸭仔，雇了几个工人打理。那些番鸭仔像一块块毛茸茸的黄色抹布，在水面抹来抹去，颇为壮观。这个小水库，或半截河流，变成孙雷的鱼塘和养鸭场了。

孙知觉得胸口添堵，喉咙里像塞了一团鸭毛，那种想吐又吐不出来的感觉，十分难受。

孙家声也无计可施。最可怕的事情还没到来呢。他只好一味地劝孙知早日带胡少芬到城里去，眼不见为净。能谈得拢就谈，谈不拢就私奔。他无可奈何地说："甭说这段河道，就是村子也没指望了。你瞧这些大片大片丢荒的田地，漫山遍野的速生林。有点本事的人，都离开村庄了。村里就剩下我们这些半截入土的老家伙了。那些孩子早晚会远走高飞。没救了！"

孙知很伤感，知道这都是事实。

孙知觉得事情不能无限期地拖延下去，遂径直去黄花镇的彩美发廊找孙大村长。孙知一眼就看到了那个黄花镇闻名遐迩的女理发师邓彩美，她果然名不虚传。她出名不是因为剪发手艺有多高，而是因为那张脸，孙知脑海马上浮现出了某种动物或女妖的模样，这的确是一张十分有看头的脸，她的眼眸、鼻子、嘴唇都十分精致，整体来看更是协调和完美，一种凌驾于脸上的狐媚表情，让男人目光一沾上就挣不脱，就像昆虫撞上了蜘蛛网。当时，她手上拿了一柄折叠剃刀，正要给孙瑾刮胡子。孙瑾坐在理发椅上，仰着脸，双眼微闭，下巴被一大团白色的雾状泡沫所覆盖，一副很放松很享受的模样。孙知开门见山就说："你要怎样才肯跟胡少芬离婚？今天这事儿无论如何要解决！"

"那是我们家的私事，你没有资格跟我谈。"孙瑾依然闭着眼睛，说，“胡少芬好比是我家里的一只番薯芋头，一只瓜果土豆，我爱吃就吃，爱扔就扔，就是沤烂在地上不收，或者收回去就放在地窖里，都是我的事，别人管不着，更不能随便伸手。尤其是你，你只有看着流口水的份。呵呵，还得多谢你呢，我对那个黄脸婆有了全新的认识，她身体并非一无是处，昨晚她就让我折腾了一夜——”

“让我来——”孙知夺过邓彩美手上的剃刀说。邓彩美目瞪口呆。孙知将剃刀架在孙瑾的脖子上，冰冷的刀锋贴着他的颈部，慢慢地往上移动，一直移到腮部和耳根的交界处。孙瑾倏地张开眼睛，惊道:“你要干什么？”

“你跟这位女老板的事情，黄花镇有谁不知道呢？”孙知咬着牙说，“胡少芬完全可以告你重婚罪！”

“我偏不离！”孙瑾大笑，“但她一跟你走，我倒随时可以告她重婚罪，或者告你拐带妇女、强奸之类的一百几十种罪名！你可别把村长不当干部！”

“这样做对你有什么好处呢？你心里没有她。咱们谈一谈对你有好处的事。你实话实说，要怎么样才肯放手？”孙知嘴里在说着，手上的剃刀可没闲着，在孙瑾的下巴“嗖嗖嗖”地刮着。房间里的空气，刹那间变得凝重起来。

“我不会放手，”孙瑾心惊肉跳，说，“你先将剃刀拿开！”

“那么今天谁也甭想活了。”孙知手上的剃刀，就落在孙瑾耳根下方，停顿下来。

“一个破烂货，枉你还当是宝贝！”孙瑾说，“我一想起她挣回家的那一堆绿帽子，就发誓一辈子也不去碰她。兄弟你倒好！好，你当她是宝，你就要拿点诚意出来。你给我六万元，我就放手！还有，她不能拿我一分钱家产。一头猪光卖肉也值一千多块，她好歹比一头猪强些吧。”

“她不要你的家产。但我没有六万块，可以给你三万。”

“老实说，那个扫帚星我也玩腻了，你要就拿走好了。一口价四万元，少一分你杀掉我好了。”

孙知想了想，手一挥，剃刀“嗖”一声飞出，就钉在墙壁的影星挂历上。“算你狠！但你不能跟胡少芬透露一个字，否则我不会放过你！”孙知红着眼说。

胡少芬离婚的当天晚上，就住到了孙知家里。孙知将脸埋入胡少芬双乳间，不禁鼻子发酸。那对乳房无数次在他的脑海和梦境中浮现，但从来没有如此真切和美好。孙知说：“真好！”

“我要嫁给你，给你生一窝孩子，长大了就跟着咱们去挖河泥——”胡少芬扑闪着睫毛说。

“我要带你离开凤凰村，不会再回来了。我们会结婚的，也会有小孩，但不是现在，我太穷了。要好好去赚钱了，现在一分钱也没有——”

“我也可以赚钱。”

胡少芬恨不得第二天就跟孙知到城里去。她还不算老，还没到三十岁呢，腰肢还柔软如姑娘，手脚也麻利，就不信找不到一份工做，譬如洗碗、扫地什么的都行，再不济也能摆个擦皮鞋、卖发夹之类的小摊档吧。她越想越美了，说：“城管不会打女人吧。”孙知不吭声。他将注意力集中在胡少芬温润柔软的身体上。褪掉了衣服的胡少芬，比他想象的更丰富、更美妙、更神秘。胡少芬的身体春暖花开，美不胜收，像一座空中花园。他晕乎乎的，仿佛在云朵上行走，几乎迷失了，终于摸索到了入口。胡少芬快活地大叫：“小疯子，我喜欢，我就喜欢你的这股疯劲呀——”

在孙知就要离开村庄的时候，发生了一件事。孙雷决定跟他做猪贩的弟弟孙松合伙，在水坝上方数百米处的小山坡，辟出一块空地建养猪场，规模不算大，但也有四五百头猪。猪粪通过往昔的一条小水沟注入河床。当然，那条水沟虚有其表，早已废弃多年。孙雷的做法是，既可以利用河湾来装猪粪，又可以用猪粪来喂鱼，一举两得。这个消息对孙知来说，不亚于晴天霹雳！他瞎忙了几个月，到头来仍落得一场空。那源源不断的猪粪汇聚起来，越积越多，又被水坝拦住了，不用多久，整段河道就会变成一个巨大的粪池！那些猪粪污染村庄不说，小河算是坠入了万劫不复之境。

“不能建这个养猪场，”他跑去跟孙瑾说，“建起来了，你这个村长也得整天闻猪粪味。”

“你就甭为我瞎操心了，”孙瑾说，“我也算定居在镇上了。我是村里的人，当然有时得回来。我忘了告诉你，那个养猪场也有我的股份，还得多谢你那笔钱啊，呵呵。”

“你真没有人性！”

“什么是人性？你在桑林里勾引我老婆就是人性？”

孙知在种着香蕉树和桑树的堤岸上行走，望着河上那片黄浊的水，心情十分沮丧。那真是一潭死水。尽管还有一丝微弱的水流注入，但河流被拦腰截住了，简直是腰斩。一道没有下游的河流还能叫河流吗？当河流变成水塘，那些水还能叫河水吗？河水是神秘的，并在流动中保持神秘。被封锁起来的水，就像囚禁在瓦罐或瓶子里的水，像一个苟延残喘的死囚，完全失去了活力，只能在时光的滴答声中惊惶地等待死神的降临。孙知怀疑之前的种种努力，是否从根本上就错了。否则那些从天上来的水，即使不能到达远方和大海，至少可以升腾于空气中，乃至返回天上。水啊水！

孙知跑到山坡上去，瞧那些他亲手砍下并埋入地里的水翁树木头。几个月过去，坟上长满了茂盛而凌乱的杂草，有一种类似于芍药的草开出了细碎的小花。但没有什么奇迹出现，树干也没有透过泥土抽出新芽来。孙知想，埋在坟里的如果是一个人，恐怕也不会有两样。水翁树曾经遍布小河两岸，却是娇贵的树种。倘若是桉树之类，倒粗生粗长，一截砍剩的树桩，会像喷泉那样抽出无数根枝条。即使是插在菜畦边上的尤加利树篱，也会长出枝叶。那些像抽水机一样破坏土壤和水源的速生林，据说就是桉树的一种。

多日未见的孙家声，突然又像幽灵一样冒出来。他更瘦削了，气色也很不好。他说："你应该走了，有些事是没有办法的。这几天吃不下，睡不好，但也只有认命了。"

"那个养猪场不能建，"孙知说，"它不仅是建在凤凰村里，也建在我的头脑里，建在我的心口里，我不愿以后每一次想起凤凰村，眼前就冒出堆积如山的猪粪和无法消散的气味。我受不了。"

"那么你将家乡也忘掉好了，将这一切全都抹掉。"

"我也想这样，但知道做不到，没有一个离开家乡的人能做到。"

一连好几天，孙知都待在家里，跟胡少芬疯狂地亲热。胡少芬感到村庄笼罩着一种古怪而紧张的气氛，这种气氛使孙知变得很反常。他无法抑制亲热的欲望，又变得焦躁不安。胡少芬既迷恋孙知的疯狂，又担心这种疯狂会毁了他，毁了他们。她一再委婉而温柔地提醒孙知，应当马上动身了，到城里去过新生活。她没去过城里，也不知道城市是什么样子，但想一想都给她带来一种新希望。

孙知抱着胡少芬，终于号啕大哭，泪水滂沱。胡少芬吃了一惊，不断地拍着他的肩膀，像哄小孩一样哄着他，说："没事了，没事了，有我呢。"她见孙知压抑了多日的忧愁，终于通过泪水释放出来，略感安慰。孙知的情绪慢慢稳定下来，说：

“你知道吗？城市不属于我们，永远不是我们的家。我们是农民啊，至少在我们这一代和下一代，我们都甭指望在城里过上好日子了。我在省城混了十几年，为了活下来，什么都干，什么苦活累活都不嫌弃，就除了去偷去抢。但我仍然两手空空。你知道我在省城靠做什么活命吗？卖烤番薯。但我每天都像过街的老鼠一样，被如狼似虎的城管喊打喊杀，围追堵截。每一年，我平均丢掉三套手推车和炉具，损失成千斤番薯。每天出发，我都带着一把尖刀，每次都跟自己说，谁动我的番薯，我就将这把刀子捅入他的肚子。但每次我都忍住了。无论如何，我得活下来。只有活下来，我才有希望。城市好是好，但真的不适合乡下人呀。我这次回来，是要下决心回家乡定居的，再也不进城了。但家乡已经不是家乡了，家乡再也回不去了。没有了河流的凤凰村，就像女人没有了奶，还有什么意思呢？现在搞的这个养猪场，将我最后的一线希望也掐灭了。无家可归了。”

“你不要这样说。人挪活，树挪死，”胡少芬说，“有我的地方，你就有家。你到哪儿去，我就将家安到哪儿去。”

“好吧，咱们还是到城里去。至少城里还能扒到一口饭吃。但在走之前，我总得为家乡做点什么。我一辈子也不回来了。”

“不管你去做什么，都希望你能为我想一想。”胡少芬知道他的疯劲又上来了，心就慌了。

孙知点点头，悲伤涌上他的脸。他望着胡少芬，一时找不到词儿了。

孙家声找上门来，对孙知说：“你要动身了，好好对胡少芬。她是一个好女人。我可以跟你说，她没有做过对不起孙瑾那个王八蛋的事，不要相信他说的一个字。你们爱上哪儿就到哪儿，这儿有什么值得留恋的呢。”

“我做完一件事就离开。”孙知说。

“什么事？”

“还没有想好。”

“有什么事交给我做就好了。我就要活到七十岁了，什么风浪也见过了。我代你做。”

“有的事情是别人代替不了的。”

“不要为了那些王八蛋做不值得的事。”孙家声迈出门槛，又扭过头来说。

孙知觉得遭遇了难题。他双眼发直，在院子里走过来，踱过去，喃喃自语地说：“我要做点什么呢？我得好好想一想。”胡少芬突然恐惧得全身颤抖，她终于压抑不住了，从喉头发出了哭声。

第十一章　人树

一个秋日的黄昏，暮色四合，孙家声老人在喃喃自语：“老伙计，你听我说点什么吧。与其说是说给你听的，还不如说是说给我听的。我快八十了（我说不清自己的年龄，趁老母亲还活着的时候问过她，她说记不准）。我出生的年头，不是一九三七，就是一九三八，随它去！牙齿几乎掉光了，记忆也在丧失，耳朵也不能说全聋，但听到的多是过去年代的声音，或那些已赴黄泉的人的说话。他们在地下召唤我了。岁月就像一把大铁锤，将我的骨头一块块敲松、砸碎了。即将到来的每一天，都像风暴摇撼树根那样摇撼着我的每一块骨头，我就像一间老木屋在摇摇欲坠。我还能活多久呢？老伙计。我得趁记忆完全丧失之前，抓住它。它是我惟一的财富，我将凭借它带我穿越一段未知而恐惧的旅程，到达传说中神秘而奇异的国度，跟我的香芹重逢并相认。在这个村庄，我只剩下我的记忆了。而我这副身躯作为存放记忆的容器，已接近朽坏，甚至比不上你更牢靠了。是的，我只要看见你，就能想起某些事情，你才是我的记忆银行，我储蓄了无穷尽的往昔。如今，我必须要支取并度过匮乏的余生了。其实，我不知道将要到哪儿去。也许，我哪儿也去不了。我将朽坏于山野间，去滋养一丛草木。

“香芹、我妈以及那么多人都到哪儿去了？我说不清楚。惟有死亡是不可更改的事实。当村庄只剩下我一个人的那一天，就知道惟有死神才是最贪婪的劫匪，没想到又活了多年。从二〇一一年起，村子里除了我，已经没有活着的人了。那一年，村里的最后一个壮汉孙永宝也离开时，就只剩下我一个人了。孙永宝是一个白痴，据说当年抛弃他的老婆桃花让人来接他到橘州城里享福去了。我的朋友（假如有过的话）已湮灭于黄土，我的仇敌也命丧黄泉。我的后辈已在我壮年时纷纷逃离，听说都进城谋生去了。我不知道那是些什么样的城市，我不晓得城市是什么。”

孙家声的儿子贵生离开他快三十年了。如果贵生还活着，也有五十多岁了吧。孙家声不知道他是生是死。他挂念儿子。他一想到这里，胸口就一阵剧痛，悔不该在那天打了儿子一记耳光。贵生抚着脸，瞪了孙家声一眼，一声不吭，但他第二天就从凤凰村消失了。世上哪有老子不打儿子的呢？孙家声只打了他一个耳光，他就在孙家声眼皮底下消失了，永不回头。他的心肠真硬。唉，都怪孙家声，那天他被气疯了。他这辈子，就没怎么打过人，但一时失控就打了贵生。

他托每一个外出打工的人帮忙找贵生，不少人都跟他说过，贵生在深圳、广州或珠海做工呢，活得挺滋润的。但贵生也说了，叫他不要惦记了，反正他也不是贵生的老子。唉，孙家声伤到他了。孙家声对自己说：“但这能说是他的错吗？香芹，你不给我答案就走了，你心肠也够硬的。现在，所有答案都不重要了。我只想回忆，不再去追问了。

“我不知道是从哪儿来的。我当然是我妈生的，但出生之前的记忆及我的童年，几乎全忘光了。我能知道的是我在村庄活了这么多年。全村人都姓孙。但有谣言说孙大德不是我爸，可惜我还没长大，他就死了。我母亲吴彩霞当然矢口否认。但村里的人一跟我们吵架，总爱说我是多爹生少娘教的野种！我小时候不明白，我明明是有妈的啊。我缺的倒是爸。我还不到九岁，孙大德就在去县城的一次冒险活动中被国民党特务捉住杀害了。”

那些时日，做木匠的孙大德经常背着斧头锯子在橘州城郊一带游荡、揽活干。据说，他当时携带着共产党地下交通站的秘密情报，要从橘州县城送到吴川县城去。按理说，解放后他家就是烈属了，但又有消息传来说，孙大德妄图出卖党组织，带着地下党的一份名单要送给敌人，在快要得逞时被共产党的锄奸队截住当场击毙于街头。他的头部被火药枪炸得只剩下一小半，就像一个烤焦了的芋头，以至于亲人难以辨认。后一种说法肯定是别有用心的恶毒编排。但孙家声的妈妈对此毫无办法。总之，孙大德死于非命是肯定的了，又没有一个确切的说法。事实上，即使是前一种情形，也让她寝食难安。

她只是一个农妇，但跟那些手脚粗大的乡间妇人有些不同，就是长相姣好，身材高挑，风情撩人。凤凰村的男人一瞧见她就舍不得移开目光。什么革命与反革命之类，她既不了解，也不关心。但多年之后，她还是被当作叛徒的老婆代夫受过，被挂上破鞋押去打谷场批斗。

“老伙计，也许，说她破鞋还真不算冤枉。我只要试图回忆一下童年，别的想不起来，但眼前立马会出现一片苍黄的洪水——

“大水之上，漂浮着一幢黄泥屋，像木船，也像云海上的建筑物，而屋子里发生的情景，即使过去了六七十年，依然让我痛苦得全身几乎要裂开，犹如熟透了的菠萝蜜。我真不敢细想，画面却又偏偏清晰得如在眼前——厨房里的劈柴烧得正旺，火光红艳，远处传来暴雨击打万物的声音，又夹杂着洪水在积聚并发出的轰响。吴彩霞仰着脸，躺在灶膛旁边的干稻草上，就像一只翻了盖的王八，我只看到她白皙丰腴的大腿和莲藕般浅黄的手臂，在枯黄的稻草和红艳艳的炉火中显得异常夺目，而她的其余部分被一个男子黄铜般的壮硕身躯完全覆盖了……我看不清吴彩霞及那男人的面目，但这怪异的一幕使我受到了极大惊吓。我才七岁，也许只有六岁。

“我从屋里冲出去，天地之间，全被一张白茫茫的雨幕所覆盖。雨水像横扫过来的鞭子，抽打在我的脸上身上，而远处的河流泛着黄浊的巨浪，仿佛要将大地完全摧毁……从此，吴彩霞那不堪入目的一幕，将我的童年覆盖了，犹如洪水覆盖河床并漫漶出河岸。这让我恐惧。但不全是痛苦，还夹带着一些我说不清也不敢多想的快乐或兴奋……对了，那是生命的神秘之源。这样的神秘感，一直到阿玲用手将我的头部按在她两个硕大的奶之间，并摩挲我的头发，我才若有所悟。那已经是我十六岁的事了。我一直奇怪的是，我脑海中浮现的那一幕，并不完全是真实的记忆，至少也遭到了歪曲或修饰，并不仅仅是吴彩霞跟男人在厨房里乱搞，而是杂糅了洪水及房屋的画面，这让我很不解。但我发誓说，这是记忆里自然而真实的。至于他们像洪水中的两尾大鱼在相互追逐，或两只狗在金黄稻田的青色田埂上交媾，乃至公鸡将母鸡按在院子的磨盘上‘打头’，诸如此类，都是我后来的幻象。

“后来，我知道了那个男人是谁。我不愿说出他的名字。尽管我到了风烛残年，仍对那人怀有恨意。他摧毁了我的童年。在那之后的好几年，尤其是我十二岁时，我曾将耙齿磨得锋锐雪亮，改造成了一把利锥，我有好些日子都怀揣着它，在他的屋边逡巡。

“有一次，我发现吴彩霞从他的家里走出来，脚步轻快，脸色潮红，无法压抑内心泉水般迸溅的欢愉，我将嘴唇咬出了血。我忍住了哭声。我冲入了村边的小树林，像受惊的野兽在狂奔，用锄头将尖锐的耙齿钉入了一棵苦楝树的树干上。”

当孙家声知道吴彩霞的相好不止一个时，已无所谓了。显然，吴彩霞越来越肆无忌惮了。有时，她不管儿子在不在家，也要跟姘头相好。她跟儿子解释说：“一个寡妇在这个世界上生存太艰难了。你慢慢就会懂的。”

孙家声承认她对他一直很好。孙大德死后，她一个人将他拉扯到了十七岁，这不容易。其实，他对吴彩霞跟男人做那些事的嗜好谈不上理解，也谈不上厌恶，他只是难堪。他老是觉得胸口里有一只老鼠在抓挠着，它堵得慌，又逃不出去。当他的小学同学（他总算读完了高小）孙土狗也被吴彩霞弄到了床上时，他胸口里的老鼠竟“嗖”一声逃离了囚禁，感到一阵轻松。他的胸口如果是天空，那肯定是无边无际，万里无云。

“我要走了。”他卷起行李盖跟吴彩霞说。

吴彩霞哭着拉住他的手，说只要他不走，她保证一个男人也不碰了，也不会让男的碰。

“你改不了的，我也没叫你改。”他想到土狗也会拱在吴彩霞的怀里吮奶，不禁大脑晕眩，全身战栗。

“你要到哪儿去？”吴彩霞在他身后哭喊。

“到一个没人操我妈的地方去！”他冲着眼前的黄土路大声吼。

后来，孙家声后悔说了这句话。他本来对此就不太在意。他到底又在意什么呢？又一时说不上来。他在雷州半岛上游荡，作为木匠的儿子，他称得上无师自通。在外头闯荡的七八年间，他变得壮实了，唇边也长出了浓黑的胡须。

“但这是另一个故事了，老伙计，你作为凤凰村的见证者或守望者，那些事情跟你关系不大，我就不说了。”孙家声说。

事实上，孙家声认为那些事不值一提。他在外头多年，也不太担心吴彩霞。她肯定会得到村子几乎每一个男人的照料，尤其是她的身体，就像一块好田地，总会被不断开垦、耕耘、播种，也被不断翻动、浇灌和索取。她不会寂寞的。他也不会。

当他重返村庄时，带回了脸孔黧黑而身段苗条的赵香芹。他二十大几了。他用省吃俭用的收入建起了一幢三间的泥砖屋。吴彩霞过来，说要跟他一块住，要好好照顾他。他轻蔑地说：“你休想！”她讪讪地搬起被铺回去了。他知道这符合她的意愿。她不过是做做样子罢了。当他瞅见她清秀而略显松弛的脸庞及鬓边的丝丝白发时，不禁悲伤，岁月真是催人老啊，吴彩霞是一个约摸五十的妇人了。

他拒绝吴彩霞进他的屋子，也不跟她来往，一直到她终老，他在凤凰村一带落得了一个不孝之子的坏名声。在她被批斗为“反革命家属”实则为斗破鞋时，他仍无动于衷。

当时，他想过村里的头头可能也会找他的晦气，让挺着大肚子的赵香芹回了娘家。他磨利了一把斧头，他敢保证，他会将第一个胆敢押他去批斗的家伙像劈木头那样一分为二，管他是天王老子还是阎王爷！孙家声没想到，有惊无险，一直到“文革”结束，也没有人来找他麻烦。个中原因，副村长孙三葵还说是他觉悟高，早早就跟反革命家庭划清了界线，站到了革命队伍的阵营。但没想到，也就数年过去，还是孙三葵给吴彩霞带来了烈属证书及一笔抚恤金。原来，上头不仅拨乱反正，落实了政策，还正式查明了当年孙大德的烈士身份，正是靠他机智勇敢，视死如归，及时将情报送出去，才避免了地下党在橘州的一次重大损失，可惜革命英雄孙大德仍遭到了敌人的毒手。

据说，吴彩霞当场抱着烈属证书哭得泪雨滂沱。

当时，孙家声恶狠狠地想，这依然不能说斗破鞋就斗错了吧。她跟村子里的很多男人有染。而斗得最起劲的就是这些人，好像破鞋不是被人穿破的，而是自己不小心摔破的。那些人给吴彩霞起的罪名，竟是她多次勾引有妇之夫，甚至连未成年人也不放过。现在受害者都来控诉她了。

他不得不承认，吴彩霞在此时此刻，倒是表现得大义凛然，像一位女英雄。彼时是一九七〇年，她五十多岁了，仍然显得很美丽。她身体依然很好看，腰很细，奶很挺。她真是一个人间尤物。他站在群情汹涌的人群之外，仿佛是第一次发现了她的女性之美，下体坚硬得像一把铁凿。他羞愧得无地自容。吴彩霞睥睨着那些控诉者，那些扇她耳光、揪她头发的人，那些曾经像非洲奴隶讨好女王那样奉承她，像吸毒上瘾者般无法离开她的身体而一次次疯狂的人。他注意到，只有一个人不在批斗者之列，那就是土狗。毫无疑问，土狗也被押到了吴彩霞的身边一起批斗。这次，吴彩霞搞破鞋的事总算被完美地坐实了，因为有了一个现成的姘头！至于孙大德是否是反革命，倒鲜有人提及了。

可以说，是这场大革命拯救了吴彩霞和孙土狗的爱情，土狗之前可能已陷于绝望之境，他凭什么能从那几十个强大的对手中胜出，从而抱得美人归？现在可好了，之前围着吴彩霞的男人纷纷离开，要么陌如路人，要么落井下石。吴彩霞的心总算安定了，对土狗百般恩爱。土狗比她小了二十来岁，一直陪她到老而终身不娶。

在吴彩霞弥留之际，孙家声走到了她的床榻前。他不是要忏悔，也不准备要宽恕，他惟一关心的问题是，他到底是不是孙大德的儿子？如果不是，那么他是谁的也不要紧了。吴彩霞眯眼望着他，嘴角露出了笑意。他鼻子一酸，几乎感觉到了一丝母爱。她似乎认出了他，轻轻摇了摇头，打了个手势，示意土狗将耳朵凑到她的耳畔。她的声音有气无力，但他依然清晰地听到了："阿狗，我只有一个儿子，请你帮我照顾他——"

她再也不说话了。她直到下半夜才闭上双眼。孙土狗揽住了孙家声的肩膀，孙家声伏在他的肩头上热泪翻滚。伏在这个小学同学的肩膀上，孙家声居然有一种依靠父亲的感觉。事实上，他早已将有关父亲的任何记忆全忘光了。吴彩霞死于二〇〇五年，享年八十八岁。

岁月在流逝，土狗和他都成了垂垂老者。他惟一的儿子贵生离家出走，也有几十年了。

孙家声在凤凰村出生并成长，不管是不是孙大德的儿子，但他姓孙应当是没有疑问的。这曾困扰了他多年的头等大事，没想到随着吴彩霞的辞世，一下子变得没有意义了。那一年，村中只剩下几十个老人小孩，葬礼草草收场，显得冷冷清清，远比不上吴彩霞当年被批斗热闹。凤凰村也没什么生机了，仿佛被世人遗忘了似的。之后，那些孩子在成长并远走高飞（或被父母接走），而老迈的土狗、香芹等人也相继入土，只剩下他一个人了。现在，日历翻到了二〇一二年（每到快过年的时候，他的头等大事就是到黄花镇去买一本日历，以前是老皇历，后来是挂历，他担心买不到日历，甚至买了两本万年历以备不测）。感谢日历，让他得知时光之流逝及其痕迹。这是他能够保持记忆坐标的一个维度，"另一维就是你了，老伙计。"孙家声一声叹息。

这几年来，他可能更好地了解了凤凰村的一切，包括对每一个人，也包括对母亲吴彩霞。当然不能说她有错。他也没错。这么多年来，他一直是独自生活（也算是与世隔绝了，除了偶尔去镇上买些油盐酱醋等日常用品，一直待在村里），年少时在雷州半岛游荡的情景恍如隔世！奇怪的是，黄花镇在飞速发展，马路纵横，高楼林立，人也越来越多，它几乎膨胀成了一个城市！而距离黄花镇仅十多里的凤凰村，却已芳草萋萋，不见人烟。

他还能撑多少年呢？他已年迈体衰，形容枯槁。凤凰村已到了弥留之际或早已荒废！他的活着，是大可忽略不计了。

“但是，老伙计，还有你！只要还有你，凤凰村就还有历史和记忆，这种历史和记忆仍在持续，说不定凤凰村人有朝一日会返回，又或者此地因城镇化的开发大潮而将被激活。那时，我的贵生也回来就好了，拖儿带女，就像我当年从雷州半岛重返故园那样。在他们回来之前，伙计，你得撑住啊。我觉得你行，你肯定行，你每天都在发展壮大，但骨子里你还是你。是的，你每天都在变化，但万变不离其宗。你依然年轻，有古老的树根，更有新鲜的枝叶。说到村庄的守望者，我不是，你才是。我对你充满信心，但不知为什么，昨夜的一场梦，使我受到了极大的惊吓。我梦见了斧头。我知道对你这样在大地上生存了两三百年的大树来说，斧头难奈你何，但我还是忍不住恐惧。老伙计，还是继续诉说我的心事吧。

“早在一九五八年，你就差点在大炼钢铁的土高炉上化为灰烬了。在这场全国性的运动里，无数比你或大或小的树木，都遭到了这样的命运。荷木、银杏、白玉香、荔枝树，诸如此类的树种，在村庄已荡然无存。

“那个清晨，我跟土狗奉命去砍伐你。我望着两个人都不能合抱的粗大树干，皲裂的树皮犹如鱼龙的鳞甲。我咬着牙，跟土狗不约而同地举起斧头，向你挥去。突然，我跟他齐声惊叫，觉得斧头就像砍在铁石上。我一撒手，将斧头远远地抛入了草莽之中，赶紧双手合十，向着你‘咚咚’叩了十几个响头。土狗则如白日撞了鬼，像一只疯了的狗往家里狂奔。

“我跟他回家后都生了一场大病。土狗更是卧床多日，喝了好几煲草药才缓过劲来。村子里的人都很好奇，问到底发生了什么事情呢。我跟土狗守口如瓶。在头头们的一次次盘问之下，我俩都缄默不语。但村子里还是有传言说，土狗当时看到了一条巨蟒，从半空中呼地腾起，张开血盆大口，向他猛扑下来！我则看到了一尊神像，法相庄严，全身金光灿灿。在黄花镇一带，以香樟木雕刻神像倒是常有之事。有人小心翼翼地向我求证，我神情肃穆，一声不吭。

“头头们惊疑不定，竟然就这样放过了你。前些年，我踏勘村中的大小山头，发现以往为数不少的香樟木，就只剩下你一株了。五十年来，并不是没有樟木成长或其他树种成材，但大多在二十一世纪初的数度乱砍滥伐中消失了。只有你成为传说，在村民唾沫横飞的嘴上，得以苟活至今。

“老伙计，我跟你是有缘的。在我十六岁的那个夏日，晚风徐来，我全身焦躁，终于忍不住跟刚从吴彩霞身上爬起来的孙家伦打了一架。他壮硕如牛，我被他用粗大的胳膊勒紧了脖子，用砂煲大的拳头擂鼓般猛捣我的背部。我动弹不得，被勒得眼珠暴凸，差点窒息，而背部仿佛成了一堆烂泥。吴彩霞哭着将孙家伦拉开。我脱身后，泪水和着鲜血将脸庞冲刷，我竟像是被火焰所烧灼，全身热辣辣的，有一种变态的痛快。

“暮色渐浓，我来到了你的身旁。我依靠着你，好像靠在记忆中的父亲的身上。我对自己发誓说，日后若有儿子，一定不会让他受半点委屈。当我平静下来，就听到了啜泣声，身着灰色土布的阿玲在暮色中凸显出淡淡的身影，仿佛跟树干及弥漫的暮色融为一体。阿玲见是我，咧嘴笑了笑，她的笑容隐含着悲苦和欢愉，像晚风中的炊烟混入了雾霭并在渐渐飘散。她一把拉住我，将我的头按在她那两个圆鼓鼓的奶之间。她说：‘吃奶呀，妈妈给你奶吃……’她嘴上哼哼唧唧，却麻利地将一颗樱桃般软熟芬芳的奶头塞入我的嘴里。我口中的血腥味和阿玲的体香交织成一片，我只听到耳鼓在嗡嗡作响，那话儿像一道河流在决堤而出，又像一支步枪在射出子弹——这可能是我一生中最快乐的片刻，以后再也没有过。即使是第一次跟香芹睡觉，也显得稀松平常……终于，阿玲抚着我的头说：‘这村里没一个好人，你倒是干净得很。你还小吧，长大了就难说啦。’

“第二天，阿玲就离开了凤凰村，有人说她嫁到了遥远的村落，而她本不想嫁给那个人的。也有人说，她跟邻村的火强到海边殉情去了。之后，我再也没有见过她。”

那一年，孙家声带着香芹重返故园，他成了一个异乡人，一个闯入者，一个不速之客，再也无法融入这个村庄了。事实上，这是他的自我放逐。他不愿跟村里的人打交道，离群索居，也不许香芹跟别人攀谈。这种做法，让他在大跃进、互助合作化及人民公社化中大吃苦头。除了土狗及其家庭，再也没有人愿意让他入社。在生产队的那段日子，他们所得的工分难以糊口。幸亏他还有手艺活，乡间的每一个家庭，总是免不了要打一张床或几张凳子。那些年，孙家声被迫跟他的仇人们合作。那些人是他的仇人，在这个罪恶滔天的村庄，他寸步难行。

他想过一百种报复他们的办法，比如在夜里毁坏他们自留地上的庄稼，谋杀他们的子女，毒死他们的牲畜，甚至在老井里下老鼠药，让这些人无一幸免。他曾在夜间的油灯下蘸着清水恶狠狠地磨刀，紧咬牙关，面目狰狞，心怀鬼胎。但他终究没有迈出关键致命的一步。

刚分单干那一年，他在铲田塍时跟孙大牛发生了冲突。孙大牛将田埂的三分之二铲到了他的田里，孙家声只不过说了他一句，就被他按在田头上殴打。孙家声没有反抗，他连手也没还。他甚至跟自己说，他就是欠揍的，揍他吧，往死里揍吧，有种的就打死他！

他在不孝的罪名之外，又多了个窝囊废的称号。他觉得这样的日子居然很不错，很值得过下去。无论如何，他得活下去。是爱情或婚姻拯救了他。小鱼在池塘里存活不容易，得避开大鱼的牙齿。他爱赵香芹和儿子贵生，后来香芹还生了两个丫头。为了让他们能平安地生活，别说是受人欺负，就是让他干什么，他都愿意。孙家声说："吴彩霞，你每天都看着你的姘头欺负你儿子，在床上会叫得更欢快些吧。"

渐渐地，孙家声不再因受欺凌而难受了。他麻木了。当他的仇人一个个地赶赴黄泉，他竟发现一直没有采取任何报复行动是对的。

香芹回村子半年多，就生了贵生。孙家声早在雷州半岛做木工时，就在她家里的柴房得到了她的身体。当时，她用手攥住他那件略显羞怯的东西，塞入了她湿漉漉的洞穴，显得轻车熟路，也有点迫不及待。她比他小了几岁。后来，有谣言说贵生不是他的种时，他眼前立马浮现了香芹因亢奋而有点扭曲的嘴脸。她当时失控的呻吟让他兴奋，也让他惊惧。莫非事出有因？

随着贵生越长越大，村里的人都说，他不像孙家声。孙家声曾拿过一张小板凳，坐在贵生面前，左端详，右细看，越看他心里越是发毛。他心乱如麻，心惊肉跳。贵生的眉毛和眼睛的确不像孙家声的，尤其是贵生的鹰钩鼻，使他的神情有一种阴鸷、残忍的味道。不要说孙家声没有这样的鼻子，整个凤凰村的人都没有。这使贵生有点像外地人。

贵生在九岁时，就将邻家来抢食的小鸡抓住，硬生生地撕成了两半。当然，后果是孙家声赔了人家一只大母鸡。他在很小的时候，就瞧不起父亲了，居然说："没有人配做我的爹，不要说是你孙家声，就是皇帝也不配！"他在十三岁时，就出现了小偷小摸的行为。他经过别人的菜地时，常有顺手牵羊之举。有一次，他还偷了村尾四婶家的一只鸭子，胡乱拔毛宰杀了，躲在破砖窑里生火烤了吃。这一点确实就不像孙家声了。孙家声从来没拿过别人的一针一线。

他气咻咻地逼问香芹："贵生到底是不是我的儿子？"

"不是你的还能是谁的？"

"我看我就不是你的第一个男人！"

"你看我是你妈那样的人吗？"香芹抹着眼泪，大哭着说。

他哑口无言。香芹平时确实恪守妇道，可圈可点，是一只苍蝇找不到缝叮的蛋，从来没有落下什么把柄。

贵生慢慢长大了，他在黄花初中读书，后来也没考上高中。贵生十六七岁时，孙家声就无法管他了。他不跟父亲说话，连正眼也不瞧孙家声。他心里根本就没有孙家声这个老子。孙大德仍背负着革命叛徒的罪名，他们一家人都抬不起头来。有时，贵生也不回家睡觉，孙家声知道他没有什么朋友。当他不在家时，行踪就成了一个谜。这让孙家声和香芹担心得要命，又毫无办法。现在，贵生成了孙家声最头痛的人。

到了二十世纪八十年代初，人民公社早已解体。村里的人纷纷搞起了副业，或进城打散工，或做点小生意。

一天，副村长孙三葵带了香芹、杜鹃、彩蝶和海棠去橘州城里帮一家糖果店打零工，说是要洗那种玻璃纸做的糖果纸。这几个女人都是村子里身段最好看的，海棠还没有出嫁呢。有了第一次，就有第二次。后来，赵香芹跟孙三葵出去越来越频繁了。孙家声心里十分难受。

当香芹又要跟孙三葵出去做工时，孙家声不想香芹再去了，但是他一句话也说不出来。香芹说："就那么几天，用不着担心。"孙家声忽然想到，如果贵生在就好了，他肯定不会让香芹跟孙三葵去的。但孙家声不知道他游荡到哪儿去了。这一次，香芹过了两三个星期才回来，她显得憔悴不堪，心情也很糟糕。她倒是给孙家声赚回了一些票子，有好几十元吧，还搞回了一塑料袋糖果，说是店老板送的。他说："就只是洗洗糖果纸？没干别的？"

"还能干啥呢？"香芹冲他吼，她立马发火了。他们还在吵架的时候，贵生回来了。贵生静静地望着母亲，嘴角撇了一下，好像是挤出了点笑容，就一脚跨过门槛出去了。

才一会儿，外头就传来贵生要杀孙三葵的消息了，喧闹不堪，整个村子都沸腾了起来。孙家声跟香芹赶紧去到孙三葵家，只见孙三葵坐在一张木椅上，上半身挺直如标枪，神色不变，果然有几分见过大风大浪的气概，完全不理会贵生架在他脖子上那把闪着白光的镰刀，仿佛那把镰刀就是纸扎的。贵生脸孔涨得通红，额头上青筋毕露，握着刀柄的手因紧张或惊惶而微微颤抖。孙三葵大声叫喊："砍下来呀，用力砍呀！不砍就是狗杂种！"贵生咬着牙，眼睛涨得像火炭那样红。

孙家声倒抽了一口凉气，平生从未感到如此恐惧，一跺脚，冲贵生说："快扔掉镰刀！你要挨枪子吗？我的祖宗啊，求求你了，快扔下镰刀！"贵生不吭声。

孙三葵说："小杂种，你今天不杀我，我就会杀你，你动手呀！"

孙家声被绝望攫住了，全身发抖，双膝发软，扑通跪在贵生面前，哀求说："你将刀放下吧，放下吧。"

贵生长长地呼出一口气，说："孙家声，从今天起，你不是我的爹，我是自己的爹！"

孙家声脑袋里嗡一声响，怒火突地上升，惊惧、气愤、紧张等等复杂的情绪瞬间涌上了胸口。他的手飞快地伸出去，"啪"地打了贵生一记耳光。那清脆的响声使他恢复了理智。他瞧了瞧发红的手掌，仿佛从一场梦游中苏醒过来。他几十年没打过人，没想到今天打了儿子。贵生抚着红肿的脸，冲孙家声剜了一眼，孙家声无法准确地形容儿子的神情。贵生大步走出去，香芹的脸上全是泪。她跟在儿子后头跑，孙家声注意到孙三葵瘫倒在椅子上，脸色煞白，裤裆也湿了一片。

翌日，贵生收拾好了行李，他在远行之前，心平气和地跟孙家声谈了一番："孙家声，我搞清楚了。我还真不是你的儿子，我没有这种窝囊废的老子。你将我养这么大也不容易，如果有朝一日我发达了，一定回来为你养老送终！"

"你要到哪儿去呢？你要干什么？"

"这个你就不用管了。"

在贵生出走的那个午后，香芹像一条被抽掉了脊椎的蛇，瘫软在孙家声的怀里。他心如刀绞，抚摸着香芹的背部安慰说："贵生不像我，到哪儿去都不会受人欺负的。"

香芹伏在他的怀里哭了一夜。她不断地说："我见不到他了，见不到他了——"

后来，香芹又活了近四十年，果然再也没有见过贵生。当然孙家声也没有。也许贵生早就死了，也许他早就将他们和村庄忘光了。那个晚上，孙家声没忘了问香芹：

“你跟孙三葵去城里肯定做了见不得人的事吧，否则贵生也不至于拿刀要砍人。”

“没有的事，那孩子是疯了。”

“他到底是不是我的儿子？”

“你也疯了，我好命苦呀，呜呜……”

赵香芹是一个好妻子，无论从哪方面来说，她对丈夫都照顾得无微不至，无可挑剔。在孙家声二三十岁时，他无数次从她白皙柔软的肉体上得到了无尽的欢愉，她从不拒绝他年轻时的疯狂求欢，有时还会主动抱着他要。但大约从三十九岁起，他开始走下坡路了。倒不完全是身体的问题，童年时吴彩霞跟男人睡在厨房的那一幕，充满了羞耻、狂野、邪恶的肉欲气息，会让他立马疲软！这常让兴头上的香芹感到惊诧和沮丧。她问：“你怎么了？”

“我太累了——”孙家声羞于启齿。香芹的情欲在四十岁之后达到了顶峰，他时常力不从心。在贵生出走的那个夜晚，他竟然雄风万丈。他蹂躏着香芹的身体，用手狠劲地揉搓她略显松弛的双奶，一次次像海啸激发的巨浪那样冲刷着海岸。香芹在疼痛和激情的交织中欢快地呼叫，他们仿佛在进行一个仪式，以庆祝儿子的一去不回。但那既是一个高峰，也是一个终结。他逐渐厌倦了做那种事。

开始，他还试图以幻想阿玲的身体尤其是她的奶来勉力维持香芹贪得无厌的欲求，但到后来完全失效了。大约在他四十五岁之后，性事基本终结了。香芹却恰好进入了一个丰富、活跃而神奇的新天地。他为此多次说过抱歉。

孙家声这一生当中，有过多次万劫不复的低谷，譬如父亲的死讯传来，母亲被挂上破鞋押上打谷场批斗，儿子离家出走……但似乎都比不上赵香芹的离开更让他绝望。他想过，全世界的人都会离他而去，而香芹不会。他永远不会忘记，在雷州半岛一个橘花弥漫的果园里，正在割猪草的香芹将弯月般的镰刀和竹篮一扔，像张开翅膀的鸟扑入他的怀里。她紧紧抱着他，嘴唇噙住他的舌头。她的身体散发着草木般清香的女子气息。他不懂得城里人挂在嘴上或电视剧里的爱情到底是什么东西，但抱着香芹，他不孤独。在这个荒凉人世上，不是一个人在独自行走，有一个女人爱他。

然而，该结束的终究会到来。那是一个残阳如血的黄昏，一个男子挎着背包出现在凤凰村的路巷。他鬓边霜白，风尘仆仆，看上去比孙家声要大点，称得上是苍老了。那些年，收破烂的，弹棉花的，卖河粉的，阉鸡补锅的，做乡村货郎的，乡间各种各样的职业者常常穿村过店，四处漫游，为的也是赚几元钱。而孙家声认为这个陌生人，显然不属于上述职业者。果然，该男子在短暂的打听之后，径直迈入了孙家声的院子，孙家声一看到香芹激动得起伏的胸膛及他们紧紧地握在一起的手，什么都明白了。

“家声，我要走了——”

“我不能再照顾你了——”

“我这就真的走了哎——”

香芹火急火燎地抛下了几句话，就跟着那个男人走出了院子，走出了村庄。孙家声呆若木鸡，一句话也搭不上腔。打击突如其来，犹如雷霆当场轰响，他丧失了任何应变的能力。他连他们要到哪儿去也不知道，连那个男子是什么样的人也不晓得。后来，这一幕，被他无数次痛苦地反刍。他像溺水者感到天地间所有的光线都沉入了水底的黑暗，眼看就要窒息了。他无法抑止对香芹的不满，乃至心生怨恨。她从来没提起过任何相关的事情，也没有任何蛛丝马迹。她的嘴够紧的。那时，他在雷州半岛的那几个村庄做木匠，跟她邂逅并相恋，她才二十出头。现在看来，她娇小的身躯也隐藏着天大的秘密。

此后，在漫长、孤单的十多年间，孙家声都是一个人过。他当时正值壮年，由于木匠手艺，他在黄花镇一带薄有声名，也算得上衣食无忧。也有人给他介绍过女人，都是失偶或离婚的，有的还不乏姿色。但他没有热情了。他在等待什么？阿玲还是香芹？他不知道。也许他真的没有任何期待，他只是提不起劲了。他承认自己从不是欢场上的好手，也不是特别热衷于此事，情欲带给他的欢乐，已像年少时稀奇古怪的梦幻那样飘散。他对女人的兴趣越来越淡了。

奇怪的是，自二十世纪八十年代以来，有点本事的人都外出谋生去了，美其名曰“发展”，而他除了年少时去过雷州半岛，之后一直没出过远门。他不想离开吴彩霞，或吴彩霞的视线，多年以来，他一直不肯承认这一点。

大家都在拼命赚钱，盖洋楼，做“年例”节，然后又是新一轮的打工热潮。村子里的人，八仙过海，各显神通。那几年的村庄，居然是他降生以来所看到的最繁荣热闹的，还修通了村道。在春节、“年例”节前后，一辆辆大小不一的汽车摆满了道路，一直延伸到村中的文武庙，从山坡上远远望去，就像是一堆颜色不同的甲虫。那些年轻人，学着城里的人，西装革履，脚踏皮鞋，回到祖居之地，上香，叩头，烧鞭炮，无限虔诚地趴在破烂的草织蒲团上敬拜神灵和祖先，以获得又一轮冲向城市拼搏的庇佑和勇气。几乎没有人骂他是窝囊废了，很少还有青壮年留守在村庄，连孩子也跟父母外出读书去了。那些骑在他头上作威作福的人，一个个在他的眼前消失了。有的不知所终，有的埋入了村边山头的黄土堆里，肥沃着越来越蓬勃的杂花乱树。

随着年岁的增长，他越来越想念吴彩霞了。在赵香芹离开的那一年年底，他甚至鼓起勇气，想搬去跟她住。但他一想起童年时的大水、火焰和她雪白的四肢，就被一股铺天盖地的恨意占据了。他被那个画面毁了。他走不出那个画面。他现在后悔也没用了。

吴彩霞耽于欢乐，但也算得上是勤快之人。她跟着孙土狗在地里耕种到老，长期劳作，倒使她身体安健。有时，他知道她在田野割番薯藤或摘瓜果，他就跑到附近的山坡上去，透过灌木丛叶片吹动的缝隙，去窥视她。有时，在暮色四合的泥路上，她挑着一担番薯或柴草在行走，他也挑着重担在后头不紧不慢地跟着，泪水会慢慢地盈上眼眶。她从不回头。他不知道她是否觉察他就在后头跟着，泪珠一颗颗摔在路面上。岁月终究会制伏每一个人。吴彩霞老迈了，她佝偻着腰，拄着拐杖，在村巷或田野的小路上散步。她早就不下地了。她再也无力举起任何一把农具了。有时，她独自一人，有时孙土狗搀扶着她。这个孙家声的小学同学，也年过花甲了，无情而公正的岁月终于使他们看上去显得般配了。

一个傍晚，土狗来找他，说："她想你了，想你搬回来住。她随时会离开人世。"孙家声盯着土狗，难道让他看着土狗每天都操吴彩霞吗？这句话他忍住了没说。他想他们也操不动了。他推开木门，发疯似的奔向山坡，扑在一棵歪脖子的相思树上停了下来，大口大口地喘气。

吴彩霞在一年多后离世了。他早就不恨她了，但也不怎么后悔没有听从土狗的安排。

没想到，又过了一年多，赵香芹竟回来了。这么多年过去，她成了一个不折不扣的老太婆。她像一只碧绿脆嫩的丝瓜，如今成了灰白干瘪的瓜蒌。奇怪的是，她重新激发了他做那种事的欲望。他犹如枯木逢春，而她激情全无，犹如完全枯竭的盐湖。他没有问她，当年为什么离开如今却又回来。她说："他死了。"岁月就像一把杀猪刀，人就像猪一样，不管肥瘦，早晚得挨上一刀。他不知道他姓甚名谁，也不了解她和他的关系及故事。

她说："轮到我照顾你了。我现在只有一个想法，就是好好照顾你。你是一个好人。"

孙家声苦笑，我是好人吗？

又一年除夕到了，孙家声发现庙宇和直系宗族的香火屋（又名大众屋厅，实乃祠堂之雏形，凤凰村本有大祠堂，但在破四旧那阵拆了，又在二十世纪七十年代末被村干部移去村边的小河修建水轮机房，后来到九十年代才重建），居然没有什么人来祭拜了。檐角上的灰白蛛网中央，蠕动着一只黑褐色的蜘蛛，有老鼠和蟑螂在案台上蹿来蹿去。这就是一件大事了。

平时，凤凰村的土地庙、文武庙、宗祠及香火屋等祭拜场所，一年到头，香火鼎盛，鞭炮声不绝于耳。且不说清明、端午、七月十四、中秋、重阳、冬至等重大节日（一年之中的节日，以除夕、春节、"年例"节为最），就是初一、十五，又或每逢有人请神、还愿，善男信女总会备好供品到庙宇、祠堂及香火屋敬拜诸神及祖灵。无论人在何方，不管去到多远，在清明或除夕都要赶回家乡，一方面要跟家人团聚，另一方面，敬拜神灵及祖先更为重要。既向神灵祈求保佑，又向祖先汇报一年中之得失，从而汲取在人世中打拼的勇气及信念，这就是农民朴素的民间信仰吧。

孙家声从雷州半岛回来后，再也没离开过村庄，在节日时也拜神及祭祖。在除夕，庙堂及香火屋竟也无人拜祭了，这就意味着凤凰村被不肖子孙抛弃了。孙姓后裔就像蒲公英的儿孙，随风而去，四处飘散，却是再也返不回故园。

这二三十年间，村子里的屋舍因无人居住及打理，少了人气的滋养，衰朽得极快。门窗朽坏，杂草丛生。一些较大的亚灌木如癫茄之类，居然突破了混凝土的覆盖，从院子、厅堂乃至卧室里势不可挡地钻出来，绿冠如伞，开出红艳或粉白的花朵，有碗口大，呈喇叭状，散发出浓郁的臭味。其他野草杂木如连翘、刺槐、稗子、野芍药、铁芒箕等等，更是不计其数。村子里的泥砖屋，在每年数度台风的摧残之下，倒塌得只剩下三五间了。有的小洋楼也灰头土脸的，摇摇欲坠。孙阿里家三楼有十几块楼板（当属混凝土预制板），居然被一双看不见的大手移到了数十米外的稻田里，这肯定是台风的杰作了。但不知道大风是如何完成的。

这些年来，乡村山野因无人侍弄，早已成了名副其实的荒村野地了。山野的野物竟也日渐繁衍，他小时候见过而一度销声匿迹的禽兽，如野猪、大灵猫、黄猄、黄鼬、猫头鹰、鹧鸪、白鹤等都屡见不鲜了。一到黄昏，大群大群的蝙蝠像阴魂不散的幽灵盘旋在林间或屋檐下，这些会飞的小兽，露出鼠类的脸，让人见了心烦意乱。

有一次，有一群野猪大摇大摆地进入村庄，在巷子留下了一溜儿粪便后扬长而去。孙家声发现老井也有了异变，水仍清冽，但井壁倒塌，杂草丛生。他已无力清淤，水中似有活物游动，鱼虾之类颇是热闹，这倒像是一个鱼池了。蛙能跳能跑，井里却为什么有鱼类繁衍？这真是咄咄怪事。有一次，他用井篙打起一桶水来，桶里盘着一捆粗大灰黑的绳子，绳子顶端忽地昂起头来，呈三角状，一双眼睛像淬毒的暗器盯着他，分叉的小舌头一伸一缩——哎哟，他吓了一跳，原来是一条水律蛇。这样的水还能喝吗？他还能喝什么水呢？

清明节前后，乃祭祖之时，这跟平时的拜神活动密切相关。在凤凰村一带，在上山扫墓拜坟之前，必先拿供品去村中的大小庙宇一一拜过，才用来祭祖，直至扫墓完毕。而平时拜神，除了所有庙宇都要一一去拜之外，也得到祠堂及香火屋上香，供奉祭品，邀请祖先光临享用。快到清明节之际，荒山野岭上的坟头一扫平时的凄清寂静，颇有花团锦簇之感。扫墓的人挑着肥鸡、猪肉、饭团、香烛、纸钱、鞭炮、挂纸、秆传火（用干稻草编织而成的粗大火绳，呈拧麻花状，是以前扫墓用来做火种的），穿梭其间，熙来攘往，人声鼎沸，鞭炮声震天，煞是热闹。彼时山花烂漫，草木青绿，时有和风细雨，转眼又是万里青天。年轻人心情舒畅，就当是踏青去了。在休憩间隙，老家伙坐在山坡上缅想往事，懒得开腔。在清明节，头等大事是扫墓祭祖，如果坟头无人拜扫，那家人可是丢不起这个脸的。搞不好还会被误以为是后继无人呢。

扫墓有一套繁琐细致的仪式，简单来说，就是先铲山（将坟堆、后土及坟手四周的杂草灌木铲除扫荡）、挂纸（挂上用黄裱纸或白浆纸裁割成的矩形小纸片，通常是坟顶三张，呈扇形排列，后土及两个坟手各一张，坟周三五张），上香后，才轮到摆上供品，祭拜，最后燃放鞭炮。完毕，再赶赴下一个坟头。这是延续了至少几百年的扫墓仪式。

到了二〇〇五年前后，村民们为了图省事（因村中也没有几个人了，大都跑到外地谋生去了，扫墓显得像是一项工作或包袱了），先是“铲山”，然后完成挂纸、上香等工序，却不再一一在坟头前摆放祭品了，而是将供品摆放于香火屋，一起邀请全体入土的祖先拨冗前来享用。之前是看望祭拜，不可谓不虔敬不隆重，如今却是一次性搞掂了，就显得有点偷工减料。有人开玩笑说："让祖先们也趁机聚一聚吧。"这一项改革，不可谓不重大，恐怕也不是凤凰村人首创，据说整个黄花镇的村庄都是这样干了。这种扫墓的方式，持续了六七年。近年来，山岭上的坟墓早已无人拜扫，连庙宇、香火屋也无人光临了。连孙家声也没上山去扫墓了，这已经意义不大了。

孙家声对着大树诉说："老伙计，你说吧，山上林木茂密，早已将坟头全遮闭起来了，根本就无路可通，我这把老骨头，也上不了山。凤凰村的祖先被抛弃了。这个村子也快走到尽头了，老伙计，你说我还能活几天呢。看来，你再活一两百年都不成问题。你生长得很缓慢，也很沉稳，很扎实，人家是一步一个脚印，你是无论多少步都踩在同一个地方上。你的根扎得很深很深吧？多少场夏秋两季的台风吹刮，犹如恶魔在咆哮，都无损你的根本，顶多是折断一些细枝末节。你有苍老的树根，也有鲜嫩的枝叶，树终究比人更长久。大炼钢铁那一年，我和土狗去砍伐你时，我们两个人都无法合抱了。现在，你更粗壮了，树冠如盖，枝叶婆娑，树皮皲裂、斑驳，真如蛟龙身上的鳞片。

"道路是人为之物，本来就是人从山野中开辟出来的，人践踏着路，也维护着路。村庄的大小路径，因多年来人迹罕至，已被草木掩埋而面目全非了。不用多少年，就完全看不出有过路径的痕迹了。村子通往外界的简易公路，修建于二十世纪九十年代，在近十年前还修补、扩建过一次，部分村道还实现了硬底化。村民们一次次从公路走出村庄，远走高飞，也曾经像候鸟一样，一年一次或数次回来，最终，要出去的人都出去了，却再也无人返回。这是一条通向广阔世界的单行道。我猜想，他们在外头过得还不错，起码要比在村庄好吧。我年少时在雷州半岛做异乡人的感觉并不好。树挪死，人挪活。这也没有什么。但人不也是要有根的吗？外面的天地（城镇）有他们的根吗？我想，人一旦离开家乡，就再也无法回来。

“想起我年少时，村民们为了多争一畦菜地或林地，甚至为了田埂被多铲去一寸而大动肝火，乃至不惜拔拳相向。村子里就多次发生过因争夺宅基地而发生的械斗。

“那一年，孙金鱼和孙阳波两家人，挥舞着锄头、铁锹大打出手，连孩子妇人也操起武器，捉对厮杀。金鱼家献出了金鱼爸的一条命，阳波家三兄弟的头颅都被铁锄砸破了。如今，整个凤凰村都是我的了，我又能怎么着？

“老伙计，我无数次在落日的余晖下，坐在村口的大路上，往外头眺望。据说外面的世界越来越精彩了，那可是无比热闹，东西应有尽有。据说，有一种东西叫手机，它不仅具有电视机的功能，还兼具收音机及电视机的用途，可以播放歌曲及电视剧。当然还有好多超出我能理解的古怪功能，譬如什么上网、微信、三维投影什么的，我一无所知，也不想让它们折磨我日渐僵化的脑筋。外面的世界，终究跟一个风烛残年的老头没有多大关系了。我还有什么期待呢？我在等待什么呢？

“近十年，这条路上，除了几只野猪摇摇摆摆地走过，有两只野狗旋风般蹿过草叶葳蕤的路面，我再也没见过一个活物了。路上的茅草、寒芒和铁芒箕，长到半人高，路基上还长了繁茂的灌木及一些黄芽茶之类的小乔木。”

一个冬日的正午，太阳像一个耀眼的光轮辗过了天空，仿佛天上也有看不见的道路。孙家声眯着眼，瞧了一下太阳，闪烁的光线将他灼痛。太阳是永恒的吧，它既非新生，也不古老，它每天都照常升起，而对人世间的事物无动于衷。冬日的阳光打在他的身上，他倚在旧墙角上，犹如鱼翔水底，温煦的阳光对他的老骨头有一种熨帖的安慰。天地间一片白茫茫，宛若是一个水流构成的透明空间……

孙家声突然被一阵阵机动车艰难行驶的轰隆声惊醒了。领头的是一辆履带式的挖掘机，然后是起重机，后头是一辆大卡车。他惊疑不定地瞧着，不知道将要发生什么事。这个几乎被外界遗忘的村子，竟一下子来了这么多车辆。车队辗过废置公路上的杂树乱草，且行且停，终于在道路的尽头处亦即村子中央的晒坪遗址上停了下来。车上相继走出四五个人，除了司机，为首者约摸三十多岁，穿着大花衫，目光锐利，一张马脸，鼻尖如钩。他的心在狂跳，天啊，这不是他的贵生吗？

他真叫出来了："贵生，你回来啦？"

那人眉头一皱，说："你认错人了。"

他如梦初醒，当年贵生离家时不过二十来岁，如今过去了二三十年，贵生当然不会这么年轻，人又不能返老还童。

"那后生仔你是谁啊？"他仍不死心。自从孙永宝离开后，他没见过任何一个人。他将见到的每一个人都当成了亲人。他有一种孩子见到母亲久别重逢的兴奋感。大花衫撇了撇嘴，不屑于作答。一个戴着鸭舌帽的小伙子搭讪说："按理说，我们也是凤凰村的人啊，倒是第一次回村哩。"又一人答腔说："不是说村子废置多年了吗？一个人也没有了吗？又从哪儿蹦出了这个老怪物？"

那些人不再搭理孙家声，分头在野草覆盖的村巷间踏勘了一番，又集合在晒坪上，脸有喜色，似已有收获。他们在晒坪上野餐，大嚼着纸盒装着的鸡翅和汉堡包，喝着瓶装矿泉水和罐装碑酒，兴致勃勃。为首的那个大花衫一挥手，似已成竹成胸。他在一旁看热闹，心中很焦躁，泛起了一丝隐忧，但又不知忧虑什么。

午后，那些人以挖掘机开路，一路开到了孙家声的面前。孙家声急了，惊叫：“天啊，老伙计，他们是冲着你来的。他们是刽子手，是恶棍，是魔鬼，他们居然打起了你的主意！”

“不行啊，这棵香樟树起码活了三百年了，不能砍啊——”

“这棵树是村庄的魂灵啊，砍了村子就魂飞魄散了——”

“这棵树保存了村子的记忆，你们日后还想回来，就一点记忆也没有了——”

“你们砍了它，我就活不下去了，可怜可怜我吧——”

开始，孙家声还试图以理服人，苦口婆心地劝告，但没有一个人理他。后来，他破口大骂，咒神斥鬼，将这辈子能想得到的诅咒或咒骂像洪水那样倾泻到了他们身上。他有几年没跟任何人讲过一句话了。村子只剩下他一个活人，跟鸟交谈，跟花说话，那当然不算，或者是跟大樟树诉说及独白，那也只是他排遣寂寞挽留记忆的妄想而已。一开头，他觉得张口结舌，很不流畅，后来他越骂越欢，他就像乌贼在疯狂地喷溅毒汁，将这伙人的十几代祖宗都骂了一个遍。他们终于忍不住了，用尼龙绳将他绑到一棵苦楝树上去，嘴里塞了一条臭毛巾。他愤怒得双眼喷火，目眦尽裂。

戴着鸭舌帽的人说：“老怪物，你放心好了，我们不会砍它的。我说你是老糊涂了，你骂我们祖宗，岂不是也骂自己的祖宗？”这个人被自己的话逗乐了，嘻嘻地笑。

“老伙计，对不起啊，我没有能力保护你——”孙家声在哭叫。他眼睁睁地看着这一伙自称是凤凰村后人的强盗，用电锯将大树截枝，只剩下一段不到十米长的巨大木头，然后用挖掘机将它连根拔起，再以起重机吊到大卡车上去。大花衫将他松绑时，很耐心地对他说："它对你有什么用呢，一点用也没有，对吧？你老了，你老到连地上有一块金子也搬不动了。但是，它就是一块金子。只要将它挪一挪地方，就会为我们带来一大笔钱，它也要到城里享福去了。我会好好照顾它的，你要担心就担心你自己吧。还呆在乡下有什么出息。不要说是人，就是树，也得进城才有出路。"

孙家声感激大花衫跟他说了这番话，有点后悔咒骂了他。但人就是贱。孙家声说："你是贵生的儿子吧？你跟他就像是一个饼印印出来的。我是贵生的爸爸，孙仔呀，我就是你阿公啊。"大花衫扇了他一记耳光，说："丢你妈，我才是你阿公！"

这些人麻利地完成了这一切，行动神速、诡秘，显得轻车熟路。车队循着原路迅速离开，绝尘而去。

"老伙计，你被惨绝人寰地修理了一顿，然后又被绑架了。我真担心你呢。城里哪有你安身的沃土？你看，你离开后的坑洞，犹如一个小型鱼塘——"孙家声喃喃自语。

孙家声颤巍巍地顺着斜面爬下去，躲在土坑中央，就是做坟坑也嫌它太大了。人自尘土中来，复归于尘土。死者入土为安。这个"安"恐怕还是对生者说的吧。修坟是为了后人扫墓。现在凤凰村的坟墓，已经有多年无人祭扫了，他再修坟还有什么意义呢。只是，巫师或道公佬、大力佬（负责挖坟坑、抬棺材、埋葬死者的人），哀乐，送葬的队伍，白毛巾以及一整套肃穆而悲恸的丧葬仪式，是甭指望的了。还有谁会挥动铁锹将泥土铲起并撒落于他身上？

孙家声躺在宽阔的树坑中央，仰望着天空（其实他目光呆滞、空洞，什么也看不到），感到巨大的寂静覆盖着他，犹如泥土覆盖着树根。鸟在看不见的地方鸣叫。他不知道是什么鸟。这些会飞翔而甚少行走会歌唱而从不说话的精灵，因人类的缺席而活得欢愉。鸟鸣减轻了他的悲伤。他慢慢恢复了平静。一场持久而深厚的睡眠缓慢而执拗地覆盖下来，犹如大雪覆盖山野，洪水漫过河岸，他双目微闭。他想起了吴彩霞。“阿妈——”他仿佛又回到了妈妈的肚腹之中，犹如婴孩重返子宫，种子埋入泥土。是的，此刻他就像回到了最初始的树木，虽是种子，尚未萌芽，虽是巨木，尚未开枝！

第十二章　村庄的黄昏

他叫孙永宝，名字是父亲孙三葵起的。没有人叫过他的名字。人们说起他，总是用“生产队副队长家的那个白痴”替代，当面就叫他“傻子”。孙三葵也这样叫他。他不知道他是不是白痴，也不知道白痴是什么样子。但他可以肯定，白痴跟傻子差不多吧。孙三葵有时叫他傻子，有时叫他白痴。孙永宝知道父亲在叫他，尽管他从来不认为自己是白痴。

他尝试喊过自己的名字。他避开凤凰村所有的动物，包括人、家禽和牲畜。他不想任何动物听见他喊自己的名字。那个激动人心的时刻，他只想一个人享受。他偷偷钻入稻草垛，张开嘴，喊道：“呜呜——啊啊——”一股尘土扑鼻而入，呛得他猛咳起来，赶紧钻出草垛。他还躲在河底喊过自己的名字，他蜷缩在桥墩下的缝隙，这一次，他只发出一个音节：“呜——”河水立刻灌入他的喉咙，差点将他呛死。那年他七岁，为了听见自己的名字，他想尽了办法。等到他九岁，有了足够的聪明去实现这个愿望。他爬上村口那棵高大挺拔的桉树，躲在茂密的枝叶中，用尽力气大喊：“嗦唷噗——嗦唷噗——”他清晰地听见自己喊出的名字。一点也没错，孙永宝——这就是他的名字。他激动得双腿在抖动。他又大喊了三声，眼眶涌出沙粒似的泪滴。

那一刻，他成了世界上最幸福的人。

凤凰村的上空飘荡着他的叫声，他的心在抽紧，带着恐惧往下眺望，村庄的黄泥屋层层叠叠，瓦面像鲫鱼的鳞片一样细密。幸好，没有一个人发现他的喊叫。孙松家的黄狗冲着树梢“汪汪”地叫。狗的叫声很柔和，他看见狗在笑。他能看见狗的笑容或鸟的笑容，能分辨一只蟋蟀或蜻蜓的表情。他还能听懂狗、鸟或别的什么动物的语言，他无法将这一切告诉别人。他不能跟别人交谈。他就是人们通常所说的“哑巴”。

但从来没人叫他哑巴，“傻子”或“白痴”，大家总是脱口而出。

他没有生气。自从九岁那一天起，他第一次听见自己的名字，他知道他叫孙永宝，而不是白痴。他觉得他是世上幸福的人。别人怎么叫是他们的事，他叫孙永宝，这是父亲孙三葵给他起的名字。他觉得父亲是个傻子，给他起了一个名字，又没有叫过。这不是一件傻事吗？他认为一个聪明人不会干傻事，干了傻事，就不是聪明人。等他看到这一点，就发现没有一个人不是傻子。

譬如他的两个哥哥。

他的大哥孙永龙是一个贪婪成性的人，不知道贪心是一种愚蠢。孙永龙什么都想据为己有，从小就暴露出贪婪或愚蠢的本性。一九七四年端午节，十二岁的永龙差点被糯米粽子活活撑死。永龙恨不得将家里的五十条粽子全部塞进肚子，有两条是属于永宝的，被永龙一手抢走了。

当孙永龙吃到第十七条粽子，永宝觉得有必要告诉父亲孙三葵。永龙已经撑得一屁股坐在地上，站不起来了，但还往嘴里艰难地塞着粽子。永宝跑去找孙三葵。那是午后三点，他知道这个时候，父亲一般不会在家，即使过节也不例外。他不假思索，像一只野狗冲入吴寡妇的卧室。孙三葵赤条条地趴在吴寡妇的身上折腾，吴寡妇发出哑巴似的呀呀声。她白皙的大屁股像一只锡盆，在幽暗的房间泛着白光。他只有四岁，不知道孙三葵在干什么，但孙三葵必须终止，并立刻跟他出去。

他大声喊起来："孙永龙要撑死了，孙永龙要撑死了——"孙三葵吓了一跳，他马上停止动作。但他的说话在孙三葵的耳中只是一片"呜呜哇哇"的响声，孙三葵无法听懂他的声音。孙三葵一耳光将他打到门槛外去，骂道："白痴，瞎嚷什么？"他像一只车轱辘，迅速地滚过去，死死抱住孙三葵赤裸而多毛的腿，将他往外面拉扯。孙三葵不得已脱离吴寡妇的身体，弯下腰，要将他抓起来，扔出门去。但他抱着父亲，死也不放手。孙三葵抓了几次，笑道："嘻，小兔崽子，倒有几分蛮力哩。"吴寡妇从床上坐起来，说："副队长，傻子叫你出去哩，莫不是发生了啥事？"

等他带孙三葵赶到，孙永龙已吃完第二十条粽子。他小肚子滚圆，四肢挺直，只有一对眼珠在滴溜溜转动，就像一个膨胀的气球，随时都会爆炸。孙三葵大吃一惊，一个箭步冲上去，将永龙拎起来，一溜小跑，将他"扑通"抛入池塘。池塘的水不深，孙永龙浮在水上，手脚开始活动了，打着饱嗝说："好舒服呀——"

孙永龙在水中泡了两个小时，才抖动水珠走上来。

后来，吴寡妇见到孙永宝，总是忍不住说："这个傻子，聪明着呢！"

孙永龙小时候贪吃，长大之后贪色，等长到十七岁，已经睡过了父亲在村庄的每一个女人，除了他和永宝共同的母亲。他对女色的贪婪表现在数量上，不仅包括不同女人的数量，还包括同一个女人的次数。这两个数字都以惊人的速度在增长。他得意洋洋地说:“傻子，你知道吗？孙美玉是我搞掂的第十九个女人，我跟白玉凤突破了一百大关。”这是他不可告人的秘密。但他的光辉业绩，如果一直不能跟别人说，憋在心里很难受，跟永宝说就十分保险。永宝不仅是一个白痴，还是一个哑巴。即使他想告密或公之于众也不可能。

村庄的人，大多抱有跟永龙相似的想法。因此，永宝是拥有村庄大多数秘密的人。他几乎知晓每一个人的隐私或秘密。

孙美玉那时还没有嫁人，挺着一对大奶，骄傲得像一只孔雀，假如孔雀也长有乳房的话。白玉凤则是那几年村庄公认的美人，她是劁猪匠孙福兴的老婆。白玉凤的眼睛像泉水一样活泼，仿佛会说话，似乎可以看透你的心。她冲孙永宝飞了个媚眼，他骨头发软，脸腾地热了。她用手摸他的脸，吃吃地笑，说:“谁说副队长家里的傻子傻呀，我看他不但不傻，还机灵着呢。”

她扭着腰肢走了，永宝流着涎水，像白痴一样盯着她的背部、臀部和双腿。据说她的臀部很了不起，就像一个噼啪燃烧的炉膛，男人像柴薪一样成捆地投入，并于须臾间化为灰烬。其中，就有他父亲和大哥。白玉凤的臀部大如磨盘，吴寡妇的也很大，但吴寡妇是扁的，她是圆的。

孙永龙最终因为贪婪送掉了小命。孙永龙把白玉凤称为母马，把裤裆的那事儿叫作骑马，每次劁猪匠挑着担子出门，他很快就会跑来跟永宝说:“我又骑了一次，这匹撒欢的母马，过瘾!”他立志要骑够五百次，但在第三百一十二次的时候栽了，再也没有机会翻身。

在一个淫雨霏霏的春日黄昏，劁猪匠孙福兴冲着孙永宝眏了眏眼睛，示意永宝跟他出去。孙福兴没有戴斗笠，倒是提着一个蛇皮袋，雨水从他苍白的脸下滴，仿佛一张白纸被淋湿并发皱。永宝跟他走出村庄，通过小石桥迈向河流的对岸。

暮色愈浓，雨水仿佛大了一些，黑暗中雨丝闪亮，孙福兴模糊的脸依稀可见。永宝看着他，觉得他没有一丝活人的气息。他像一个死人，一个雨夜的幽灵。永宝想，他只怕活不长了。一幕血肉模糊的惨景，在雨夜中一闪即逝，仿佛闪电照亮了一张模糊的底片。

孙福兴的双脚在长满野草的小路上飘浮，孙永宝紧跟着。很快，他们到了山坡一个坍塌半边的石灰窑，窑里传来一阵微弱而模糊的呜咽，宛若蚊子发出的微响。孙永宝跟孙福兴跳到窑里去。永宝看清了窑底的孙永龙和白玉凤，他们一丝不挂，五花大绑，嘴里还塞着一团稻草。两人的身体都很白，在雨夜中闪光，就像石灰窑里烧好待出的石灰。不过，作为石灰，白玉凤的成色更纯更细，孙永龙则含有杂质。

孙福兴忽然像变戏法似的，从蛇皮袋中掏出一支手电筒，摁亮了，永宝看到两张苍白的脸。孙福兴又从袋里掏出几件杂物，一把小刀，一枚镍针，一截棉线。永宝亲眼看过孙福兴用这几件东西将一头小公猪阉割并缝线。那两张苍白的脸，刹那间变得惨绿。

孙福兴拿起小刀，笑嘻嘻地说："孙永龙，你的白痴弟弟可以作证，我不会让你死得太舒服的——"他朝白玉凤啐了一口，骂道："还有你，死贱人！"

孙福兴用刀尖在孙永龙胯下轻巧地一挑，两只小圆球滚出来，色泽乳白，有点像鸡子。孙永龙的脸在扭曲，额头上青筋暴突，不知道他脸上的是雨水还是汗珠。他的阴茎马上耷拉下来，仿佛被拆掉轮子的高射炮，因失去支撑而坍陷。

孙福兴的脸因兴奋而微微发红，他左手持着镍针，右手拈起棉线，准确无误地穿过了针眼。他俯下身子，一针戳入白玉凤的私处，鲜血迸溅。白玉凤痛得在细雨中哆嗦，但她喊不出声来。孙福兴一针一线地缝合着，一丝不苟。他就这样缝合过无数头公猪切开的伤口，缝女人的私处估计还是第一次。他不慌不忙，手法娴熟，他一共缝了十二针，才完成这个简单的手术。白玉凤痛得差点昏死过去，偏又清醒得很。

孙福兴用手摸了摸，满意地点了点头，说："过几天就会缝合，就是鹤嘴锄也撬不开啦——"

孙永宝静静地看着，没有吭声。

孙福兴做完这一切，望着他说："傻子，你说我该怎么办？下来我该做点什么？"

孙福兴忽然恶狠狠地捏着永宝的嘴巴，说："你不会说出去吧？你就是想说也说不了吧？我就喜欢你这张嘴！"他扭头对着孙永龙说："你弟弟亲眼看到我做的这一切，可惜他永远也无法跟别人讲。这很好玩是吧？你骑在我老婆身上时，有没有想过我是阉猪的？唔，下来我该怎么办呢？傻子，你先回去吧！"

孙福兴挥了挥手，永宝从石灰窑里爬出来。他弯下腰去呕吐。奇怪的是，他丝毫没有想起哥哥孙永龙，而脑海反复浮现出赤裸的白玉凤，她耸起的双乳，圆滚滚的屁股，以及被劁猪匠缝合的阴部，针脚细密，鲜血淋漓。

翌日，孙永龙跟白玉凤消失了，从此再也没有出现过。关于他俩的揣测五花八门，但趋向一致的是两人在雨夜私奔。有的男子还流着涎水说，永龙这小子艳福不浅。

孙三葵有好几天将自己关在门里，一看到永宝就生气，一看到他就将他按在地上揍。孙三葵的两只手像敲鼓的木槌一样有力，永宝感到身体像一面牛皮鼓，发出"咚咚咚"的声音。永宝想起白玉凤被缝合的阴阜，在剧痛中快感如潮。他几乎喜欢这种声音了。他张了张嘴，想将昨晚的一切告诉父亲。但他知道父亲听不懂他说的话。

一连数天，孙福兴在村子闲逛和游荡，无所事事，他是以劁猪谋生的人，不像别人靠侍弄庄稼过活。数日后，他又挑起担子穿村过寨地劁猪去了。

很快，孙三葵似乎完全忘却了那件事情。他又恢复了跟每一个情妇鬼混的习惯，他不揍永宝了。但他不可能忘记，即使他忘记自己的儿子，也忘不掉白玉凤的大屁股。

两年后，前生产队副队长现任副村长孙三葵招募工人砍伐村里的集体林木。待遇十分诱人，每人每天三元钱还管饭，刚回村庄的孙福兴也参加了。孙永宝在村口看见他，从他苍白如纸的脸庞上，仿佛看到了一个鬼魂。永宝在他的瞳孔里一共看见了五棵树木，左瞳三棵，右瞳两棵。

永宝对他说："你不要上山，还是去阉你的猪好。"

孙福兴摸了摸永宝的头，仿佛有点心虚。他跟着队伍出发了。他听不懂永宝说的话，这个村庄没有人听懂永宝说的东西。

很快，山上就传来了孙福兴的死讯。两棵桶口般粗细的桉树闪电般击落，砸在他的两条大腿上。孙福兴痛彻心肺，他伸着双手，拼命挣扎着要移动上半身，却无法移动分毫。那个样子就像一只被踩住了后腿的小青蛙，拼命跳跃而无法动弹，看上去十分滑稽。他大声喊着"救命"，但没有一个人吭声。等他强定心神，往四周一望，才发觉空山寂寂，落叶满地，根本就没有一个人影。他的心脏在遽然抽紧。约半个小时后，又有两棵脸盆般大的松树准确而急速地坠落，树干刚好压在他的两只手上。他的两条手臂，就像两条可怜的蚯蚓，被沉重的石头压住，动弹不得。他听见臂骨折断的"咔嚓"声，眼前一黑，终于昏死过去。

半夜时分，孙福兴被脸上的螫痛惊醒了。一群山蚊嗡嗡叫着，疯狂地往他的脸和脖子乱叮乱咬，还有几条山蚂蟥在他的鼻子吸血。他的手被松树压住了，无法抽出来拍打蚊子。孙福兴感到那些蚊子和蚂蟥就是魔鬼的化身。他不再奢望获救，只希望能尽快解脱。他相信那致命的一击很快就会到来。然而，他就这样被困在山上过了两天三夜，气若游丝，依然神志清醒。相较于腹中的饥饿，四肢的剧痛算不了什么。直到第三天清晨，晨曦初现，一株去掉枝叶的小杉树伴随着金色的霞光，像箭矢一样射来，透过他的脸穿透脑部，将他钉在地上。他终于断气。

这是孙三葵告诉永宝的。孙三葵说："这是他应该得到的。"他忽然呜呜地哭了起来。孙永龙的死，让他的头发白了一半。

永宝没有吭声，随着年岁的增长，他跟孙三葵越来越无话可说。父亲也讨厌他。父亲很少跟他说话，但这次不厌其烦，不肯放过每一个细节。

一九八二年，孙永宝十二岁。

孙永宝的大哥孙永龙贪婪成性，二哥孙永虎则暴戾凶狠，一言不合，就要动手打人。他又爱舞刀弄棍，整天缠着村子舞狮队的武师学功夫，冬练三九，夏练三伏，长拳谭腿，耍起来倒也似模似样。村子里的人，几乎每一个都挨过他的暴打，即使女人也不例外。孙三葵指使他打男人，母亲蔡琳则指使他打女人。孙永虎也觉得那些臭娘儿欠揍，使孙三葵丢了三魂六魄，使蔡琳整日以泪洗面。

永宝认为打架是一种愚蠢的行为，觉得孙永虎也很愚蠢。至于这是为什么，他一时又说不出来。他觉得"白痴"这个称号，应该属于这个好勇斗狠的人。但没有一个人敢这样说。而他说的话，永虎又听不懂。

“打死棍头，浸死水手”这句老话，在孙永虎身上应验了。孙永虎去石湾墟赶集，墟上来了个卖艺的，耍了一通拳脚，敲响铜锣，卖起大力丸来。孙永虎一时兴起，跳入圈中，要来“踩场”。踩场或踢馆，都是对练武人的最大侮辱。观众彩声如雷，有认得孙永虎的，索性大声起哄，嚷道：“这是凤凰村的高手孙永虎，据说从未遇过敌手。这次可有好戏看啦——”

那卖艺的是个五十来岁的小老头，身形佝偻，脸容猥琐，颌下一把山羊胡子。只见他收拾好铜锣、锦旗以及药丸诸物，向孙永虎施礼道：“小老儿不知高人在此，关公面前耍大刀，有眼不识泰山。请高人大人有大量，放在下一马。”众人眼见好戏在即，焉肯放过？只是一味撺掇。孙永虎抓住老头的手腕道：“你想走也行，先留下几招再说！”

老头无奈。当下二人摆开架势，拳来脚往。孙永虎斗得兴起，窥见对方破绽，鸯鸳腿连环踢出。那老头应声倒地，翻身爬起来，脸涨红如猪肝，无地自容，收拾东西灰溜溜走了。孙永虎顾盼自雄，畅快至极。他往四周拱手致礼，算是答谢。

孙永虎在墟上出足风头，谁知他一回到家里，就感到不妥，胸口剧痛如锯，刹那间脸如金纸，汗如浆出。孙三葵赶紧延医救治，但药石无功，孙永虎挺了七天，终于不行了。孙三葵掀开他的衣裳，只见他双乳间有一印痕，鲜红如血，宛若指印。可怜他连死在谁的手上也不知道。

孙三葵的大儿子和二儿子命丧黄泉，而三儿子又是一个白痴。一帮人跑来跟永宝说：“这就是报应，别看你孙三葵呼风唤雨的，但你老了，谁给你送终？就靠这个傻子吗？”他们说着，哈哈大笑，心满意足地走了。这些人平时对孙三葵点头哈腰，唯唯诺诺，没想到这么恨他。每个人心里都有另外的想法，这往往是见不得光的，但十分真实。而孙永宝就像一个垃圾桶，一个深渊，堆满了声音的渣滓，仇恨的碎片。他是村庄惟一的、公共的垃圾桶，有义务盛装这些想法，安全可靠，永不泄漏。

孙三葵在孙永虎死于非命之后，剩下的另一半黑发一夜间全白了。他的头发在风中飘起，像暮秋的芦花一样白，落满秋霜。而他的脸色却愈加红润、光滑，不见一丝皱纹。蔡琳对永宝说：“这个死鬼，就懂得采阴补阳，连亲侄女也没放过，真是作孽呀。”蔡琳跟那些在父亲面前噤若寒蝉的村民没什么两样。

自从两个哥哥死了，孙三葵越来越讨厌永宝了，到了不能见他的地步，就像蝙蝠惧怕光线。孙三葵一见他，就抡起巴掌打他耳光。有一次，孙三葵打完他的左脸，他又将右脸转过去，说：“你打吧，你高兴就打吧。”孙三葵听到的依然是咕咕噜噜，呜呜哇哇，他怔了一下，又疯狂地刮起来，骂道：“你真是白痴！你无药可救了。该死的没死，不该死的倒全死了！”

永宝脸露笑容，静静地站着，任他打，脸上有点火辣，像被火焰的舌头舔过。他不觉得痛。他没有疼痛的概念。

孙三葵诧异地对老婆说：“你看这傻子，我打他也不会生气，反倒笑嘻嘻。他一天到头都乐呵呵的，看来做一个白痴也有好处，至少每天都那么快活。但是我敢保证，他不知道自己的快活，不知道自己为什么而快活！”

蔡琳用衣角擦着烟火熏肿的眼睛，嗫嚅着说：“你不要打了吧，你打够了吧……”

永宝等孙三葵打够了，才笑着走出去，仿佛领了一笔奖赏。

永宝整天笑得合不拢嘴，大家都说他是一个快活的白痴。

孙三葵说：“可惜我们都不是白痴，否则我们也会那么快活的。”

“就是，就是。”大家附和着孙三葵。

每一个人都叫永宝傻子，但他不认为自己是傻子。村庄的人都是傻子，而他恰巧不是。他敢肯定，大伙儿叫他傻子或白痴，都是他的父亲开了不好的头。否则他真是一个傻子，也没有人这样叫。

他一看到村庄的人做蠢事，就忍不住发笑。

譬如孙五龙每到初一、十五就会被老婆杜鹃支使去石湾墟的观音庙拜神。孙五龙一直想要一个儿子，杜鹃跟他说：“神庙里的送子菩萨灵得很呢，你一定要心诚呀。”来回得三个小时，孙五龙前脚刚走，孙三葵后脚就摸入了杜鹃的闺房。孙五龙坚持拜了半年，杜鹃的腹部果然隆了起来。孙五龙喜出望外，却不知道自己戴了绿帽。

孙解是一个爱贪小便宜的人，从不放过任何占便宜的机会。即使相邻的稻田，他也要在铲田塍时多铲一寸土地，而他从来只铲田塍，不堆田塍，几年下来，他的每块稻田都阔了一两尺。别人新插的稻苗，化肥还没消化，他就在三更半夜锄开田埂，让肥水流入自己的田里。谁知秧苗娇嫩，受不了太多肥料，全烧死了。孙解望着满田红头发似的秧苗，百思不得其解。

村庄的人想吃鱼，又嫌撒网或围坝太累，索性用“山茶子”榨成油饼，揉碎了，掺些农药，放在小河上游。很快，河里的鱼翻起白肚，水面浮了一层，河水流到哪儿，鱼虾就死到那里。这便是村庄臭名昭著的“毒鱼”之法，比电鱼炸鱼还要恶毒。村民奔走河畔，欢呼雀跃，用鱼兜捞死鱼回家油炸煎炒。无数鱼虾在河床河滩腐烂发臭，十数天过去，河水依然腥臭无比，村庄笼罩在浓烈的腐臭中，让人熏然欲呕。直至山洪暴发，连续多次，才将死鱼烂虾的恶臭荡涤干净。但村民几乎每年就要毒一次鱼。而这样的鱼，孙永宝是坚决不吃的。

孙三葵被大家认为是最有本事的人，但也做过无数蠢事。他过去做凤凰村的生产队副队长时，带领四条汉子去石湾大队抬脱粒机。那种脱粒机张着血盆大口，口里有一个镶嵌着铁钉或铰轮的滚筒，外壳包着铁皮，看上去像一个巨大的老虎头。脱粒机靠发电机发电运行，利用皮带将电能传递到脱粒机上去并使其驱动，因此，这条皮带就是关键。当时，大队里只有两台脱粒机，但村庄有二十多条，在农忙时节，村民为了争夺脱粒机不惜打破脑袋。等附近李村的人赶到，孙三葵先下手为强，已经将脱粒机抬起来了。谁知李村的生产队长二话不说，顺手一抽，早已将皮带攥在手中。孙三葵冷汗直冒，没有皮带，就是将这铁家伙抬回村庄，也无济于事。大队干部捧腹大笑，笑翻在地上。孙三葵窝着一肚子火，但又无可奈何，如果是在凤凰村，他早已大打出手，大队却不是撒野的地方，他只好乖乖地将脱粒机让给李村人，板着脸走了。

就是这些傻子，这些白痴，却个个管孙永宝叫白痴。他从来没有干过一件蠢事，因为他什么事也不做。他吃饱了就睡觉，有时在村巷闲逛，有时到小河看鱼游水，有时上山跟鸟儿交谈。反正没人理他。即使是他的母亲，也认为他是一个白痴，用不着去管。这很好，他乐得自由自在。他相信自己能听懂禽兽的语言，它们也能听懂他的说话。但村庄的每一个人都不知他在说什么。他无从辩解，无法反驳。只有这一点，让他耿耿于怀。

永宝能听懂鱼说话。有一年冬天，河水干涸，几欲断流，孙三葵带着几个人戽水捉鱼。他们先用锄头在草地上打好草坯，然后将草坯堆垒在上游浅浅的河滩上，将河水拦腰截断。流水在缓慢地上升，但草坯垒到一米多高，俨然是牢固堤坝。孙三葵有把握在上涨的河水冲溃土堤之前，将湾里的河水用戽斗戽光，并将鱼虾捉走。

他坐在河岸上，看着大伙儿使劲地戽水。河水被一斗斗地戽起，水花四溅，并往下游流走。河湾里的水越来越少，露出河底灰黑的淤泥，淤泥中嵌着农药瓶、蚌壳以及腐烂的木头诸如此类。一开始，他只听到水摔在河滩上的哗哗声响，后来，他听到了鲤鱼、河龟的窃窃私语。它们的声音太过微弱，又隔着一层水面，他听不清楚。他走下河床，弯下腰，将头部凑近，将耳朵贴在水面上。有人笑道：“你瞧，傻子又犯傻啦。”他不去理会，他清晰地听见鱼类的说话。数不清的鱼虾在越来越浅的河底惊慌失措，乱成一团。他听到一尾鱼说：“大伙儿不必担心，孙永宝会救我们的。”它的声音浑厚而苍老，他据此判断它是河湾中的青鱼王。他的胸口一热，几乎涌出眼泪。从来没有人叫他的名字，即使是他的父亲，但没想到一尾鱼会叫他，又不把他当傻子。他又听到青鱼王在说：“他会用锄头扒掉土堤的，咱们很快就得救了。”

他愣了一下，对着河水叽里咕噜地乱说一通。他相信鱼儿听懂他的说话，他听到水底一片欢呼。那一小潭水剧烈地晃荡起来。他的耳朵不断地回荡着一句话：我要去救它们，我要救它们——他离开了那片水，赶到上游，抡起锄头，三下五除二，将土堤扒掉。积蓄已久的河水迅猛而急速地往下游汹涌而去。孙三葵等人猝不及防，一下子就被河水淹没了，赶紧露出头部，奋力游上岸来。大伙儿气得吐血，孙五龙说：“狗日的，我都看到青鱼王像水牛背那样灰青的脊背了——”

孙永宝站在上游，怔怔地望着下游白花花的水流，望着落汤鸡似的人，感觉自己就在做梦。不，他在回味青鱼王叫他的名字。这是真的，他听见它的声音，低沉而清晰。它在叫他的名字。

孙三葵将永宝手上的锄头一把夺过，扔在河水里。孙三葵揪住他，脸色像青苔一样发绿，眼睛像火炭一样灼红。他闭上嘴，他知道父亲想干什么。一个哑巴是无法辩解的。跟孙三葵这种愚蠢的人，即使他不是哑巴，也没什么可说的。

孙三葵也没有吭声，用双手的动作表达了他的愤怒。永宝的头部在孙三葵有力的大手下被按入河里，河水从他的嘴巴、鼻孔和耳朵里灌入去。他闭上眼，要死去了，他感觉到自己在一点一点地窒息，那么缓慢，但很快就会走到尽头。接着是一种完全的漆黑，河水的漆黑，整个世界的漆黑，他什么也无法感知了。这只是一刹那，他忽然感到河水的甘甜，遂大口大口地吞吐着河水，腮部像鱼鳃一样轻巧而有规律地翕动，下肢像鱼尾一样欢快地摆动。他从来没有过这种感觉，他像一尾鱼在水中，感到无比惬意。他几乎忘却了按住头部的那双手。在那一瞬间，他变成了一尾鱼。

过了好久，他感觉力气缓慢地从孙三葵的双手上流失，孙三葵终于将他从水中提起来，他冲着父亲咧嘴一笑。他感到了阳光的灼痛，离开水面，让他不习惯。在那一刻，他忘了自己是孙永宝，而是一尾鱼。

“这个白痴，好像一点事也没有，好像他是一尾鱼——”大伙儿的目光像毒箭一样穿透他的身体。有个孩子走过来，抚摸着他，用看一尾大鱼的惊异目光看着他，从他的身上抠下一块银白色的鳞片。一个孩子可以看到大人看不到的东西。

他抖动着身上的水珠，完全清醒了。云层中的太阳，像一片闪光的鱼鳞。

村子里的每一个人都觉得孙三葵是一个有本事的人，孙永宝就看不出他有什么本事。他不是耕田掘地的把式，也不是捉鱼摸虾的好手。但在大家缺吃少穿的二十世纪七十年代，他家里却大鱼大肉，美酒成瓮。这就见出孙三葵的本事了。

永宝两个哥哥在世的时候，就整天陪着父亲孙三葵喝得醉醺醺的。孙永龙喝醉了，就去找白玉凤或孙美玉“骑马”。孙永虎则去竹林耍醉拳，或者学着小人书里的花和尚，要将池塘边的垂杨柳倒拔起来。当然，那棵杨柳虽然不大，但也不能轻易拔掉，还得留给下一次。

至于孙三葵，除了永宝，恐怕没有几个人知道他跑去哪儿。他们家那栋两层的红砖屋就是在分单干前夕建起来的，那是村庄的第一栋红砖屋，分上下两层，中间是镶嵌着一排水泥栏杆的走廊，上面塑造着精美的椰子树或花盆，看上去美轮美奂。永宝很喜欢那个走廊，在繁星满天的夏日夜晚，他宁愿睡在走廊上，也不想回到房间。

孙永宝家的黄金时代是在生产队的后期，那时副队长孙三葵协助队长孙老凤指挥着全村的劳动力耕种和收获，而他从不干活。他的裤腿从来都是干干净净的，没有溅上一点泥土。他的衣服浆洗得一尘不染，左臂上偏要用扣针别一个红袖章，左手拿一只大喇叭，右手拿一把木头手枪。木头枪制作得颇为逼真，枪柄还拴着一块红绸布。他看上去不像一个生产队干部，倒有点像电影里的游击队长。红袖章和木头枪象征着权力，喇叭代表着喉舌，这是另一种权力。

那时候，村里几乎所有的劳动力都归他支配，他跟生产队长孙老凤，共同分享全村生杀予夺的大权。即使是精通劁猪技术的孙福兴也不可违逆，孙福兴不服气地说：“孙三葵，你凭什么来管我们？我就没见你插过一根秧、割过一把谷。你狗日的连水田也没下过！”村里谁都怕孙三葵，惟独孙福兴穿村过寨去阉猪，见多识广，也就不怕他。孙三葵哈哈大笑：“凭什么？就凭我手中的枪杆子！毛主席说，枪杆子里出政权！我是领导，我为什么要下田？你有没有见过毛主席开枪？”孙福兴瞅着他手上的木头驳壳枪，闭上了嘴。

在生产队副队长孙三葵的指挥下，金色的稻穗从田野上生长出来，并被收回晒坪脱粒，红薯、大豆和花生堆积如山，漫山遍野的甘蔗也等待着孙三葵率领大军去收割。队员劳动到酣处，孙三葵喜欢冲着喇叭号叫，但他先不说话，而是模仿电影上号手发出的冲锋信号，然后举起木头枪往空中一挥，大声吼道：“同志们，冲啊——”队员立马变得亢奋起来，手脚灵敏，表情麻木。

永宝常常坐在山坡上看着他们劳作，觉得他们就像戏班里的提线木偶，而孙三葵就是操纵着他们的人。他虽然不是村干部，但也不用干活，更不用像木偶那样任人摆布。一个人被别人当作白痴，有时也不全是坏处。他看着天上飞的大鸟，觉得跟鸟是同类。他觉得自己有时是鱼，有时是鸟，但跟村子里的人，都不一样。

在生产队时期，他们家不愁吃不愁喝，稻谷、麦子装满了十二个大缸，番薯和山药从墙角一直堆到檩梁，萝卜干有十二埕，花生油和米酒装满了九只大耳瓮子。他们家一般不吃番薯，只用来喂猪。每次收南瓜，那些最大的南瓜最后都会呆在他家的窖子里；每次分塘鱼，那尾最大的鲩鱼总会送入他家的厨房；每次做社分猪肉，最大的一份肯定由他哥哥孙永龙拎走。在这一点上，就是孙老凤有时也避其锋芒。

很多人家吃不上饭，邻居孙树新的父亲经常去蕉园砍蕉树。香蕉树还没挂果，他为什么要去砍呢？永宝觉得奇怪，跟着他去看。

原来他将树皮剥掉，要煮蕉头来吃。孙树新大口大口地吞咽，对他说：“味道不错呢，有点像芋头，要不要尝一口？”永宝咬了一口，觉得又苦又涩，又硬如木头，吐在地上。孙树新的父亲笑了，叹气道：“这个傻子有福气。”永宝呵呵地笑了，转身回家从猪食里捞了几只番薯，递给孙树新。孙树新咬着番薯，泪水就流了。

后来，生产队解体了，分田单干了。孙树新再也不吃蕉树头了。家家户户都有装满稻谷的大缸，有堆成小山的杂粮，还有成埕成瓮的萝卜干、花生油和米酒。一到黄昏，每家每户的厨房就飘出蒸咸鱼、煎豆腐和炒猪肉的香味，还夹杂着稻草燃烧的气味。永宝伸长脖子，张开鼻孔，从每一家的厨房窗前走过，呼吸着那些好闻的味道，满脸陶醉。有人说：“大家看这个白痴！真好玩！”

孙永宝家分到了好田地，拥有较好的山林和果园。但他没有见过父亲的裤腿沾上一点泥星。孙三葵有数不完的活儿要干。尽管生产队没有了，村庄依然牢牢地掌控在村干部手中。集体林木的砍伐，鱼塘和山头的承包与开发，做社以及宗庙的打醮和游神，协助乡干部（大队先是改成乡，然后又改成管区和村委会）征收公购粮以及收取各种税费，村庄的大小集体事务仍由孙老凤和孙三葵这两个村长说了算。后来，孙老凤逐渐老迈，大权旁落，孙三葵更是踌躇满志，不可一世。每当夜幕降临，孙三葵就像幽灵闪入一些女人的房门。以前，大哥孙永龙忙着计算骑马的次数和马匹的数量。二哥孙永虎忙着舞枪弄棒，渴望成为一代宗师。那可苦了蔡琳，她矮小的身躯在他们家的每一片田地上忙碌，像一只蚱蜢在烈日下的田野上不知疲倦地蹦跶。

那段时期，是村庄最热闹最繁荣的日子。大人早出晚归，虽然辛苦，但神色宽慰而生动，孩子们整天在村巷或晒坪上嬉戏，不知疲倦，欢声笑语不绝于耳。永宝看着孩子们玩耍，觉得村庄成了一个乐园。孩子们不让他参加，认为他没有参与的能力。他无所谓。他既是那每一个天真的孩子，又是他们的总和，他的快乐等于他们快乐的相加。没几年工夫，村庄越来越兴旺了。大伙儿除了耕田，还搞起副业或外出打工，劁猪匠孙福兴又挑起担子穿村过寨去阉猪。除了他们家，村子又多了九幢红砖屋。拉上电灯之后，整个村庄连夜晚也亮如白昼，接着，电风扇、收录机和电视机也搬入村庄了。毫无疑问，这个古老的村庄，它最辉煌的时代已经到来。

孙三葵屋旁的苦楝树上安装了一只大喇叭，他就躲在家里，对准一只话筒宣布村规民约，或发号施令。在一段时间里，那只大喇叭以其独特的造型和神奇的功效引起了永宝强烈的兴趣。它高高挂在苦楝树的枝丫上，像一朵硕大的喇叭花，一根电线从孙三葵的房间延伸出来，攀缘而上，连接着它。他惊奇的是这朵古怪的喇叭花发出的声音，比孙松家那只黄狗叫得还响。孙三葵尖锐而刺耳的声音就从里面发出来，像一条条青蛇缠绕着苦楝树细小的枝条。他觉得孙三葵变成了一个小人，就躲在喇叭里说话，而这件奇特的仪器将他的声音放大了数十倍。

有一次，孙永宝爬上苦楝树，将耳朵对准喇叭口。孙三葵正在喊广播，声音像锤子敲击永宝的耳膜，将他震得嗡嗡响。等到孙三葵结束广播，永宝将嘴巴凑过去，对准喇叭，煞有介事地说了起来，但他仍然无法发出普通人的话语，而只能是“呜呜——哇哇——嗬嗬——”之类的简单音节。一只鹧鸪歪着小脑袋望着他，目光中充满温柔。他沮丧地从树上滑下来。

孙三葵每天都要喊到声嘶力竭，志满意得。孙三葵的声音灌满了村庄每一个人、每一只狗、每一头猪的耳朵，甚至连家禽也受到了孙三葵在喇叭中放大的声音的震慑。一只公鹅因为受不了这种强烈的刺激，在红砖墙上撞碎了脑袋。而苦楝树上的三窝小鸟，早已抛弃巢穴，逃之夭夭。

孙三葵的声音像粪水泼向稻田，没有一棵禾苗可以幸免。他的声音笼罩着村庄的每一个角落，连茂密的树林及狭窄的茅厕也无法躲避。没过多久，这种刺耳的喇叭声，对村庄来说纯属多余。人们并不怎么在意孙三葵的声音了，他的声音变得可有可无，对于村民，已经没有了实质性的影响。孙三葵兴致好的时候，有时也会播放一些粤曲或粤语讲古，但他从不播放流行歌曲，他在广播上深恶痛绝地说："邓丽君之流的靡靡之音，那是美蒋特务为了瓦解我们人民群众无比坚强斗志的阴谋诡计，他们绝对不会得逞！"但永宝在夜深人静时，总能听到父亲房间传出美妙如天籁的歌声："何日君再来——"不过，他对孙三葵的表里不一早已见怪不怪。

永宝专门跑去观察大伙儿的脸色，大伙儿显得精神抖擞，以前那种饥饿的脸色以及木偶的神情消失殆尽。他们已经挣断了拴在四肢上那根看不见的丝线，或者往躯体贯注了灵魂。

永宝对自己说："这才是人。"

电视机进入村庄是凤凰村的一件大事。第一台电视机不是孙三葵买的，而是包工头孙雷的杰作。这让孙三葵郁闷了好几天，他索性躲在卧室听起邓丽君来，音量也没有刻意调小。在那几天里，永宝承认邓丽君的靡靡之音是世界上最好听的歌曲，但他还是跑到孙雷家里去。他被那个神奇的方匣子吸引住了。这是一台十四英寸的凸面黑白电视机，它在乡村引起的轰动是史无前例的。在孙雷放映的那天晚上，村庄的人全体出动，提着小板凳，将孙雷的院子围得水泄不通。只有一个人例外，那就是孙三葵。他血红着眼睛，在房间里像困兽一样走走停停。他终于做了一件罕见的事，他将喇叭的音量调到最高，反复地播放邓丽君甜美而娇嗲的歌声。声音太大了，将苦楝树上的绿蝉震得簌簌而落。这些可怜的昆虫，被巨大的歌声吓破了胆。

没有一个人理孙三葵，人们全被电视吸引住了。即使喇叭制造的噪声，也无法扰乱大家看电视的专心致志。大多数人还是第一次看到电视，荧屏正在播出香港连续剧《霍元甲》，每一个人的目光都像锤子敲击钉子一样准确有力地钉入电视屏幕，钉入每一个人物，甚至不放过里面的每一样细微事物。

孙雷用手转动安装着天线的竹竿，以保证大伙儿能顺利看到霍元甲将俄国的大力士击倒。他的眼睛也瞄向电视，更多的时候瞥向了如痴如醉的观众。他看到每一个观众都流露出白痴般的陶醉表情，不禁心花怒放，无法掩饰眉宇间流露的得意。他的老婆素英摇着蒲扇，眉飞色舞地招呼着乡亲们。那天晚上，她像一位骄傲的王后。人们发现，她容光焕发，娇艳欲滴，与电视里的女主角相比毫不逊色。

孙永宝目不转睛地望着电视，先是感到强烈的震撼，然后是深切的恐惧。电视里的每一个人物都发出了通常的话语和声音，他们不仅能相互听懂，还能让电视外面的人听懂，甚至让永宝这样一个被称之为“白痴”的人听懂。在一些动画片里，草木虫鱼也发出了人类的声音并相互交谈。他走近一步，先是将耳朵凑近荧屏，听得更清晰了。没错，那是人类发出的声音。他忍不住伸出手去，想去触摸电视里的人，或者那些动物。孙雷将他的手打开了，他笑着对大家说：“这个傻子，他以为那是真的哩。”

电视给孙永宝带来的震撼是前所未有的，它就像一个大铁锤，砸碎了他头脑固有的经验。他愈看愈心惊，这个四四方方的盒子肯定是魔鬼的造物。它就像一个小小的舞台，或一个四方的囚牢，它将人类或大自然的诸种场景和生活事实搬了进去，并一次次呈现在观众的眼前。他忍不住心底的悲哀，自从电视进入村庄，那些象征着古老村庄的事物将遭到灭顶之灾，荡然无存——譬如夏夜星空闪烁，老人在榕树底下给孩子讲述民间故事；譬如那些古老而原始的乡村游戏；譬如那些世代相传的民乐和木偶戏……这一切，就像河面上的波浪，像磨坊的粉尘，转眼之间就会消失，不会留下一丝痕迹。要命的是，他的眼睛无法须臾离开荧屏。孙雷的电视机就安放在一个一人高的电视柜上，它面前是黑鸦鸦的人群，他就是其中的一个。

一个月后，孙三葵也咬牙买回了一台电视机。这是村庄的第二台电视机，也是黑白的。买得起黑白电视机的人，纯属凤毛麟角。后来，村庄的电视机逐渐普及，果然不出孙永宝的所料，再也没有人给孩子讲故事了，孩子也不想再听。那些精彩纷呈的乡村游戏，骑竹马，跳飞机，捉迷藏……他曾经见证过那些游戏回光返照式的光辉灿烂以及日暮途穷，如今已被新一代的孩子遗忘。永宝能觉察到村庄正在悄然发生变化，然而，他无力描述无从揣测这些变化及其后果。

每天清晨，孙永宝都要踩着草叶上的露珠来到村边的河流，静静地望着河水。他在哗哗流动的河水中听见了时间的流逝，河流的声音像水注入他的耳朵。每天清晨，他都要跟河流交谈，河流有最具耐心的耳朵，也有永不知疲倦的嘴唇。河流的嘴唇概括了一万尾鱼的嘴唇，也许更加丰富。河流的声音混合了水的流动、水族的低语以及河沙的堆积，这是一种复合的、丰富的声音。当河水清澈，河流的声音是柔和的，欢乐的；当河水浑浊，它的声音低沉而忧郁，有时，还带着农药或垃圾的腔调和味道。这一天，河水仍然清澈，但它的声音显得急促、凌乱而不安，仿佛一个患了哮喘病的人，喉咙堵塞着浓雾和泥土，它几乎发不出声来。他诧异地走入河水，掬起一把，河水清亮如镜，而双手中的水突然出现了一座村庄的废墟。还没有等他看清楚，那幅让人毛骨悚然的景象已随着水滴从他的指缝流走了。

孙永宝反复地做着同样的动作，于是反复地看见了一小汪水的村庄及其崩溃。他忍不住全身发抖，他几乎站立不稳。毫无疑问，这是河流给他的启示和预兆。他俯身于河水，大声问道："这是不可避免的吗？"

河流没有回答他，它于刹那间仿佛僵直了，凝固了。它神奇地终止了流动。它像一面真正的镜子，然而它空无一物。他在这样的镜子上，看不到他的影像。

朝阳在升起，他站在沙滩上，第一次感到悲哀和忧郁。那一年，他十六岁，他不再是一个快活的白痴。他像一个空心人，阳光穿透了他，但没有在地上留下影子。

他知道村庄已发生变化，河流告诉他的是另一种变化。他清晰地看到了自己身上的使命，既然村庄的变化不可抗拒，那么他必须记录村庄的变迁以及人们的命运。他之前没有这个意识，如今一种沉甸甸的命运压在他的身上，让他无法轻松。他以前没想过做任何一件事，终于明白了大家为什么叫他白痴，他以前的确是一个白痴。从今天起，他将是一个有意识的人。

一个念头像灼热的红日在他的心间升起，那就是他决定要做一个作家，要详尽而忠实地完成一部《村庄史》，凤凰村像他从河水中看到的，终将有一个荒凉的末日，那么他希望是村庄走向尽头的见证人和记录者。这个念头，让他滋长了无穷的勇气和力量。然而，他随即想到他不认识任何一个字，这几乎让他泄气。

他决定去学习文字。当一个十六岁的牛高马大的少年背着书包步入乡村小学一年级的课室，就像一只马蜂来到蜜蜂的巢穴。小蜜蜂们几乎炸了营，他们新奇的目光没有一刻脱离他的身体，并将整节课的时间花在对他的评头品足上。有的孩子说："白痴也能学会加减乘除吗？"老师客气地劝他走出去。他没有理会。他是孙三葵的儿子，如果他一定要待在教室里，相信没有一个人敢赶他出去。他听了几节课，就自动离开了教室。他听不懂教师说的任何意思，尽管他能准确而清晰地听清楚教师发出的每一个音节甚至每一个词，但他不知道那是什么意思，而要完整地理解一句话，这更超出了他的智力。那些文字或数字，更让他无所适从，就像魔鬼制造的密码，根本无法破译。他跨出教室门槛时想，莫非他真是一个白痴？

孙永宝愁容满面的样子，似乎引起了好事者的注意。有人在议论他说："嘻，快活的白痴也不再快活了。"蔡琳摸摸他的额头，关切地说："你不是发烧了吧？"那时二哥孙永虎刚死，她以为他是伤心过度。当然不是，孙永虎死一百次也跟他没什么关系。他抬起头，望着这个憔悴干瘦的女人，她的话一句也没有被听进他的耳朵。

他被一股巨大的焦虑感折磨得寝食难安，有好几天不言不语。他不能证明他不是一个白痴，但即使真的是，他也要做一个白痴中的写作者，要完成他的《村庄史》。上天既然让他在流水中看到了村庄的征兆，就肯定有其意图。他一定能找到恰当的办法。既然跟老师学习文字不再可能，那么证明这种文字并不适用于他，他必须寻觅或创造另外一种文字——这个突如其来的想法，就像闪电劈开乌云，刹那间将他照亮了。

从此，孙永宝将所有时间都花在寻找记录事物的密码上，那是属于他一个人的文字。他首先模仿人的形状发明了"人"字，根据猪的模样发明了"猪"字，根据白云和乌云的不同颜色创造了"白"和

“黑”，后来他又领悟了“灰”乃至准确地区分“灰白”以及“灰黑”。这项工作进展得相当顺利，他大约花了三年时间，将他所能见到的一切事物加以记录并读出声音。他将他创造的文字记入笔记本，并注明了其中的义项以及用法。这是世界上独一无二的词典。而它仅属于他，他既是它惟一的编纂者，也将是惟一的使用者。除了他之外，世界上没有人可以读懂它。当他完成了这项工作，他就相信自己是村庄最聪明的人，还可能是世界上最大的天才。至于人们仍然叫他白痴，他也没有生气，而一律报之以微笑。他知道，没有一个哲人或天才会跟白痴计较他们之间的分别。

在这项工作之中，对一些具体事物的记录及阐释是比较容易的，他的头脑里堆积着无数事物的形状、颜色的光谱和声音的碎片，他将它们分门别类，归纳整理，最终成功地将它们记录到他的词典上去。最困难的是那些抽象的理念和玄奥的东西，譬如“勾心斗角”“阴险毒辣”之类的词语，就颇费思量，他默默地观察了父亲孙三葵的所作所为好几天，总算将其弄得一清二楚。而至于“高尚”或“神圣”之类，还有待他去触及并录入他的词典。他承认他虽然是一个绝对的文字天才，但他所受到的全部教育，仍然来自他所见到的天空和大地，当然也得益于他生于斯长于斯的村庄。在解决抽象事物的过程中，河流帮了他不少忙，尤其是文字的读音。河流就是他的语音老师，每天清晨，他静坐在河畔上，呼吸着花香水气，他的舌头跟随河水流动的节奏灵巧地发出声音，光是“啊”这个词，他就可以发出三十多种毫不混淆而又可清晰区别的声音，它们分别代表不同的意义。

当然，在外行人听来，孙永宝只能发出“啊呀呜哇——”之类几个简单的音节，跟以前似无分别，但他能根据声音的强弱缓急来区分这些事物的读音。譬如在河流上飞翔的鹩哥，便能全部听懂他的说话，并能简单地跟他会话。当然，鹩哥的发音方式也让他获益匪浅。他不否认他是善于向一切事物学习的人，并具有不耻下问的美德。他使用的完全是属于他个人的文字和拼读方法，而跟普通人毫不相干。他知道他们不可能看懂他的文字，也不可能听懂他的发音。幸好他要创作的《村庄史》，将在村庄消亡之后发表，他们也不是他心目中的读者。他的这部书，将要献给伟大的造物主，那个创作了白痴以及天才的人，才是他惟一的、理想的读者。尽管他还没有动笔，但他已经能依稀感受到这部独特著作的辉煌和伟大。他感到那些乌有的书页被风簌簌吹动，而那些奇特的文字就像钻石在熠熠闪光，他因激动而战栗。

孙永宝在做这一切的时候，没有一个人打扰他。他不用劳动，也不愁吃穿。感谢父亲孙三葵，这是他做的惟一一件好事。这就是一个白痴的好处。他发现他的知识与日俱增，他的修养也日趋完美。他完全不介意别人对他的称呼了，不管“白痴”还是“傻子”。他就像一个德高望重的学者或德艺双馨的艺术家那样赢得了对自己的尊重。他不禁哑然失笑。

当他过了二十岁生日，他基本上掌握了常用的文字以及使用方法，对《村庄史》的撰写可以提上日程了。但那年春天发生的一件事情，完全打乱了他的计划。

孙三葵要给他娶亲了。他的大哥孙永龙和二哥孙永虎相继辞世，传宗接代的重任就落到一个白痴的身上。在婚礼上，蔡琳有点担忧地跟孙三葵说：“白痴生的儿子会不会也是白痴？”父亲孙三葵一记耳光飞到蔡琳的脸上，骂道：“我呸，大吉利是！你信不信我撕掉你这张乌鸦嘴？”其实，蔡琳的担心纯属多余，因为孙永宝从来没有行使过丈夫的权利。新娘是周家村的桃花，桃眼杏腮，肤色如雪，她过门的第一天就将他父亲孙三葵的魂魄夺走了。孙三葵将他们送入新房，就贴紧门缝往里面瞧。但孙三葵站了半夜，什么也没有看见。永宝很快就呼呼睡着了。

第二天傍晚，孙三葵看到桃花将睡衣脱掉了，然后脱下胸罩，他看到白痴儿子的眼睛像灯花被挑动那样闪亮，而桃花的两只乳房像白鸽在扑腾。桃花半跪起来，扯掉内裤，露出了她毛发茂密的私处，永宝恐惧地转过头去，发出一声尖叫。他想起了那个飘忽的雨夜，白玉凤被丈夫缝了十二针的阴阜，针脚细密，鲜血淋漓，那一幕让他毛骨悚然。孙三葵再也忍不住了，走入来，将他从床上一把扯起，冲着他的屁股就是一脚，将他踢出去。门关上，灯熄灭。半夜时分，他隐约听到新娘房中传来压抑的哭泣。

孙永宝不需要一个老婆，但没法表达他的拒绝。他想桃花也不喜欢他，不知道她为什么会嫁给他。这个世界上想不通的事多得很，他没有兴趣一一深究。他日思夜想的，是即将动工的《村庄史》。结婚还是严重影响了他的工作，书写被迫中断。原因是他不能目睹桃花裸露的下身，那样会使他失控。十二岁时的那场噩梦，至今仍根深蒂固。他宁愿睡在猪圈或柴房，也不跟她同床共枕。

桃花没有异议，孙三葵求之不得。数年过去，桃花的肚子仍不见起色。孙三葵晃动着满头白发，跟蔡琳相对叹息。孙三葵的脸色愈加红润，皮肤细嫩如婴孩。

一个秋天的清晨，孙永宝从缓慢流动的河水中嗅到了不祥的气息。那是一种死亡的气息，这比嗅到农药的气味更让人恐惧，河流发出的是垂死老者的气息。它仿佛一个濒死的老人，正处于弥留之际。

他在单薄的河水中，仿佛看见河流正在变得僵硬的尸体。它那么轻，就在河床上飘动，犹如一缕轻烟，就要离开河床而化为空无。他用自己的语言大声地呼唤它，它没有回应。他看到河流像垂死的鱼在轻微地晃动，嘴唇在努力翕动，但没有能力发出声音。更让人震惊的是，他发现不知从何时起，河流早已鱼虾绝迹，蚊蚋飞舞。

孙永宝必须开始动手撰写他的著作了，一刻也不可耽搁。为了避开所有的干扰，他搬入村庄废弃已久的碉楼居住。碉楼高大而宽敞，幽深、阴暗，还有点发霉和潮湿，相较于它幽静的优点，这显然不是问题。一日三餐，由蔡琳供应。她经常来看他，给他带一些食物，或给他的灯盏添一点油。蔡琳跟他说："大伙儿都在传，说孙三葵家的傻子疯了。我的孩子，你真疯了吗？傻子还可以发疯吗？"他乐呵呵地望着她，他的目光从来没有这么柔和。

"村庄坐落在一个鱼形的山坡上，水井刚好在村口，正处于鱼眼的位置。河流自西向东呈半圆形环绕着村庄流过，它是如此细小，以至于没有名字。"这是他在纸上写下的前两句。他开始了《村庄史》的撰写，用他自己发明的奇特文字。他的语法和修辞在他写作的过程中不断完善和提高。他在碉楼待了几年，他说不出确切的时间，他不是一个对光阴敏感的人。在那些日子里，他深居简出，埋头苦干，完成了《村庄史》的大半部分。他相信这样一部语法简单而耐人寻味的著作，无异于一部天书。那些笔画极端简省而含意深远的文字，世界上到底有没有人能够破译，这尚是未知数。至少，他并不奢望这个充满傻瓜和恶棍的村庄，会有人读懂这部光辉的著作。

在《村庄史》中，孙永宝详尽地介绍了村庄的历史、地理、人口、风俗和宗教，他苦恼于无法考证村庄的确凿起源，也许是六百年还是七百年？他没有任何资料可供参考，就算有，他也无法读懂人类的典籍，关于村庄的诞生只能含糊其辞。其实，他要撰写的是他所见证乃至亲历的这一段，尤其是村庄由盛而衰、由衰而盛的历史。尽管他从来就是村庄的局外人。他将看到一个村庄的日暮途穷，他所记载的乃是村庄的崩溃。

自从分田到户之后，勒紧村民的绳索松开了，村庄焕发出了前所未有的生机，村庄在二十世纪九十年代初达到了鼎盛时期。大多数人家建起了红砖屋，并有了电视机，那些奇形怪状的电视天线在房子旁边或屋顶上高高竖起，昭示着村庄的兴旺繁荣。尤其是元宵、清明、端午、冬至以及“年例”等节日，村庄杀猪做社，吆五喝六，人声鼎沸，热闹非凡。

正月十五的“年例”，是凤凰村最隆重的节日，家家户户杀猪宰鸡，大摆筵席，亲朋好友欢聚一堂，卖玩具及零食的乡村货郎闻风出动，他们吸引馋嘴或好玩的孩子，犹如红糖吸引着蚂蚁。游神、打醮以及舞狮是“年例”的隆重节目，醒狮起舞，旗幡飘扬，鞭炮声不绝于耳，村庄笼罩在欢乐喜庆的气氛和美味佳肴的浓郁香味之中。还有木偶戏和电影，木偶戏在乡村日渐式微，这是做给土地神看的，露天电影则在乡村大受欢迎。“年例”作为乡村的盛大聚会，挥霍着人们的财富以及激情，以穷奢极欲的方式宣告着村庄的幸福。这是村庄最后的仪式和象征。

凤凰村的繁荣昙花一现。

数年之后，孙永宝放下了纸笔，走出碉楼。阳光是如此强烈，迫使他眯上眼睛。然而，村庄的景象让他大吃一惊。昔日的繁荣和热闹荡然无存，村巷长满了野草，墙角长满了野蕨和苔藓，屋顶堆积着枯枝败叶，无人打扫。一种空旷而尖锐的寂静压迫着他，恐惧在他心中油然而生。他在村巷游逛了半天，才见到十几个老人和孩子以及几头瘦得皮包骨头的老牛，而他连鸡鸭也难得见到几只。

这就是他生活了三四十年的村庄吗？除了老人和孩子，他没有见到一个年轻人，虎背熊腰的汉子到哪儿去了？丰乳肥臀的女人到哪儿去了？狗都跑到哪儿去了？鸡都跑到哪儿去了？他带着一连串疑问，回到他的家。

孙三葵精神不错，头发全白了，面容仍细嫩如婴儿。他在喝酒，蔡琳在洗碗。永宝没有见到他的媳妇桃花。孙三葵拍了拍他的肩头，说："傻子还知道回家呀。"

孙永宝没有理他，他的头脑搅动着那些破璃碎片似的问题，使他一思考就发痛。

孙三葵凑过来，他显得有点疲惫和寂寞，犹如岁月吹干的一个果子的空壳。他喷着酒气说："你老婆跑了。"

孙三葵的语气带着亲切，这是从来没有过的。看来无尽的空虚，使他对一个傻子也产生了好感。

孙永宝几乎遗忘了那个女人。父亲提到他的妻子，他马上想到白玉凤那惨不忍睹的私处，以后不用见到这可怖的一幕，他快活地笑了。

孙三葵拎着酒瓶子，歪歪斜斜地走出门去，他嘟哝着说："就要绝后了。"

蔡琳用一块破布抹着瓷碗，一颗浊泪滴在碗沿上。

孙永宝也跑出去。他来到河边，河流已经不存在了，早已断流了。河床正在磨损和消失，地上积着几潭死水，已经停止了流动，里面堆满了垃圾。一群金头苍蝇在嘤嗡着乱飞，沙堆及淤泥上丛生着一些奇怪的植物，像剑麻，像荆棘，还有点像芭蕉，叶片宽大而肥厚，非常绿，苍翠欲滴，叶丛中还开着火炬状的花朵，鲜红如血，如烈焰，灼痛他的眼睛。他不知道这是什么植物，它的叶子和花朵，都太过鲜艳，太过夺目，带着一种妖冶而诡异的色彩，让人在阳光下也感到心底发冷。他知道它们不是河流的幽灵。而是鬼。这些鬼吃掉了村边的河流。

他走到田野，发现往昔的稻田、薯地和菜畦，几乎全都荒废了，长满了密密麻麻的杂草。他用手抠着那些板结的硬土，不敢相信这就是昔日长着金黄稻穗和硕大红薯的良田。只有少数几块田地，种着一些病怏怏的玉米，叶片枯黄，摇摇欲坠，宛若一队残兵败将。

他的心在一阵紧缩，田地是农民的命根子，如今连命根子也不要了。那就不是小事了。

在孙永宝闭门不出的那些年，村庄的变化急剧而不可逆转，这连身在其中的孙三葵也察觉到了。他的觉察是从女人的床上开始的，他发现要找到一个稍有水分的女人，已经是一件奢侈的事。然后，他又发现他尽管还是村干部，还执掌着村庄的大权，但村庄的人全跑光了。换言之，他使用权力的对象已经不再存在，他的权力也就变得毫无意义。剩下来的老人和小孩，也不怎么尊敬他了，因为再也没什么需要求他的了。

进入新世纪，中央下了一号文件，宣布取消农业税，农民种地再也不用缴税了。孙三葵喝得酩酊大醉，摔碎了两只酒瓶，就开始胡言乱语："这是怎么回事？农民种地交皇粮，天经地义，怎么说不交就不交了？那还要我这个村官做什么？"蔡琳赶紧将他拉回卧房，关上大门。就这样，孙三葵认为他最后的一点权力，也随着一号文件而瓦解冰消。孙三葵跑到镇里，抱怨说："皇粮都不用交了，我这个村干部还有什么好当的？"上级领导和蔼地说："你要学会做一个现代的村官，你要带领乡亲们共同致富、齐奔小康嘛。老孙同志，你身上的担子重着呢。”孙三葵张大嘴巴，他什么也说不出来。

一连数日，孙永宝在村庄的每一个村巷、每一户人家的门前转悠，他在清点着能发出炊烟的人家以及村庄的人数。但他数来数去，总是数不清，他惟一可以确定的是，村庄剩下的人丁只有一小半，而且全是老人和小孩，没有一个青壮年。

他又花了好几天，才弄清其中的原委。有的人死了。有的人走了。只要还有一丝可能，就没有一个人愿意待在村庄。他们寻找活路去了。孙树新对他说：“在村庄只有等死！”他又摇摇头，说：“跟你说也是白搭。傻子怎么搞得懂死是什么意思呢？”

那些离开村庄的人，分为两种。有的是打工赚了钱，跑到黄花镇或橘州县城买地建屋，彻底离开了村庄。有的没有赚到钱，那还得在城里打工，有入厂的，有做瓦工的，有摆摊档的（大多是做“走鬼”），有出卖力气和老婆的，有去偷去抢的……孙树新说：“人一急，就顾不得那么多了。我如果是一个女人，双腿一叉，就等着收钱了。在城里做一个乞丐也比在村里种地好。这个年头只有傻子才去种地了，不，你就是傻子，但你也不去种地。”

在一个暮色苍茫的黄昏，孙树新回来了。这个比他小的年轻人，他是被别人抬回来的。他在遥远城市的建筑工地做瓦工，像一只鸟蹲在竹竿搭建的棚架上，间或像要杂技那样在高空的竹竿上行走。他看到头顶上飘过一朵鲜红的云，再凝神一看，原来不是红云，而是一个妩媚的女人。他心神一分，脚下一滑，就从三十九层上摔了下来。幸好，他先是砸在第三十八层的防护网上，并连人带网一起坠落到第三十七层的阳台上，性命倒是无碍，但一双腿却是废了。他是被别人抬回来的。后来，孙树新逢人便说：“那天我看到了仙女，我真该死！不过，我是真看到了仙女！”别人不相信，都说：“村里又多了一个傻子。”

孙树新没有真傻，等他养好伤，又背起包袱拄着双拐出门去了。孙三葵问他：“你还要到城里去？”孙树新点了点头。孙三葵说：“你还要像鸟伫立在竹竿上吗？”他嘻嘻地笑了起来。孙树新皱了皱眉头，说：“我像什么干你鸟事？我像什么也不像你，像一头猪在等着挨刀子！”孙三葵遭到孙树新的抢白，脸煞地紫了。哼哼，连一个残废也敢跟他叫板了，尽管他在孙老凤之后继任了村长，但没有一个人将他当作干部了。

当天晚上，孙三葵好生郁闷，在灌下了半瓶米酒之后，充满豪气地将酒碗一掷，下了一个决定——他要重建自己在村庄的绝对权威，他要重组生产队，拉起一支人马，重新耕种荒废的良田。他找出当年的那个手提喇叭，但发现锈迹斑斑，已经报废了。好在红袖章和木头手枪还在，虽然破旧，洗干净还可以使用。村头的大广播由于多年不用，也坏掉了。孙三葵只好一家一户地去游说，唾沫乱飞，总算有十五户人家愿意参加生产队。村庄十室九空，在剩下的人里，参加人员已经达到了百分之九十。孙三葵已经很满足了。他的自信又回来了，他摩拳擦掌，决心要大干一场。

孙三葵将生产队拉了起来，社员一共有二十二个。孙三葵将其命名为红星生产队，并自任队长，孙五龙和孙解都受到重用。社员当中，女的大多是孙三葵昔日的情妇，男的大多是他的情敌，如今握手言欢，相互合作。孙三葵在誓师大会上杀了一头猪，煮了一大铁锅饭，开了三四坛好酒，他举着木头枪大声说：“只要我们同心协力，艰苦奋斗，就敢叫寰宇改旧颜，誓教日月换新天！”社员们往嘴里塞着红烧肉，哼哼哈哈地响应着生产队长的号召。孙三葵见场面的气氛不够热烈，但想到现在需要大伙儿支持，也就不说什么了。

孙永宝目睹着这一幕。生产队的“复辟”是村庄的一件大事，他未完成的《村庄史》预先留下了足够的篇幅。孙三葵将村庄的田地重新规划，水田种上水稻和蔬菜，坡地栽种花生、红薯和大豆，山坡则种植芝麻、木薯和甘蔗。尽管孙三葵不学无术，但社员都是种地的好手，作物长势良好，夏天的几场雨水加速了作物的生长。转瞬秋天即到，稻田上的稻穗像闪光的金子，地里的薯类胀破薯垄，而甘蔗林像风中的密林簌簌作响。收获的日子就要到了，孙三葵眉飞色舞，像白痴一样快活。

一件让人意料不到的事发生了。无数人赶到村庄，他们从省城里、从县城里、从镇里或不知什么地方涌现出来，就像蝗虫一样，疯狂地扑向红星生产队的庄稼。他们将红薯掘起，将稻穗割断，将甘蔗砍倒，然后疯狂地搬上双轮木车、摩托车乃至小货车。孙永宝在旁边安静地看着那些人，他们都是他的乡亲，这些离开村庄如今卷土重来的人。其中一部分还是少年或少女，瞧着这些花蕾般清新的脸庞，他从未见过又似曾相识。那一张张因攫取而变得疯狂的脸，在他的眼前不断地晃动，让他晕眩。

孙三葵惊呆了，他赶紧集合社员去阻止，然而那二十多个老人家根本就无能为力，况且除了孙三葵一家，每户人家都能在这帮人中找到自己的亲人。孙三葵奋不顾身地涌入人群的洪流中，张开双臂，嘶声叫道：“赶快停下来，停下来——这是红星生产队的劳动果实，你们不能这样！”有的人一本正经地说：“我收割自家田地的东西，干你什么事？”有的人冷冷地说：“这是我父亲种植的，这没错吧？”有的人忍不住哈哈大笑，说：“什么狗屁红星生产队，都什么年月了！”

孙三葵被噎得一句话也说不出来，只好一屁股坐在地上呜呜地哭。孙永宝从来没见过父亲如此狼狈。

更多的人则对孙三葵视若不见，只是像土匪一样拼命掠夺。孙树新也在其中，别看他坏了双腿，但砍起甘蔗来，倒也生龙活虎。红星生产队的人越看越沉不住气了，索性倒戈相向，抡着镰刀或锄头冲入掠夺的大军中。

不过寥寥数天，人们已将红星生产队的劳动成果掠夺一空，扬长而去。他们曾经都是村庄的人，如今却不知身在何方，估计再也不会回来了。孙三葵受此打击，卧病在床，他惟一的信念已然破灭。他生无可恋，不久后撒手归西。他死前一声叹息："人哪——"

孙三葵一死，生产队也就树倒猢狲散，就算他不死，发生了这样的事，也没有一个人愿意入队了。红星生产队以谁也意想不到的方式结束了。孙永宝对其无从评论。他画下了这个事件的最后一个句号，《村庄史》也接近尾声，只剩下一件事没有做。那是一个重要的仪式，它曾经象征着村庄最辉煌的往昔，如今已销声匿迹，它将有待他去完成，并作为本书重要的一章，载入他的《村庄史》。

在雨水淅沥的秋天，村庄陆续有三个老人与世长辞，有几个孩子被父母接到城里。村庄愈加冷清，死气沉沉，看上去就像一个空村。昔日香火旺盛的庙宇，也在风雨中变成废墟，杂草丛生，成了蛇鼠虫蚁的乐园。

进入冬天，雨水愈加丰沛，野草疯长，迅即占据所有的良田。孙永宝在稻田上行走，青草没入膝盖，艾草在杂草中脱颖而出，枝桠犹如小树，叶片宽逾手掌，一股浓郁的艾香弥漫着整个田野。这是反常的。在往年，冬天草叶枯萎，植被稀疏，艾草则在春雨降临后才钻出地面，也不会这么粗壮。有的稻田甚至长出了河滩上那种像鬼一样的植物，叶片肥大，花朵如血。河流就是这样消失的，他知道这些田地也将无一幸免。

雨过天晴，孙永宝推着一辆鸡公车在村巷上行走。巷子是如此幽静，以至于他听见自己走路的声音以及鸡公车轮子发出的“吱呀”声，并在另一条村巷上传来回声，仿佛在另一条空寂的巷子里，有另一个他和另一辆鸡公车在走动。

鸡公车是属于二十世纪的产物，即使在村庄，也已经多年无人使用。他也是第一次推鸡公车，据说推鸡公车需要很高的技巧，但他毫不费劲就学会了驾驭它。这辆车是他在住过多年的碉楼发现的，它的轮子、车轴依然完好，只是车板被白蚁蛀掉了几块。他去问老木匠孙家声借了几把工具，先割好木板，并利用锤子和铁钉将木板钉牢。这是他第一次做这种事，由于孙家声在一旁指点，倒也干净利落，手法之娴熟，犹如能工巧匠。孙家声叹息说：“无论谁看到这一幕，我相信他都不会再说孙永宝是傻子了。”

孙永宝来到了一座楼房面前，这是孙雷的家。他是村庄诞生的第一个包工头，据说在县城拥有好几栋楼房。这座房子也算是一座豪宅，如今已人去楼空。大门上贴着残破而褪色的门神，门栓上挂着的大铁锁，锈迹斑斑。他举起手中的铁锤，用力砸在锁头上，“当”的一声，两只灰黑的麻雀从屋檐下飞出来。锁头十分坚固，他不停地挥动着手中的铁锤，锤子砸击在锁头上的声音，非常响亮，像钟声传遍村巷，但没有一个人会管他。

他砸开锁头，直奔客厅，客厅的墙角挂着一面蛛网，银光闪烁，网中央吊着一只五彩斑斓的大蜘蛛。蛛网下的木柜上摆着一个四方形的东西，盖着一块印花绸布，覆盖着一层厚厚的灰尘。他拉动绸布，灰尘弥漫了整个客厅，他打了个喷嚏。这是一台二十九英寸的大彩电，这就是他的目标，他搬上了鸡公车。他又噔噔噔地爬上顶层的阳台，将天线拆下来，连插座也没有忘记，他对自己心细如发深感满意。他离开之前用铁丝将门拴紧了，不希望这座房子变成野猪或野狐的乐园。自从去年以来，他在日渐茂密的山林上发现了不少野兽的足迹，有的小野猪甚至大摇大摆地走入村庄。而野猪离开人们的视线，已经是三四十年前的事了。

孙永宝推着大彩电来到了另一户人家的门前，如法炮制，又将一台电视机搬上了鸡公车，这是一台十四英寸的黑白电视机。他一口气砸开了七户人家的大门，得到了五台电视机。有的锁头十分牢固，他花了九牛二虎之力，累得精疲力竭，也有不少弹子锁，他一锤子就砸开了。他推着鸡公车，将这五台电视机及其天线搬到碉楼。他在放电视机的地方先垫上木板，以防其受潮。

他花了约一个月，砸开了村庄的四百一十一户人家，得到了二百九十三台电视机，他全部搬入了碉楼。没有电视机的人家只是少数，彩色的和黑白的则平分秋色。他望着这些电视机，他的脑海浮现出村庄往昔的辉煌。还有十来户人家，居住着十几个幽灵一般的老人，除了孙家声身体还不错，另外的人都瘦得皮包骨头，目光呆滞，在幽暗的房间里吃饭和睡觉，偶尔扶着长满青苔的墙角缓慢地走动。他们像讨厌阳光的动物，譬如猫头鹰或老鼠，甚至连杂草丛生的院子也懒得走出一步。能离开村庄的老人，早已离开，要么被儿女接到别处，要么被接到镇上的养老院。这些老人，除了坐以待毙，没有别的去处。

在孙永宝砸门以及搬电视机的过程中，发出了震天的响声，没有一个人理会，他就像在搬取着自己家里的东西。也许，他们根本就没有觉察。在这个世界上，已经没有什么再值得这些老人关心或紧张，甚至包括自己的身体和记忆。他们正在迅速地走向衰老和死亡。让他感到意外的是，孙雷开着小轿车返回村庄，他的脖子上套着一条粗大如绳索的金项链，手指上戴着几只黄澄澄的戒指，他转悠一下就走了。他好像没发现家里少了一台电视机，也没有发现大门的铁锁换成了铁丝。

孙永宝在村口跟孙雷遭遇，孙雷硕大的脑袋从车窗里探出来，冲着永宝笑了。孙雷张大嘴，好像还说了一句什么，但永宝没有听清楚，他的车已绝尘而去。他的声音像细屑的尘土，在空气中升腾，一会儿就消失了。

孙永宝不能确定孙雷是否认出了他就是那个村庄有名的白痴，也许孙雷将他当成了哪一个不可思议的农夫。在这个年月，还有谁会留在村庄种地？那时，他头戴草帽，用锄头柄挑着畚箕，畚箕装满了细嫩的野菜。他无论怎么看，都像一个地道的农夫。他在一块地上种了土豆，土豆种是从家里取的。这一切，从来没有人教过他，但他觉得没什么困难。许多事情，他已能无师自通。他要做的事情有很多，他还打算在明年春天，将村口那块最肥沃的稻田种上水稻。

那一天，他从地里锄草归来，并将锄下的野菜拿回来，给猪圈里的野猪吃。他巧妙地关住了三只到村巷游荡的小野猪。他在小野猪咬烂了两副木栅栏之后，用铁柱子制作了一副栅栏。近日来，它们安静多了，似乎习惯了他的喂养。蔡琳似乎没有发现他所做的一切。

这十几个老人中，其中一个是蔡琳，她说：“我还不能死，我死了，谁来照顾你？”

孙永宝想对蔡琳说：“现在该轮到我照顾你了。”他只是微微一笑。她不可能听懂他的语言。他学会了不做没有意义的事。

在这十来户人家当中，还有九台电视机，六台彩色的，三台黑白的。其中一台彩色的就在他家里。他不着急，他有的是时间和耐心。他静静地等待，待老人一一辞世，再去搬取并集中堆放。

他家里的那台电视机，蔡琳很少打开，她除了做饭和洗衣服，以及侍弄屋后的那片菜畦，更多的时候在发呆。其实这些活计，他也完全胜任，但这已是蔡琳力所能及并愿做的不多几件事了。她连鸡也懒得喂了。在冬至那天，她将最后一只鸡杀掉。她捧着鸡汤，泪如泉涌，那些美味的鸡肉让她无法吞咽，泣不成声。那只鸡是一只母鸡，这意味着她持续了数十年养家禽的生涯，已宣告终结。家里的粮食足够她吃上几年，孙三葵积累的财富，也足够她花上一辈子。村庄的几个小卖部，包括自家开的，早已倒闭，她懒得动身去镇上赶集。乡村货郎以及卖猪肉的人，已经有多年没有涉足村庄了。

除夕就要到了，北风像刀子一样割在脸上，老人们陆续辞世，只有孙家声挺过了又一个冬天。孙永宝在孙家声的帮忙下，在后山将他们埋葬。看来，他是村庄的最后一个掘墓人了。

孙永宝马上将他们的电视机搬到碉楼。除夕那天傍晚，他从山冈上的果园归来。他种了一百株桃树，希望能在明年春天看到细小而灿烂的桃花，并看到他的桃花归来。他比任何时候都更需要女人，尤其是像母马一样会生育的女人。他看到了通常夏天才有的火烧云，滚烫的红日，燃烧的云朵，这是一种巨大而滚烫的美，他还来不及迎接这么辽阔而沉重的美，但他的眼睛还是跟着落日而移动。就这样，他看到了人世间最美丽的景观——一片金灿灿的光笼罩着灰白的屋顶和墨绿的树木，晚霞使村庄的建筑变成了金碧辉煌的宫殿！这就是他的村庄，他更愿以人间仙境来称呼它。然而，这个村庄已十室九空。

暮色像乌鸦的翅膀在村庄打下了阴影。他摁亮了晒坪上的电灯，这盏电灯好久没亮过了，灯泡上积满了尘土，马上有一些小飞虫绕着发黄的光线飞舞。他将所有的电视机搬到村庄中央那个最大的晒坪，晒坪是用石灰混凝土铺成的，曾经光滑而洁白，如今显得坑坑洼洼，并长满了灰色的苔藓。这个晒坪曾经是生产队的杰作，曾经晾晒过四季的粮食，诸如稻谷、花生和木薯片。它也是乡村孩子的乐园，孩子们曾经无数次在这里嬉戏，进行着数十种乡村游戏。它还是村庄最大的舞台，分社肉、摆醮、游神、演木偶戏、放电影……村庄的每一次重大集会或活动，几乎都在这里进行。在过去，这些活动不是在孙老凤就是在孙三葵的主持下举行，如今轮到他了。

孙家声任由孙永宝乱来，懒得理他。在孙家声看来，永宝终究是一个白痴。

他将电视机全搬到了晒坪的中央，垒叠在一起，一共是三百零二台电视机，这么多电视机组成了一面电视墙。而晒坪的边缘插满了竹竿，上面拴着电视天线。他一台一台地连接电视机的导线和天线。那么多电线纠缠在一起，一开始他有点头晕眼花，很快就心清如水，头脑中一片澄明，他将插头飞快地插入电视机，几乎看也不用看。而晒坪作为乡村的舞台，原本就有着电源，他只不过是利用插座和电线使电能流到每一台电视机去罢了。

孙永宝就要过年了。他不是为了自己，他是代村庄那些死去的魂灵过年，代那些离开村庄远走高飞的人过年。他是村庄惟一一个没有忘记春节的人，他甚至知道在遥远的城市，一年一度举行着热闹而无聊的春节晚会。在每一次的春节晚会上，观众喧哗而骚动，他们表现得比演员还兴奋。他需要这种喧哗与骚动。过年需要仪式，村庄的醒狮队没有了，游神没有了，摆醮没有了。幸好还有春节晚会，那些歌声和舞蹈，小品和杂技，将通过电视机降临村庄。

他打开了一台电视机，该电视机一点反应也没有，没有声音，没有图像，连光和影也没有，一片死寂，这台机死了。他的手忍不住发抖，但毫不犹豫地打开另一台电视机。他遇到了同样的命运，这一次，他连双腿也战栗起来。他心中焦躁，疯狂地摁着电视机的开关，一台接着一台，但那些电视机要么一片死寂，要么只是一片沙沙响的雪花，包括他家里的那台也坏掉了。只剩下最后一台了，那就是孙雷家里的彩电，它镶嵌在电视墙的正中央，像一只熟睡的野兽在沉默。他不敢轻易伸出手去，怕承受不了伸出手的后果。他感到心在扑通扑通地跳，这是从来没有过的感觉。如果说白痴从来不会感觉到紧张，那么他现在已经可以肯定，他不是一个白痴，从来就不是。他闭着眼睛，摁动开关。一阵掌声如潮水般响起，他的心里一阵狂喜，没错，掌声是从电视里传出来的。他张开眼，看到一个年轻的胖子，摆着纸扇，摇头晃脑地说："床前明月光，疑是地上霜，举头望明月——我是郭德纲——"

那个胖子"啪"的一声，打开纸扇，电视里的观众席又是一阵雷鸣般的掌声。孙永宝赶紧离开了电视机，他在电视墙前面的一张板凳上坐下，伸长耳朵，目不转睛。他笑了，他无暇顾及眼眶的泪水。胖子的表情十分丰富，他的脸仿佛是一百个白痴的脸的总和。他热爱这个胖子，他需要这个白痴。

孙雷的彩电在堆积如山的电视墙上显得鹤立鸡群，但也给人一种孤零零的感觉。夜色如墨，星光黯淡，孙永宝一面观看电视，一面奋笔疾书，娴熟自如地运用着那些笔画简单而含意深远的文字，这是一些除了他无人能懂的象形符号，它们记录着一个村庄的秘密。村庄的梦想和祈祷，权力和情欲，仇恨和杀戮……关于村庄的一切。星空辽阔而沉寂，风声呼呼地吹过耳畔，他感到他在纸上倾泻着黑夜和星光，泥土和花香——

“公元二〇一〇年除夕，孙永宝，这个留守在凤凰村的最后一个壮年人，将村子里所有的电视机搬到晒坪集中放映，这是一个荒诞的仪式，也是一个庄重的仪式，它意味着村庄即将消逝。他是这个仪式的策划者、组织者和见证者。他是惟一的演员，也是惟一的观众。他要以此作为礼物，献给即将消失的村庄以及那些光明或黑暗的时间。众所周知，以前的时间已经消逝，而今后的时间尚未到来，过去和未来漆黑一团，犹如燃尽的木头变成了焦炭和灰烬。即使现在也无从把握，它将在下一秒里归于沉寂。这个荒诞而庄重的仪式，既是献给古老村庄的一曲挽歌，也是对时间之神的祭奠。惟一令人感到意外的是，孙永宝，一个被所有人当作白痴的人，忽然无师自通，学会了耕种以及一个农民所需的全部技艺。除了无法像常人那样使用通常的语言以外，他跟一个普通人没什么两样。当第二天的太阳升起来，孙永宝不知道他要离开村庄，还是坚持下去。他将服从命运的安排。正如他以前是一个白痴，如今变成了一个正常的人，这只不过是上天的安排。”孙永宝看着载歌载舞的电视荧屏，画下了《村庄史》的最后一个句号。

第十三章　村中十日

六月的一个上午，当他在一连串不安的梦中醒来时，发觉自己到了一个陌生之地。首先映入眼帘的是雪白的天花板和金黄的木地板。当室内的床头柜、电视机、台灯及窗帘诸物逐渐浮现时，他意识到这是宾馆的房间。他从床上起来，刷地拉开窗帘，阳光如白花花的大水涌入，窗外有一片金色的田畴，青黄未熟的稻穗像一个个沙锤在稻叶间倾垂。稻田之后有一处溪流，溪水后头有一座小山，密密麻麻全是顶着球形树冠的果树，像是荔枝、龙眼之类，看不真切。那么，他住的宾馆跟窗外货真价实的田园风光不甚协调。太阳像一个炽白轮子缓缓滑过山坡，大概有十点钟了吧。

他将视线收回来，才发现一个村姑打扮的女子坐在椅子上望着他，说："醒啦。"他认得她，昨晚他们一伙人在果城的蓝调酒吧喝酒，她是新认识的诗人一玓。彼时她身穿旗袍，身材高挑，气质不俗，不禁多瞧了两眼。他惊讶于她的酒量，红酒、啤酒轮着来，他跟她干了好几杯。看来昨晚他喝多了。她焉何成了个村姑？这是哪儿？他为何在这儿？他有一连串问题要发问，冲口而出的却是：

"一玓，你在拍戏吗？"

"这是凤凰村女士最寻常的装扮，"一玓嫣然说，"白衣蓝裤，像二十世纪八十年代的村姑。这蛮好呀。这几天，我的工作是做你的导游、助手及生活秘书，负责照顾你在凤凰村的起居饮食、采风写作乃至休闲娱乐。换言之，孙总将你交给我了。祝你在凤凰村生活愉快，创作顺利！”

“我不懂什么凤凰村，不认识什么孙总，近期也没有写作计划，这到底是怎么回事？”

“说来话长，但也不必细表，你待几天就一清二楚了。简单来说，我们凤凰村村长兼孙氏果业集团总裁孙德金请你过来——当然，这种邀请的方式有点粗鲁，下来我们会以最佳服务表达最大的诚意——让你在村里住几天，全方位体验凤凰村的风情、生活、民俗诸方面，为我们村创作一篇纪实文学，以作为凤凰村官方指定的导游手册、推广书之类。当然回报不菲，数目就先不透露了，但包你满意。你出本书也就印几千册，顶多拿个一两万元，这篇文章能包你好一阵吃喝不愁。你什么时候写好，就什么时候回去。一天不完成，就一天不能离开。我可不是恐吓你哦。”

“这么说，我是遭绑架了？”他扫了一眼房间，平时背着的单肩挎包不见了，手机钱包都在里头。

“不要说得那么难听。事实上你有完全的人身自由。我也会陪着你。这儿山清水秀，民风淳朴，吃好住好，你不会腻烦的。你大可在村中东游西逛，游手好闲，也可以参加生产劳动或社戏节日，看上了哪个小村姑，也可以拍拖结婚，生下一窝小孩，嘻嘻。但你仅限于在村中活动，不准外出，不准跟外界联系，当然你想联系也做不到，这是不必说的了。既来之，则安之，你还是好好收集素材，尽快完成任务吧。”

“你跟着我，是要监视我吧。”

“我用得着监视你？我是帮你。狗咬吕洞宾，不识好人心。你也甭打逃跑的主意了，你很快就明白，不要说是一个人，就是一只飞鸟，未经许可，也不得自由进出。”

“说到底还是在坐监（粤西土白话，即坐班房）。”

“你真要这样想，我也没办法。我告诉你，这个村庄不简单，可能是你心目中最完美的，到时赶你走你还不想走哩。”

“为什么要找上我？我不算名作家，我的名气比那个写《马家军调查》的本家差远了。”

“你倒很谦虚。孙总对你去年出版的《赵家村简史》赞不绝口，说该书以一个村庄为蓝本，通过揭示故乡沦陷的根源，映照出长达几千年的中国农耕文明逐渐崩溃乃至解体的悲怆历程，气势磅礴，实乃一部关于岭南乡土的挽歌性史诗。老实说，对于一位出生于果城的九〇后美女来说，我就读不进去。对了，孙总跟你是同代人，都是在乡村长大的七〇后大叔，他认为要写好这篇文章，非你莫属，我们只好执行。之前没跟你商量，请你的方式也有点粗鲁，还请原谅。”

“我不是大作家，但也不是什么都写。至少，不会由别人塞给我一个题目就写，何况还这样无礼。我不怕威胁。”

“这就由不得你了。赵老师，你不要急着下结论，先去看看，你会喜欢这里的，到时不让你写还不行呢。你的《赵家村简史》，不是写了一个村庄的衰亡吗？你将会发现，你的村庄或别的什么全在这儿复活了，且更有生机，更加漂亮，更接近于你对乡土往昔的记忆而又符合你对未来乡土的想象。不是我夸口，该村堪称岭南乡村的代表作，概括并浓缩了岭南乡土的现实与精神，而它又是活态的、延续的，这可能是最后的一个乡村乌托邦了。你安心住下来吧，所需衣物用品，均由我们提供。不早了，去吃早餐吧，然后随便逛逛。”

一玓不像在说笑，但他也没当一回事，不怎么害怕，倒觉得有点好玩。作为一个整天埋头苦读、闭门造车的作家来说，这也算是平庸生活中的特别体验吧。他先看看再说。到时真要走，谁能拦住他？况且有这个年轻貌美的妹子陪同，他有什么好担心的呢。他问：

“这是什么地方？”

“凤凰村。”

“我是说它的具体方位？离果城有多远？”

“你慢慢就知道了。”

他住的房间有电视，有热水器，有空调，但没有电脑及电话机（后来他才知道，宾馆大堂的工作人员好像也没用手机，相互之间要联系就用对讲机）。这有点古怪。一玓解释：

“宾馆乃至村庄的一切，都是严格按照八十年代来整的，包括物品及其他，不要说空间及陈设，就是时光也给人一种倒流的感觉。彼时可有电脑及手机？连程控电话进入农家都是九十年代之后的事了。”

“但当时凤凰村肯定也没有空调及热水器。”

“你真是缺心眼啊，宾至如归，是我们宾馆的承诺。你别想着传递消息啊，在完成稿子之后，你自然满载而归。现在不让你跟外头接触，也是为了让你排除干扰，集中精力体验生活，争取早日写出精品。甭多心了。”

“你这是非法禁锢，我要去告你们！”

“别逗了，赵老师。”

他住的宾馆名曰“桃花”，院子里桃树繁茂，青色果子满挂枝头，远未成熟。南方的桃子多青硬酸涩，跟北方水蜜桃相比大为逊色。宾馆的装修精致质朴，别具一格，其水准不逊于省城一流酒店，更远胜于寻常乡村旅店或度假山庄。

他跟一均在村巷漫步。巷子不大，跟他老家的小巷大同小异，纯由青石板铺设，但更平整，更考究，更崭新，俨然是新建成的。巷子两旁的民居亦全是新建的二层小洋楼，走廊有栏杆，屋顶由水泥板或红瓦铺盖，中西合璧，正是二十世纪八十年代粤地民居的风格。屋前屋后，村头路尾，绿树密布，竹林苍郁，树种以榕树、桉树、苦楝树、樟树、相思树、银杏树等为主，果树中多有荔枝、龙眼、杨桃、橄榄、菠萝蜜等。大树不少，有的樟树主干两三人环抱不得，但枝条稀拉，没有树冠，一看就是移植的。花重金从外地购买古树名木移植，这在果城各大新建楼盘乃司空见惯之事。

很快，他发现该村庄的最大特征，就是什么都是新的。建筑物（包括民居、祠堂、庙宇、桥梁、谷仓、戏台、打谷场、三级粪池等等）全是新建的。水井是新挖的，路巷是新建的，至少也是推倒重修的，一切东西都是新搞的，人工的痕迹或人力作用的影响十分明显。河道在不久前疏浚过、整治过，河水还算清澈，河边的草木也是新种的。甚至连田地、山头都有人工侍弄的痕迹。庄稼是不必说了，就是一草一木，都经过精心安排和管理。譬如说，山坡上啃草的一头牛，山嘴上满树繁花的簕杜鹃，在“禁山”上砍柴草的农妇，在河里撑竹筏指令鸬鹚捕鱼的老者，在甘蔗林剥蔗叶的农夫，乃至在田头劳作的两个汉子因灌溉之类的小事发生争执……都显得恰到好处，层次分明，却又是人为的安排，就像是一架庞大机床上的螺丝钉。每个大小构件都很自然、熨帖，仿佛一幅山水画中的淡淡人影，看不清面目，但又不可缺少。

总之，这个村庄太新了，新到你觉得陌生，不真实，不像一个村子，而像是一处景区或主题园区，譬如针对某个主题设置情景的人造景区。国内就有这样那样的唐城宋城，“大唐芙蓉园”“清明上河园”均是如此。但眼前所见，却又的确像是他记忆中的乡村——田间有人劳作，屋顶有炊烟升起，院子里的大树拴着水牛，远处传来狗吠，一群白鹅嘎嘎叫着从河滩归回，几只鸡在林间空地上觅食，羽翼丰满的鸭子飞上树杈……这都是他熟悉的。好一卷温馨的乡村风情画，久违了。

他在乡村生活到二十岁，见证了村庄在分单干后进入空前繁荣并迅速衰败的历程。通常，妇女驻守村庄，耕田并带孩子，男人则走南闯北，打工赚钱。那段时期，是村庄最热闹最繁荣的日子。大人早出晚归，虽然辛苦，但神色宽慰而生动，孩子们整天在村巷或晒坪上嬉戏，不知疲倦，欢声笑语不绝于耳。拉上电灯之后，整个村庄连夜晚也亮如白昼，接着，电风扇、收录机和电视机也搬入村庄了。毫无疑问，无数个古老的村庄，最辉煌的黄金时代已经到来。

进入九十年代，头脑活络的人，除了打工，还做起了小生意，走南闯北，贩猪贩鸡，或当个体户，在镇里盘个店铺经营。那些做过乡村货郎的人，如今成了正儿八经的个体户。村里原本只有戏台前的一间小卖部，如今根据市场需求多开了数间，生意都还不错。有的人或办猪场，或养鸡，成了村庄最先富起来的人。那些去深圳东莞入厂打工的年轻人，更得风气之先，穿着时髦，涂脂抹粉，俨然是城市的俊男靓女。矿泉水也卖到了村里，老人家说那是什么世道啊，一碗清水也要卖五角钱？那我从井里打水卖给你。什么微量元素，哪儿看得见，没准是骗人的吧。年轻人仰脖痛饮，不仅解渴，更代表着他们赶在时代的前头，这是社会的新风尚，哪儿管老人家聒噪。

小孩对这种没有滋味的“饮料”不感兴趣，但对橙黄色的亚洲汽水、黑褐色的可乐等饮料却何其欢迎。除了过去的冰棍，雪批和圆锥体的雪糕也在村子大行其道；本地水果如龙眼、荔枝、芒果、柑橘、杨桃、香蕉等，外省水果如苹果、水蜜桃等亦广为流通。看来，社会正在发生巨大而惊人的变化，而彻底改变了乡村传统农耕文化的，是电视机进入村庄。

在九十年代，赵家村进入了有史以来的繁荣时期，灯火通明，楼房宽敞、崭新，但高潮过后必是低谷。颓败之象已逐渐显露，首先是河涌污染，田地荒芜，继而是村庄的人越来越少，鸡不鸣，狗不吠。没有鸡犬之声的村庄，在夜晚如荒村可怖。村庄的人其实越发增多，但他们都想尽办法进城务工或定居去了。再不济的也要到镇上买块地建房子。就是没有办法的人，也决定离开家乡，跑到城市。他们发现，做个瓦工木工或在城里当个“走鬼”（小贩），一年所得，也胜于村庄耕种十倍百倍。就是在城里捡破烂，也比种地好。尽管从事的职业低贱，却总有人去做。有做泥水工的，有摆摊档的，有做走鬼的，有出卖力气和老婆的，有去偷去抢的……村子正在荒废乃至消失，溪流、田垌、森林、庄稼、祠堂、庙宇、学校、桥梁、井台、戏台、池塘、屋巷、房舍、牛棚和猪栏，人、鸡和狗，野生的草木，野兽、蛇蛙、鸟雀和各式各样的昆虫……这一切都在流失和消逝。它的历史、文化和风俗乃至相关的一切，也在不断遭到磨损、削减并坠入遗忘。它只剩下墓地及遗址。

三十年来，他见证过村庄金色晚霞般的光辉，也感受到有如落日急速下沉的绝望。这就是他前几年撰写《赵家村简史》的缘由。他在纸上建筑另一个村庄对抗遗忘的想法，显得徒劳，但让人安慰。

在二十一世纪初的今天，他竟跟一个类似的村庄狭路相逢。这个村子很真实，也很虚幻，他神情恍惚，百感交集，几疑时光倒流，而他乘坐时空穿梭机回到了十几二十年前的故乡。“它真美，美得让人不敢相信它是真的，”他对一玓说，“尽管它提供了足够的现实感和说服力，但你还是知道它是人为的，是匠人的造物，诸如佚名的《八十七神仙卷》或卡夫卡的《变形记》，尽管都来自现实，但在现实中是不存在的。它像一个梦境。不过，孙德金能将这样的一个梦幻，以现实的砖石建筑起来，并做得亦真亦幻，看来也不是等闲之辈。我想见他。”

“他出差去了，”一玓说，“他到时自会见你，在这之前，希望你好好体验生活，将文章的提纲拿出来。大作将印成凤凰村的宣传手册，配点图片，篇幅不要紧，关键是发挥你的水平。”

“我还没答应写呢。”

“那你一辈子都出不去了哦，”一玓说，“我想你会写的，你的眼神出卖了你的想法。”

正午的阳光很猛烈，他们逛了一会，就回去休息了。他大致搞清了村庄的概况。建筑物的主体自然是民居，还有一些复古建筑，譬如孙氏宗祠、土地庙、文武庙等。有意思的是，村中高地矗立着一幢约高二十米的碉楼，据一玓介绍，此楼始建于清末民初，后来遭到毁坏，现已修葺一新。新建的几个三级粪池及打谷场，也算是复古之物了。他敢说，不会有哪一个村庄再去建造了。

午餐时，一玓向他介绍了凤凰村先祖轶事及村名的由来。相传，本族孙姓人大约在五六百年前从福建迁入本邑，在中火嶂北坡山脚下开村，繁衍有两百余人。有一孙姓男子娶邻村马姓姑娘，夫妻不和。马姓妇人某夜偷夫家田契事败，双方拉撕之下，被孙姓男子误杀。马姓乃当地望族，当夜倾巢而出，派人堵住该村各出口，并放火焚村，全村男女老少两百多口无路可逃，被活活烧死。只剩下三个男丁幸存，一是在外谋生的教书先生，另二人在地里看守番薯。三人逃亡，一个搬去邻县，一个搬去凤凰村东南数公里处。凤凰村一世祖逃亡途中得一梦，梦中遇见一只大凤凰。到了此地，只见眼前一湾溪流，对岸一山冈昂首向上，状若凤凰，正合梦中之兆。他大喜过望，遂定居于此，繁衍不息。该村正位于凤头冈脚下，从高处如门星岭望去，此山状如凤凰，凤头、凤翅、凤爪均栩栩如生。

几乎每个村庄都有类似传说，真伪莫辨，他兴趣不大。但孙姓之人得此凤头之地，也算是奇事一桩。不管是先有凤头冈还是凤凰村，这都不重要了。关于凤凰村的概况、轶闻之类，一玓给他提供了一沓书面材料。

午后，他在房间休息，随手翻阅。材料中有一份是关于孙德金的简要介绍，他被塑造成一位白手起家、自强不息、身家逾十亿的农民企业家。难得的是他发财之后不忘桑梓，热爱家乡和公益事业，曾多次出资为家乡修桥补路，在洪灾及地震期间，多次以个人名义捐献巨款，亦资助多个贫寒子弟完成大学学业，多种善果，广受社会各界人士尊重，现为市政协委员。

在孙德金的人生履历中，凤凰村重建项目堪称大手笔。一个逾三百年的古村落死而复生，横空出世，可谓当下方兴未艾的新农村建设之奇葩。自梁漱溟、于建嵘等深谙乡土精神及有行动力的知识分子以降，乡村拯救活动一直未曾间断，但只见奔忙，难见硕果，大多停留于纸上谈兵或半途而废的惨淡境地。而孙德金这一次，可是货真价实地复活了一座村庄，不仅村庄的大小建筑物得到修葺或重建，村民的生活方式及传统民俗亦得以接续，这在故乡纷纷沦陷的今天，弥足珍贵，实有示范作用及启迪意义，堪称中国乡村的活态样本，具有划时代的意义。如今，新凤凰村已建成试业，一朝成名天下知，乃是大可预期之事……

他着重看了写孙德金发迹的文章，觉得有点意思，其中有一段是:“他掘到的第一桶金，乃是于九十年代末承包本村山头一百多亩地种荔枝获利，彼时，‘公司＋基地＋科技＋农户＋投资者＋其他’模式的庄园经济十分活跃，广受欢迎，孙德金受此启发，却又删繁就简，改良升级，重点突出了‘公司＋投资者’的模式，兵行险着，以超高回报率吸引投资者。这跟中国地产业的发展有异曲同工之妙，而其发迹亦与此亦步亦趋，遂大获成功。他将其模式成功推广，大肆扩张，不出十年，孙氏集团成立，旗下有数间子公司，业务涵盖水果、凉果、饮料、物流、酒店、房地产诸项，俨然成为黄花镇屈指可数的富豪。在二〇〇六年前后，他短暂退出商海，别人是饱暖思淫欲或小富即安，但自小爱好文学深受儒家文化浸淫的孙德金先生，却开始考虑人生之根本或生命的真谛，弃小我奔大我，关心人类的前途，誓要以马克思、恩格斯先生为榜样，终日思考如何才能解放全人类。孙德金苦思而不得，陷入了思想苦闷期，遂将集团交给副总裁王小川，在数年间遍访名山大川，寻师问道，足迹遍及东海诸岛、漠北草原及西南边陲。他在西藏的寺庙受到高僧指点，闭关苦修，半年之后大彻大悟，决定举数亿资产，以一个惊世骇俗而功德无量的大项目，造福社会，报效国家。那就是以八十年代繁荣时期的岭南村庄为蓝本，重新打造新凤凰村，为神州大地保存农耕文化一脉及乡土之余韵。此举颇为超前，在当下可能无法被人们理解。等三五十年过去，当神州大地的村庄或幸运而城镇化或不幸而沦为废墟之后，凤凰村必为世人所重新认识。在孙德金访道苦修期间，坊间多有闲言碎语，种种传闻，不堪入耳，别有用心，实乃无稽之谈。孙德金均一笑了之，谣言遂止于智者。”

在这沓材料中，有一份《凤凰村概略》通畅可读，书写详尽：

凤凰村开村逾三百年。全是孙姓人。一世祖从他乡搬来，由一人繁衍至一两千人。关于一世祖的事迹，笔者问过村中老人及翻阅族谱，多语焉不详。一世祖迁居此地时，山边一道小河清澈见底，游鱼、彩石历历可见，宛若世外桃源。五六座山丘首尾相接，呈螃蟹伏地之状，有蟹地之称（螃蟹善于繁殖，寓子孙繁多，故“蟹地”在风水上乃吉地）。

能说清楚的祖先，就是三世祖太贵公了。太贵公的发迹颇具传奇性，他年轻时穷困艰辛，但为人仗义。某日他到石湾墟趁街，见算命先生李瞎子摊档倾覆于地，人趴在地上，口鼻流血，奄奄一息。竟是遭到街上流氓殴打勒索，瞎子拒不屈服。太贵公心生恻隐，遂将瞎子背去问医，瞎子终究伤重不治。瞎子临终前跟太贵公说，我是孤家寡人，跟你相识也是缘分一场。你至小河石拱桥下游三里处，有一棵大菠萝蜜树，树心中空。你趁夜深时挖掘，休教人知晓，自有道理。太贵公找到该处，发现藏了满满一包白银，怕有三二百两之多。

太贵公遂买田娶妻，风生水起，膝下数子，子又生子，枝繁叶茂，又历数辈一百多年，传到孙德金之父孙大牛。有喜欢谈论风水的好事者对凤凰村的地理津津乐道。除了名声在外的蟹地，该村东有一山门星岭如青龙，西有一山园山如白虎，白虎伤人，本非好事，却偏有一河相隔，就不同凡响了。这条小河从村头流到村尾，共九曲十八弯，其著名者有长滩、荷包袋、米缸窝等，皆寓意吉祥，确实也带给村民诸多福祉。河中鱼虾蟹贝，异常丰茂。河湾芦苇遍生，两岸长满了高大盘曲的水蓊树，每到春季，满树繁花，香气缭绕，数里可闻。待秋日来临，树上水蓊果挂满枝头，清甜多汁，口感极好。水蓊树高大者三二人亦合抱不过，孙德金父亲年少时树木仍无人损坏，在大炼钢铁时被砍伐殆尽。当时被砍伐的村中巨木老树无数，计有荷木、樟树、白玉香、荔枝树、橄榄树、凤凰树等，其中不乏古树名木。余生也晚，对村中的水蓊树及凤凰树是无缘相识了。

这条小河没有名字，在地图上也不会标示。这是一切小河的命运。它太细小了，没资格被地理学家命名，而最终被另一条河流吞掉。它蜿蜒往东弯曲流下，注入粤西大河鉴江并流入南海。该河有数条重要溪流注入。诸溪平时清澈平静，有鱼虾，每逢山洪骤发，大江上的大鱼必经小河上溯产卵，鱼群密集。春水上涨之时，正乃捕鱼之良机。

小河呈带状环抱着凤凰村流过。凤凰村坐落于一块长条状的斜坡上，屋舍错落有致，一条村巷由北向南，贯穿而过，直到江边。尽管村子有蛇地及蟹地或龟地之说，若航拍的话，更像一尾鲤鱼，层叠细密的灰瓦像鱼身的鳞片。鱼尾在长滩岸上摆动，鱼头伸至下游的荷包袋，正好对着鬼落山。孙德金家就在鱼头的部位上，一口甜井恰巧居于鱼眼的位置。河流像一条透明而闪亮的玉带，从“鱼尾”贴着“鱼腹”流过，再从“鱼嘴”处流向下游的米缸窝，直往下游的石头垌及马园山流去，此地乃反清义士孙立国所建的水碓遗址。

凤凰村人天性善良，世代安分，战乱时无人为匪或投军，甘于务农，后来出了个敢于作反的奇人孙立国，据说就是所谓的地灵人杰。这些都是关于凤凰村的传闻，笔者不谙风水，不知其中究竟。

村庄多为丘陵，有三十多座大小山岭，无甚名山，但草木繁茂，鸟兽甚多，野果丰盛。为村民提供了不少柴火、木材、野物及果子，倒也亲切。每山又是墓地的候选之所，几乎每座山岭都有坟地。山脚每有坡地，栽种薯类、豆类及黄麻、甘蔗诸作物。两山之间的田垌，多是肥沃良田，水源充足，是种植水稻的最佳处。

村庄东南向，有一高山巍然耸起，山势起伏，数峰并峙，远眺之，该山呈青黛色，除林木外，颇多花岗岩，此乃本邑名山中火嶂，绵延五六公里，主峰海拔近三百五十米。登山远望，东面大河如带，南面水天相接，西面烟波万顷，北面群山起伏。高山脚下分布着数十条村庄。中火嶂虽不属凤凰村，但村庄有各山环绕，一律向其俯首称臣，俨然是中火嶂余脉，诸方面对村庄影响甚巨。村庄的重要山岭还有马自山，马自山呈圆柱状耸起，雄伟如城堡，登高望远，神清气爽，松树、桉树密布，是为林业山。

凤凰村重要的田垌有十余处，均为稻米丰产田，如牛洼、石头垌、紫薇坡、门口垌、石头田诸处。村中一老妪尝言，她刚嫁入凤凰村时，还能见到紫薇坡上有断壁残垣，原来是一个古村遗址，如今均为坡地覆盖，种以花生、大豆及蔬果诸物，往日村落情景，踪迹全无。孙德金曾见人在花生地挖出多个坛坛罐罐，据说是挖银来着，也不知挖到了没有，倒是糟蹋了一大片花生苗。牛洼及石头垌据说也曾有村子，百年前已湮灭无踪。在旧社会，村庄民居主要是泥砖屋，墙脚有几层火砖，就算不错了。屋顶盖以灰瓦或红瓦，装有几面明瓦以采光，门口两扇厚木门，墙上有木格子窗，台风袭时门窗可关闭。

重要的建筑物有孙氏大祠堂，在大跃进时代曾改为食堂；二十世纪七十年代拆除了一半，用砖石在长滩岸上建水轮机房，在水上筑一坝，蓄水碾米。在八十年代又改为乡村小学，孙德金先生在此读过五年小学。后来坍塌又集资重建。并在旁侧新建了一座小祠堂。土地庙在水轮机房对面。庙旁曾古木参天，如今连土地庙的几株巨木也荡然无存。庙后曾有一处繁茂桑林。后来村民在祠堂旁侧建一文武庙，供奉诸神。水轮机房将河流拦腰砍断，淤泥堆积，乃破坏生态之罪魁祸首，投入使用不过数年，机器损坏，不堪再用。待八十年代初村庄通电后，改用电动磨具。如今机房夷为平地，生满杂草乱树，跟旁边的坡禾林连接在一起。黄栌山在河边，乃蟹地之一侧，坡上曾有泥房数间，供村集体做蚕桑屋搞副业之用，如今亦无踪影。在鬼落山跟猪娘山交界处，有一座先师庙。

凤凰村在生产队时期，还建了若干座三级粪池，每座分为三级，首截供人拉撒，中部用来发酵粪肥，末端蓄积粪水，供浇淋庄稼。村子在长滩、过江埠及经鬼落山河床上，各有一座水泥桥梁，亦为村庄重要建筑。村中曾有数处碉楼，上设枪眼，供防盗防匪之用。戏台是重要舞台，逢年过节，上演木偶戏，偶尔亦演大戏（即粤剧）给神灵观赏，人神共乐。山上建有若干砖窑及石灰窑，乃村民烧制红砖及石灰之用，一律以木柴焚烧。

凤凰村的作物，主要是水稻、豆类、薯类及各式瓜果，偶尔也种植黄麻、甘蔗之类兼营经济。四季有社，做社时分猪肉，清明前后祭祖扫墓，一年有若干社日及节日。正月十五的

“年例”为最重大节庆，比过年、春节及元宵还重要，届时家家户户大摆筵席，款待各路来宾。并有摆醮、游神等活动，后来亦添加演戏、舞狮及放电影等娱乐节目，乃粤西部分地区所独有。

值得一提的是，在二十世纪八十年代曾一度消失的村中地标，如戏台、大祠堂、水轮机房、蚕桑屋及诸多砖窑等等，已在孙德金的指示下，出资在原址按原貌重建落成，遂成为村中新八景。至于孙立国昔日的水碓遗址，孙德金亦找专家踏勘调研，有望于近日发掘、保护。

吃晚饭时，他对赶来陪同的一玓说：

“《凤凰村概略》写得不错啊，有这个就行了，还要我写干吗？”

“这是我执笔的，多谢夸奖，”一玓说，“但介绍的主要是村子的地理形势，对重建凤凰村的现状及特色无甚反映。如果对你写作有参考意义，我倍感荣幸。”

“这分明是一座古村落啊，只是眼前所见，哪儿有半点古村的影子？哪怕有一棵真正的老树也好。村中的那棵老银杏，也有一两百年了，但一看就是从他处移植的。”

“村还是那个村，但凤凰涅槃，浴火重生，故焕然一新。正因为旧村荡然无存，孙总才决心重整乾坤。你不知道，孙总为了复活一个消失的村庄，耗费了多少心血和财力。坦白说吧，老的凤凰村已湮灭多年，连原来的村民也进城的进城，迁徙的迁徙，流离四方，难以聚拢。虽然这是一个从原址重建的新村，却比过去的村子更有生机，更有活力。”

“要重建一批建筑物不难，但一个村庄不等于几幢房子，它是一个小社会，关键是人，人的活动及行为，诸如春种秋收、家长里短、邻里关系等等，这才是一个村庄的灵魂。换言之，如果没有村民的劳作场景、日常生活以及祭拜祖先等民俗作为支撑，终究算不上一个活着的、正常的村庄。”

“这个你放心，你慢慢体会就是。”

饭后，他们到河边散步。晚风送爽，流水淙淙，佳人如玉，他感觉很好。一玓将他送回宾馆，一本正经说：

“我就不走了，陪你过夜也是我的职责。”

“这就不必了！”他立马拒绝。他承认他不是柳下惠，一玓也很有吸引力，但他没有被女色冲昏了头脑。他没有忘记是如何来到这里的，他简直就是个囚徒。事实上，他压根儿不知道是如何来到此地的，对这个鬼地方也一无所知。他可得多长几个心眼，以免陷于不利之地。

“瞧将你吓的，我逗你玩来着。”

一玓哈哈大笑，出门走了。他望着她的背影说：“你不怕我趁机跑了？”

“你能跑到哪儿去？”她扭头作答。

第二日，他们在村中闲逛，凤凰村的一切都在正常运作，这打消了他的顾虑，但同时也滋生出更多疑虑。比方说，村庄目前大概有六十多户，逾二百人，但居然没见到一个小孩，也没有一个真正的老人。村中的小学形同虚设，没有学生，也没有教师或管理者。一座没有老人小孩的村庄，就像当下大多数只有老人和孩子的乡村，都让人觉得古怪荒诞。前者像临时拼凑的草台班子，后者又像在弥留之际的老人，都让人心里不踏实，看不到好的前景。一玓解释：

“不是并校了嘿，小孩都到镇上的学校去了。”

“老人也都到镇上的敬老院去了？”他笑问。

“对于这样一个村庄来说，重在示范及标本意义，有各式各样的成年人就够了。除了耕种、渔猎外，还有货郎、阉鸡佬、木匠、瓦工、做戏佬、巫师、禁头、民乐手之类的特殊职业者。这些人既是农民，又比一般的农民脑筋活络，有一技之长，在种田之余，能利用农闲搞副业。有的人干脆就不怎么耕田。这些人在过去有很多，现在当然随着村庄的消亡而消失了。这种种角色，在新村里都有安排。当然，没有老人小孩的确美中不足，一座具有共产主义性质的养老院正在兴建中，原村民只要到了七十岁，都可以得到免费供养。幼儿园也快要动工了，这类似于某些国企的职工场所，只向孙氏集团的部分员工亦即新凤凰村村民开放。凤凰村还没有正式营业，但在试业的这个月来，有些女员工的肚子已微微隆起，不用多久，就会为凤凰村增添下一代了。所以，你担心的问题，早晚会得到解决。”

第三日，他们主要是到田野去转悠。田野上随处可见到农夫或农妇在劳作，诸如锄地、浇菜、砍柴或收割农作物等，不一而足，也有人在捕鱼、捉蛇、打鸟，或者拿着一顶帐篷状的丝网在山坡上捕鹧鸪或野鸡。

他认真观察后得出了结论，尽管这些人都很卖力，也很熟手，但总是缺少或多了点什么东西。这样说吧，他们像鞋厂的工人在流水线上操作，或像公司的职员在办公室里用电脑，总之就是不像农民，跟农业时代的田园牧歌也格格不入。他们在上班，而不是“下地”，尽管他们上班的地方就是田地。作为一个在乡间长大、在九十年代进城的七〇后，他很清楚这二者之间的区别。不管农民还是工人，都为了自己的生计打拼，但农民直接获取的是果实，而工人拿到的是钞票。农民的汗水直接为自己而流，他们跟土地有更深刻的联系，既是土地的仆人，也是土地的主人。工人即使在拿到薪水的那一刻，却也清醒认识到是在为资本家卖命，那种主人翁的精神是不存在的。

他一眼就看到，这些“村民”缺乏的正是对土地的情感，他们的劳作更有表演的性质。一玓对此避而不谈。

过了两天，他才意识到，这些村民果然全是冒牌货，他们全是孙氏集团或新凤凰村招聘的职员，他们的确是在上班而不是“劳作”。与其说他们耕种是为了向土地觅食，不如说只是做秀或表演。当然，他们的耕种如此逼真，土地也会有相应的馈报，但这对员工或公司来说都不是重点。只要他们在生产小队长（类似于拉长，即负责生产线运作的管理人员或监工之类的小头目）的指挥下，完成每天的工作量或按规定在特定场所度过上班时间，就可以获得一笔双方都满意的薪酬。

可怜孙氏集团，要找到一个像样的农民都不容易了。即使有真正的农民，此时此地，他们劳作的姿态也大于实质。只要看上去无可挑剔就行了，公司要的就是这个效果。

至此，他恍然大悟。原来，凤凰村既是一座古村，也是一座新村（作为古村已经消失，作为新村复制的却也是二三十年前的情景），既是一个村子，也是一家公司（或至少是类似于乡村版迪士尼游乐园之类的主题乐园，当然，它更属于成年人或渐入暮年者的游戏。它也像是一家农耕文化博物馆或中国乡村活化石。随便你怎么说。除了供乡愁患者或沉溺于怀旧的人凭吊之用，说不定还会有更大的用途。一玓说，按孙总的思路，今后的人类学者或其他对乡村或乡野文化感兴趣的人，都得来凤凰村买票参观，就像你想看到完整的古城墙，就只能去平遥或西安）。甚至，凤凰村还是一个大舞台，每一个人都为了演出一场好戏而努力。对于村民（实则为公司员工）来说，他们那种模拟性或表演性的劳作并不轻松，至少不比真正的劳作更容易。这是不言而喻的。真正的农民将活儿干好便是，不必担心神态、造型或上镜效果，但他们不是，这直接影响到奖金的有无与数量。

因此，每个村民在出工时，都有相应的考核细则在等待着他们。譬如，翻地的农民，除了举起的农具及起落的弧线均要达到严格要求外，他们脸上汗珠的多寡及表情都得纳入考核（据一玓介绍，考核制度条目众多，繁琐细致，但也是为了更符合公平公正的原则），这就要求每一个人都得像专业演员那样拿捏到位。那么，他们的一切劳作都具有了严肃的游戏性，但他们通常无暇像真正的游戏者那样享受乐趣。

近日来，有个别悟性高的村民，其演技已臻化境，他们习惯成自然，或入戏极深，像一位农民那样习惯了劳作，而几乎遗忘了自己在表演。

因此，真正的游戏者只有一人（你也可以说他是总导演，那他也是最大的演员，甚至大于一切演员的总和），那就是孙老总或孙村长。偌大的凤凰村就像一个流动的玩具，每个员工就像移动的棋子或积木，棋盘是固定的，但因每一粒棋子的变化，却变幻出无穷尽的棋局。其实，棋盘也随着孙德金意图的变更而进行修改及完善，远未定型。但无论如何，这的确也是一个商品。孙德金一边在做游戏，一边计划出售这个进行中的游戏（他真的很牛，他将梦想或爱好变成了能换钱的东西，就像一个人爱唱歌，也真到路边去唱了，结果他的吉他套装满了钞票）。

他还看不出它将如何盈利。他对此不乐观。但你难以否认，孙总真是一个玩弄资本的高手，也是一个了不起的梦想家。当举国上下都在讲述同一个伟大的中国梦或各有精彩的中国故事时，他讲述的这一个，也许不算宏大或瑰丽，但的确很有意思，至少是标新立异的。两百多号人在不同的岗位上过着各自不同而预先设定的乡村生活，而不管有没有观众。你想想看。还不说每天都得烧钱哪。这样过于疯狂的梦想，不计得失，不管后果，过于庸俗的资本家想不出来，也不屑为之。

这就是他对孙德金或凤凰村的初步想法，他还不能确定这就是事实。也许恰巧相反。他对凤凰村越来越有兴趣了。他有了动笔的欲望。

他诧异的是，孙德金的惊人资本从何而来？按凤凰村目前已开发完成的项目看，孙总耗资之巨，不是他这样的穷酸文人所能想象的。不要说是重建祠堂、庙宇、戏台、桥梁等重大工程上的花费，光是要给这两百多号人发工资，也是一笔大数。在试营业的这个把月，除了镇中心小学的数十个师生来村里过了一次为期三天的夏令营（主题是“亲稼穑、识五谷——让心灵亲近土地”，孩子们参观了稻田及蔬菜基地，并经村民指导下地体验），然后就是几个驴友散客，大可忽略不计，几乎无人问津。

一玓介绍说，按孙总的设想，这个项目就像一架机械，复活一座南方的老村庄是其核心构思，但要使村庄正常运转，除了齿轮、链轨等构件没问题，还得让其吃油。每天，都由“村民”为游客或来访者提供一台活态的乡村生活大戏，这是根本也是果实，既是里子也是面子。

要使这架机器每天都连轴转，当然少不了动力及润滑油。那就是各种经过精密设计而巧妙自然的盈利项目，诸如观光旅游（目标受众是对岭南乡土文化感兴趣的人，包括有怀旧感的城市白领及学院派的专家学者，可惜目前一个也没有）、为工厂企业提供培训基地及大型会议场所、为五谷不分的城镇学校师生提供一个亲近土地体验劳作的园地、高级会所（含餐饮、休闲、娱乐诸项）、购物等等。

应当说，这些经营项目无甚稀奇，基本上没有脱离度假山庄或乡村高级会所的模式，但凤凰村的牛逼之处，就在于它看上去是一个度假村，但它也真的是一个村庄，而不仅是娱乐休闲之所。至少，游客无论在何时何地都感受到该村仍在维持着伟大的传统而主要是二十世纪八十年代的耕作及生活方式。当然，那只是真假难辨的表演，也仅限于白天。夜晚除了几项特别安排的木偶戏、飘色、游神及模拟性乡村生活情景诸如摆龙门阵、斗殴、捉奸之类，基本上归于沉寂，鸦雀无声。但在过去，村庄在夜晚岂不是如此寂静的嘛。

据他了解，凤凰村的游客或来访者寥寥无几，这几天，就只有他一个。他还是被绑架来的，当然也没买门票，更不会有什么消费。按这样下去，凤凰村入不敷出，只能是一个烧钱的灶膛罢了。为了梦想去烧钱，说来容易做来难，他不禁对孙德金肃然起敬。要烧也得有钱才行，这也是本事，他对孙德金的资金来源颇感兴趣。

到了第四日，他基本上搞清楚了凤凰村的来龙去脉，前世今生。孙德金想复兴一座古老村庄的意图挺好，也有了初步成效，这都很有意义，但恐怕前景不妙。

三十多年来，全国各地都在进行城镇化建设，狂飙突进，声势浩大，经济发达地区的乡村摇身一变而为城镇，落后地区的乡村即任由其衰败、荒废，村民跑到别人的城市打工，既融不入当地，也回不到家乡。事实上，无数人的故乡正在缓慢地、不可逆转地报废。仿佛普天下的乡村，只有像珠三角那样变成城市才有出路。尽管也有少数有识之士持有异议，但大多只停留在纸上谈兵或几场做秀式的乡村重建计划，不是隔靴搔痒，就是杯水车薪，总之没什么成果。

他对此没什么研究，但觉得乡村是中国人的根，乡土是中国文化的魂。数千年以来都在大地上生生不息的村庄却于三二十年间迅速变成废墟，这让他痛心疾首。这不仅是作为实物或物证的消失，也是一种生存方式的消亡。如此，生机勃勃的民间文化必将被连根拔起，中国人也必将失魂落魄。当田野被混凝土覆盖，当河涌变成下水道，当林地变成了楼盘，工业时代的雾霾全面覆盖了天空、山水和村镇，“人诗意地栖居在大地上”，只能是空中楼阁。孙德金的做法，不啻于堂•吉诃德持矛大战风车。凤凰村也有点像安魂器，足以让有心人安顿乡愁。

关于八十年代的乡村生活，他并不陌生。他在赵家村生活了二十年，既有美好也有污秽凄苦，乡村不仅是田园牧歌，也有弱肉强食，此刻旧梦重温，百味杂陈。他庆幸自己考上大学摆脱了黄土刨食的命运，乡愁却日渐浓酽。故乡是回不去的了，但有这样的一座人造村庄，来看一看，住几天，倒也聊得安慰。他这一代人，说不定还真有不少人对凤凰村感兴趣呢。

这几天，他在一玓的陪同下，重温了昔日乡村生涯的种种场景，主要是作为旁观者，但偶尔也一时手痒，积极参与，亲身体验。他下过田，浇过地，锄过草，除过虫，摘过菜，看过戏，拜过神……公允地说，凤凰村安排的这一切，都不能视作寻常的表演，可不是流于浅表的模仿秀。那也是在真正进行的，一些细节做得很完美，无懈可击。譬如，那个撑着竹筏在河湾捕鱼的人，一会儿就网捉了好几斤鱼（之前投放的鱼苗已长大）。编筐的真的在编筐，半成品在手上转动，身边垒着一堆成品。种稻的人真的在种稻，而且眼看就要有收成了。唱戏的人在卖力唱，也的确有一些真假参半的观众。这就叫“真作假时假亦真”。打谷场上的一对夫妇（也许不是真的夫妻）高举连枷，一五一十地在打豆子，荚壳纷纷炸裂，发出噼啪声，豆子不断从里头跳出来，犹如无数颗细小的星球挣脱了宇宙引力。

最让他动容的是，巫师在土地庙“落身”（神灵附体）时的高超技能。他在帮“村民”请神或还神时，时而手舞足蹈，时而全身痉挛，时而口吐白沫，时而舌灿莲花，出口成章，套路娴熟，其专业水准不亚于任何一个真巫师。当然，如果没有公司的安排，那么这一切都不可能存在。他们是真的在劳动或工作。也许时间一长，这些伪村民就将上班跟劳作混为一谈了。这一幕幕画面让他难忘，他将其一一记到笔记本上。这都是好素材。这个稿子他写定了。他问一玓：

“诸项活计或角色，员工们的表现很出色，没看到偷奸耍滑。你们是如何做到的呢？”

“孙总虽出身农民，但多年来在商场摸爬滚打，深谙现代管理之道，向产品要质量，向管理要效益，堵住每一个漏洞，细节决定成败，厚黑学，血酬定律，彼德原理，水煮三国，明朝那些事儿，罗伯特议事规则，谁动了我的奶酪……总之我不懂，但孙总可是全懂。当然，我们的产品也有些特殊，我们看重的是过程而不是结果，我们要的不是村民打的粮砍的柴，而是这个打本身。每个员工都像演员，都是按演出场次及效果来吃饭的。的确，没有观众就没有激情，目前在没有多少游客的情况下，如何保证质量？我们的要求是，不管有没有人看，都要自觉做好，符合规范。很简单，业绩跟奖金挂钩，我们有一套严格的管理及考核制度，保证多劳多得，优劳多得，谁要是偷奸耍滑，可逃不过监工的眼睛。有的农妇下田涂防晒霜，有的农夫在赶牛犁地时叼雪茄玩微信，结果都被勒令辞退，这好比黄晓明演的岳元帅打仗时在‘四野’的地图上指指点点，哪还得了？所谓监工，也不一定非得要到现场，拜现代科技之所赐，村庄每一个必要之处都有可能装了摄像头，每个员工的一举一动都休想逃脱管理者的眼睛。”

“八十年代的凤凰村，可没有摄像头啊。”

“你也当现在没有就好，”一玓白了他一眼，说，“都装在隐蔽之处啦，反正你也看不见。”

第五日，时值盛夏，他看见山坡的荔枝园有一伙人在摘荔枝。早熟品种如三月红、黑叶、白糖罂、白腊等低端品种摘光了，迟熟却上佳的糯米糍、桂味、鸡嘴荔等亦陆续成熟。果树不高，伸手可及，果园里欢声笑语，鸟儿啁啾，好一派丰收景象。其中，一位村姑引起了他的注意，她五官姣美，面孔通红，肤色黧黑，腰肢窈窕而结实，她是真显得土气。如果说凤凰村只有一个人像村姑，那非她莫属。至于一玓，无论她穿什么都难以掩饰其洋气，她也压根儿不掩饰。该村姑看上去也就二十二三岁，可能她本来就是个乡下妹吧。全国各地的城镇化运动虽然轰轰烈烈，摧枯拉朽，但也不是所有乡下妹都摇身一变成了摩登女郎。她一双大眼睛扑闪扑闪的，有意无意地瞥了他几眼。

他请教她的芳名，她说叫沈月季。这也是乡间姑娘的寻常姓名。她神色忸怩，未开口脸先红，看上去不善于跟人打交道。但她眼眸闪亮，倒是肆无忌惮地望着他，带着几分好奇，也许还有贪婪。一头牛看到了一把青草，一个守财奴发现了一块黄金，就是这样的眼神。他被瞧得不好意思，他有这么好看吗，还是她是一个花痴？

一玓狠剜了她一眼，斥道："小蹄子不要脸，哪有这样盯着男人看的？他是我的人！"沈月季不吭声，嘴角却露出嘲讽之意。一玓举起手来，要扇她的耳光。他抓住她的手腕，说："你闹够了吧？"

一玓不理他，冲着沈月季戟指骂道："信不信我立马炒你鱿鱼？给我滚远点！"

他走出果园，一玓赶紧跟上来。他说：

"犯得着发这么大的火吗？"

"看你们眉来眼去的，我就来气！"

"得了吧，你是怕别人给我爆料吧。一个小村姑，能有什么猛料？你不要对公司的管理制度缺乏信心。你寸步不离地跟着我，谁敢跟我说半句话？不过，这么多村民，只有她像是真实的。瞧瞧你，一身村姑打扮，依然像个洋娃娃。光是你那头玉米须烫发就露馅了，你当是去玉米地扮玉米？还是什么新红颜诗人呢，写了几行诗，就处心积虑混进果城文坛，敢情都是冲我来着。"

"还说没对那小村姑感兴趣，干吗发这么大脾气？"

"神经病！你也闹够了，我也看够了，都待在凤凰村好几天了，还不知道这儿是什么鬼地方，隶属于哪个市县，甚至是不是广东我都不敢说。你们将我当猴耍也耍够了吧？从明天起，我自个儿去溜达，爱往哪儿逛就往哪儿逛，你甭跟着我，省得大家都不舒服，何苦呢。那样子，我就是有灵感也抓不住。"

"那不可能，"一玓一怔说，"赵老师，真的不行啊，那是我的工作。"

"那么你安排我跟孙总见面吧。"

"时候一到，自然会见。"

“看来，下次只有将你打昏再出去了。”

“孙总的秘书，哪个不是文能写诗武能打架？你太小看我了，赵老师，我拿跆拳道黑带三段都两年了，此刻被那个八婆气得正想揍人哪——”她一声断喝，摆出搏击姿势，双手握拳置于体侧，腰部一顿，右腿踢出，前踢，抡踢，下踢，连踢三腿，疾如旋风，看来真是个练家子。他苦笑了。

当天夜半，他起床拉夜尿，忽见枕头旁边塞着一个胀鼓鼓的大信封。打开一看，原来是封匿名信，有张纸片写着：请务必要大胆假设，小心求证，以免受他人利用，搞得身败名裂，到时悔之晚矣。纪实文学贵在真实，不要一味“歌德”，要了解情况，就得自己去走走，不能由他人跟着……这像是警告，也像是劝告。

在另外的纸页中，则与其说是书简，毋宁说是检举信，其中对孙德金及凤凰村极尽攻击诋毁之能事——

孙德金的发家史充满了原罪，他本是一个横行乡里欺男霸女的恶棍，贪财好色，无恶不作，年少时就持刀胁迫村长孙老凤的小女儿孙小菊跟他私奔。他赚的第一笔钱是在中越边境贩卖妇女，后来又在镇上组织了几个暗娼卖淫，至今在珠三角仍有一家金牌夜总会，获利丰厚，但其经商之厚黑手段，亦令人发指。据说，他曾因涉黑、贩毒、藏械、开地下赌场等，在家乡一带臭名昭著，但一直没有栽过大跟头。他在少年时，曾因斗殴持刀伤人而进了少年管教所，成年后亦多次被抓，或劳教，或蹲大牢。二〇〇六年前后，他因在果城西郊抢夺地盘，跟另一个黑帮开战，双方大打出手，互有死伤，终将对方头目独眼龙干掉，他也被检方指控犯有谋杀罪入狱，虽有马仔站出来顶罪，但他是幕后指使者无疑，终因证据不足，以聚众斗殴罪获判七年徒刑。他动用了多种社会关系，有钱能使鬼推磨，只蹲了四年半就出来了。在这期间，孙氏集团对外声称孙德金要闭关修道，公司暂由副总裁王小川负责。真是睁眼说瞎话，除非坐牢也叫闭关。孙德金出来后，不知触动了哪一根筋，竟动了重建凤凰村之念，此举甚得当地政府支持。公允地说，这不失为一个有创意的好项目，至少比开夜总会及地下赌场要好。但是等到真的建起来，一切都变味了，房子是真的，村民却是假的，标榜说什么村民的日常生活及劳作、社日乃至风俗等悉数复活，其实全是拙劣的表演，真是滑天下之大稽！但是，有关部门误以为这是新农村建设的样板，报以一片叫好声。本应引起有关部门警惕的是，孙德金以建新农村之名，行其山大王之实。在公司里，他只手遮天，为所欲为，对村中事务享有绝对的统治权，还自封为村长（好像还真的通过合法程序拿到了印章，这又得花多少钱），对员工施以非人道管理乃至精神控制，自副总裁以降，每个员工都必须绝对服从，稍有违逆，轻则扣奖金，重则开除乃至报复殴打。有一位员工无法忍受其淫威，曾私下发了几句牢骚，在主动辞职后三天，突遭车祸，被夺去了一条腿。坊间多有传言乃孙德金打击报复所致，但受害者从此深居简出，谨言慎语，得以苟活至今。两三年前，在重建凤凰村项目刚启动时，村中有一家钉子户孙家声老头，他有个儿子贵生，年少时离家出走，从未返回。据说还有两个女儿，均远嫁他乡。他属于村中愿老死村庄的极少数。无论孙德金开出什么条件，他都不肯迁出旧居并放弃家里的三亩果园地。一个初秋的清晨，有人在薄雾缭绕的池塘发现了他的尸体。有传闻说是老头的大肥猪失足落水，他奋勇去救，结果双双溺毙。据说猪都是会游水的啊。也有人说是他想吃鱼，去抓鱼，才导致了悲剧。但他身上有多处瘀伤，疑生前曾惨遭毒打。据当地派出所的人解释说，那是被鱼咬伤的。孙家声无依无靠，只望死守家园，怎奈落得如此下场，内中显有隐情，却又无人追问。这些情况，疑点甚多，赵大作家恐怕都不得而知吧……

他看得汗如浆出。如果该信属实，那么孙德金实乃十恶不赦之徒，这凤凰村亦是罪恶之城，他已身陷魔窟；如果不是，这封信就堪称恶毒，其污蔑手段可谓无所不用其极，足以构成诽谤罪或诬告罪，必是孙氏集团的仇家（包括眼红者、竞争对手等公开或潜在的敌人）之所为，不将孙德金抹黑不会罢休。无论如何，他都莫名其妙地卷入了双方争斗的漩涡。这真是岂有此理！看来三十六计走为上策，但要全身而退谈何容易？他一夜无眠，想除了跟孙德金合作，似乎没有别的出路，但愿尽快完成那篇该死的文章交差，好早日脱身。

第六日，昨夜没睡好，他一直待在房间休息。到了下午近五点，他以攻为守，不再服从一玓的安排，而是踏上宾馆前的一条小径，径直往前走，他想看这条路到底通往何方。他不奢望能找到出口或有什么新发现，总不至于绕了半天又回到原点吧。奇怪的是，一玓并不阻止，她背着一个鼓鼓囊囊的双肩包，扛着小阳伞，不紧不慢地跟在他后头。他问她：

“今天倒格外开恩了？”

“你是贵宾嘛，你在村里有绝对的行动自由，你想怎么走就怎么走，但我得看着你，以免被黑不溜秋的母野猪伤着了。呵呵。”

“找谁聊都行吗？”

“行。”

这条小路通向一个山头，山上果木繁茂，黄绿色的龙眼挂满枝头，离成熟还有些时日，橘子树上也缀满了青硬的果子。他果真遇到一伙人在坡地上劳作，在收花生，掘番薯。他上前跟他们搭讪，但没有一个人吭声，仿佛他是一个隐身人，他们压根儿就看不见。

一玓掩着嘴笑。他很恼火，但他跟自己说，一定要沉住气，要探查真相就不能操之过急。他翻过了几座丘陵，涉过几处田垌，有时小路隐没于荒野之中，有时又从一处小树林穿出来，有时又跟别的岔路相连接。他乱走一气。一路上，遇见了不少人，但别人都当他是透明的。

一玓打着伞，不疾不徐地跟着他。阳光带来的热浪逐渐减弱，但余威犹存。她香汗淋漓，喝着矿泉水，又掏出一块小手绢擦额角的汗。看来，她没下过一次田吧。他们一直走到太阳西斜，大概徒步了两个小时。途中，他们在一处树阴下小憩，一玓给他递了瓶水，她虽有点赌气，倒也没有忘记照顾他。她也没问他要到哪儿去，仿佛一切尽在掌握中。

在小路之侧的一处山脚下，出现了一堵高墙，三米有多，全由青砖砌成，顶端有垛口和城堞，像是缩微的长城，跟承德避暑山庄的围墙也有点相似。他站在墙根下，顿觉自己个头矮小，除非是变成一只鸟儿，或者有一架高高的梯子，否则休想逾越。他往墙的两端看去，绵延不绝，依山势而建，仿佛无穷无尽。暮色渐浓，远处的墙体融入了丝絮状的薄暮。他半真半假地说：

“沿着墙走一圈，总会找到出口吧。”

“那可得走一天了，”一玓说，“但就是溜一个圈儿，也无济于事，出口也未必就开在墙上。”

她掏出对讲机小声而迅速地说了两句。

“那好吧，回去吧。”他意兴阑珊地说。

“你认得来路吗？”

他摇摇头。一玓拉他在草坡上坐下来。清风徐来，草木清新。炎热稍感，落日又大又红，在云海里沉浮，金色的霞光打在她的脸上，仿佛给她镀上了一层金。她像一具雕像，优美而肃穆。他叹口气。很快，夕阳在彩云中完全消失了。

须臾，从暮色深处飞快地驶来一辆电动摩托车，骑手戴着头盔，看不清眉目，但从其耳畔的鬓发及窈窕身段来看，应是年轻女士无疑。他跟一玓坐在车尾架上。摩托车开得风驰电掣，山间小径凸凹不平，异常颠簸。他们走了近两个小时，她用不了二十分钟，就将他们送回了宾馆。一路上，他在想，凤凰村管理制度虽然严苛，但也不是铁板一块。说一套做一套的地方，他见得多了。他很好奇骑手是谁。他跟她搭讪，但她一声不吭。她在离开之前，却趁着夜色，捏了一下他的手。那手软滑温润，果然是女人的手。他若有所思，倒没有猥亵的想法，感觉是她在跟他打招呼。

第七日，他又去了那处山坡上的荔枝园。有几位村民在忙碌，那个面孔黧黑的村姑沈月季也在其中。奇怪的是，这次多了一队老人家。有男有女，但显然不是凤凰村的村民，一看就是城里人。

他来凤凰村这么多天了，总算是遇上了一拨观光客。他跟这伙人聊几句，总不至于也不理他吧，却又看一玓如何阻止？才聊了两句，他吃了一惊，原来这伙人不仅是观光客，还是投资者。准确地说，他们是这个小果园的主人，都有购买园中果木，少则几棵，多则十几乃至数十棵。每棵五万元，每年收益全归投资者，可连续收益五十年。他想，果树不大，每株每年产果无非一两百斤，这收益嘛，顶多是三五百元。凤凰村每年每株给投资者的回报，折算成现金却是五千元。这就是凤凰村“公司＋投资者”的经营模式，投资者所认购的果树，由公司管理并采摘出售，投资者坐享其成，年年有收益，旱涝保收。中途若想退出可随时办理，但该年度的收益有可能会取消或追回，视情形而定。总之，投资者利益均沾，但无甚风险。

天啊，这些果树，真是摇钱树了。怪不得，凤凰村二三十座山头上的各种果树，岂止成千上万，全被人认购一空。

这些老人，刚从财务处结算了第一年的收益，心情大好，意犹未尽，遂结伴跑来果园看一看。果树长势良好，硕果满枝，好一派丰收景象。他们抚摸着荔枝树，内心被发财梦焚烧着，脸色涨红，异常激动，个个像喝多了酒。看来，这是投资者和开发者双赢的局面。当时他也没往深处想。

沈月季望着他，微微一笑，忽然去捏身边老头的手。他脸上微微一热。旁人只觉得她有点古怪，他却知道她以隔山打牛的方式，在跟他打招呼。这几乎有点调情的味道了。昨晚的骑手必是她无疑。他觉得她有点神秘。在凤凰村诸多村民之中，她是最像乡下人的一个，但不知为何，偏又觉得她是异类，跟那些伪村民格格不入。作为一个村民，她太扎眼了。他瞄了她一眼，她笑吟吟地凝望着枝头上一把红如烈焰的荔枝果。他确定她知道他领悟了她的意图。事实上，他对她有多少了解呢。这一切都是在一玓的眼皮底下发生的。她似笑非笑，看上去落落穆穆。

下午，一玓安排他跟孙德金见面。他终于见到了这位颇有传奇色彩的农民企业家。他年约五十，个子不高，眉眼清秀，颇具儒雅之气。他看上去很内敛，眼神游离着一丝忧郁，虽是生意人，倒有几分文艺青年的气质。而他是个作家，却总改不了农民习性，土里土气。让他惊讶的是，他在凤凰村见到的这个惟一的真村民，居然操着一口还不错的普通话。据一玓后来解释，凤凰村注定要走向全国，还要走向世界，所以每个人都要说普通话，今后还要推行英语和日语。孙德金说：

“首先我得向你致歉，这几天忙得很，欧盟商会代表在忙着谈荔枝的出口事宜，怠慢你了。”

孙德金对他遭绑架到凤凰村的事只字不提，仿佛全然不知。他冷笑，等果熟了才去谈销售，骗人去吧。孙德金说：

“我读过你的长篇纪实《赵家村简史》，十分震撼，我向你的故乡致以哀悼。你以你的生花妙笔，写出了真情实感，我想你也会同样写出一个真实的凤凰村来。不瞒你说，我也算是个骨灰级的文学爱好者了，我念书时很爱读《故事大王》，可惜家里太穷了，供不起我读书。我拿了个初中文凭就去闯荡江湖了。

“多年来，我一直坚持读一点文学，我尤其爱读关于乡村的散文或非虚构，譬如张锐锋、庞培和刘亮程，我都认为不错。你的‘岭南乡土五书’我可是一本不落，最喜欢的就是《赵家村简史》。但你唱的全是挽歌。一个人不能老是沉湎于过去，要着眼于当下。一个人老是唱挽歌，那真是太悲凉了。我希望我们村能激发你正面宣传的热情，而这个热情不该全由将要给你的十万元稿酬去激发。

“作为中国惟一一座仍保存着二十世纪八十年代风习和生态的村庄，我敢说凤凰村是独一无二的。不夸张地说，凤凰村为中国乡村保存了一个样本，并让时光一直停留于波澜壮阔的八十年代。无论从哪方面来说，八十年代都是一个激情燃烧的伟大时代，更是中国乡村的分水岭，它达到了史上繁荣的黄金时代，又急遽退到了下坡路，并在九十年代迅速枯竭、濒死。这很值得纪念。以后每一个中国人乃至外国人想了解一个真实的中国村庄，都只能到凤凰村来掏钱买票。你等着瞧吧，你看看当下的乡村现状，不出十年，就该是凤凰村光凭门票收入就能生存的时代了。我们有信心，在五年内挂上国家5A级风景区的牌子，它不会比任何一个景区赚得少。它是一个古村落、博物馆及风景区的混合体。

“目前，没有几个人关心乡村的死活，更不管那些早已濒死、湮灭的乡村，那是因为乡村仍没有全部消失。等到乡村及其赖以存在的乡土文化、用品、器物、建筑等等，都像华南虎那样销声匿迹时，即使是一张乡村老照片也能引起国人轰动。想一想‘正龙拍虎’吧。而凤凰村是货真价实的乡村，原汁原味，为此我不惜推行最严厉的管理制度。我对员工要求很高，但薪水也对得起他们的努力。我们的企业文化倡导协作、服从、高效，积极向上，团结和谐，至少，只有我们对其开除，尚未有人主动辞职，更不会像富士康那样出现连环跳。由此，我们的管理虽然严厉，但依然处在一个合理的、人性化的框架之内。

“当然，不少人在背后骂我是暴君、我的管理层是鹰犬，这不要紧，有道是防民之口甚于防川，笑骂由人，孤身走我路，让他们出出气也是好的。越是性能良好的高压锅，越要设计好透气孔。要做到让一座僵死的村庄全方位复活，不仅有躯壳，有血肉，有神态和声音，还得有灵魂，那就得靠铁腕推行我的想法。这年头，大家都不容易，双向选择嘛。不想干的可以滚蛋。我在挑好马。好马也在我们当中寻找骑手。

“除了管理被诟病外，还有恶意中伤及种种流言。事实上，多年来我在商界一直有争议，一个乡村少年能混到这个份上，不可能没有争议。不惟独我本人，凤凰村及其模式，也必定会在神州大地掀起轩然大波。这不是坏事。我还没有正式营业，一直没有召开记者招待会，就是在等待一篇好文章，一份鉴定书，一个导游手册，这个光荣的任务就交给你了。都说企业家有原罪，但我不是官二代，也不是富二代，一无背景，二无靠山，全凭着一股劲加点好运气一路闯了过来——”

孙德金雄辩滔滔，声音洪亮，极富煽动之能事。有一刹那，他神思恍惚，有立马被洗脑之感，赶紧镇定心神，方才保持清醒。

孙德金微笑，从抽屉里拿出一个档案袋，随手抽出几个装订成册的资料，说：

“这有夸奖我的，也有唱衰我的。骂我的数量翻倍，但翻来覆去就是那么几句，没什么新意。有人说我不择手段，涉黑，贩毒，开赌场，办妓馆，就差没有反革命了。也有人说我道德败坏，奸淫掳掠，无恶不作，乃地方一霸。我真是这样，还能活到今天？不被对头搞掂了，也被政府制裁了。你当公安机关是吃素的？这些材料我不必多看，我自己做什么还不比别人清楚？但你不妨看一下。

“我真的是靠包山头办果园起家的。这种‘公司＋投资者’的经营模式，有利于最合理地利用土地，又有利于农民增收，而且绿色环保，修复生态，人与自然共处，自然与社会和谐。你知道我一株果树卖多少钱吗？五万！你知道我有多少株果树吗？我也不知道。但今年是十万株，明年就可能是一百万。果树挂多少果不重要，重要的是果树的数量。只要我如期给投资者结算收益，就不愁果树的销路。别人是卖果子，我是卖果树。这就是我成功的奥秘。我不是首创者，但我是改良者。我不是第一个吃螃蟹的人，但我将螃蟹的烹调和享用变成了一种艺术。也有人来查过我，但我一点问题也没有。真金不怕红炉火。反正每一棵果树都在地上长得好好的，这就是实业，也是实物，但也像是某种抽象之树或象征之物。我喜欢摇钱树这个说法。

“树大招风，除了同行竞争或小人作祟，有的贪官污吏也在打我主意，但我不怕。我不怕惊风骇浪，更不行贿送礼。那些硕鼠也靠不住，你好不容易养熟了，不是调走了，就是被抓了。我是生意人，堂堂正正，我不走那些旁门左道。得罪一些人是难免的，但我相信正义永存，每一场风暴吹过，都有一批人倒下来，但我依旧巍然屹立。

“我做的事是正确的，问心无愧，即使前面是刀山火海，我也会勇往直前。我将村中的山头全变成果园之后，我灵光一闪，何不完整地去打造一个新村庄呢？我不仅要有果园，还要有鱼塘，有稻田，有鸡鸭，有人气，有以前村庄的一切。我有这个本钱了，时机成熟了。这是我的心里话，我平时一个月也没这么多话说。关于这篇文章，我也想听听你的意见。”

他翻了翻那堆材料，那些批评文章五花八门，极尽诋毁之能事，包括他看过的匿名信内容亦在其中，只是大同小异，不禁佩服孙德金的气量。他字斟句酌地说：

“这几天，我耳闻目睹，实地考察，搜集了不少好素材，刚才听了孙总一席话，更是茅塞顿开，不少疑惑迎刃而解，不敢说对写这篇文章胸有成竹，但思路也有了——

“我拟先以简洁锤炼之笔墨，概述凤凰新村的繁荣景象；再一一描述新村的各大亮点，如山清水秀，花果飘香，建筑亮丽，关于村民的劳作场景、日常生活、休闲娱乐，逢年过节的做社、游神、傩戏等风俗人情，更当浓墨重彩，这是乡土之魂；最后画龙点睛，指出大地上的村庄纷纷瓦解，而凤凰村逆流而上，蒸蒸日上，在遍地荒凉的中国乡土一枝独秀。凤凰村既是乡村，也是公司；既是景点，也是民俗；既是社会，也是自然；既是商业，也是农业。你们将稻田变成了流水线，将果园当作生产车间，村民既是工人，也是农民，将耕种变成了制造，将劳动变成了商品。正是孙德金先生的乡愁，成就了这一个永远定格于八十年代的村庄。

“我颇费思量的是，要不要向世人坦告，这个村庄是人为打造的，并非自然形成，那些村民及其劳作也是假的。另外，我还有个小问题，你以村庄为载体定格八十年代，恐怕始终是一个理想，很难实现。譬如说对讲机之类的东西，就起到了破坏作用。那个城墙，我也想不出有什么必要。还有，像一玓、沈月季这样的女子，甚至算不上是八十年代生的人，都是九〇后吧。”

“当然不能欺骗世人，没有人可以一直瞒天过海，”孙德金说，“但你也决不能因为村民有点表演性质，就断言或暗示这是一个伪村庄、参加劳动的人是伪村民。至于说到员工很年轻，连八十年代生的人都不多，这是没办法的事。我倒希望员工除了九〇后，一直到〇〇后乃至二十一世纪二十年代出生的人，过了几十年，凤凰村仍像一部老电影那样，不断地播出关于一个八十年代村庄的影像，尽管每一帧都略有不同。八十年代太伟大了！城墙重不重要？你去问秦始皇！你不要以旧眼光看新事物，对吗？我不按常规出牌，你也得有新思路。毕竟，凤凰村存在了三百多年，这如假包换，而这三百多年中，没什么是一成不变的。比方说，每一年都有人将老房子推倒重建，每一棵树都在生长也在枯萎。我不过是集中在两三年间将这一切改造完工罢了。”

“但那三百多年中，村中男丁都是姓孙的吧。”他话一出口就后悔了。

孙德金呆若木鸡，想了想，说：

“多谢你提醒我，这确实是一个大问题，但要堵塞漏洞还来得及，当然也得费些时日。”

跟孙德金交谈之后，他心里有了底。用不了多久，他就可以将文章完成。一玓适时送来了一台手提电脑，还有外置的鼠标、键盘，当然不会让他上网。

在第八、九日，他趁热打铁，完成了题为《凤凰村记》的初稿，近两万字。他修改了两遍，感觉要移动一个字都很难了。想到马上可以脱身，并有丰厚笔润，他多日来的郁闷一扫而光。

在夜里，他又发现门缝塞入了一封匿名信：赵作家，你想必正在写唱好凤凰村的文章吧。孙德金乃极度危险之人，凤凰村项目亦前途未卜，犹如一个火药桶，随时会爆炸，我劝你慎重出手，即使写了也不要交稿，以免受到连累，殃及池鱼。你不妨用一个拖字诀，以静制动，以不变应万变，料想不出数日，必有脱身之良策。请三思。

他内心交战，反复思量，心想既处于是非之地，还是早日脱身为宜，管他孙德金是善是恶，是黑是白。还是三十六计走为上。

第十日一早，待一玓过来，他将稿子交了。两个小时后，一玓回来跟他说：

“孙总十分满意，中午设宴为你饯行，然后由我送你回去。”

在宴席上，孙德金对文稿赞不绝口，并给他一张十万元的支票。在告别时，孙德金嘴角露出了神秘的笑容，说：“赵老师，希望一年之后你再回村看看，到时保证你有惊喜。”

下午，一玓驱车送他返回果城。连头带尾，他一共在凤凰村呆了十天。一上车，一玓就递给他一个挎包。她说：“你的钱包、手机、钥匙等全在里头。”他伸手捏了捏，他几乎将它们遗忘了。他终于看到了凤凰村的出入口，居然被设计成一座城门，村边的小河也被改建成了护城河，上挂吊桥。他扭头回望，城楼巍峨，俨然如一座微型的古代城池。他感慨地想，城里之村一切均按八十年代设置布局，但八十年代可没有这样的护城河和城楼。他依然未能断定凤凰村位于粤地的具体方位，从其山川地形、风土人情、饮食习惯来看，应处于粤西某个偏僻之地。但村中诸人均操一口标准的普通话，又将这些特征掩饰了不少。

一玓送他回到果城所在的小区，她跟他拥别，在他耳边吐气如兰，悄声说：

“赵老师是个好人，可惜不听话。”

他用力抱紧她，心旌摇荡。要等到多日以后，他才发现对这句话的理解有偏差。

他撰写《凤凰村记》一事，虽因被强迫有些不爽，但他还是愿意将这样的一个村庄介绍给读者。这在国内外都是绝无仅有的，它不像遍地皆是的度假村或古村落，也不像太阳城、基督城、乌有乡之类的乌托邦（它们带有强烈的虚幻感及政治意图，而凤凰村不是，这可能也是凤凰村被允许修建的原因，尽管面貌略显怪异，一个农民企业家很好地利用了自己的智慧和资本）。但该村的确有一种类似于乌托邦的理想主义，也许正是这一点打动了他。一个发达了的农民，试图在出生地恢复童年时浸淫的乡土气息及以耕读传家为核心的村野文化，且初见成效，这不简单。

他不是人类学家或民俗学者，无法通过田野调查得出更深刻的论断，但他相信，该文发布之后，必会在读书界引起反响。然而，数月过去了，各类媒体并没有任何声音，该文仿如哑炮，或石沉大海。孙德金可能还在等待发布的合适时机？或者仅印成小册子供村内使用？还是另有原因？

终于，关于孙德金先生，《果城商报》刊登了一则短讯，报道称孙氏集团总裁孙德金人已中年，虽有原配夫人孙小菊，但一直没有生育，却于近期包养了十二个年轻貌美的女子，旨在借腹产子，这些女子也几乎同时怀孕。据说，他还有一个更疯狂的计划，正在物色合适人选，准备找够一百个美女并让其怀孕。但不知孙德金到底出于何种目的。目前涉及的十二个女子并非同居一宅，有可能互不知情。外界舆论的焦点是，指控孙德金重婚或聚众淫乱的罪名是否成立？但不管如何，他的所作所为都令人发指，为新时代的道德精神所不容。

逾数日，该报又有后续报道，报载孙德金丑闻见报后，舆论哗然。孙德金千夫所指，无所遁形，其商业帝国亦因此而摇摇欲坠。

富翁德行有亏，对生意影响总是有的。但这二者之间并无必然联系，但影响未必如此之巨，这次孙氏集团受到重创，肯定还有别的原因，但报道缺乏交待，颇让人不解。他还注意到，相关报道没有只言片语涉及凤凰村之事。但愿他那篇文章永远不要有人提起。

又一月有余，他在蓝调酒吧小酌，手机收到一个匿名短信："赵老师，大作发表了吗？有兴趣看我的文章吗？"他正在纳闷呢，忽见一旗袍女翩然而至，一屁股坐在他面前，居然是一玓，她笑说：

"赵大作家，不请我喝一杯？"

"打死我也不敢跟你喝了，我不想再被人迷翻了再去凤凰村一游。"他笑着说，让酒保给她倒了一杯白兰地。

"什么凤凰村？"

"别装蒜了。"

"什么凤头豹尾的，没听说过，也不想了解。"

"别跟我说，那些匿名信不是你给我的。"

"什么匿名信？"一玓瞪大眼睛问，"莫名其妙哟。"

如果说刚才她还在装傻，此刻她一脸无辜倒不像是假装的。于是，他将收到匿名信的经过及信件的内容跟她说了。

"赵老师，那些信不是我给你的。孙德金臭大街了，破产了，凤凰村也倒闭了，"一玓压低声音说，"一干人等，树倒猢狲散。可千万别将我跟这个村扯到一块去。”

“凤凰村也倒了？”他大吃一惊，问，“你是警方的卧底吧？我看你身手不凡的。”

“我不是警方卧底，但也算是个商业间谍，呵呵。我是孙德金竞争对手‘猛虎庄园’老总孙雷的人。关于孙德金，他的名声不太好，传闻他脾气古怪，软硬不吃，常有作奸犯科之嫌疑。据说他手上至少有几桩命案，譬如说孙家声溺亡之事，很多人都说跟他有关。

“我潜入孙氏集团，与其说目的是搜集商业情报，毋宁说是侦查出其违法犯罪之证据。总之一切不利于孙德金的情况，都是我的目标，最好是攥着他杀人放火的把柄。孙雷可不会手下留情。我曾在一家调查公司呆过，这也是孙雷用我的原因。老实讲，我那时有点正义感，想着既有工资，又能为民除害，何乐而不为。但是，我呆了大半年，没找到一星半点不利于孙德金的证据。尽管他性格孤僻，不爱说话，让人难以接近，做事情不按常规出牌，有点五迷三道，但他算是一条汉子，起码说话算数，赏罚分明，生活简朴，克己慎独，不像大多数大款那样穷奢极欲。也许，他也没有人们传说的那么有钱。

“最让人称奇的是，据我观察，他好像对女色敬而远之。这样说吧，即使他不是一个好人，也不像外界盛传的是一个混世魔王。请你去写凤凰村是孙德金的意思，我不能不服从。但你说的匿名信，真的与我无关。我没必要骗你。老实讲，站在‘猛虎庄园’的角度看，我当然不想你唱红凤凰村，但我觉得孙德金更像是我老板，起码他比孙雷更懂得尊重女人。

“孰料，孙德金出了丑闻，网上网下关于他有十二个情妇、破产及被捕的谣言铺天盖地。关于孙德金的负面传言一直都有，但这次都登上果城的大报了，那就非同小可。不明真相的投资者急红了眼，如洪水般从四面八方涌入凤凰村，纷纷要求撤资。孙德金这个人心思缜密，小心谨慎，尽管他视凤凰村项目乃毕生心血的大成之作，但也预留了充足的资金，并非孤注一掷之人。本来，按照正常运作，顶多是有惊无险。这么多年来，他什么大风大浪没见过？只是这一次，成千上万的投资者一起讨账，他哪儿招架得住？资金链说断就断了。

“孙雷正在幸灾乐祸，但没想到城门失火，殃及池鱼，当又一波撤资狂潮冲向‘猛虎庄园’时，它就像一只纸老虎应声而倒。原本是人人看好的新型农业经营模式，如今成了过街老鼠。我于旦夕间失去了两位东家，谁还想在那穷山僻壤待着？我回了果城，闲着也是闲着，干脆重拾诗笔，重新过上了文艺女青年的小清新生活。”

“孙德金这次是栽在女人手上啊，他不是不迷女色的吗？”

“不错，孙德金是栽在女人手上，但不是什么十二金钗，而是沈月季。就是那个跟你眉来眼去的伪村姑，她才是卧底，《果城商报》的记者。我当时一看她就不顺眼，果然是个二五仔（粤语，有叛徒、卧底、两面派等之意）！她做村姑三四个月了，仍一无所获，孙氏集团的管理是很苛刻，这一直为外界所批评，但哪个万恶的资本家不是这样？真要写成报道，也没什么意思。她居然在你离开凤凰村不久，就挖到了孙德金包养一打情人并使其全部怀孕的猛料。她真沉得住气。她像猎手那样耐心，像狐狸那样狡猾。孙总也真是的，有钱人谁不玩女人？但同时包一打，这就不是小儿科了。他以为是在包饺子嘛，还要个个有馅的。现在都露馅了吧。我不明白，他要生那么多孩子干吗？”

“伟大领袖教导我们说，人多力量大啊。”他有点心虚地说。

此刻，他又收到一个短信：“赵老师，请看今日《果城商报》‘深度’版的独家报道。”

他将短信递给一玓看，一玓从酒吧的报架上找到了今天的《果城商报》，翻到了“深度”版，他们凑近一看，一行粗黑的通栏标题映入眼帘：**“真恶棍身败名裂，伪村庄关门大吉**——流氓企业家孙德金发迹史及其覆亡记”。这篇文章占了一整版。署名正是该报记者沈月季。他对一玓说：

“沈月季太狠了。”

“她是孙家声的外孙女。”

“我看孙德金未必就是恶棍或流氓。”

“但站在沈月季的立场看，他岂止是流氓，还是杀人凶手呢。”

他默然半晌。一会儿，又收到一个短信：“赵老师，我要不要写一篇著名作家赵夷惊魂凤凰村十日的深度报道？”

他惊疑未定，又收到一个短信：“呵呵，开个玩笑啦。我是你粉丝。这次，你也帮了我。我高考时在语文考卷读过你的系列散文‘梦山记’之《无法还乡》，现代文阅读题，分值二十啊，差点将我考蒙了。那是几年前的事了。所以，在凤凰村一见到你，我就恨不得让你签名。也是你启发了我，要不是你，我可能早就走了，与那条大鱼就失之交臂了。孙德金狡兔三窟，要逮住他还真不容易。什么时候出来喝一杯？”

他做了一次深呼吸，将视线从手机上移开，跟一玓说：

“我想回一趟凤凰村，好好看一看，我打算写一篇真正的《凤凰村记》，今后大地上都不会有这样一个非村亦村、非园亦园的地方了。你陪我去如何？再约上沈月季。”

2005年6月18日初稿于广州

2015年10月8日定稿于广州

附录　黄金明主要小说目录

恍惚的一天（短篇小说）

《青年文学》2005年9月号上半月刊，入选《广东小说精选（2005—2006年卷）》（花城出版社，2007年）

黄金明小说专辑（含中篇小说《失魂落魄》《我们的秘密》），配发创作谈及魏英杰访谈《“秘密”改变人的内心真实》

《花城》2006年第1期

客村，客村（短篇小说）

《作品》2006年第9期

挖下去（短篇小说）

《作品》2007年第4期

村庄的黄昏（中篇小说）

《花城》2007年第6期，入选《广东小说精选（2007—2008年卷）》（花城出版社，2009年）

绳子为什么会断（中篇小说）

《星火》2008年第1期

苏醒（短篇小说）

《广州文艺》2008年第2期

女人的房间（短篇小说）

《百花洲》2008年第3期

无处不在（短篇小说）

《广西文学》2008年第4期

绰号（短篇小说）

《作品》2008年5月号下半月刊

乡村公路（短篇小说）

《北京文学》2008年第12期

雨天叙述（短篇小说）

《广州文艺》2009年第1期

寻母记（短篇小说）

《小说林》2009年第2期

禁头（中篇小说）

《大家》2009年第2期

默杀（短篇小说）

《钟山》2009年第3期，入选《全球华语小说大系·穿越与另类卷》（张颐武主编，新世界出版社，2012年）

黄金明小说专辑（含短篇小说《紫薇坡》《生产队逸闻》《乡村家庭》），配发创作谈《惟有荒诞值得反抗》

《滇池》2009年第9期

一次半途而废的旅行（短篇小说）

《飞天》2009年第9期

女神捕（短篇小说）

《作品》2009年10月号下半月刊

我所遇见的一群人（短篇小说）

《福建文学》2009年第11期

线索（中篇小说）

《广西文学》2010年第1期

仙人（短篇小说）

《太湖》2010年第4期

神仙（短篇小说）

《当代小说》2010年4月号上半月刊

疑似跳桥事件（短篇小说）

《青春》2010年第4期

到省城去（短篇小说）

《雨花》2010年第6期

神的经纪人（短篇小说）

《山花》2010年6月号B版

七十岁出门远行（短篇小说）

《福建文学》2010年第7期

错误（短篇小说）

《广州文艺》2010年第12期

吃了豹子胆（中篇小说）

《滇池》2011年第1期

我们的弱点（中篇小说），头条，配发明飞龙评论《荒诞背后的忧伤——读黄金明小说〈我们的弱点〉》

《青春》2011年第11期，《中华文学选刊》2012年第1期转载

夫妻长谈（中篇小说），头条，配发徐肖楠评论《当代中国文学中的风格对抗——以黄金明小说为例》

《广州文艺》2011年第12期

巫师（短篇小说）

《天涯》2012年第1期

我们共同的情人（中篇小说）

《文学港》2012年第1期

没有水的河床（短篇小说）

《朔方》2012年第4期

实验室（中篇小说）

《芙蓉》2012年第5期

逃亡者（短篇小说），配发创作谈及戴丹评论《一场徒劳的逃亡》

《青春》2012年第11期

我作为初中生的生活片断（中篇小说）

《延河》2013年1月号

想起一个人想不起名字（短篇小说）

《福建文学》2013年第6期

蝉人（中篇小说）

《西部》2013年6月号上半月刊

挖洞记（短篇小说）

《长江文艺》2013年第9期

他是谁（短篇小说）

《广州文艺》2013年第9期，《长江文艺·好小说》2014年第3期转载，入选《伸手向上——都市小说双年选》（花城出版社，2015年）

寻我记（短篇小说）

《青春》2013年第11期

黄金明小说专辑（含中篇小说《胶囊公寓》、短篇小说《新生活》），头条，配发创作谈及安石榴评论《“我们正在接近城市生活的一个危机时刻”》

《西湖》2014年第1期

看不见风景的房间（中篇小说）

《芙蓉》2014年第2期

小说盗（中篇小说），头条，配发创作谈《小说与现实》

《花城》2014年第5期

讲故事的人（中篇小说）

《作品》2014年第11月号上半月刊

村中十日（中篇小说），头条，配发曹务龙评论《逝去的农耕时代》

《青春》2014年第12期

倒影（中篇小说），头条

《广州文艺》2015年第1期

标兵（中篇小说）

《飞天》2016年第2期，鲁迅文学院第28届作家高研班小说专号

漫游者（短篇小说）

《青年文学》2016年第2期

人树（短篇小说）

《作品》2016年2月号上半月刊

孙山的爱情（中篇小说），头条

《广州文艺》2016年第6期